ADÉLAÏDE DE CLERMONT-TONNERRE

Der Letzte von uns

atb aufbau taschenbuch

ADÉLAÏDE DE CLERMONT-TONNERRE, 1976 in Neuilly-sur-Seine geboren, ist Journalistin und Autorin. Ihr Roman »Der Letzte von uns« erhielt 2016 einen der renommiertesten Literaturpreise Frankreichs, den Grand Prix du Roman de l'Académie Française.

Manhattan in den siebziger Jahren: Die Metropole pulsiert, es ist die Zeit von Freiheit und Freizügigkeit, der goldenen Jahre von Andy Warhol und Jimi Hendrix, von Kunst, Hippietum, Sorglosigkeit. Der junge Wern ist ambitioniert, charmant und liebt vor allem eins: seine Freiheit. Doch dann trifft er Rebecca und verliebt sich in sie. Gemeinsam erobern sie die wilde Künstlerszene des Village, die Welt liegt ihnen zu Füßen. Alles scheint perfekt, bis Wern Rebeccas Eltern vorgestellt wird und ihre Mutter Judith bei seinem Anblick einen Zusammenbruch erleidet. Von einem Tag auf den anderen verschwindet Rebecca aus seinem Leben. Zunächst glaubt Wern an ein Missverständnis, doch je länger ihr Schweigen andauert, desto klarer wird ihm, dass er sie verloren hat. Dann steht sie eines Morgens vor seiner Tür, erschöpft und verwirrt. Tage vergehen, bevor sie endlich zu erzählen wagt. Und mit einem Mal muss sich Wern einer ungeahnten Schuld stellen.

ADÉLAÏDE DE CLERMONT-TONNERRE

Der Letzte von uns

ROMAN

Aus dem Französischen
von Amelie Thoma

atb aufbau taschenbuch

Die Originalausgabe unter dem Titel
Le Dernier des Notres
erschien 2016 bei Grasset, Paris.

MIX
Papier aus verantwortungsvollen Quellen
FSC® C083411
FSC www.fsc.org

ISBN 978-3-7466-3604-7

Aufbau Taschenbuch ist eine Marke
der Aufbau Verlag GmbH & Co. KG

1. Auflage 2019

Die deutsche Erstausgabe erschien 2018 bei Rütten & Loening,
einer Marke der Aufbau Verlag GmbH & Co. KG

Umschlaggestaltung www.buerosued.de, München
unter Verwendung von Motiven von © Getty Images /
George Marks und George Hammerstein
Gesetzt aus der Bembo durch Greiner & Reichel, Köln
Druck und Binden CPI books GmbH, Leck, Germany
Printed in Germany

www.aufbau-verlag.de

Für Laurent

Manhattan, 1969

Das Erste, was ich von ihr sah, war ihre schlanke, zarte, vom Riemchen einer blauen Sandale umschlossene Fessel. Bis zu diesem Tag im Mai hatte ich keine besondere Vorliebe für einen bestimmten Teil des weiblichen Körpers gehabt, und wenn, so hätte ich mich spontan für den Po, den Hals oder vielleicht den Mund entschieden, aber sicher nicht für die Füße. Gerade war ich in ein Gespräch mit Marcus, meinem Freund und Geschäftspartner, vertieft gewesen. Wie so häufig, hatte er mir mein Glück bei den Frauen vorgeworfen.

»Als müsstest du sie alle haben«, schimpfte Marcus, der in amourösen Angelegenheiten nicht ganz so erfolgreich war. »Du setzt dich irgendwo hin, siehst dich um, trinkst was, und hopp!, schon scharwenzeln mindestens zwei um dich herum.«

Er riss die Augen auf und machte einen Kussmund, um seine Worte zu illustrieren, gerade in dem Moment, als eine der Kellnerinnen mir schüchtern zulächelte.

»Es ist zum Verzweifeln! Wenn ich sie wäre, hätte ich eher Angst, dir zu nahe zu kommen. Mit deiner riesenhaften Statur, deinen slawischen Zügen und den wässrig blauen Augen …«

»Meine Augen sind nicht wässrig blau! Sie sind hellblau.«

»Sie sind wässrig. Meine sind blau, haben aber ganz und gar nicht dieselbe Wirkung. Bei mir wollen die Frauen vor allem reden, über ihr Leben, ihre sämtlichen Kümmernisse, die Eltern, den ersten Zahn … das alles muss ich mir wochenlang anhören, du dagegen kriegst sie innerhalb von einer Viertelstunde rum.«

»Ich hab dir nie eine weggeschnappt!«

»Viel schlimmer! Du unternimmst nichts, um sie mir wegzuschnappen, und sie werfen sich dir ganz von allein an den Hals.«

»Wenn du mir sagen würdest, welche dir gefallen, dann würde ich sie nicht mal anschauen.«

»Ich will keine Freundin, die mich vergisst, sobald du den Raum betrittst.«

Das Bild, das Marcus von mir zeichnete, war maßlos übertrieben. Ich begnügte mich nicht damit, mich hinzusetzen und zu warten, dass die Frauen sich auf mich stürzten. Ich tat, was nötig war, um sie zu bekommen. Ich hatte ihm meine goldenen Regeln immer wieder erklärt, doch meine unverblümte Herangehensweise erschien ihm »zu simpel«. Er wollte es lieber kompliziert, Direktheit entsprach einfach nicht seinem Naturell. Er zog es vor, seine eigene Schüchternheit mit meiner angeblich unwiderstehlichen Anziehungskraft zu entschuldigen. Dabei bestand sein Talent darin, Männern wie Frauen das Gefühl zu geben, dass sie ihm alles anvertrauen konnten – auch wenn er es nicht zu seinem Vorteil zu nutzen wusste. Und meine Begabung war nun mal, die Mädchen zu verführen.

Ich war gerade vierzehn geworden, als sie begannen, mir Beachtung zu schenken. Es war auf der Hightschool, nach meiner Prügelei mit dem zwei Jahre älteren Billy Melvin, der die Schüler der Hawthorne Highschool terrorisierte. Eines Tages hatte er mich mit wutverzerrtem Gesicht »Knilch« genannt, in Anspielung auf meinen Nachnamen Zilch. Ich war schon fast so groß wie er, das konnte er nicht ertragen. Ich hasse diese Typen, die glauben, sich jede Anmaßung herausnehmen zu können, weil ihnen alles in den Schoß gefallen ist. Die Ehrfurcht, die sie umgibt, und ihre Verachtung gegenüber dem Rest der Menschheit bringen mich zur Weißglut. Ich habe ganz und gar nichts gegen Geld, aber ich habe nur dann Respekt davor, wenn es verdient wurde, nicht wenn Typen wie Billy es geerbt haben.

Ein Blick genügte, um zu begreifen, dass er dumm war. Ich mochte sein arrogantes Benehmen einfach nicht. Ich mochte nicht, wie er sich bewegte, wie er sprach, wie er mit überlegener Miene auf die Leute herabsah. Als er dann auch noch zu mir sagte: »Du bist ein

Knilch, den zwei Trottel aus Mitleid aufgenommen haben«, packte mich eine Riesenwut, wie sie mich manchmal überkommt. Marcus sagt, dass ich dann kreidebleich werde und man das Gefühl hat, jemand anders würde von mir Besitz ergreifen. Ich habe Billy also am Arm gepackt und ihn gegen eine der großen Fensterfronten geschleudert, die der ganze Stolz unserer Highschool waren. Ein paar Sekunden lang war er ziemlich bedröppelt, dann hat er sich geschüttelt wie ein Hund, der aus einer Pfütze springt, und sich auf mich gestürzt. Wir haben uns auf dem Boden gewälzt, bis die Hofaufsicht und der Kapitän der Footballmannschaft uns trennten. Billy hinkte fluchend davon, mit blutiger Nase und einem lädierten Ohr. Mein T-Shirt war bis zum Bauch aufgerissen, meine linke, noch immer zur Faust geballte, Hand ramponiert, und am Kinn hatte ich eine Platzwunde, aus der dicke rote Tropfen auf den Beton des Schulhofs fielen.

Wir wurden beide für eine Woche vom Unterricht suspendiert, während der wir gemeinnützige Tätigkeiten verrichten mussten. Ohne ein Wort miteinander zu wechseln, arbeiteten wir ein paar Tage lang vor uns hin – kehrten Blätter zusammen, reparierten einen Gartenzaun, räumten Hunderte Archiv-Kartons um.

Dieser Verweis brachte mir eine gepfefferte Standpauke meiner Mutter Armande ein sowie die halbamtlichen Glückwünsche meines Vaters Andrew. Ihm gefiel die Vorstellung, dass ich einem älteren Jungen eine

Abreibung verpasst hatte, auch wenn es deswegen Ärger gab. Als wir wieder in die Schule kamen, organisierte Marcus, der damals schon einen Hang zur Juristerei hatte, obwohl er zu jener Zeit eher Konzertmusiker als Anwalt werden wollte, die Friedensverhandlungen, die schließlich zur Unterzeichnung einer von ihm aufgesetzten feierlichen Vereinbarung führten. Danach wurde der Schulhof entlang einer Diagonalen, die von den Türen der Umkleiden bis zum Eingang der Schulmensa reichte, in zwei Hälften aufgeteilt, die Mädchen- und die Jungstoiletten wurden schraffiert und zu neutralem Terrain erklärt. Der geschichtsbegeisterte Marcus hatte sie »die Schweiz« getauft, was zwischen ihm und mir ein geflügeltes Wort geblieben ist. Noch heute gehen wir »in die Schweiz«, wenn wir mal pinkeln müssen.

Diesem Eklat und meinem relativen Sieg, der darin bestand, dass ich mich von Billy nicht hatte massakrieren lassen, verdankte ich neue Freundschaften und meine erste Freundin: Lou. Sie passte mich eines Tages in der Sporthalle ab, drückte mich an die Wand und küsste mich. Es schmeckte nach Kirschbonbons und fühlte sich, nach dem ersten Schreck über diesen kühnen Vorstoß, ziemlich weich an. Mir war es irgendwie zu nass. Aber Lou war das hübscheste Mädchen von Hawthorne. Sie war zwei Jahre älter als ich – so alt wie Billy – und ziemlich kess, was in klarem Kontrast zu ihren braven Faltenröcken stand. Sie hatte lange braune Haare und Brüste, die allen Jungs der Highschool den Kopf verdrehten. Lou war sozusagen eine Chance, die man nicht ausschlug. Im »Unternehmerklub« der Schule hatte uns der Lehrer eingebläut, dass man »günstige Gelegenheiten erkennen und ergreifen« musste. Obwohl ihre Attacke mich überrumpelt hatte, war ich schnell zu dem Schluss gekommen, dass Lou dem zweiten Schema entsprach: »Günstige Gelegenheit mit geringem Risiko«, einem der Fälle, in dem der potentielle Gewinn am größten ist. Leicht verstört, aber auch stolz, ergriff ich also meine Chance, und so hatte ich, als ich aus der Turnhalle trat, diese Bombe von einem Mädchen im Arm. Vor dem Schulgebäude wickelte sie sich um mich, wie Efeu um einen Baum. Der Geschichtslehrer, ein säuerlicher Alter, der nur Marcus leiden konnte (den Einzigen, der sich für die vorzeitlichen Eroberungen unaussprechlicher Könige in mikroskopischen Landstrichen interessierte), forderte uns auf, uns »anständig zu benehmen«. Ich versuchte mit einer großspurigen Antwort von dem Tumult aus Zweifeln und Hormonen in meinem Innern abzulenken. Lou dagegen warf ihm nur lässig hin: »Ist ja schon gut! Wir leben immerhin in einer Demokratie!«, und knutschte mich weiter ungerührt, woraufhin der Herr Professor tiefrot wurde und schleunigst das Weite suchte.

Lou erhöhte noch das Ansehen, das der Kampf und das Abkommen mit Billy mir eingebracht hatten. Die Jungs der Schule glaubten plötzlich an meine Superkräfte, die Mädchen warfen mir verliebte Blicke zu. Sie kicherten, wenn ich vorbeiging, und vertrauten Marcus an, dass sie für meine blauen Augen und mein süßes Lächeln schwärmten.

Seit damals hatte ich nie Schwierigkeiten, Frauen kennenzulernen, war aber auch nie wirklich bereit, mich zu binden. Eine meiner Freundinnen, eine Psychologiestudentin – ich liebte ihre Gewohnheit, die Brille aufzubehalten, wenn wir miteinander schliefen –, hatte dies damit erklärt, dass ich adoptiert und dadurch mein Urvertrauen zerstört worden war. Ich hätte, so meinte sie, eine tiefsitzende Verlustangst, die mich von einer Beziehung in die nächste trieb. Ich für meinen Teil glaubte vor allem, dass die meisten Frauen zwanghaft auf ernstgemeinte, feste Zweierbeziehungen fixiert waren. Sie wollten, dass die Männer sich verliebten, und beschimpften diejenigen, denen das nicht gelang, als Mistkerle. Zum Glück gab es in den sechziger Jahren trotzdem noch genug Mädchen, die ihre Freiheit auskosten wollten, und davon habe ich gründlich profitiert. Aber dieses goldene Zeitalter endete jäh an dem Tag, als eine junge Frau im Restaurant Gioccardi meine Unbekümmertheit mit ihren blauen Sandalen zertrat.

Marcus und ich aßen im Erdgeschoss der Trattoria in SoHo. Wir kamen beinahe jeden Tag her. Der Besitzer vergötterte Shakespeare, meinen Hund, und stellte ihm immer etwas zu fressen hin. Das war ein unschätzbarer Vorteil, denn die meisten Leute hatten Angst vor ihm. Wenn er sich auf die Hinterbeine stellte, reichte er mir fast bis zu den Schultern und wirkte trotz seines rotblonden Zottelfells ziemlich furchteinflößend. Ich beugte mich gerade über meine Spaghetti mit Pesto, als sie, die meine Haltung gegenüber den Frauen für immer verändern sollte, auf der Treppe erschien. Nach ein paar Stufen blieb sie stehen, so dass ich zunächst nur ihre zierlichen Fesseln bewundern konnte.

Sie sprach mit jemandem hinter sich. Ich brauchte eine Weile, bis ich ihre Stimme aus dem allgemeinen Gewirr der Gespräche und des Besteckgeklappers herausgeschält hatte. Sie wolle unten essen, erklärte sie nachdrücklich. Der Saal oben sei so gut wie leer. Das sei ihr zu öde. Die Stimme eines Mannes, dessen braune Mokassins ich nun sah, protestierte. Oben sei es ruhiger. Der linke Fuß der jungen Frau trat auf die nächsttiefere Stufe und offenbarte ein Stück Wade. Er stieg wieder höher, dann erneut nach unten und setzte seinen Weg endlich fort. Während sie nach und nach zum Vorschein kam, ließ ich meinen Blick über die elegante Linie ihrer Schienbeine gleiten, ihre Knie, den Ansatz der Oberschenkel. Ihre nur leicht gebräunte, geradezu unwirklich perfekte Haut verschwand unter dem schwingenden Saum eines blauen Rocks. Ein Gürtel hob ihre Taille hervor, und ich malte mir aus, wie es sich anfühlte, sie zu umfassen. Die ärmellose Bluse ließ den Blick auf ihre schlanken Arme frei. Weiter oben wurde ein eleganter Hals sichtbar, der zerbrechlich wirkte.

Lachend nahm sie die letzten drei Stufen. Ein Leuchten erfüllte den Raum, als sie ihn betrat. Sie zog einen Mann von etwa vierzig Jahren hinter sich her, der eine beige Hose und einen marineblauen Blazer mit gelbem Einstecktuch trug. Sehr verärgert, bemühte er sich, ihr zu folgen, ohne die Treppen hinunterzufallen.

»Ernie, du bist wirklich todlangweilig!«

Ich musterte sie so unverhohlen, dass sie instinktiv zu mir herübersah und für den Bruchteil einer Sekunde innehielt. Kaum hatte ihr Blick mich gestreift, wusste ich, dass dieses Mädchen mir besser gefiel als alle, die ich jemals kennengelernt oder auch nur begehrt hatte. Mein Herz schlug schneller, und mir wurde heiß. Sie hingegen schien überhaupt nicht beeindruckt zu sein. Dafür sah »Ernie« mich erbost an. Sofort straffte sich mein Körper. Ich war bereit, um sie zu kämpfen. Was hatte er überhaupt hier zu suchen? Er verdiente dieses wundervolle Wesen nicht. Ich schaute ihn provozierend an, doch er wandte nur den Blick ab.

Ein Kellner, der von ihr ebenso fasziniert zu sein schien wie ich, führte sie an einen Tisch.

»Hast du mitbekommen, dass ich dir vor einer Minute und fünfzehn Sekunden eine Frage gestellt habe?«, meldete sich Marcus zu Wort. Er tippte mit dem Zeigefinger auf seine neue Uhr, deren Stoppfunktion er aktiviert hatte.

Ich konnte die Augen nicht von ihr abwenden, während sie sich mit dem Rücken zum Raum hinsetzte.

Wie in Trance fragte ich: »Findest du sie nicht auch wundervoll?«

»Sie ist in der Tat sehr schön und sehr begleitet, das dürfte dir nicht entgangen sein …«

»Glaubst du, sie sind ein Paar?«

Der Gedanke, dass meine Göttin mit diesem alten Dandy liiert sein sollte, erschien mir unerträglich.

»Ich habe nicht die leiseste Ahnung, Wern«, erwiderte Marcus, »aber wenn wir einmal miteinander essen könnten, ohne dass du dir die Halswirbel ausrenkst, um allem hinterherzuglotzen, was einen Rock trägt, wäre das Balsam für mein Ego.«

»Schatz, verzeih, ich bin dir gegenüber nicht aufmerksam genug«, frotzelte ich und legte dabei meine Hand auf seine.

Marcus zog sie mit gekränkter Miene zurück.

»Du weißt genau, dass es nicht darum geht. Aber wir sollten vor unserem Treffen heute Nachmittag wirklich dringend ein paar winzige Details klären.«

Unsere sehr junge Baufirma befand sich gerade in einer heiklen Entwicklungsphase. Wir hatten alles, was wir mit unserem ersten Projekt verdient hatten, zusammen mit einem Maximum an geborgtem Geld in den Bau zweier Mietshäuser in Brooklyn investiert. Nachdem alle Genehmigungen erteilt waren, hatte ein Kommunalbeamter wegen einer obskuren Katastergeschichte einen Baustopp erwirkt. Dabei scherte er sich den Teufel um das Gesetz, er wollte uns nur zwingen, ihn ein weiteres Mal zu schmieren.

Für sechzehn Uhr war nun eine Anhörung anberaumt, in der es galt, unsere Zukunft zu retten, doch ich konnte mich kaum auf unsere Argumente konzentrieren, meine Gedanken wanderten immer wieder zu der schönen Fremden, die nur wenige Tische von uns entfernt saß. Sie hielt sich so gerade, dass ihre Schultern die Stuhllehne nicht berührten. Ihre um sie herumflatternden Hände untermalten jedes ihrer Worte in einer anmutigen Choreographie.

Marcus sah mich irritiert an. Er kannte meine Schwäche für die Frauen, doch er war es gewohnt, dass unsere Firma immer Vorrang hatte.

Jetzt legte die Unbekannte den Kopf in den Nacken und streckte sich ungeniert in einer geschmeidigen, katzenhaften Bewegung. Auf ihren Schultern bildeten sich Grübchen, und ihre langen lockigen Haare schienen ein Eigenleben zu führen. Wie gerne hätte ich meine Hände nach ihnen ausgestreckt und mein Gesicht darin vergraben.

»Gibt es ein Problem, Mr Werner?«, fragte Paolo, der Inhaber des Lokals. Eine Flasche Marsala in der Hand, betrachtete er besorgt meinen randvollen Teller. Er war immer stolz wie eine sizilianische Mamma, wenn er mich riesige Portionen Pasta und Lasagne oder ein enormes Roastbeef verschlingen sah. Nur heute hatte ich meine Spaghetti nicht angerührt.

»Ist die Pasta nicht gut? Nicht genug gesalzen? Verkocht?«, versuchte er den Fehler zu diagnostizieren.

Ich bemerkte ihn gar nicht. Mit einer schnellen, gewundenen Handbewegung hatte die Unbekannte gerade ihre Haare über einer Schulter zusammengefasst und dabei für den Bruchteil einer Sekunde ihren Nacken entblößt. Warum kam sie mir so vertraut vor, obwohl ich mir sicher war, dass ich ihr noch nie zuvor begegnet war? Wie konnte ich sie ansprechen?

Paolo schnappte sich indessen meinen Teller, schnüffelte an ihm und wetterte dann los:

»Giulia! Was hast du mit der Pasta von Mr Zilch angestellt!«

Der ganze Saal drehte sich nach ihm um, auch meine Unbekannte. Ein amüsiertes Lächeln huschte über ihre Lippen, als sie sah, dass ich sie wie verhext anstarrte. Dann wandte sie sich wieder ab.

Ich wollte alles über sie wissen, alles an ihr kennenlernen, ihren Duft, ihre Stimme, ihre Eltern, ihre Freunde; wo sie wohnte, mit wem; wie ihr Zimmer eingerichtet war, welche Kleider sie trug, wie sich ihre Laken anfühlten, ob sie nackt schlief, ob sie im Schlaf redete. Ich wollte, dass sie mir ihren Kummer und ihre Träume anvertraute, ihre Wünsche und ihre Sehnsüchte.

»Ich habe es ihr schon hundert Mal erklärt!«, empörte sich Paolo. »Sie wird nie lernen, Pesto zu machen! Auf das Handgelenk kommt es an … und auf die Kraft, man muss im Mörser ordentlich stampfen und drehen«, erklärte er und imitierte dabei mit grimmiger Miene die erforderliche Rotationsbewegung. »Giulia, die rührt das Pesto wie eine Vinaigrette mit weichem Handgelenk, anstatt dass sie den Stößel fest und gerade hält!«

Ich malte mir aus, wie ich aufstand, zu ihr ging, den Dummkopf, der sie begleitete, zur Seite schob, sie bei der Hand nahm und entführte, um sie durch und durch zu erkunden.

»Ist er krank? Fühlt er sich nicht gut?«, fragte Paolo, der die Spaghetti inzwischen probiert hatte und offensichtlich nichts daran auszusetzen fand, was wiederum ein triumphierendes Lächeln auf Giulias Gesicht zauberte, die alarmiert aus der Küche herbeigeeilt war.

Marcus versuchte, dem Wirt den Teller wieder abzunehmen.

»Mach dir keine Gedanken, Paolo, die Pasta ist köstlich, und Wern geht es blendend, er ist nur verliebt.«

»Verliebt!«, riefen Paolo und Giulia verblüfft aus.

»Verliebt«, bestätigte Marcus.

»Aber in wen?«

»Die Blonde in Blau-Weiß«, fasste Marcus mit einem Kopfnicken in Richtung der schönen Unbekannten prosaisch zusammen.

Wir zogen das Mittagessen in die Länge, während Paolo sich bemühte, mit ihr ins Gespräch zu kommen und etwas über sie zu erfahren, aber Ernie verscheuchte ihn.

Mittlerweile hatten wir unseren vierten Kaffee bestellt. Shakespeare, daran gewöhnt, dass wir unsere Teller in Windeseile leerputzten, wurde langsam unruhig. Ich wuschelte ihm durchs Fell, und er legte sich winselnd wieder zu meinen Füßen nieder. Zerstreut antwortete ich auf Marcus' Fragen, der mit seinem silbernen Füllfederhalter in einem ledergebundenen Notizbuch die Argumente auflistete, mit denen wir den Bezirksvorsitzenden überzeugen wollten. Als ich sah, dass Ernie die Rechnung beglich, begann mein Puls zu rasen.

Gleich würde meine Schöne auf Nimmerwiedersehen im Dschungel von Manhattan verschwinden, und ich hatte keine Ahnung, wie ich sie daran hindern sollte.

Sie erhoben sich.

Ich sprang auf und folgte ihnen in der Hoffnung, dass sie mich bemerken, mir noch ein letztes Lächeln schenken würde. Fieberhaft überlegte ich, wie ich sie aufhalten könnte, da verfing sich plötzlich der Riemen ihrer Handtasche in der Türklinke und riss, so dass der halbe Inhalt der Tasche auf dem Boden landete. Sie hockte sich hin, und ich war mit zwei schnellen Schritten neben ihr, um ihr zu helfen. Gebannt sah ich, wie der V-förmige Anhänger ihrer Kette in ihren Ausschnitt rutschte. Die Spitzen des goldenen Schmuckstücks bohrten sich leicht in ihre Haut. Es schien sie nicht zu stören, während mir von dem Anblick ganz schwummrig wurde.

Ich griff nach allem, was mir unter die Finger kam. Filzstifte, ein Tintenradierer, lose, mit seltsamen Mustern bekritzelte Blätter, eine Haarbürste, Carmex-Lippenbalsam, eine Schiebermütze aus Jeansstoff und seltsamerweise ein Korkenzieher, der sie mir, ebenso wie das Durcheinander in ihrer Tasche, menschlicher und noch begehrenswerter erscheinen ließ.

Ernie blieb auf die Straße verbannt. Er war schon hinausgetreten, und der Eingang war zu schmal, als dass er an seiner Begleiterin vorbei wieder hätte hineinkommen können. Ohnehin wären die Nähte seines Anzugs geplatzt, wenn er in die Hocke gegangen wäre.

Von draußen versuchte er, mich loszuwerden: »Danke, wir machen das schon … Nun stehen Sie endlich auf! Ich sage Ihnen doch, dass wir keine Hilfe brauchen.«

Wortlos reichte ich meiner Schönen, was ich aufgesammelt hatte. Sie hob den Kopf, und ich war verzaubert von der Farbe ihrer Augen. Ein tiefes Veilchenblau, gesprenkelt mit Intelligenz und Sensibilität. Als sie ihre Tasche aufhielt, damit ich alles hineinlegen konnte, entglitt mir ein Heft und fiel wieder zu Boden, wo es aufgeschlagen liegen blieb. Seine Seiten zeigten Skizzen von nackten Männern. Mit einem amüsierten Lächeln nahm sie es auf und verbarg es in der Tasche, dann sah sie mir wieder direkt in die Augen.

»Danke, das war sehr freundlich.«

Ihre Stimme, die fester und tiefer klang, als ihre feinen Züge es vermuten ließen, jagte mir Schauer über den Rücken. Die Art, wie sie mich ansah, ebenfalls. Direkt und offen, als versuchte sie mich in wenigen Sekunden zu ergründen. Als sie aufstand, streifte mich ein

Hauch ihres Duftes nach Amber und Blumen. Ich bedauerte, dass es mir nicht gelungen war, sie zu berühren, doch Ernie hatte sie schon am Arm gepackt und auf den Bürgersteig gezogen. Ehe ich mir noch etwas ausdenken konnte, um sie zurückzuhalten, stieg sie in die Limousine dieses degenerierten Schnösels. Als sie hinter den getönten Scheiben verschwand, empfand ich körperliche Schmerzen. Bei der Vorstellung, sie nie mehr wiederzusehen, stockte mir der Atem. Ohne nachzudenken, rannte ich los wie ein Verrückter, Shakespeare dicht auf den Fersen. Passanten schrien vor Schreck auf, als mein riesiger Hund über den Bürgersteig galoppierte. Marcus, der in der Zwischenzeit nur kurz »in der Schweiz« gewesen war, sprintete hinter uns her. »Warte! Was ist denn in dich gefahren?« Ich schob Shakespeare und Marcus förmlich in unseren gelben Chrysler und brauste los, während mein Freund mich als »unzurechnungsfähiges Subjekt« und »manischen Psychopathen« titulierte. Verzweifelt suchte ich die Straße nach der Limousine ab. Als Marcus den Ausdruck wilder Entschlossenheit auf meinem Gesicht sah, murmelte er beunruhigt:

»Wern, du kannst einem manchmal Angst machen.«

Sachsen, Deutschland, 1945

Es war eine Nacht im Februar, eine weitere Nacht des Verderbens für die Menschheit. Auf Hunderten von Hektar brannten die Ruinen unter einem beißenden Ascheregen. Dresden hatte sich in ein endloses Flammenmeer verwandelt, das Körper, Hoffnungen und Leben zunichtemachte, eine Inkarnation des Chaos, so weit das Auge reichte. Der Beschuss war so massiv gewesen, dass im Zentrum kein einziges Gebäude mehr stand. Die Detonationen hatten die Häuser weggeblasen wie tote Blätter. Dann waren die Brandbomben gefolgt und hatten eine gierige Feuersbrunst entfacht, die Männer, Frauen und Kinder verschlang. Emporlodernde Flammen erhellten prasselnd die Finsternis, nach und nach waren die vereinzelten Feuer zu einem glühenden Strudel zusammengeflossen, und der Himmel hatte mitten in der Nacht die scharlachrote und goldene Färbung eines herbstlichen Sonnenuntergangs angenommen. Selbst in 22 000 Fuß Höhe spürten die Piloten, die den Tod säten, in ihren Kabinen die Glut dieses Infernos.

Im Lauf der Nacht stiegen Rauch und Asche bis in den Himmel und bedeckten die einst so strahlende Stadt wie ein Leichentuch.

Im trüben Zwielicht des nächsten Tages erhob sich nur noch die barocke Silhouette der Frauenkirche gespenstisch aus den Trümmern. Eine Handvoll Rot-Kreuz-Helfer hatte hier zahllose Verletzte versammelt. Victor Klemp, der Chirurg, der die behelfsmäßige Krankenstation eingerichtet hatte, versuchte das Grauen zu organisieren. Eine Zeitlang hatte er gedacht, Gott bestrafe sein Volk für eine Schuld, die Victor zwar erahnte, der er aber nicht ins Gesicht zu sehen wagte. Doch seit der Tod ihn stündlich hundertfach verhöhnte, glaubte er nicht mehr, dass Gott ein solches Leid gewollt hatte. Er glaubte nicht mehr, dass Gott sich überhaupt noch für diese Welt interessierte, und die Kirche, die sich als einziges Gebäude aus den Trümmern emporreckte, erschien ihm weder wie ein Wunder noch wie ein göttliches Zeichen, sondern wie eine letzte, empörende Provokation.

Victor hatte seit zweiundsiebzig Stunden nicht geschlafen. Sein Kittel, sein Gesicht, sein Hals waren mit dem Blut seiner Niederlagen befleckt. Vor Müdigkeit zitterten ihm die Finger. Er hatte längst jegliche heiklen Operationen aufgegeben, und es überraschte ihn, wie sehr er abgestumpft war. Wenige Sekunden mussten für eine Diagnose genügten: Kämpfen konnte er nur noch für diejenigen, die die beste Überlebenschance hatten. Ihm wurden so viele Schwerverletzte gebracht, und die medizinischen Mittel, die ihm zur Verfügung standen, waren so gering, dass er gezwungen war, mit einem einzigen Blick zu entscheiden, wen er retten konnte. Die meisten musste er aufgeben. Er hatte nichts mehr, um die Schmerzen der Sterbenden zu lindern oder derer, die er operieren musste. Weder Morphin noch Alkohol, noch ein tröstendes Wort. Bei manchen blieb als einzige barmherzige Geste nur der Tod. Er hatte sich an den Hauptmann eines der wenigen vor Ort stationierten Regimenter gewandt und war selbst entsetzt gewesen, als er sich sagen hörte:

»Schießen Sie allen, die ich Ihnen schicke, eine Kugel in den Kopf. Man kann nichts mehr für sie tun.«

Der Hauptmann hatte ihm direkt in die Augen gesehen und mit einer absoluten, verzweifelten Ruhe, die Victor niemals vergessen würde, geantwortet: »Wir haben nicht mehr genug Munition, Doktor, um Mitleid zu üben.«

In Schüben von trostloser Regelmäßigkeit brachten ihm Soldaten und Zivilisten neue Opfer. Für ihn waren sie nur mehr Wunden, Brüche, zerfetzte Organe, zukünftige Amputierte. Bis der Blick auf eine behelfsmäßige Trage in der Flut namen- und gesichtsloser Verletzter ihn innehalten ließ. Es war in der Nacht vor der dritten

Angriffswelle. Zwei junge Männer in Uniform brachten die darauf liegende Frau. Schlamm und Staub in ihrem Gesicht konnten die Harmonie ihrer Züge nicht verbergen, und ihr Haar, so verdreckt es auch war, leuchtete in all der Düsternis ebenso wie ihre verstörend hellen, glasklaren blauen Augen. Die über sie gebreitete Decke ließ eine Schulter und ein Stück Arm frei, ein paar Zentimeter nackter Haut, die alle Zartheit der Welt in sich zu bündeln schienen. Weiter unten zeigten die üppigen Brüste und der gewölbte Bauch unter dem dicken, rauen Stoff, dass die Frau schwanger war. Sie war keine fünfundzwanzig Jahre alt und so ruhig, dass der Arzt die Träger fragte:

»Was hat sie?«

Er sah, wie sich Entsetzen auf die Gesichter der beiden Männer malte.

»Sie lag in der Freiberger Straße, zum Teil unter Trümmern begraben … Wir haben sie befreit …«, versuchte der größere zu erklären, doch die Worte erstarben ihm in der Kehle, während er auf den unteren Teil der Decke deutete, wo sich dunkle Flecken bildeten. Ungeduldig fand der Arzt bereits wieder zu seinem gewohnten Pragmatismus zurück und hob mit einer raschen Geste den Stoff an. Unter den Fetzen ihrer Kleider, direkt unterhalb der Knie, waren die Beine der Frau glatt abgetrennt. Trotz der improvisierten Verbände war sie dabei zu verbluten. Und noch dazu stand sie kurz vor der Niederkunft. Ihre Augen suchten Victors Blick.

Das Röcheln und die Schreie, die die Kirche erfüllten, schienen zu verstummen, als sie ihn fest ansah und mit erstaunlich deutlicher Stimme sagte: »Ich bin verloren, aber mein Kind ist es nicht. Helfen Sie ihm.«

Das war kein Flehen. Es war ein Befehl. Mitleid hätte den Arzt vielleicht nicht bewogen, sich um sie zu kümmern. Doch die Entschlossenheit, die aus ihren Augen und ihrer Stimme sprach, überzeugte ihn. Unterstützt von den beiden Soldaten, band er die Beinstummel ab. Ohne einen Laut von sich zu geben, verlor die Frau das Bewusstsein. Man verlegte zwei Verletzte aus einer Seitenkapelle und brachte sie dorthin. Mit dem Unterarm wischte Victor über einen Holztisch, um ihn von den darüber verstreuten Glassplittern, Mauerbrocken, schmutzigen Verbänden und Wachsresten zu befreien. Er bettete die Frau darauf, die gerade wieder zu sich kam.

»Wie heißen Sie?«, fragte er.

»Luisa.«

»Luisa. Ich verspreche Ihnen, dass Sie Ihr Kind sehen werden.«

Obwohl das Baby schon weit ins Becken gerutscht war und ungeachtet seiner dürftigen gynäkologischen Kenntnisse, beschloss der Arzt, einen Kaiserschnitt zu wagen. Er wusste, dass dieser Eingriff die Mutter das Leben kosten würde, doch sie wäre auch nicht in der Lage, eine natürliche Geburt durchzustehen.

Die Soldaten, die trotz ihres jungen Alters schon

ganz andere Dinge gesehen hatten, wandten den Kopf ab, als er das Skalpell ansetzte. Mehrmals verlor Luisa das Bewusstsein und kam wieder zu sich. Keiner der drei Männer konnte ihren Schmerz ertragen, die kurzen Momente der Ohnmacht waren ihnen eine Erleichterung.

Victor redete ununterbrochen auf sie ein, Worte ohne rechten Sinn, die nur dazu dienten, ihm selber Mut zu machen und Luisa am Leben zu halten. Endlich ertastete er das Kind. Er fühlte seinen winzigen Körper und griff zu. Als er die Nabelschnur durchschnitt, tat das Baby seinen ersten Atemzug, begleitet von einem Schrei, der seine Mutter aus ihrer Ohnmacht weckte.

»Es ist ein Junge, Luisa, ein schöner, kräftiger Junge«, verkündete Victor.

Wieder verlor sie die Besinnung. Der Arzt setzte sich hin, das Neugeborene im Schoß, machte einen ungeschickten Knoten in die Nabelschnur und säuberte es, so gut er konnte. Dann zog er sein Hemd aus, um das Kind darin einzuwickeln. Luisa erwachte, als sie das Gewicht des Babys auf ihrer Brust spürte.

»Lebt es?«

»Es lebt und ist gesund, Luisa.«

Da sie, so ausgestreckt, das Kind nicht sehen konnte und zu schwach war, um sich aufzurichten, fragte sie weiter:

»Hat es alles?«

»Alles. Es ist ein Junge, ein prachtvoller Junge.« Er

hob das Baby über das Gesicht seiner Mutter. Es jammerte wie ein Kätzchen, bis man es wieder an Luisas Brust legte. Victor half ihr, die Hand auf das Kind zu legen, damit sie es anfassen konnte. Als sich das Neugeborene unter der Liebkosung regte, sahen sie, wie sich die Augen der Mutter mit Tränen füllten.

Erneut bohrte Luisa ihren Blick in den des Arztes.

»Kümmern Sie sich um ihn, Doktor.« Und ohne ihm Zeit für eine Antwort zu lassen, fügte sie hinzu: »Suchen Sie Martha Engerer, meine Schwägerin. Sie ist hier in Dresden.«

Victors beruhigenden Worten folgte ein weiteres Schweigen, ehe Luisa schwach auf das Baby deutete und sagte:

»Er heißt Werner. Werner Zilch. Ändern Sie seinen Namen nicht, er ist der Letzte von uns.«

Sacht strich sie mit dem Zeigefinger über den Nacken ihres Kindes, während Victor neben ihr hockte und ihre freie Hand hielt. Die Lider der jungen Frau schlossen sich wieder. Dieser Moment des Friedens währte eine Minute, vielleicht zwei, dann stockte Luisas Bewegung, und ihre schmalen Finger erschlafften zwischen Victors Handflächen.

Er hatte das intensive, wenn auch für einen Rationalisten wie ihn unsinnige Gefühl, zu spüren, wie die Seele der Sterbenden durch ihn hindurchging. Der Bruchteil einer Sekunde, eine fühlbare Wellenbewegung, und sie war nicht mehr da.

Der Arzt bettete Luisas Arm neben ihren Körper auf den Tisch. Er betrachtete das Kind, das auf seiner Mutter ruhte, beruhigt von einer Wärme, die bald verschwinden würde, geschmiegt an ein Herz, das aufgehört hatte zu schlagen. Die beiden Soldaten suchten in seinen Augen nach einer Bestätigung. Der Arzt wandte den Blick ab. Er hatte in den letzten Tagen entsetzliche Dinge gesehen, doch nie hatte er sich so verletzlich gefühlt.

Als er den Kopf wieder hob, fiel sein Blick auf das Bild der Jungfrau Maria mit ihrem Kind. Es schien, als habe die von den Bomben verschonte Madonna während der Geburt über sie gewacht. Ein abgehacktes, ungläubiges und verzweifeltes Lachen entfuhr ihm.

Zitternd setzte Victor sich, die Schreie der Verletzten und das Stöhnen der Sterbenden, die er in den letzten Minuten nicht wahrgenommen hatte, drangen mit einem Mal wieder an sein Ohr. Am Fuß des Tisches, auf dem die tote Frau und ihr Kind lagen, wurde sein Körper von unterdrückten Schluchzern geschüttelt, während neben ihm die beiden Soldaten weinten wie kleine Jungen, die sie im Grunde noch waren.

Manhattan, 1969

»Da drüben!«, rief Marcus, der die Limousine zuerst entdeckt hatte. Ich zog rechts rüber und schnitt dabei zwei Wagen, die mein Manöver mit einem Hupkonzert quittierten. Kreidebleich legte Marcus seinen Sicherheitsgurt an, während Shakespeare winselnd im Fond herumpurzelte. Ich fuhr dicht hinter dem Rolls Royce, der die Madison Avenue fünfunddreißig Blocks weit Richtung Norden fuhr.

»Das ist nicht gerade unauffällig«, kommentierte Marcus. »Du solltest wenigstens ein Auto zwischen euch lassen.«

»Zu riskant«, brummte ich.

»Mir scheint, wir haben nicht dieselbe Definition von ›riskant‹.«

Es gab kaum Verkehr, und wir kamen schnell voran. Marcus wurde immer angespannter, je länger wir fuhren. Als wir das Rockefeller Center passierten, bei dem sich die ersten Staus bildeten, hielt er es nicht mehr aus.

»Wir haben keine Zeit, Werner, wir müssen in weniger als einer Dreiviertelstunde in Brooklyn sein.«

»Wir haben genügend Zeit«, sagte ich, die Hände ums Lenkrad verkrampft, den Blick starr auf den Rolls geheftet.

Der Fahrer bog in die 51st Street ein, querte die 5th Avenue, dann die Avenue of the Americans und hielt schließlich an. Marcus schwieg, was bei ihm ein Zeichen für äußerste Missbilligung ist. Ein paar Minuten lang geschah nichts. Ich stellte mir vor, wie Ernie meine schöne Unbekannte im Wageninneren küsste, und dieser Gedanke machte mich wahnsinnig. Doch dann öffnete sich die Tür, und sie stieg aus. Mit federnden, energischen Schritten ging sie zu einem grünen Ford und fuhr los. Ich folgte ihr, während Marcus panisch auf seine Uhr sah. Als wir uns immer weiter von Brooklyn entfernten, erklärte er:

»Wenn sie innerhalb der nächsten fünf Minuten nicht irgendwo anhält, dann war's das, Wern. Wir dürfen auf keinen Fall zu spät kommen, die werden uns vierteilen!«

Ohne ihn zu beachten, folgte ich weiter stoisch dem grünen Ford.

»Wern, es reicht jetzt! Hör auf damit! Ich sehe nicht ein, dass du ein Zehnmillionendollarprojekt wegen einer Frau ruinierst, die du gerade mal fünf Minuten in einem Restaurant gesehen hast.«

»Sie ist die Frau meines Lebens.«

Mir war klar, wie wenig glaubwürdig das aus meinem Mund klingen musste, doch ich war mir noch nie zuvor bei irgendetwas so sicher gewesen.

»Du hast nicht mal mit ihr gesprochen!«

»Sie ist es, Marcus.«

»Ich kann einfach nicht glauben, dass du einen solchen Unsinn redest.«

Der grüne Wagen hielt in zweiter Reihe vor einem Backsteingebäude, sie stieg aus und betrat mit einem flachen, quadratischen Paket unter dem Arm das Haus. Ich stellte den Motor ab.

»Es kommt nicht in Frage, dass wir hier warten! Hörst du mich, Wern? Wenn sie wirklich die Frau deines Lebens ist, dann wird das Schicksal schon dafür sorgen, dass ihr euch noch einmal über den Weg lauft. Du startest jetzt den Wagen und fährst zurück. Sonst kannst du dir einen neuen Partner suchen.«

Es war das erste Mal, dass ich Marcus so erbost erlebte. In meinem Kopf wirbelten die Gedanken wild durcheinander, während ich auf die Tür starrte, hinter der sie verschwunden war. Mein Freund hatte natürlich recht. Wir hatten alles auf dieses Bauvorhaben in Brooklyn gesetzt. Wenn die Arbeiten nicht so schnell wie möglich wieder aufgenommen würden, wären wir ruiniert. Fieberhaft suchte ich nach einer Lösung. Schließlich drehte ich den Zündschlüssel und setzte fünf Meter zurück. »Danke, Wern«, stieß Marcus erleichtert aus, ehe er begriff, dass ich den ersten Gang einlegte und direkt auf den Ford zusteuerte. Der Aufprall war heftiger, als ich erwartet hatte. Er zerbeulte den linken Kotflügel des Fords ebenso wie unsere Stoßstange. Marcus war wie vom Donner gerührt. Schnell sprang ich aus dem Wagen und kritzelte eine Nachricht auf die Rückseiten von zwei Visitenkarten:

Sehr geehrter Herr,
ein Moment der Unachtsamkeit meinerseits hat diesen bedauerlichen Unfall verursacht. Ich bitte Sie, die dadurch an Ihrem Wagen entstandenen Schäden zu entschuldigen. Seien Sie doch bitte so freundlich, mich, sobald Ihnen dies möglich ist, zu kontaktieren, damit wir den Unfall aufnehmen und den Schaden gütlich regeln können.
Ich bitte Sie noch einmal aufrichtig um Entschuldigung,

Werner Zilch

Ich klemmte die Karten hinter den Scheibenwischer des Ford und fuhr dann in halsbrecherischem Tempo Richtung Brooklyn. Marcus sagte die ganze Zeit über kein Wort. Die Stoßstange hielt bis zu unserer Ankunft vor dem Rathaus, wo sie schließlich halb abbrach und mein Parkmanöver mit ohrenbetäubendem Scheppern begleitete.

»Wirklich ein gelungener Auftritt«, bemerkte mein Partner mit zusammengekniffenen Lippen.

Da wir es nicht geschafft hatten, Shakespeare zu Hause abzusetzen, mussten wir ihn allein im Auto lassen, was ihm überhaupt nicht gefiel. Mit etwa zehnminütiger Verspätung eilten wir zu der Anhörung. Marcus sah mal wieder aus wie aus dem Ei gepellt. Ich dagegen hatte Hemd und Jackett vollgeschwitzt und verknittert, meine Haare hatten sich selbständig gemacht und standen wirr in alle Richtungen ab. Marcus bedeutete mir mit beiden Händen, sie nach hinten zu streichen, was ich erfolglos versuchte.

Der Bezirksbürgermeister empfing uns in einem Raum mit protziger Holzvertäfelung. Als er mich sah, hob er fragend eine Augenbraue, sagte jedoch nichts. Er wies auf zwei Stühle an einem Versammlungstisch, weit weg von seinem mit vergoldeten Beschlägen verzierten Sekretär.

»Mein Assistent wird gleich hier sein«, verkündete er.

Sein trüber Blick schien unter seinen Lidern hervorzusickern, wie Licht durch eine halb geöffnete Jalousie.

Genervt von einer Fliege, die wie besessen um den Lampenschirm hinter uns summte, schnappte ich mir das Vieh und zerdrückte es.

»Sie haben gerade meine Hausfliege getötet!«, empörte sich der Funktionär.

Als Marcus erbleichte und eine Entschuldigung zu stammeln begann, unterbrach er ihn.

»Das war nur ein Witz … Lustig, nicht?«

Dann musterte er mich unverhohlen und ohne jegliche Zurückhaltung.

»Wie groß sind Sie?«

»Eins zweiundneunzig.«

»Ihre Füße sind auch nicht gerade klein …«, fuhr er fort. Mein Kompagnon warf mir einen spöttischen Blick zu.

»Passend zu meiner Größe«, bestätigte ich und streckte dabei ein Bein aus, um ihm meinen riesigen Schuh zu zeigen.

Marcus blickte tadelnd zu mir herüber, weil er nicht geputzt war.

»Mit Ihnen legt man sich besser nicht an, was?«, bemerkte er. »Woher stammen Sie? Ihre Züge sind so … germanisch.«

Marcus wirkte verstört, doch ich antwortete ruhig: »Es scheint in der Tat so, als hätte ich deutsche Wurzeln.«

»Es scheint?«

»Meine Eltern haben mich adoptiert, als ich drei Jahre alt war.«

»Und wie alt sind Sie jetzt?«

»Vierundzwanzig.«

»Ach, die Jugend!«, seufzte er. »Ist es nicht etwas ambitioniert, sich in Ihrem Alter schon an ein solches Projekt zu wagen, zwei Gebäude mit insgesamt fünfundachtzig Wohnungen?«

»Sie selbst waren dreiundzwanzig, als Sie das erste

Mal gewählt wurden …«, konterte ich, froh, dass Marcus und ich uns auf dieses Treffen vorbereitet hatten.

Der Beamte strich mit der rechten Hand einige Male seine Krawatte glatt, dann sagte er mit einem schlüpfrigen Grinsen: »Ich war damals ein hübscher Kerl, wissen Sie. Und sehr erfolgreich …«

Zum Glück kam in diesem Moment sein Assistent herein. Diesem hatten wir einige Monate zuvor ein ordentliches Sümmchen zugesteckt, damit er seine bürokratischen Schikanen einstellte. Er war klein und blass, hatte eine spitze Nase und offenbar seine Kriechermiene aufgesetzt.

»Sie kommen zu spät, mein Freund«, tadelte ihn der Bezirksbürgermeister.

»Sie wissen doch, dass ich eine andere wichtige Besprechung hatte, die eben erst zu Ende gegangen ist«, erwiderte er unterwürfig.

»Warum haben wir diese reizenden jungen Leute dann so zeitig herbestellt? Sie haben sie warten lassen.«

Die Spitzmaus setzte sich uns gegenüber an den Tisch, und ihr Chef kam mit schlurfenden Schritten dazu. Zuerst versuchte er, uns mit seinem juristischen Fachvokabular zu beeindrucken, doch da hatte er die Rechnung ohne Marcus gemacht, der sich auch mit dem Baugesetz bestens auskannte. Dann bombardierte er uns mit technischem Kauderwelsch, das ich ebenso souverän parierte. Endlich kamen sie zur Sache, pfiffen auf ihre Argumente und verlangten rundheraus einen »Aufschlag«. Wir waren ihnen ausgeliefert, und das wussten sie. Ich hätte ihnen am liebsten gehörig – und nicht nur mit Worten – die Meinung gegeigt, doch an der Art, wie der Bürgermeister auf seinem Ledersessel frohlockte, erkannte ich, dass ich ihm umso größere Freude bereiten würde, je mehr ich ihn beschimpfte. Also riss ich mich zusammen. Da wir kein Geld mehr hatten, mussten wir einen Kompromiss finden. Ich bot ihnen eine der Wohnungen an. Sofort beanspruchte der alte Raffzahn für sich ein Apartment mit Terrasse im obersten Stockwerk. Das war eine der teuersten Einheiten, und die Feilscherei ging von vorne los. Während wir jeden Quadratzentimeter Boden erbittert verteidigten, fragte ich mich, welchen Günstling er wohl in seinem zukünftigen Penthouse einquartieren wollte. Soweit ich wusste, waren die Frau, die er um seiner politischen Karriere willen geehelicht hatte, in dem gemeinsamen Haus in Manhattan bereits fürstlich untergebracht und die beiden Kinder gut verheiratet. Dem Knurren seines Magens nach zu urteilen, hatte der Bezirkschef Hunger. Also hielt ich mich bei jedem Detail auf und behauptete obendrein, wir hätten alle weiteren Termine für diesen Tag abgesagt, um die Sache hier zu klären. Als er seinen Nachmittagsimbiss und sein Abendessen in weite Ferne rücken sah, fühlte er sich mit einem Mal sehr ermattet und gab endlich nach. Dennoch hatte er uns eines der Filetstücke unseres Projektes abgeluchst und besaß dann auch noch die Frechheit, mir zu sagen, ich sei wirklich hart im

Verhandeln – »sicher eine Eigenschaft, die Sie von Ihren germanischen Vorfahren geerbt haben« –, woraufhin ich alle Mühe hatte, ihn nicht die Härte meiner Faust spüren zu lassen. Alarmiert brachte Marcus das Gespräch zurück auf die juristische Ebene. Wir konnten keinen Standardvertrag aufsetzen, der seine Mauscheleien offenbart hätte. Der Bezirksbürgermeister erklärte uns daher das weitere Vorgehen. Gleich morgen früh sollten wir die Verträge über den Verkauf der Wohnung zum Notar seines Vertrauens bringen, der dann die Besitzurkunde auf einen Strohmann ausstellen würde. Die Genehmigungen zur Wiederaufnahme der Arbeiten würden noch am selben Nachmittag auf der Baustelle eingehen.

Als wir in der Eingangshalle des Rathauses standen, versuchte Marcus ein aufmunterndes: »Das ist doch noch mal gut ausgegangen«, und weil ich nichts erwiderte, schob er hinterher: »Fressen und gefressen werden, das ist unser aller Schicksal.«

Auf dem Parkplatz befestigte ich die Stoßstange notdürftig mit meinem Gürtel. Im Inneren des Wagens hatte Shakespeare, wütend darüber, dass wir ihn eingesperrt hatten, die Rückbank und einen Teil der Kopfstützen zerfetzt. Binnen drei Stunden war Marcus' Auto zu einem Wrack geworden.

Doch mein Partner hob nur resigniert die Augen zum Himmel und sagte: »Mit Shakespeare und dir im Team frage ich mich immer wieder, wozu wir eigentlich Abrissunternehmen bezahlen.«

Ich brachte es nicht übers Herz, mit meinem Hund zu schimpfen, wusste ich doch selbst allzu gut, wie es sich anfühlte, im Stich gelassen zu werden.

Dresden, Februar 1945

Victor fuhr fort mit seinem entsetzlichen Schiedsgericht über die nicht mehr besonders Lebendigen und die beinahe Toten. Er überließ es einem der Soldaten, Luisas leblosen Körper zu den anderen Opfern zu bringen. Dem anderen drückte er das Neugeborene in den Arm und beauftragte ihn, eine Amme aufzutun. Der Soldat barg das Kind schützend unter seiner Jacke und fragte jeden, der bei Bewusstsein war, ob er vielleicht irgendwo eine Frau mit einem Baby gesehen habe, die ein weiteres stillen könne. Doch ohne Erfolg. Nach einer Weile begann der Winzling, der bis dahin ruhig gewesen war, zu weinen. Mit seinem kleinen Mündchen suchte er am Hals des erschrockenen Soldaten instinktiv einen Busen, den er nicht fand.

Es wurde gerade hell, als der junge Mann aus der Kirche trat. Überall loderten Flammen. Mitten im Februar war die Hitze unerträglich. Um ihn herum ein Bild der Zerstörung und des Todes: vom Feuer versengte Leichen und Körperteile, Männer, Frauen und Kinder, die dem Inferno nicht hatten entrinnen können.

Schemenhafte Gestalten tauchten hier und da aus den Trümmern auf. Viele suchten ihre Angehörigen. Eine Mutter, um dieses Baby zu stillen? Nein, sie hatten keine gesehen. Sie hatten nicht darauf geachtet. Sie erinnerten sich nicht. Milch? Nein, keinen Tropfen. Man empfahl ihm, in den nächstgelegenen Dörfern außerhalb der Stadt um Hilfe zu bitten. Das Baby weinte noch immer. Ein alter Mann gab dem Soldaten ein Stückchen Zucker, das dieser im letzten Rest Wasser in seiner Feldflasche auflöste. Mit dem Zeigefinger, den er zuvor so gut wie möglich an seinem Wollpullover sauber gerieben hatte, flößte er dem kleinen Werner ein paar Tropfen davon ein. Dieser nuckelte gierig an dem Finger und begann sofort wieder zu schreien, als er ihm entzogen wurde. Das Baby an die Brust gepresst, irrte der Soldat weiter auf seiner Suche nach einem neuen, immer unwahrscheinlicheren Wunder. Bald verstummte das Kind. Dieses Schweigen erschreckte ihn noch viel mehr als zuvor seine Schreie. Verzweifelt setzte er sich auf eine zerbrochene Säule, die bis vor kurzem die Fassade des Justizpalastes geziert hatte. Da er die Vorstellung nicht ertrug, das Baby in seinen Armen sterben zu sehen, beschloss er, es zurückzulassen. Auf einem flachen Stein inmitten der Ruinen legte er das Kind ab, entfernte sich ein paar Schritte und machte sofort wieder kehrt, als er den Säugling wimmern hörte. Wie hatte er nur so etwas tun können?

Einen Moment nachdem er das Baby hochgenommen hatte, ließ ein grauenerregender Lärm ihn herumfahren: Dort, wo eben noch die Frauenkirche gestanden hatte, aus deren Portal er vor einer knappen Stunde getreten war, erhob sich eine immense Staubwolke. Die mächtige steinerne Königin, einzige Überlebende des Chaos, die zwei Jahrhunderte lang über die Stadt gewacht hatte, war in sich zusammengestürzt. In einem einzigen Augenblick sah er die Gesichter des Arztes vor sich, der das Baby zur Welt gebracht hatte, seines Kameraden, der ihm geholfen hatte, Luisa aus den Trümmern zu befreien, der Leute, die er befragt, der Kinder und der Krankenschwestern, die er getroffen hatte. Wie versteinert stand er da, zu erschüttert, um zu weinen oder zu begreifen, welch unerhörtes Glück er hatte, noch am Leben zu sein.

Nachdem er eine ganze Zeitlang herumgeirrt war, sah er aus einer Schuttwüste, die einmal eine belebte Einkaufsstraße gewesen war, zwei Frauen und ein kleines Mädchen auftauchen, alle drei mit grauem Staub bedeckt. Er stürzte so ungestüm auf sie zu, dass sie Angst bekamen. Eine von ihnen hob zitternd ein Messer in die Höhe und rief, er solle sich fernhalten. Da öffnete er seine Jacke, um ihnen das Baby zu zeigen.

»Haben Sie vielleicht Milch?«

Sie schüttelten die Köpfe und kamen näher.

»Das sieht nicht gut aus«, bemerkte die Ältere lakonisch.

»Seine Mutter ist gleich nach der Geburt gestorben. Er hat seitdem nichts getrunken.«

»Ist das Ihr Sohn?«, fragte die andere Frau.

»Nein«, antwortete der Soldat, »er ist nicht mein Sohn, aber ich möchte nicht, dass er stirbt.«

»Wir bräuchten eine Kuh«, meinte das Mädchen.

»Die sind alle schon längst aufgegessen, meine Kleine.«

»Dann eine Mutti?«

»Seine ist gestorben«, wiederholte der Soldat, wobei er sich die Nase an seinem staubigen Ärmel abwischte.

»Ich habe heute Nacht eine Mutti gesehen.«

»Wann? Wo?«

»Im Keller, eine Dame, die ihr Baby in einem Korb dabeihatte.«

»Wo, mein Schatz, ich erinnere mich nicht«, fragte die Mutter der Kleinen.

»Die Dame, die mich hochgehoben hat, als du draußen warst … weißt du, Mutti, damit du mich durch das Loch herausholen konntest.«

»Die mit dem roten Mantel?«

»Ja.«

»Aber sie hatte kein Baby.«

»In ihrem Korb war ein Baby. Ich hab es gesehen, als wir gerannt sind, wegen des Feuers. Sie rannte auch mit ihrem Korb. Es hat überall gedonnert.«

Die junge Frau ging vor ihrer Tochter in die Hocke.

»Erzähl es uns, Allestria. Das ist sehr wichtig.«

»Die Frau ist hingefallen. Ich habe das Baby gesehen … es hat ein Rad gemacht«, erklärte das Mädchen, indem es mit seinem Arm einen Bogen beschrieb. »Ich hab es in der Luft gesehen. Ich hab es fliegen sehen. Dann ist es auf den Boden geplumpst.«

»O mein Schatz«, stieß die Mutter hervor und drückte ihr Kind an sich.

»Ich hab die Frau schreien hören, aber du hast gesagt, ich soll rennen«, fügte die Kleine hinzu.

Die junge Frau drehte sich zu dem Soldaten um.

»Wir waren in einem Keller in der Nähe des Rathauses. Das Gebäude ist eingestürzt. Wir wären beinahe verschüttet worden.«

»Es ist einfach so runtergefallen«, wiederholte das kleine Mädchen mit vor Schreck geweiteten Augen.

Die Frauen erklärten sich bereit, mit dem Soldaten dorthin zurückzugehen, wo sie die Dame in dem roten Mantel das letzte Mal gesehen hatten. Bei den Trümmern des Rathauses angelangt, begannen alle vier, die Vorübergehenden nach ihr zu fragen. Die meisten setzten wie benommen ihren Weg fort, ohne zu reagieren. Andere zuckten nur mit den Schultern. Niemand schien die Frau gesehen zu haben. Endlich gab ihnen ein alter Mann wieder Hoffnung. Er kam vom Fluss, wo seine Frau in der Nacht die junge Mutter davor bewahrt hatte, sich ins Wasser zu stürzen.

»Das junge Ding wollte sich umbringen, aber meine Julia hat sie nicht gelassen. Es hat in den letzten Tagen genug Tote gegeben – genug für alle Ewigkeiten.«

»Wo sind sie?«, unterbrach ihn der Soldat.

»Am Flussufer, in der Nähe des alten Hafens«, erklärte der Herr. Er selbst sei losgezogen, um etwas zu essen zu finden. Wüssten sie vielleicht …

Doch der Soldat war, gefolgt von den Frauen, bereits in Richtung des nahegelegenen Flusses davongeeilt. Hunderte von Überlebenden hatten sich auf der Uferböschung versammelt, um sich ins Wasser flüchten zu können, sollte das Feuer bis hierher vordringen. Für einen Moment verloren die Frauen ihn aus den Augen, dann entdeckten sie ihn wieder. Er näherte sich zwei Damen. Die eine, ältere, musste Julia sein, die andere, jüngere, trug einen Mantel, der unter dem Staub tatsächlich rot war. Flehend hielt er ihr den Säugling hin, doch die Frau wandte sich einfach ab. Er ließ sich nicht entmutigen und redete weiter auf sie ein. Als er sie jedoch mit einer Hand am Ärmel packte, fuhr sie wütend herum.

»Das ist nicht Thomas. Das ist nicht mein Sohn!«

Die Umstehenden versuchten ihr gut zuzureden. Niemand behaupte, dass dies ihr Sohn sei. Alle verstünden ihren Schmerz, doch dieses Kind sei dabei zu sterben, und nur sie könne es retten. Da begann die junge Mutter wie verrückt zu schreien. Sie stieß den Säugling von sich weg und wurde dermaßen hysterisch, dass Julia sie schließlich bei den Schultern packte und energisch schüttelte.

»Du wirst dieses Kind stillen, fertig, aus.«

Endlich gab sie ihren Widerstand auf. Man half ihr, den roten Mantel, die Wolljacke und das bereits mit Milch getränkte Kleid aufzuknöpfen, während Julia ihr den kleinen Werner an die Brust legte. Das Kind war schon so schwach, dass es zunächst überhaupt nicht reagierte. Doch allmählich holte der Duft der Milch es ins Leben zurück. Als es zu trinken begann, schrien die Umstehenden vor Freude auf. Nur die junge Frau starrte mit zusammengepresstem Kiefer leer vor sich hin.

Der Soldat hatte sich inzwischen ein paar Meter entfernt auf den Boden gesetzt. Tränen liefen ihm über die Wangen, während er verfolgte, wie Werner mit jedem Zug mehr zu Kräften kam.

Nach einer Weile senkte die Stillende ihren Blick auf das Kind, das die anderen Frauen ihr an die Brust hielten. In diesem Moment legte der Kleine eine Hand auf ihren Busen und sah sie aus seinen verschwommenen Augen an. Dieser Blick, der keiner war, schien die junge Mutter zu berühren. Endlich weinte auch sie, wenn auch über das Kind, das sie verloren hatte, und barg den Waisenjungen, den das Schicksal ihr anvertraut hatte, in ihren Armen.

Manhattan, 1969

Donna erwartete uns in der Wohnung, die uns gleichzeitig als Büro diente. Die alleinerziehende Mutter arbeitete bei uns, seit sie sich türenschlagend von der Anwaltskanzlei auf der Madison Avenue, bei der sie vorher angestellt gewesen war, verabschiedet hatte. Warum, hatte sie uns nie erklärt. Das Gehalt, das wir ihr zahlen konnten, lag weit unter dem ihres vorigen Arbeitgebers, doch sie hatte es, ohne mit der Wimper zu zucken, akzeptiert, im Tausch gegen eine feste Gewinnbeteiligung – sollte es jemals welchen geben – und unter der Bedingung, dass sie ihre Tochter mit zur Arbeit nehmen durfte, falls die Nanny mal verhindert wäre. Wir vermuteten, dass sie mit einem ihrer früheren Chefs eine Affäre gehabt hatte, doch sie sprach nie über den Vater ihrer Tochter. Wenn jemand sie fragte, antwortete sie: »Es gibt keinen Papa.« Diejenigen, die ihr dann mit den elementaren Grundsätzen der Biologie kamen, durchbohrte sie mit einem ihrer finsteren Blicke, die dem Schlauberger jegliche Lust nahmen, das Thema zu vertiefen. Solange man sie nicht verärgerte, war Donna eine echte Perle. Man konnte sich keine bessere Sekretärin vorstellen, und sie hatte uns vor so manchem Anfängerfehler bewahrt. Sie achtete sehr darauf, eine professionelle Distanz zu uns zu wahren, und redete von sich selbst wie von einer älteren Dame, um nur ja keine Missverständnisse aufkommen zu lassen. Neben ihrer Arbeit für unsere Firma verwaltete sie die Anrufe meiner diversen Freundinnen so diplomatisch und taktvoll, dass mir manche Szene erspart blieb – wenn auch nicht Donnas stumme Vorwürfe. Kaum waren wir von unserer Verhandlung in Brooklyn zurück, fragte ich sie, ob eine junge Frau für mich angerufen habe.

Mit fragend erhobenen Augenbrauen antwortete sie, die einzigen Personen, die versucht hätten, uns zu erreichen, seien: »Mr Ramirez vom Abrissunternehmen, Mr Roover wegen der Lieferung der Metallträger, Mr Hoffman in Sachen Abwasserentsorgung von Gebäude B. Ihr Vater, Marcus, der ein alarmierendes Gespräch mit einem unserer Zulieferer hatte und wissen wollte, ob er Ihnen irgendwie helfen könne.«

Marcus hasste es, wenn sein Vater sich in unsere Angelegenheiten einmischte. Ich für meinen Teil war mir bewusst, wie viel wir ihm verdankten. Die Unterschrift des hochangesehenen Frank Howard auf den Plänen unserer ersten beiden Projekte und sein internationales Renommee hatten einiges möglich gemacht. Frank erkundigte sich regelmäßig nach dem Stand der Bauarbeiten und bot uns immer wieder Unterstützung an, die sein Sohn jedes Mal hartnäckig zurückwies. Marcus verstand nicht, wieso sein Vater sich auf einmal so sehr für ihn interessierte, nachdem er ihn den Großteil seiner Kindheit Gouvernanten überlassen hatte, und versuchte ihm ständig seine Unabhängigkeit unter Beweis zu stellen. Mein Partner war kein besonders mitteilsamer Typ. Er fand zwar immer ein Gesprächsthema, egal mit wem und ganz gleich in welcher Situation, gebrauchte diese Fähigkeit, Menschen zum Reden zu bringen, aber nur, um sein tiefstes Inneres besser zu schützen. Marcus interessierte sich für andere, um sicher zu sein, dass die anderen sich nicht für ihn interessierten.

»Sie können ihm sagen, dass die Arbeiten heute Nachmittag wiederaufgenommen werden«, knurrte er.

Donnas Miene erhellte sich.

»Das ist eine gute Neuigkeit!«

»Dafür haben wir uns allerdings auch das Fell über die Ohren ziehen lassen wie die letzten Grünschnäbel«, dämpfte ich ihre Begeisterung.

»Aber es geht weiter?«, vergewisserte sie sich.

»Es geht weiter. Geben Sie es ruhig zu, Sie wären traurig gewesen, uns zu verlassen …«

»Ich würde es sehr bedauern, wenn Z&H aufgeben müsste«, verbesserte sie mich knapp und mit strenger Miene. Obwohl die Firma nur aus uns dreien bestand, benutzte Donna immer deren Namen, wenn sie das Gespräch wieder in professionelle Bahnen lenken oder die Betonung auf unsere Zukunft als großes multinationales Unternehmen legen wollte.

Sie gönnte sich einen Augenblick der Freude, dann griff sie nach ihrem Telefon, um unsere Partner zu benachrichtigen. Ich machte mich daran, die Fortführung der Arbeiten zu organisieren, doch mein Magen gab so laute und ungebührliche Geräusche von sich, dass Marcus und Donna in Gelächter ausbrachen. Ich leerte den Kühlschrank, indem ich Süßes und Salziges wild durcheinander verschlang, ehe ich Paolo vom Gioccardi anrief, um Antipasti, zwei Flaschen Chianti und vier Pizzas zu bestellen: eine für Marcus, eine für Donna und zwei für mich.

Marcus setzte unterdessen die Verträge für das Apartment auf, das wir für die Wiederaufnahme der Bauarbeiten hatten opfern müssen. Hochzufrieden mit seinem Werk, verkündete er mir schließlich, er habe darin »eine Bombe versteckt«, die er hoffentlich gut genug getarnt habe, dass niemand sie bemerken würde. Ich für meinen Teil hatte unsere sämtlichen Subunternehmer kontaktiert, die inzwischen auf andere Baustellen verstreut waren. Man musste sie überzeugen, überreden oder schlicht bedrohen, damit sie am nächsten Tag bereitstanden. Nachdem das erledigt war, tigerte ich weiter um das Telefon herum, gefolgt von Shakespeare, der mir nicht von der Seite wich. Marcus machte sich über mich lustig:

»Sieh an, DFDL hat dich schon abgerichtet!«

»DFDL?«, fragte ich.

»Die Frau deines Lebens.«

Der Einfachheit halber verknappten wir DFDL weiter zu DF und fügten dieses Kürzel unserem ganz speziellen Wortschatz aus gemeinsamen Erinnerungen und undechiffrierbaren Verweisen hinzu, den wir uns im Laufe unserer Freundschaft zugelegt hatten.

Der heißersehnte Anruf kam erst am nächsten Morgen. Marcus und ich wollten die Wohnung gerade verlassen. Donna war noch nicht da. Ich hechtete zum Apparat. Shakespeare, der dachte, ich wolle spielen, begann kläffend herumzuspringen und stieß dabei fast einen Stuhl um, den ich gerade noch mit dem Fuß auffangen konnte. Ich erkannte ihre Stimme sofort.

»Guten Tag, könnte ich bitte mit Mr Zilch sprechen?«

»Das bin ich«, antwortete ich, wobei ich meine Stimme unbewusst tiefer klingen ließ, was Marcus umso mehr zum Lachen brachte, als Shakespeares Gebell meine Glaubwürdigkeit hoffnungslos untergrub.

»Ich bin die Eigentümerin des grünen Ford … Sie haben Ihre Telefonnummer an meiner Windschutzscheibe hinterlassen.«

»Danke, dass Sie mich anrufen. Ich muss mich entschuldigen, Ihr Auto sieht übel aus, doch ich war unterwegs, um ein wichtiges Geschäft abzuschließen …«

Marcus sah mich mit großen Augen an. Er fand es

plump, so dick aufzutragen, und, wie er mir später mit strenger Miene erklärte: »Man entschuldigt sich nicht, sondern bittet die geschädigte Person vielmals um Entschuldigung.«

»Wo kann ich Sie treffen, um den Unfall aufzunehmen?«

Die junge Frau schlug die Bar des Hotel Pierre vor. Trotz meiner Aufregung dachte ich im letzten Moment noch daran, sie nach ihrem Namen zu fragen.

»Rebecca«, sagte sie leise und so sanft, dass ich erschauerte. Ihren Nachnamen nannte sie nicht.

»Wie erkenne ich Sie?«

»Ich werde eine bordeauxrote Lederjacke tragen.«

Wir verabredeten uns in eineinhalb Stunden. Kaum hatte ich aufgelegt, schnappte ich mir schon meinen Geldbeutel und die Schlüssel und wollte los. Marcus hielt mich am Kragen fest.

»So willst du da hingehen? Ich hoffe, du machst Witze! Dein Hemd ist ungebügelt, deine Hose hat Knitterfalten, du trägst weder Jackett noch Krawatte …«

»Ich werde auf keinen Fall eine Krawatte anziehen, da ersticke ich!«

»… deine Schuhe sind nicht geputzt, du bist nicht rasiert, und von deinen Haaren reden wir erst gar nicht.«

Marcus hatte einen angeborenen Sinn für Eleganz und eine mustergültige Erziehung genossen. Seine Mutter war gestorben, als er acht Jahre alt war. Sein Vater war zu dieser Zeit gerade mit seinen ersten bedeutenden

Architekturprojekten beschäftigt. Immerzu auf Reisen, besessen von seinen revolutionären Entwürfen, die zum Teil weltberühmt werden sollten, hatte er seinen Sohn den besten Lehrern anvertraut. Entsprechend seinem Konzept von Erziehung, das weitaus konservativer war als sein Konzept des Raumes, trug er ihnen auf, Marcus in einen kleinen Lord zu verwandeln. Daher konnte er jetzt tanzen, einen Handkuss geben und Französisch sprechen, im Gegensatz zu mir, der ich trotz meiner aus der Normandie stammenden Mutter kaum drei Worte in dieser Sprache zustande brachte. Marcus spielte Klavier, brillierte beim Bridge und beim Tennis, kannte die Geschichte der Vereinigten Staaten und Europas, der Kunst und der Architektur aus dem Effeff. Kurz gesagt, Marcus war ein formvollendeter Gentleman – und daher für das Leben in einer knallharten Metropole wie New York nicht gut gewappnet. So hatte ich beschlossen, ihm beizubringen, wie man sich wehrte, während er es sich zur Aufgabe gemacht hatte, mir einen gewissen Schliff zu verleihen.

Also folgte ich in diesem Moment, da es um meine sentimentale Zukunft ging, Marcus' Anweisungen. Donna, die es nicht gewohnt war, mich korrekt gekleidet zu sehen, lobte verblüfft mein Aussehen, als wir ihr im Treppenhaus begegneten. Selbst Marcus erklärte mich für »präsentabel«, als er mich mit dem Taxi vor dem Hotel Pierre absetzte, wobei er mir noch rasch die Formulare für die Unfallaufnahme unter den Arm schob.

Ich durchquerte die prunkvolle Lobby. Während ich die wenigen Stufen zur Lounge hinunterging, schweifte mein Blick durch den gedämpft beleuchteten Raum. Der Barmann schien hinter seinem kupfernen Tresen nicht viel zu tun zu haben. Mein Herz begann schneller zu schlagen, als ich sie an einem Tisch hinter einer der quadratischen Säulen sitzen sah. Sie trug eine beige Hose und eine bordeauxrote Lederjacke. Die Bluse darunter war aus so feinem Stoff, dass man ihre Formen und die Haut darunter erahnen konnte. Die Haare hatte sie zu einem lockeren Knoten hochgesteckt, der ihren grazilen Hals noch anmutiger wirken ließ. Völlig versunken zeichnete sie etwas in ein Heft. Ich trat auf sie zu.

»Rebecca?«, fragte ich und hielt ihr meine Hand hin.

Sie hob den Blick, musterte mich ein paar Sekunden lang und rief dann erstaunt aus: »Ich kenne Sie! Sie waren gestern in diesem italienischen Lokal …«

»Aber natürlich, Sie waren im Gioccardi!«

»Genau, im Gioccardi«, wiederholte sie, erhob sich und drückte meine Hand.

»Sie haben einen großen Hund«, fuhr sie fort.

»Er heißt Shakespeare.«

»Und Sie haben mir geholfen …«

Ich sah, wie sie nachdachte.

»Sie haben doch nicht etwa …« Sie riss ihre veilchenblauen Augen auf. Meine Zukunft hing am seidenen Faden.

Wir setzten uns und sahen uns einen Moment lang an, dann huschte ein Schmunzeln über ihre Lippen, das sich bald in ein offenes und ungläubiges Lächeln verwandelte.

»Also, Mr Zilch, Sie fackeln wohl nicht lange! Sie hätten mich auch einfach nach meiner Telefonnummer fragen können.«

»Ich habe mich nicht getraut …«, gestand ich und lächelte ihr schüchtern zu.

»Sie fanden es stattdessen passender, mein Auto zu demolieren?«

»Auf die Schnelle ist mir nichts Besseres eingefallen«, gab ich zu.

»Den Zettel an einen Herrn zu richten war äußerst raffiniert …«

Ich hätte irgendeine geistreiche Antwort geben müssen, aber ich war wie gelähmt. Diese Schüchternheit kannte ich gar nicht von mir. Das Schweigen, das folgte, gab mir den Rest.

»Laden Sie mich zu einem Getränk ein?«, fragte sie mich schließlich.

Ich sprang auf, um den Kellner zu holen.

»Was hätten Sie gern? Champagner, damit Sie mir verzeihen?«

Rebecca lächelte. Sie entblößte ihr Handgelenk und sah auf die Uhr.

»Eine Bloody Mary, bitte.«

Um halb zwölf einen Cocktail mit Wodka zu bestellen, erschien mir zwar nicht besonders passend, doch Rebecca hielt sich, wie ich später noch erfahren sollte, nur selten an Regeln. Meine Frage, ob sie Künstlerin sei, bejahte sie, aber als ich die Zeichnungen in ihrem Heft sehen wollte, fing sie an zu lachen.

»Ich glaube nicht, dass das eine gute Idee ist.«

»Warum?«

»Weil es Sie schon schockiert hat, dass ich um diese Uhrzeit Wodka bestelle, wenn ich Ihnen jetzt noch meine Bilder zeige …«

»Im Gegenteil, ich bin begeistert, dass Sie Wodka trinken«, stammelte ich.

»Es wäre Ihnen trotzdem lieber gewesen, ich hätte mich für eine Grenadine entschieden …«

Ich verstrickte mich in nebulösen Theorien zu den im Wodka enthaltenen Vitaminen, faselte etwas über die nötige Inspiration, die kreative Geister aus künstlichen Paradiesen schöpften, ließ mich über die russische Seele aus, ehe ich – wie, kann ich nicht mehr sagen – schließlich bei der Kartoffel landete, aus der dieser Alkohol hergestellt wird. Es war erbärmlich. Nachsichtig reichte Rebecca mir das Heft.

»Auf Ihr eigenes Risiko.«

Ich blätterte durch die Seiten voller männlicher Akt-Skizzen, auf die ich am Vortag bereits einen Blick erhascht hatte. Rasende Eifersucht packte mich.

»Nur zu meiner Beruhigung: Diese Zeichnungen entstammen Ihrer Phantasie, oder?«

»Ich habe Modelle.«

»Nackte Modelle?«

»Sehen Sie, Sie sind schockiert.«

»Ganz und gar nicht, ich bin nur eifersüchtig.«

»Ich kann Sie auch zeichnen, wenn Sie wollen …«

»Inspiriere ich Sie denn?«

Die Lider leicht zusammengekniffen, musterte sie mich ungeniert.

»Mit Ihren widerspenstigen Haaren, Ihrer schlaksigen Statur und den zu langen Armen haben sie etwas Egon-Schiele-haftes … Ihr Gesicht hat jedoch mehr Charakter. Ich mag die Wangenknochen gern«, fügte sie hinzu, wobei sie mit einem Finger langsam über ihre eigene Wange fuhr, »und den Kiefer … Es ist, als bestünde ihr Gesicht aus einem Dreieck in einem Viereck … Sie sehen interessant aus«, schloss sie.

»Ich habe keine Ahnung, wer dieser Mr Chile ist …«, gab ich zurück, gekränkt darüber, dass sie mich so kühl begutachtet hatte.

»Nun, kommen wir zum Auto«, sagte sie unvermittelt. Sie schien lange nicht so durcheinander zu sein wie ich. Ich verfluchte mich im Stillen. Wie hatte ich es nur derart vermasseln können? Sie hatte mir eine goldene Brücke gebaut, und ich war zu blöd gewesen, die Chance zu nutzen. Normalerweise war ich es gewohnt, Herr der Lage zu bleiben. Rebecca gegenüber fühlte ich mich dagegen wie ein schlechter Tennisspieler, der sich, überfordert von den gegnerischen Bällen, im Feld herumscheuchen lässt. Ich wollte das Gespräch gerade wieder auf ihr Atelier und ihre Zeichnungen bringen, in der Hoffnung, sie würde ihre Einladung noch einmal wiederholen, da wurden wir von einem Typen unterbrochen, dessen massige Silhouette ich sofort erkannte. Es war Ernie, der Schnösel, mit dem sie im Gioccardi gegessen hatte.

»Darf ich erfahren, was hier los ist?«

»Ah! Ernie! Da bist du ja …«, sagte Rebecca mit aufgesetztem Lächeln.

»Was macht der denn hier?«

»Der Herr hat meinen Wagen angefahren, darum habe ich dich ja auch gebeten herzukommen – Mr Zilch, darf ich Ihnen Dr. Gordon vorstellen, er ist Anwalt und die rechte Hand meines Vaters. Ernie, das ist Mr Zilch.«

»Rebecca, sag nicht, dass du ihn nicht erkennst!«, entgegnete er, ohne mich anzusehen.

»Wen soll ich erkennen?«

»Diesen Typen! Der hatte es schon gestern im Gioccardi auf dich abgesehen.«

»Also wirklich, Ernie, wie kommst du denn darauf?«, log sie, ohne mit der Wimper zu zucken. »Daran würde ich mich ja wohl erinnern.«

Ernie, der mittlerweile puterrot geworden war, wandte sich nun endlich an mich.

»Sie sind wohl nicht ganz bei Trost, Bürschchen. Wenn Sie glauben, dass Sie Ihr Ziel erreichen, indem

Sie das Auto meiner Klientin demolieren, dann haben Sie sich gründlich getäuscht. Hier ist meine Karte. Sollte Ihre Versicherung sich nicht binnen zwei Stunden bei meiner Kanzlei gemeldet haben, dann bringe ich Sie wegen Belästigung und versuchten Totschlags vor Gericht. Rebecca, nimm deine Sachen, wir gehen.«

»Ernie, das bildest du dir nur ein. Mr Zilch ist sehr nett. Setz dich und trink ein Glas mit uns.« Ich konnte sehen, wie viel Vergnügen ihr die Situation bereitete.

»Nein, wir gehen!«, befahl er und fasste sie am Ellbogen.

Ich hielt ihn mit einer Hand zurück. »Lassen Sie sie sofort los.«

»Hören Sie, Sie kleines Früchtchen«, stieß er hervor, obwohl ich ihn um einen ganzen Kopf überragte, »ich kenne Rebecca seit ihrer Geburt, Sie werden mir nicht erklären, wie ich mich ihr gegenüber zu verhalten habe.«

»Rebecca, möchten Sie, dass ich eingreife?«, fragte ich.

»Bitte sprechen Sie meine Klientin mit Miss Lynch an«, fuhr der Jurist dazwischen.

»Der Familienname Ihrer Klientin war mir bisher nicht bekannt, da Sie aber die Güte hatten, ihn mir mitzuteilen, werde ich mich von nun an mit allem ihr gebührenden Respekt an Miss Lynch wenden«, erwiderte ich gespreizt. »Da Sie im Übrigen so großen Wert auf gutes Benehmen legen, erlauben Sie mir, Sie zu informieren, dass, sollten Sie mich noch einmal als ›Bürschchen‹, ›kleines Früchtchen‹ oder etwas Ähnliches bezeichnen, Ihre Visage Bekanntschaft mit meiner Faust machen wird.«

Er zuckte zusammen, fing sich aber rasch wieder.

»Ich durchschaue Ihr Spiel, Sie liederlicher Mitgiftjäger.«

»Mitgiftjäger ist auch nicht sehr nett … Das ist sogar schlimmer als Bürschchen oder kleines Früchtchen, was meinen Sie, Miss Lynch?«

»Das stimmt, Ernie. Du bist wirklich ungerecht. Mr Zilch kennt mich erst seit einer halben Stunde, und bis vor fünf Minuten wusste er noch nicht einmal meinen Nachnamen.«

»Ich glaube ihm kein Wort. Komm, Rebecca. Wir gehen«, wiederholte er und ergriff ihren Arm.

Zu sehen, dass er sie erneut grob anfasste, ließ meine Wut überschäumen. Mit einer schnellen Bewegung packte ich ihn und drückte ihn gegen die Säule hinter unserem Tisch. Ich hörte, wie das Personal in Aufregung geriet. Der Barmann kam eilig hinter seinem Tresen hervor. Ich sah Rebecca fragend an. Sie wirkte sehr zufrieden, dass sie uns so weit gebracht hatte, doch das genügte ihr.

»Machen Sie sich keine Sorgen, Mr Zilch. Es ist in Ordnung, Sie können ihn loslassen«, sagte sie ruhig, während sie zugleich mit einem Lächeln den Barmann aufhielt, der schon im Begriff war einzuschreiten.

Ernie hustete. Zitternd strich er seinen Anzug glatt.

»Das wird ein Nachspiel haben«, erklärte er empört. Er wagte es nicht, sich Rebecca zu nähern, doch er befahl ihr, die Tasche zu nehmen und ihm zu folgen. Sie gehorchte.

»Auf Wiedersehen, Mr Zilch. Es war mir ein Vergnügen«, rief sie mir kurz vor dem Ausgang zu.

»Auf Wiedersehen, Miss Lynch«, antwortete ich.

Im Hinausgehen hörte ich Ernie noch zischen: »Ich weiß, dass du dich ganz besonders zu den Taugenichtsen dieser Welt hingezogen fühlst, aber ich verbiete dir, mit ihm zu sprechen.«

»Es reicht, Ernie! Du bist nicht mein Vater«, wies Rebecca ihn zurecht.

Als sie verschwunden war, fühlte ich mich mit einem Mal hundeelend. Ich hasste mich dafür, dass unser Treffen so schlecht verlaufen war. Ich hatte das Gefühl, keinen Schritt weiter zu sein als am Vortag, ja vielleicht sogar alles nur noch schlimmer gemacht zu haben. Ernie würde versuchen, Rebecca davon zu überzeugen, dass ich ein labiler, gefährlicher Typ war. Außerdem war ich nicht einmal dazu gekommen, sie nach ihrer Telefonnummer zu fragen. Ich kannte lediglich ihren Namen und ihren Beruf und ahnte, dass sie aus einer einflussreichen Familie stammte, aber genügte das, um mir Hoffnungen auf ein Wiedersehen zu machen?

Als ich das Hotel Pierre verließ, hatte ich nicht mal mehr genug Geld, um die U-Bahn zu nehmen. Meine allerletzten Dollar hatte ich dem Barmann dagelassen. Mit der dem Personal großer Hotels eigenen Diskretion hatte er mir zu verstehen gegeben, dass Ernie ein Stammkunde und ziemlich unausstehlich sei. Für diese Genugtuung hatte ich mich mit einem großzügigen Trinkgeld bei ihm bedankt, weshalb ich nun zu Fuß zurückgehen musste. Um dem scharfen Wind zu entkommen, der mir durch die breite Avenue ins Gesicht blies, bog ich in die 47th Street ein. Aus den Kellerfenstern stiegen die Dampfwolken der im Souterrain gelegenen Wäschereien auf. Während ich mit großen Schritten die Blocks hinuntereilte, spielte ich unser Treffen im Geist immer wieder durch. Ein ums andere Mal ließ ich Rebeccas Worte, all ihre Gesten und Blicke vor meinem inneren Auge vorüberziehen in der Hoffnung, darin irgendetwas zu entdecken, das mir bisher entgangen war. Einen kleinen Hinweis, ein verstecktes Zeichen. Doch es half nichts. Ich fand nicht einen einzigen Grund, warum die Frau meines Lebens Lust haben sollte, mich wiederzusehen.

Deutschland, Februar 1945

»Suchen Sie Martha Engerer, meine Schwägerin. Sie ist hier in Dresden«, hatte Luisa gebeten, bevor sie gestorben war.

In diesen Tagen des Verderbens hatte Martha Engerer auf wundersame Weise überlebt. Die Rot-Kreuz-Krankenschwester war seit Stunden in einem Keller gefangen. Eine eingestürzte Mauer hatte die Tür verschüttet. Die Gitterstäbe des kleinen Fensters waren so fest verankert, dass sie vergeblich daran gerüttelt hatte. Also hatte sie begonnen, die Ziegel der Wand zu lockern, die sie vom Nebenraum trennte. Als die zweite Angriffswelle kam, vergrub sie den Kopf zwischen ihren Knien. Martha wusste, dass immer vier Bomben direkt hintereinander fielen. Sie hörte das unheimliche Pfeifen, die Explosion und zählte mit: Eins … zwei … drei … vier. Wenn eine ausblieb, hielt sie den Atem an, betete, dass sie nicht gleich über ihr einschlug, dann kam die Detonation, und sie begann wieder zu zählen. Zwischen der zweiten und der dritten Bombardierung gab es eine lange Pause. Gerade lang genug, um den Tag anbrechen zu lassen, wie der winzige Lichtfleck anzeigte, der noch durch die inzwischen ebenfalls verschüttete Kellerluke fiel. Gerade lang genug, um die Hoffnung aufkeimen zu lassen, das Schlimmste könnte vorüber sein.

Martha sorgte sich mehr um ihre Schwägerin als um sich selbst. Die beiden Frauen waren unzertrennlich. Sie waren seit der Kindheit befreundet und hatten am selben Tag die Brüder Zilch geheiratet. Martha hatte den Älteren, Kasper, zum Mann genommen, eine Wahl, die sie seit jenem Junisonntag 1938 bereute. Luisa den Jüngeren, Johann. Er war sicher der liebenswürdigste Ehemann ganz Schlesiens, wo sie alle herstammten. Körperlich waren die Brüder sich zum Verwechseln ähnlich. Sie hätten Zwillinge sein können, obwohl elf Monate zwischen ihrer Geburt lagen. Elf Monate – und Welten. Johann war ruhig und sanft, vertieft in seine wissenschaftlichen Forschungen. Kasper dagegen …

Eine weitere Bombe ließ die Mauern erzittern, Martha wurde von Mörtelbrocken getroffen. In dem engen, dunklen Raum herrschte eine mörderische Hitze. Angst kroch in ihr hoch und vertrieb ihre Erinnerungen. In diesem Keller, der, wenn es so weiterging, ihr Grab werden würde, wusste sie nichts über das Ausmaß der Zerstörung draußen. Und Luisa war allein in der Stadt und stand kurz vor der Niederkunft. Seit Johanns Festnahme war sie nur noch ein Schatten ihrer selbst.

SS-Männer hatten eines Morgens gegen die Tür des Hauses getrommelt, das das Paar auf dem Gelände der Heeresversuchsanstalt von Peenemünde bewohnte. Nachdem vermeintliche Freunde die Schutzstaffel darüber informiert hatten, dass Johann sich gegen die sogenannte Kriegsanstrengung ausgesprochen, ja sogar Hinweise auf einen Sabotageakt gegeben habe, war er ohne weitere Überprüfung verhaftet worden. Johann arbeitete seit vier Jahren mit Wernher von Braun zusammen, dem Entwickler der V2-Rakete, dem ersten ballistischen Flugkörper, der in der Lage war, ein etwa dreihundert Kilometer entferntes Ziel zu treffen. Diese Waffen, mit denen Hitler den Krieg für sich zu entscheiden hoffte, unterlagen einer geradezu wahnhaften Überwachung durch die Gestapo. Niemand schien vor deren Verdächtigungen sicher zu sein, nicht einmal von Braun. Nach Johanns Verhaftung hatte der Wissenschaftler alles versucht, um seinen Freund und Kollegen zu befreien. Luisa hatte General Hans Kammler, dessen Kontrolle das Raketenprojekt unterstand, verzweifelt angefleht, sich für ihren Mann einzusetzen. Obwohl der General ihr versprochen hatte, sein Möglichstes zu tun, war die junge Frau, im fünften Monat schwanger, zum Stabsquartier der Geheimpolizei gegangen. Sie hatte verlangt, Nachricht von ihrem Mann zu bekommen. Da niemand ihre Fragen beantwortete, blieb sie im Warteraum.

Luisa hatte bis zum Abend dort gesessen, ohne Erfolg. Am nächsten Tag war sie wiedergekommen, ebenso am

Tag darauf. Sie erschien jeden Morgen, sobald sich die Türen öffneten, und verließ das Gebäude erst abends, wenn es geschlossen wurde. Ihre Hartnäckigkeit reizte die Beamten. Unbeeindruckt von ihrem Zustand, bedrohten die SS-Leute sie, stießen sie und sperrten sie sogar eine Nacht lang in eine Zelle, um »sie Respekt zu lehren und ihr die Mühe des Weges zu ersparen«. Martha, die regelmäßig mit Luisa telefonierte, flehte sie an, sich in Sicherheit zu bringen.

»Dort kannst du nicht bleiben. Komm zu mir nach Dresden. Denk an das Baby. Ich werde mich um dich kümmern. Ihr habt mich aufgenommen, als ich in Not war, nun lass mich für dich da sein, bis Johann wiederkommt. Hier ist alles ruhig, keine Kämpfe, keine Polizei, nur Flüchtlinge …«

Wäre das Kind nicht gewesen, das in ihr wuchs, hätte sie sich vor der Tür General Kammlers oder im Stabsquartier der Gestapo einfach aufgegeben und wäre gestorben. So aber rang sie sich schließlich dazu durch, bei Martha Schutz zu suchen. Als sie bei ihrer Freundin ankam, war Luisa vor lauter Angst schon halb verrückt. Wie ein gefangenes Tier ging sie tagsüber in der Wohnung auf und ab. Nachts rief sie im Schlaf nach Johann und erwachte weinend. Martha wiegte sie stundenlang in den Armen wie ein verängstigtes Kind.

Unterdessen hatte die Bombardierung aufgehört, und Martha kam in ihrem Keller schier um vor Sorge. Ihre liebe Luisa, ihre schöne und zerbrechliche Freundin … Wer würde sich um sie kümmern? Martha saß da, mit bangem Herzen, die Hitze machte sie schwindlig und wirr. Halb verdurstet, sprang sie im Geist von einer Überlegung zur anderen, einem Bild zum nächsten, ohne den Fluss ihrer Gedanken lenken zu können. Erschauernd dachte sie an Kasper und betete, dass er tot sein möge.

Der Lichtfleck war längst verschwunden, als ihre Kollegen vom Roten Kreuz sie endlich fanden. Jemand hatte ihr ununterbrochenes Rufen und Klopfen gehört. Sie lauschte darauf, wie sich die Rettungskräfte abmühten, um Haufen von Schutt und Ziegelsteinen fortzuschaffen. Es dauerte Stunden, ehe der erste frische Lufthauch von draußen zu ihr drang. Eine Ewigkeit, bis ihm Licht folgte. Vollkommen erschöpft sank sie in die Arme ihrer Kollegen. Sie stützten sie bis zur Küche der Sanitätsstation. In gierigen Schlucken trank Martha das Wasser, das man ihr reichte, anschließend machte sie sich über altbackene Kekse her, die sie zum Aufweichen in so stark gesüßten Kaffee tunkte, dass er wie Sirup schmeckte – Zucker war eines der wenigen Lebensmittel, über die das Rote Kreuz in großer Menge verfügte. Dann zog sie sich eine frische Uniform an und stieg in den ersten Rettungswagen, der kam, um sich mit Nachschub an Verbandszeug, Decken und Notverpflegung zu versorgen.

Das Ausmaß der Zerstörung überwältigte sie. Der Rauch, der aus den Ruinen aufstieg, brannte ihr in Augen und Lunge. Es gab kein Entrinnen vor dem Anblick des Grauens. Noch weigerte sich Martha, das Schlimmste anzunehmen. Sie musste Luisa suchen, musste sie wiederfinden. Überall, wo sie anhielten, fragte sie die Leute. Die Versorgung der Opfer verzögerte ihre verzweifelte Nachforschung, doch nur so konnte sie im Sanitätswagen mitfahren und sich dem Zentrum nähern.

»Luisa Zilch … Haben Sie sie gesehen? Eine junge Frau, vierundzwanzig Jahre alt, blond, blaue Augen, die man nicht vergisst, schwanger, kurz vor der Niederkunft oder vielleicht schon mit einem Säugling … Sie war in der Freiberger Straße, als die Bombardierung begann …«

»Freiberger Straße? Mein armes Fräulein …«

»Frau«, korrigierte Martha.

»Da steht nichts mehr, gute Frau. Kein einziges Gebäude …«

Martha untersuchte, säuberte, desinfizierte, verband und stellte dabei immer und immer wieder dieselben Fragen.

Haben Sie Luisa Zilch gesehen? Sind Sie Leuten begegnet, die aus dem Stadtzentrum kamen? Gibt es Überlebende? Haben Sie Luisa Zilch gesehen, eine sehr hübsche junge Frau, schwanger oder mit einem Säugling? Haben Sie im Zentrum Überlebende gesehen? Jedes Mal erhielt sie fast identische Antworten. Freiberger

Straße? Mein Gott, nein. Im Zentrum … das ist schwer zu sagen. Wunder gibt es immer wieder. Man muss an Wunder glauben, wissen Sie, eine andere Wahl haben wir nicht. Gerührt von der bangen Sorge in den Augen der jungen Frau, zogen es manche vor, sie anzulügen. Ja, sie hatten gehört, es gebe Überlebende. Man musste nach ihnen suchen. Dann verstummte Martha, die diese Antwort noch mehr beunruhigte als alle Bemühungen, sie von der Suche abzubringen. Stunde um Stunde breitete sich eine düstere Vorahnung in ihr aus und vertrieb langsam das bisschen Hoffnung, das sie noch hatte.

Zur selben Zeit bildete sich an den Ufern der Elbe um den kleinen Werner ein Netz der Solidarität. Seine Rettung war der Strohhalm, an dem diese Menschen, die alles verloren hatten, sich festhielten. Das Wunder seiner Geburt machte die Runde unter den Tausenden von Geflüchteten. Jeder Neuankömmling wurde sofort informiert, ebenso wie die Sanitäter, die sie erreichten, um Trinkwasser, Lebensmittel, Kleidung und Decken zu verteilen. Aus ihrem Delirium erwacht, versorgte Anke, die Amme wider Willen, das Kind mit mechanischen Gesten, die sie schon Hunderte Male für ein anderes ausgeführt hatte. Gesättigt schlief Werner in ihren Armen, unter dem roten Mantel an sie geschmiegt.

Martha verband gerade den schwerverbrannten Rücken eines Verletzten, als eine Kollegin aufgeregt zu ihr kam und erzählte, sie habe von einem Neugeborenen am Elbufer gehört und dass man nach einer gewissen Martha Engerer suche, der Tante des Kleinen. Mehr brauchte sie nicht zu sagen.

Wenn man sie wegen des Kindes suchte, konnte das nur heißen, dass Luisa nicht mehr lebte.

Als Anke ihr das Baby zwei Stunden später in den Arm legte, wallte in Martha plötzlich Hass gegen dieses rote, zerknitterte kleine Wesen auf. Es war schuld an Luisas Tod. Wen sonst konnte man verantwortlich machen? Sie selbst, die sie ihre Freundin nach Dresden geholt hatte, in der Hoffnung, sie zu beschützen? Die Engländer, die die Bomben abgeworfen und den Tod gesät hatten, wohin man auch blickte? Das Schicksal? Den Teufel? Wer vermochte in dieser Absurdität einen Sinn zu erkennen? Sie fragte, was ihrer Schwägerin zugestoßen sei. Wie distanziert dieses Wort klang. Dabei waren sie so viel mehr für einander gewesen. Und es gab so viele andere Namen, die sie ihr gern ins Ohr geflüstert hätte, während sie ihr übers Haar strich und die Wangen küsste …

Martha gab Anke den kleinen Werner zurück.

»Was ist mit Luisa geschehen?«, wiederholte sie ihre Frage, auf die sie noch keine Antwort bekommen hatte.

Der Soldat, der Werner gerettet hatte, erbleichte. Er berichtete davon, wie sie Luisa befreit und in die Kirche gebracht hatten. Er erzählte von Luisas Entschlossenheit und Stärke, der Geburt, ihrem Tod. Davon, dass sie ihren Sohn wenigstens gesehen, ihn an ihrem Herzen gespürt und ihn mit dem Finger sacht gestreichelt habe. Er tat alles, um das Grauen zu mildern, doch die Wahrheit traf Martha mit aller Wucht. Sie wollte nur weg. Fort von dem Wissen um Luisas Tod, fort von diesem Kind, das nun an ihrer Stelle da war, doch sie kam kaum ein paar Meter weit, ehe sie auf Hände und Knie in den Schlamm sank und sich von Krämpfen geschüttelt übergab. Im Laufe ihres chaotischen Lebens hatte sie Gott nur um zwei Dinge gebeten: sie von Kasper zu befreien und Luisa zu retten. Er hatte ihr soeben die wichtigste ihrer Bitten ausgeschlagen.

Manhattan, 1969

Rebecca Lynch? Die Tochter von Nathan Lynch?«

»Vermutlich«, antwortete ich. »Wer ist Nathan Lynch?«

»Du hast einen ebenso zuverlässigen Riecher für Immobiliengeschäfte wie für gute Partien«, frotzelte Marcus.

»Nun verrate mir endlich, wer das ist!«

Die drückende Schwüle, die schon seit Stunden über Manhattan hing, entlud sich gerade in einem befreienden Gewitter. Wir waren mit der Agentur verabredet, die unsere Wohnungen verkaufte. Danach wollten wir den Werbegrafiker treffen, den wir mit der Entwicklung unserer Kampagne beauftragt hatten.

Wir rannten die 14th Street entlang. Zum Schutz vor dem Regen, der jetzt auf uns niederprasselte, hielt ich mir meinen Mantel über den Kopf, da ich mich weigerte, mich unter Marcus' viel zu kleinen Schirm mit Nussholzgriff zu falten. Auf dem Weg zu seinem Auto fasste er für mich zusammen, was er über Rebeccas Vater wusste. Der Sammler, Bücherliebhaber und Mäzen Nathan Lynch war fünftes Kind und einziger Sohn von Celestia Sellman und John D. Lynch, die beide sehr alten amerikanischen Familien entstammten. Seine Mutter hatte ihm riesige Erdgasvorkommen in Venezuela vermacht sowie eine Gold- und Kupfermine im Nordosten Argentiniens. Von seinem Vater hatte er ein noch kolossaleres Vermögen geerbt, das sein Großvater Archibald, ein Erdölpionier des 19. Jahrhunderts, erworben hatte. Nathan hatte Harvard *summa cum laude* abgeschlossen, ehe er seine Studien an der London School of Economics fortsetzte, wo er sich mit John F. Kennedy anfreundete und, laut Marcus, mehr oder weniger mit dessen Schwester verlobt war.

Ich hatte den Überblick über den Stammbaum der Lynchs bereits verloren, als Marcus, der sämtliche Verbindungen der großen amerikanischen Familien aus dem Effeff kannte, mir aufzählte, welche mehr oder weniger im Niedergang befindlichen reichen Sprösslinge Nathans Schwestern geehelicht hatten. Mit Letzteren lag dieser allerdings im Clinch, seit er Rebeccas Mutter Judith Sokolovsky kennengelernt hatte, eine begnadete Geigerin. Seine kratzbürstigen Schwestern hatten die »Bohemienne« mit einer Boshaftigkeit aufgenommen, die ihresgleichen suchte. Nathan hatte ihre sarkastischen Bemerkungen nicht ertragen und, als sie sich auch noch weigerten, zu seiner Hochzeit mit Judith zu kommen, den Kontakt zu ihnen abgebrochen.

»Mein Vater kennt ihn sehr gut«, schloss Marcus. Nathan Lynch hatte Frank Howard vor einigen Jahren mit dem Bau des Sitzes seiner Stiftung in Chicago betraut.

Marcus seufzte, als er den Hoffnungsschimmer in meinen Augen sah. Ehe ich noch anfing, ihn zu bedrängen, und obwohl er es hasste, seinen Erzeuger um irgendetwas zu bitten, willigte er ein:

»Schon gut, ich mach's. Ich rufe meinen Vater an und erkundige mich. Lass dir allerdings gleich gesagt sein, dass du kein leichtes Ziel gewählt hast. Ich habe Rebecca vor dem Tag im Gioccardi noch nie gesehen, aber schon so einiges von ihr gehört. Einer meiner Freunde war in sie verschossen, und Madame hat ihn knallhart abblitzen lassen. Sie ist die einzige Tochter ihres Vaters. Eine kleine Prinzessin, sehr behütet und ziemlich verwöhnt. Ich glaube kaum, dass du in der Lage sein wirst, sie zu bändigen.«

Als wir den Wagen erreichten, fing Marcus plötzlich an zu fluchen – sofern man Ausdrücke wie »Zum Kuckuck!« und »Mist!« als Flüche bezeichnen kann.

Der linke Kotflügel seines Autos, das wir erst am Vortag aus der Werkstatt geholt hatten, war vollkommen verbeult. »Das kann doch nicht wahr sein«, stieß er noch einmal hervor.

Ich wollte auch gerade lospoltern, da entdeckte ich unter einem der Scheibenwischer einen durchnässten weißen Umschlag, den ich ungeduldig aufriss.

Sehr geehrte Dame,
ein Moment der Unachtsamkeit meinerseits hat diesen bedauerlichen Unfall verursacht. Ich bitte Sie, die dadurch an Ihrem Wagen entstandenen Schäden zu entschuldigen. Seien Sie doch bitte so freundlich, mich, sobald Ihnen dies möglich ist, zu kontaktieren, damit wir den Unfall aufnehmen und den Schaden gütlich regeln können.
Ich bitte Sie noch einmal aufrichtig um Entschuldigung,

Rebecca Lynch

»Kunstmalerin« stand nüchtern unter ihrem Namen, dazu ihre Adresse und Telefonnummer. Ungläubig starrte ich die Nachricht an.

»Und, hat der Kerl seine Adresse hinterlassen? Seinen Namen?«, fragte Marcus ungeduldig.

Ich hielt ihm den Zettel wie einen kostbaren Schatz hin. Er überflog ihn, runzelte die Stirn und seufzte laut.

»Ihr habt eine ziemlich kostspielige Art, euch den Hof zu machen. Habt ihr schon mal an ein Gedicht gedacht oder ein Ständchen?«

»Wenn sie das getan hat, dann heißt das doch, dass ich ihr gefalle«, stammelte ich aufgeregt.

»Wenn sie das getan hat und du ihr nicht gefällst, dann werde ich richtig sauer«, erwiderte Marcus, der sich vergeblich abmühte, die Fahrertür zu öffnen. Schließlich gab er es auf und fragte: »Und was tun wir jetzt?«

»Ich werde sie anrufen.«

Ich machte auf dem Absatz kehrt und lief zurück durch die Pfützen und den Regen, während Marcus mir hinterherrief:

»Wir haben nicht nur in einer Viertelstunde einen wichtigen Termin, sondern Rebecca Lynch ist bestimmt auch eine verwöhnte Göre. Sie hat immer bekommen, was sie wollte. Du solltest sie lieber etwas zappeln lassen. Wern! … Wern!«

Deutschland, Februar 1945

Martha saß am Elbufer auf einer Metallkiste und hielt zwei verschmierte Bogen Papier in der Hand. Fassungslos starrte sie vor sich hin. An einem einzigen Tag war ihr Leben vollkommen aus den Fugen geraten, und diese beiden Telegramme zerstörten nun alles, was noch davon übrig war. Von Braun, der erfolglos versucht hatte, sie und Luisa zu erreichen, hatte schließlich kurz hintereinander die beiden Nachrichten für sie ans Rote Kreuz telegrafiert. Die erste hätte sie erfreuen sollen. Doch sie nahm sie vollkommen gleichgültig, fast apathisch auf, was umso erstaunlicher war, wenn man wusste, welcher Hass sie in den vergangenen Jahren erfüllt hatte.

Kasper bei tragischem Unfall gestorben.
Bin mit ganzem Herzen bei Ihnen.
von Braun.

Sie hatte lange Zeit gedacht, der Tag, an dem ihr Mann sterben würde, wäre ein Freudentag für sie. Weil sie sich dann nicht mehr andauernd fürchten müsste, dass er ihr nachstellte, dass er hinter jeder Ecke auftauchen und sie mit Gewalt in die Hölle ihrer Ehe zurückholen könnte. Sie bräuchte das Messer nicht mehr, das sie tagsüber in ihrem Strumpfband, nachts unterm Kopfkissen aufbewahrte. Sie hätte keine Alpträume mehr, die sie mit gezückter Waffe aus dem Bett springen ließen, bereit, sich zu verteidigen, obwohl gar niemand im Zimmer war. Sie hatte sich vorgestellt, dass sie, sobald sie erst einmal von Kasper befreit wäre, weit weg von Deutschland, in Kanada oder den USA, ein neues Leben beginnen würde. Doch als sie nun die Nachricht wieder und wieder las, empfand sie keinerlei Freude, sondern nur eine Art Verblüffung. Nachdem sie sich jahrelang gegen ihn gewehrt hatte, gelang es ihr jetzt nicht, diese plötzliche Leerstelle zu erfassen.

Martha erinnerte sich genau an den Tag ihrer Hochzeit. Kasper hatte seinen wahren Charakter noch nicht offenbart. Er brachte ihr Blumen und Geschenke, nannte sie seine »Fee«, seine »Kleine«, machte Ausflüge mit ihr in seinem neuen Wagen. Sicher, er hatte sehr schnell um ihre Hand angehalten. Am Anfang dachte sie, es sei aus Neid seinem kleinen Bruder gegenüber geschehen, der nicht als Erster heiraten sollte. Kasper stand in jeder Hinsicht in einem ständigen, erbitterten Wettstreit mit Johann, der, obwohl es nicht in seinem Naturell lag, gelernt hatte, sich zur Wehr zu setzen. Als sie Kasper ihre Zweifel anvertraute, hatte der sie weggewischt, hatte Martha an sich gedrückt und ihr geschmeichelt. Er verstand es, die richtigen Worte zu wählen, wusste Menschen zu überzeugen. Er erkannte auf den ersten Blick, wo die Schwächen des anderen lagen und wie er ihn ködern konnte. Und Martha wollte ihm glauben. Mehr als alles andere gefiel ihr der Gedanke, derselben Familie anzugehören wie Luisa. Ihre Kinder wären Vettern ersten Grades, sie würden sie gemeinsam großziehen und miteinander alt werden. Martha stellte sich vor, wie sie mit Luisa im Garten sommerliche Tafeln deckte. Sie würden strahlend weiße Tischtücher ausbreiten und Körbe mit frisch gepflückten Erdbeeren, Aprikosen, Pfirsichen und Johannisbeeren, dazu Kuchen und Konfitüren daraufstellen, von denen ihre Kinder naschen würden. Sie sah die Geburtstagsfeiern vor sich, mit Gesang und Tanz, ausgedehnte Herbstspaziergänge im Wald, bei denen man Kastanien und Pilze sammeln konnte, Winterabende mit Hausmusik oder langen Gesprächen am Ofen auf dem Landgut der Zilchs, das so vielen Leuten Platz bot … Arglos hatte sie ja gesagt.

Am Tag der gemeinsamen Hochzeit jedoch, als die zukünftigen Schwägerinnen sich für das Fest fertigmachten, hatte sie im Spiegel ganz genau gesehen, dass etwas nicht stimmte. Es war offensichtlich: Sie strahlte nicht so wie Luisa. Beim Bankett saß jedes Paar an einem Ende des Tisches. In diesem Moment hätte man noch meinen können, dass sie alle demselben Schicksal entgegengingen, dass die Chancen gleich verteilt waren. Zwar war Kasper weniger aufmerksam. Er hielt nicht ihre Hand wie Johann die von Luisa. Er schenkte ihr nicht Wein und Wasser nach, sobald ihr Glas leer war. Er streichelte nicht ihre Wange, fand nicht für sie im Obstkorb die paarweisen Kirschen, damit sie sie, wie Luisa, scherzhaft als Ohrringe tragen konnte. Aber Martha versuchte sich zu beschwichtigen. Es war Kaspers gutes Recht, sich etwas verhaltener zu zeigen, er musste seine Zuneigung nicht so zur Schau stellen wie sein Bruder ... Diese vornehme Zurückhaltung hatte sogar etwas Bestechendes. Es gelang ihr bis zum Abendessen, ihre bösen Vorahnungen zu verscheuchen. Dann kam die Nacht. Diese erste Nacht, der viele andere folgen sollten. Kaspers Gewalttätigkeit kam völlig überraschend.

Am nächsten Morgen beim Familienfrühstück ging von Luisa ein glückseliges Strahlen aus, das Martha nie vergessen würde. Ihre Augen waren müde, doch ihre Lippen waren prall, ihre Haut frisch und glänzend wie die einer saftigen Frucht, das Haar fiel ihr locker auf die Schultern. Sie schien von einem geheimen Glück gesättigt zu sein, einer Erfüllung, die sie wie eine Aura umgab. Martha hingegen empfand nichts als Schmerz. Sie fühlte sich, als hätte man sie zerbrochen und fortgeworfen. Sie selbst war nur mehr ein schwaches Flämmchen tief in ihrem Innern, das ungeschützt im Luftzug flackerte. Ein Flämmchen, das nur noch verlöschen wollte.

Sie brauchte lange, ehe sie ihre Scham und Angst überwand und sich Luisa anvertraute. Kasper wusste die Menschen so gut zu blenden … Als Luisa die Schwere der Situation endlich erkannte, versuchte sie alles, um Martha zu helfen. Die beiden Frauen liebten einander ebenso sehr, wie ihre Männer einander bekämpften.

Martha hatte eine ganze Weile zusammengekauert dagesessen, den Blick ins Leere gerichtet, bis ein Verletzter mit schweren Verbrennungen sie um Hilfe bat. Sie stand auf, öffnete die Metallkiste und versorgte die Wunde. Dann ließ sie sich erneut auf die Kiste sinken und las noch einmal das zweite Telegramm, das von Braun ihr geschickt hatte. Die wenigen Worte hatten sie endgültig gebrochen:

Johann zurück in Peenemünde. Schwach, aber am Leben.
Luisas sofortige Rückkehr veranlassen.
von Braun

Alles, was hätte sein sollen und nicht gewesen war, schnürte ihr das Herz zusammen. Nur vierundzwanzig Stunden früher, und Luisa wäre nach Peenemünde aufgebrochen. Sie hätte ihren Mann wiedergesehen. Sie wäre noch am Leben.

Die Grausamkeit des Schicksals empörte Martha. Seit sie das Telegramm gelesen hatte, verfolgten sie Luisas letzte Worte: »Er heißt Werner Zilch. Er ist der Letzte von uns.« Das Baby war nicht der Letzte der kleinen Familie gewesen, die nie eine hatte sein dürfen. Luisa hatte sich geirrt. Johann lebte.

Drei Wochen zuvor hatte es begonnen. Plötzlich war sie felsenfest davon überzeugt, dass ihr Mann tot war. Von einem Tag auf den anderen hatte die junge Frau alle Hoffnung verloren. Sie war schreiend aufgewacht, die Hände vor ihrem gewölbten Bauch zu Fäusten geballt. Sofort war Martha zu ihr gestürzt. »Er ist tot. Ich habe von ihm geträumt. Er ist gekommen, um mir adieu zu sagen. Sie haben Johann umgebracht«, stieß ihre Schwägerin schluchzend hervor. Martha hatte sie zu beruhigen versucht, doch Luisa ließ sich nicht umstimmen. Nichts konnte an ihrer Gewissheit rütteln und ihren Kummer lindern. Wie sehr hatte sich Martha gewünscht, eines Abends in die Wohnung in der Freiberger Straße zu kommen, die sie gemeinsam bewohnten, und ihr feierlich zu verkünden: »Luisa, ich habe eine wunderbare Neuigkeit.« Sie hätte sie in die Arme geschlossen, hätte gesehen, wie sich ihre Miene aufhellte, während sie mit Johann telefonierte, wie die Spannung nach den Wochen des Wartens von ihr abfiel, die ihre Züge hatte hart, ihre Lippen schmal werden lassen. Wenige Augenblicke hätten genügt, um Luisa ihre Heiterkeit wiederzugeben, das Strahlen derer, die lieben und sich geliebt wissen.

Luisa hatte sich getäuscht. Johann war am Leben und frei. Allerdings hatte wirklich niemand mehr daran geglaubt … Von Braun hatte wie ein Löwe gekämpft, um seinen Freund zu retten, doch ohne Erfolg. Der Erfinder der V2-Raketen hatte alle Glaubwürdigkeit, die er noch genoss, sowie seinen Grad bei der SS, den er im Allgemeinen nicht an die große Glocke hängte, eingesetzt und überall verbreitet, dass die Weiterentwicklung der Flugkörper ohne Johann Zilch nicht möglich sei. Wolle man denn Hitler enttäuschen? Versuche man etwa, die bedeutendste Waffe zu sabotieren, auf die der Führer zählte, um den Krieg für sich zu entscheiden? Von Braun forderte die sofortige Rückkehr Zilchs. Was hatte der bedauernswerte Johann schon groß getan? Ein kleiner Fehltritt in einem Moment der Mutlosigkeit. Wer hatte das noch nie erlebt? Ja, er hatte ein paar Dummheiten von sich gegeben, das wolle er nicht leugnen. Aber da hatte er zu viel getrunken, war das denn so ein großes Verbrechen? Ein Mal hatte er sich Luft gemacht vor Leuten, die er für seine Freunde hielt. Sicherlich hatte er Zweifel geäußert am Ausgang des Krieges und an der Richtigkeit ihres Auftrags, doch es war offensichtlich, dass Johann nicht ein Wort davon wirklich glaubte. Niemand war dem Führer treuer ergeben als dieser junge Mann! Dafür verbürgte sich von Braun. Doch der »Herr der Raketen« mochte noch so sehr toben, die Rangoberen der Gestapo ließen sich davon nicht beeindrucken. Vielmehr erinnerten sie ihn daran, dass auch er sich schon manche sprachliche Entgleisung geleistet hatte und sich selbst und seine Mitarbeiter besser unter Kontrolle halten sollte. Am Telefon wiederholten sie mit sadistischem Vergnügen immer wieder Silbe für Silbe die Aussagen des Beschuldigten, wie um sie von Braun einzuhämmern: »Ich habe nur davon geträumt, den Weltraum zu erobern, den Mond zu erforschen, nach den Sternen zu greifen. Der Krieg hat unseren Traum in eine *mörderische Waffe* verwandelt. Ich diene meinem Land, *aber verlangt nicht von mir, dass ich mich darüber freue oder stolz darauf bin. Wir haben Blut an den Händen.*«

»Blut an den Händen!«, wiederholten die SS-Leute. Das war inakzeptabel! Und obendrein vor Zeugen! Wie konnte von Braun diesen Verräter verteidigen? Diesen Undankbaren, der so wenig Achtung zeigte vor den Opfern des Reiches! Und was war mit dem deutschen Blut, das vergossen worden war? Hatte dieses verdorbene Subjekt daran auch nur einen Gedanken verschwendet?

Aber von Braun gab sich nicht geschlagen. Er bestritt jedes Wort und drohte mit beträchtlichen Verzögerungen aufgrund von Fehlern im Steuerungssystem der Raketen, die nur Johann Zilch beseitigen konnte. Schließlich wurde auch er zwei Wochen in Haft genommen. Seine Bemühungen hatten nur alle in Gefahr gebracht.

Es war kurz vor Einbruch der Nacht. Todmüde versuchte Martha, so nüchtern wie möglich die Situation einzuschätzen. Das Baby regte sich in ihren Armen und greinte. Mechanisch wiegte sie es ein wenig hin und her, bis es verstummte.

Martha hatte aus Gaze und einer Baumwollbinde eine Windel improvisiert. In Ermangelung eines Mützchens hatte sie dem Baby eine gestrickte Herrensocke auf den Kopf gezogen, mit der es aussah wie ein kleiner Kobold. Schließlich hatte sie es in ein Küchenhandtuch – das sauberste Stück Stoff, das sie hatte finden können – und ein Umschlagtuch gewickelt, das eine der Vertriebenen ihr überlassen hatte. Das Baby hatte seine winzigen Finger hindurchgesteckt wie durch die Maschen eines Netzes.

Anke schlief, in zwei braune Filzdecken gewickelt, auf dem nackten Boden. Martha ließ ihren Blick über die Tausende von Flüchtlingen schweifen, die am Ufer des Flusses kampierten, und traf ihre Entscheidung: Sie musste so schnell wie möglich zum Vater des Kindes gelangen. Nach Peenemünde, zur Militärbasis. Ehe Luisa nach Dresden aufgebrochen war, hatte sie von Braun gefragt, ob er der Pate ihres Kindes werden wolle, und er hatte zugestimmt. Er würde alles für den Kleinen tun. Außerdem gehörten er und die Entwicklungsmannschaft der V2-Raketen zu den bestbehüteten Bürgern des Reichs, und davon wollte auch sie profitieren.

Martha erfuhr, dass in der nächsten Stunde ein Lastwagen mit einem verwundeten hohen Militär an Bord nach Berlin aufbrechen sollte. Also verbannte sie ihren Hass auf das männliche Geschlecht in den hintersten

Winkel ihres Bewusstseins, wie sie es in den vergangenen Jahren gelernt hatte, wusch sich das Gesicht und rieb sich energisch Wangen und Lippen, um ihnen etwas Farbe zu verleihen. Sie knotete ihr Kopftuch auf, löste ihr Haar, zog trotz der Kälte den Mantel aus und öffnete die drei obersten Knöpfe ihrer Uniformjacke. So ging sie zu dem Offizier. Lebhaft, mit leuchtendem Blick kokettierte und schmeichelte sie und erreichte innerhalb von zehn Minuten, worauf sie es abgesehen hatte: einen Platz im Lastwagen für sich, Anke und das Kind.

Vom Versorgungsoffizier bekam sie auf dieselbe Weise drei Laib Brot, Wasser mit Sirup, zwei Büchsen rote Bohnen und fünf getrocknete Würstchen. Kaum hatten sich ihre Wohltäter abgewandt, wurde ihr Gesicht wieder ernst und entschlossen. Wie sehr sie die Männer dafür verachtete, dass sie sich so leicht manipulieren ließen.

Sie ging, um Anke zu wecken, die jedoch protestierte: »Aber ich will nicht nach Berlin! Und schon gar nicht nach Peenemünde! Ich kenne dort niemanden …«

Doch so leicht war Martha nicht von einem einmal gefassten Entschluss abzubringen. Sie zeichnete Anke ein derart apokalyptisches Bild der in Dresden lauernden Gefahren und warf ihr so lange vor, das Leben eines schutzlosen Neugeborenen aufs Spiel zu setzen, bis sie schließlich einwilligte. Sobald die beiden Frauen mit Werner ihre Plätze eingenommen hatten, fuhren sie los.

Vor der Stadt hatte ein einzelner Jagdflieger die Fahrzeuge ins Visier genommen, die versuchten, der Feuersbrunst zu entfliehen. Sie entgingen nur knapp dem Beschuss. Starr vor Angst, klammerten sie sich auf der Pritsche des Wagens aneinander, um nicht allzu sehr hin und her geschleudert zu werden. Der Asphalt war in der Hitze geschmolzen, die Straßen waren von Kratern übersät, Brücken zerstört. Am Straßenrand lagen bis zur Unkenntlichkeit verbrannte Leichen und Tierkadaver, zwischen denen Verletzte und Flüchtende umherirrten. Inmitten dieses Grauens schlummerte Werner selig in Marthas Armen, und obwohl die junge Frau sich nicht vorstellen konnte, das kleine Bündel jemals zu lieben, fühlte sie sich irgendwie beruhigt von seinem Urvertrauen, seinem kaum merklichen Atem, den friedlich geschlossenen Augen und dem niedlichen Mund, den er nur alle paar Stunden empört aufriss, um seinen Hunger kundzutun. Kaum hatte er getrunken, schlief er wieder ein.

Als sie Dresden weit genug hinter sich gelassen hatten und die Anspannung langsam nachließ, begann der Offizier, Martha Avancen zu machen. Er hatte vor, sich in Berlin ein wenig zu zerstreuen, und bot Martha an, ihr sein Hotelzimmer zur Verfügung zu stellen.

»Danke, aber ich bleibe nicht in Berlin, mein Mann erwartet mich in Peenemünde«, entgegnete sie ruppig.

»Was macht Ihr Mann?«, erkundigte sich der General, darum bemüht, seine Enttäuschung zu überspielen.

»Er arbeitet Tag und Nacht mit von Braun daran, den Lauf dieses Krieges zu wenden, der Ihnen, meine Herren, unglücklicherweise außer Kontrolle geraten ist.«

Die Erwähnung von Brauns verfehlte ihre Wirkung nicht, und trotz Marthas anklagender Worte senkte sich ehrfurchtsvolle Stille über die Reisenden. Die junge Frau, die sich wie von einem unsichtbaren Schutzschild umgeben fühlte, drückte Werner ein wenig fester an sich und schloss die Augen.

Manhattan, 1969

Wer ist da?«, fragte eine Stimme mit ausländischem Akzent.

»Werner Zilch.«

Es folgte ein derart langes Schweigen, dass ich dachte, die Leitung sei unterbrochen worden.

»Hallo, hören Sie mich?«

»Ich habe Ihren Namen nicht verstanden, Mr …«

»Zilch, Werner«, wiederholte ich und betonte dabei jede einzelne Silbe.

»Können Sie das buchstabieren?«

»Z.I.L.C.H.«

Diesmal brauchte sie noch länger, um mir zu antworten.

»Miss Lynch ist nicht zu Hause. Sie wird Sie zurückrufen«, verkündete sie schließlich kühl und hängte auf.

Wütend darüber, wie unfreundlich sie mich abgefertigt hatte, rief ich sofort noch einmal an. Nachdem ich es etwa zwanzigmal hatte klingeln lassen, wurde der

Hörer abgenommen und gleich wieder aufgelegt. Bestimmt hatte Ernie dafür gesorgt, dass ich in diesem Haus unerwünscht war. Rastlos tigerte ich durch unser Wohnzimmer und überlegte, was ich nun tun sollte. Dabei trat ich versehentlich dem armen Shakespeare auf die Pfote und schnauzte ihn an, woraufhin er sich beleidigt aufs Sofa trollte.

Schließlich versuchte ich noch einmal, Rebecca zu erreichen. Vergeblich. Am liebsten wäre ich stehenden Fußes zum Haus der Lynchs gefahren, aber sosehr ich es auch hasse, derart unfreundlich behandelt und, mehr noch, ignoriert zu werden, war ich doch vernünftig genug, mich zu beherrschen. Vor allem, da Donna mir versicherte, dass nichts für eine Frau unangenehmer sei, als wenn ein Mann ungebeten vor ihrer Tür auftauchte. Mir blieb also nichts anderes übrig, als ihren Rat zu beherzigen und mir eine weniger aufdringliche Verführungsstrategie zu überlegen. Rebecca hatte Unverfrorenheit und Witz bewiesen, als sie mein – sprich Marcus' – Auto ebenso zugerichtet hatte wie ich ihres. Nun wollte ich ihr genauso effektvoll antworten. Doch alles, was ich mir ausmalte, scheiterte an einer ganz banalen Tatsache: Ich war pleite. Sicher, das würde sich bald ändern: Die Agentur hatte den Verkauf der Apartments wieder aufgenommen. Allerdings war frühestens in ein paar Wochen mit den ersten Anzahlungen zu rechnen. Im Moment hätte ich Rebecca nicht mal zum Essen einladen können. Ich musste also irgendwie zu Geld kommen. Daher beschloss ich schweren Herzens, meine Uhr ins Pfandhaus zu bringen. Es war eine Patek aus den vierziger Jahren und das einzig Wertvolle, was ich besaß. Mein Vater hatte sie mir zu meinem achtzehnten Geburtstag geschenkt. Sie erschien mir umso kostbarer, als sie seinem Hang zu extravaganten Wetten nicht zum Opfer gefallen war. Meine gesamte Kindheit über hatte sein Spielerpech meine Mutter, meine Schwester und mich um so manches Vergnügen gebracht, wenn nicht gar um das Nötigste.

Marcus begleitete mich in das finstere Loch in Queens, in der Nähe von Ozone Park. Eine schmale Treppe führte zum Eingang, der blaugestrichene Raum in der ersten Etage roch staubig und abgestanden, alles Elend der Welt schien hier versammelt. Ein unglaublicher Wust an Dingen stapelte sich in hohen Vitrinen entlang der einen Wand, an der gegenüberliegenden saßen drei Pfandleiher hinter ihren Schaltern. Ich löste die Patek von meinem Handgelenk, doch dann zögerte ich. Es kam mir vor, als würde ich mich von einem alten Freund trennen. Ich liebte ihr Gewicht an meinem Arm, liebte es, ihr Uhrwerk zu spüren, das wie ein kleines Herz pochte. Bisher hatte ich sie nur zum Duschen abgelegt, und ohne ihr vom vielen Tragen geschmeidig gewordenes braunes Lederarmband fühlte ich mich merkwürdig nackt. Diese Uhr hatte mir Glück gebracht.

»Jedenfalls hat sie dich nicht daran gehindert, unpünktlich zu sein«, ermunterte Marcus mich mit einem Klaps auf die Schulter.

Ich schob sie über den Tresen und war entsetzt, wie achtlos der Pfandleiher mein kostbares Gut in ein Stück schmuddeligen Filz wickelte und mit einer Nummer versah. Sobald ich das Geld bekommen hatte, verließ ich mit Marcus so schnell wie möglich diesen trübseligen Ort.

Der erhaltene Betrag erschien mir gering, gemessen an den mit meiner Uhr verbundenen Erinnerungen und den Erwartungen, die ich an den Abend mit Rebecca knüpfte. Trotzdem bereute ich meinen Schritt nicht. Zunächst schickte ich Blumen, als Dank für unser Treffen im Pierre, zusammen mit dem Unfallprotokoll und einer Einladung zum Abendessen in der kommenden Woche.

Sie nahm an. Ich war zugleich verrückt vor Freude und erschrocken, als sei plötzlich ein Wunsch in Erfüllung gegangen, von dem ich dies niemals erwartet hätte. Lange überlegte ich, welches Lokal das richtige wäre. Die luxuriösesten Restaurants, in denen sie sicherlich ein und aus ging, fand ich zu wenig originell – abgesehen davon, dass sie für mich sowieso unerschwinglich waren. Ein Essen in unserer schäbigen Wohnung kam überhaupt nicht in Frage. Weder sah ich uns im Central Park picknicken noch im Boot auf dem Hudson River Champagnerflaschen leeren. Nach langen Diskussionen mit Marcus hatte ich dann endlich eine Idee, von der ich sicher war, dass sie sie überraschen und hoffentlich auch bezaubern würde. Übermütig malten wir uns während unseres allabendlichen Aperitifs die verrücktesten Szenarien aus: Ich könnte sie mit dem Fahrrad, mit der Rikscha oder im über und über mit Blumen geschmückten Chrysler abholen. Marcus bestand darauf, dass ich mich auf dem Pferd präsentieren solle. Seit meiner Zeit in Yale war ich ein guter Reiter. Das Studium hatte ich mir teils durch meine Gewinne beim Rommé (eine von meinem Vater erlernte Disziplin), teils als Bursche in den Ställen der Universität verdient. Ich hatte mich um die Boxen gekümmert, den Hof gefegt, die Hufe der Criollos und der Vollblüter gereinigt. Dort hatte ich auch Polo gelernt. Ich trainierte jeden Tag und nahm manchmal an Spielen teil, wenn die Snobs aus der Uni einen Ersatzmann brauchten, weil einer von ihnen verschlafen hatte. Aber ein Pferd fand ich zu angeberisch und abgedroschen. Schließlich fiel die Entscheidung auf eine schwarze Miet-Limousine mit Chauffeur. Weiß wäre mir lieber gewesen, doch Marcus lehnte diese Farbe kategorisch als »entsetzlich auffällig« ab. Dann stürzten wir uns in die Vorbereitungen.

Am Abend unserer Verabredung stand ich pünktlich um acht Uhr mit klopfendem Herzen vor ihrer Tür.

Marcus hatte mir das Haus der Lynchs als eine der schönsten Adressen Manhattans beschrieben. Dieser westlich des Central Park gelegene Teil der 80th Street wirkte wie eine Ansammlung französischer Miniatur-Schlösser. Eine Fassade war eleganter als die andere, doch die der Lynchs übertraf alle übrigen. Laut Marcus war das gegen Ende des neunzehnten Jahrhunderts erbaute Haus »ein Schmuckstück der Neorenaissance«. Es war nicht weniger als fünf Stockwerke hoch, und die mit Steinskulpturen verzierten Fenster hätten einer Kathedrale alle Ehre gemacht. Einmal verriegelt, war die kunstvoll geschnitzte hölzerne Eingangstür nur mit Hilfe eines Rammbocks zu überwinden. Während ich vor diesem Palast wartete, wurde mir erst so richtig bewusst, wie tief der Graben war, der mich von der Frau trennte, in die ich mich so Hals über Kopf verliebt hatte.

Meine Gedanken wanderten zu unserem bescheidenen Häuschen in Hawthorne, New Jersey. Zu meinen Adoptiveltern, liebevollen Menschen, mit denen ich, trotz der Zuneigung, die ich für sie empfand, nicht viel gemeinsam hatte. Mein Vater hatte, desillusioniert, seine Träume an den Nagel gehängt, und meine Mutter predigte ein bescheidenes Glück, bloß keinen übertriebenen Ehrgeiz, während ich etwas darstellen, etwas erschaffen, existieren wollte. Hoch hinauszuwollen erschien meiner Mutter jedoch unziemlich und obendrein riskant: Sie war nicht bereit, Enttäuschungen zu ertragen. Sie war schon bis zu ihrem Äußersten gegangen, indem sie ihre Heimat in der Normandie verlassen hatte, um diesem schönen Soldaten zu folgen, dem sie sich im Rausch der Befreiung hingegeben hatte. Ihre einzige Sorge bestand darin, ihre beiden Kinder vor den unzähligen Gefahren zu bewahren, die eine Familie ins Unglück stürzen konnten, und ihren Mann vor dem drohenden moralischen und materiellen Ruin. Mein Vater Andrew seinerseits verbarg hinter seinem schnittigen Auftreten eines Immobilienmaklers und ehemaligen GIs eine große Verletzlichkeit und Schwäche, die meine Mutter jedoch nicht wahrhaben wollte. Sie tat alles, um den Zauber zu erhalten, den sie bei ihrer ersten Begegnung auf jenem berühmten Ball in Rouen empfunden hatte. Die Hingabe meiner Mutter überhöhte und rechtfertigte ihn und gab meinem Vater Halt. An ihm nagten Zweifel und Unzufriedenheit, sie sah ihn als einen außergewöhnlichen Menschen. Er sehnte sich nach einem besseren Leben, sie begnügte sich mit dem, das wir hatten. Er träumte von Luxus, von schönen Autos und teuren Hotels, sie liebte das Haus, den kleinen Garten, die aufgeräumten Schränke und ihre mit Vorräten gutgefüllte Küche. Sie beschützte ihn vor sich selbst, verwaltete sparsam die gemeinsamen Finanzen, gab ihm nur ein Taschengeld für seine Rommé-Partien und sah es ihm dennoch nach, wenn er wieder einmal das Sparschwein schlachtete und an einem einzigen Abend die zurückgelegten Groschen ganzer Monate durchbrachte. Was auch geschah, meine Mutter regte sich nie über ihn auf.

Ich bewunderte ihre Geduld und ahnte, was sich dahinter verbarg. Die Schwierigkeiten, die sie durchgemacht hatten, um Kinder zu bekommen, erklärten zum Teil die Besonderheit ihrer Beziehung. Obwohl kaum ein Jahr nachdem sie mich adoptiert hatten, meine Schwester Lauren geboren wurde, hatte diese Erfahrung, zusammen mit dem Kriegstrauma, das Urvertrauen meiner Mutter zerstört. Alles jenseits ihrer vier Wände ängstigte sie: Das Wasser, in dem wir ertrinken, die Bäume, von denen wir stürzen, und das Feuer, an dem wir uns verbrennen konnten. Für sie war die Luft voller Viren, auf dem Schulweg lauerten Landstreicher und im Gras die giftigen Schlangen. Sie fürchtete sogar die schönen Sommerabende und versuchte uns mit allen Mitteln im Haus zu halten, schloss die Fenster, die wir, sobald sie uns den Rücken zukehrte, sogleich wieder aufrissen, ungeachtet aller Mücken, Fledermäuse, Glühwürmchen und jenes Rausches aus Hitze und Mondlicht, der uns ihrer Meinung nach den Verstand rauben konnte. Meine Mutter hatte der Krieg misstrauisch gemacht, meinem Vater dagegen alle Illusionen geraubt. Im Gemetzel des D-Days hatte sich Andrew das Tier im Menschen in all seiner Schrecklichkeit offenbart. Seitdem sah er in der Zivilisation lediglich die ausgeklügeltste Form, dem Untergang entgegenzugehen. Anders als meine Mutter, die ganz in der Konsumgesellschaft aufgegangen war, glaubte mein Vater nicht mehr an den amerikanischen Traum. Er hatte gesehen, wie man einige nach Europa in den Kugelhagel geschickt hatte, während andere zu Hause geblieben waren und studiert, Bier getrunken, Vanilleeiscreme geschleckt und sich an die von den Soldaten zurückgelassenen Frauen herangemacht hatten. Er glaubte nicht mehr an Chancengleichheit und daran, dass jeder, der hart arbeitete, es zu etwas bringen konnte. Für meinen Vater vermochte allein der Zufall die Ungerechtigkeit zu erklären, in die jeder hineingeboren wurde, und so war auch nur der Zufall in der Lage, sein eigenes Schicksal zu verändern. Nur ein reiner Glücksfall, den er herbeizuführen suchte, indem er jeden Samstag in seinen Club zum Kartenspiel ging oder absurde Beträge auf müde alte Klepper setzte, würde sein Leben zum Besseren wenden.

Im Gegensatz zu ihm glaubte ich an die grenzenlose Macht des Willens und war entschlossen, mir meine Welt aus eigener Kraft zu erschaffen. Meine Eltern sahen in mir ein fremdartiges Wesen. Meine geringsten Ambitionen übertrafen ihre kühnsten Hoffnungen. Doch ich weigerte mich standhaft, mich zu bescheiden. Ich wusste nicht, woher ich kam und wem ich dieses markante Gesicht verdankte, diese hellen Augen, die weizenblonde Mähne. Ich fühlte mich ungebunden. Frei von jedem Erbe, losgelöst von der Vergangenheit. Die Zukunft lag in meiner Hand, ich allein war für mein Schicksal verantwortlich. Und ich brannte darauf, zu beweisen, was in mir steckte.

Reichtum und Einfluss, die der Palast der Familie Lynch ausstrahlte, beeindruckten mich nicht. Ich blieb im Fond des Wagens sitzen und bat den Fahrer zu klingeln. An der Tür sprach er mit einer hageren alten Dame, die einen nonnenhaften Rock und eine lila Seidenbluse mit einer Schleife am Hals trug. Ob sie es war, die mich am Telefon so arrogant hatte abblitzen lassen?

»Miss Lynch kommt sofort«, verkündete mir der Fahrer. Nach einer Viertelstunde öffnete sich die Eingangstür. Ich hatte eine elegant gekleidete junge Frau erwartet, doch aus dem Haus trat ein halber Junge. Rebecca trug ein Männersakko mit einer beigen Hose und einem weißen Hemd, dessen Kragen sie offen gelassen hatte. Dazu eine blaue, locker gebundene Krawatte. Diese Aufmachung eines Yale-Studenten verlieh ihr, in Kombination mit ihrer blonden Löwenmähne und dem unbefangenen, selbstsicheren Auftreten, eine Aura unbändiger Freiheit. Sie stieg ein, und wir begrüßten uns übertrieben förmlich, um die Befangenheit zu kaschieren, die uns beide plötzlich befiel.

Ihre Augen blitzten ungeduldig und voller Neugier. Sie fragte, wohin wir fahren würden. Ihr erwartungsvoller Blick machte mir Mut, außerdem hatte ich mir geschworen, diesmal keine Gelegenheit zu verpassen. Also wettete ich übermütig um einen Kuss auf den Mund, dass es ihr nicht gelingen würde, zu erraten, wo ich sie hinbrachte. Mit einem Lächeln nahm sie an.

Natürlich entsprach keines der Lokale, die sie nannte, unserem Ziel.

Rebecca wirkte erstaunt, als wir nach Downtown kamen, leicht verunsichert, als der Wagen auf die Brooklyn Bridge einbog, und ganz offensichtlich erschrocken, als der Fahrer vor einem im Bau befindlichen Wohnblock hielt und zwei Paar Gummistiefel aus dem Kofferraum holte. Nur zögernd folgte sie mir in das Gebäude. War ich zu weit gegangen? Rebecca wollte sich offensichtlich nicht anmerken lassen, dass sie besorgt war, doch im Grunde kannte sie mich nicht. Wir waren uns bisher nur zweimal begegnet, und das unter mehr als chaotischen Umständen. Wahrscheinlich verfluchte sie sich gerade insgeheim dafür, dass sie sich in die Hände eines Typen begeben hatte, der verrückt genug war, ihr durch die halbe Stadt hinterherzufahren, ihren Wagen zu demolieren, und der jetzt an diesem zwielichtigen Ort wer weiß was mit ihr vorhatte.

Vorsichtig nahm ich sie bei der Hand und führte sie die Treppe hinauf, an der noch kein Geländer angebracht war. Mein Herz begann zu rasen, als ich spürte, wie sie bei der Berührung leicht erschauerte.

Zwischen dem fünften und sechsten Stock fand sie ihre Sprache wieder. »Wirklich eine exquisite Baustelle. Und was steht auf dem Menü, Werner? Zementsuppe, gefolgt von Ziegelsteinpastete mit Mörtelsoße?«, fragte sie.

Allein, sie meinen Namen aussprechen zu hören, jagte mir ein Kribbeln über den Rücken. Ich versicherte ihr, dass ich ihr so etwas niemals zumuten würde.

Als wir in die zehnte und letzte Etage gelangten, waren ihre Wangen leicht gerötet und ihr Atem ging schneller.

»Ein Essen mit dir muss man sich wohl erst verdienen«, sagte sie und zog ihr Sakko aus. Der feine Stoff der Hemdbluse umschmeichelte ihren Körper. Sie angelte ein Haargummi aus ihrer Tasche und fasste ihre Mähne zu einem hohen Pferdeschwanz zusammen, der ihren Nacken entblößte. Meine Knie wurden weich.

Schnell nahm ich den Schlüssel und öffnete die Tür, sicher, dass meine Überraschung ihre Wirkung nicht verfehlen würde.

Rebecca unterdrückte einen Schrei.

Mit einem der Kräne hatten die Arbeiter einen Großteil der Bäume, die in den nächsten Tagen um die beiden Gebäude herum eingepflanzt werden sollten, aufs Dach gehoben. Aufgereiht an den Seiten, bildeten sie eine Allee, die den spektakulären Blick auf Manhattan und die Brooklyn Bridge einrahmte. Ein Piano erklang. *I've Got You Under My Skin*, ein Augenzwinkern von Marcus, der für die musikalische Untermalung des Abends sorgte. Ich lächelte bei dem Gedanken daran, auf welch abenteuerlichem Weg wir sein Klavier hier heraufgebracht hatten. Um dem Ganzen den letzten Schliff zu verleihen, hatte Donna aus Kerzen und sandgefüllten Packpapiertüten Lampions gebastelt, die, zwischen den Bäumen verteilt, ein feenhaftes Licht verbreiteten.

Rebecca war hingerissen. Ich hatte Lust, den Kuss einzufordern, den sie mir schuldete, fürchtete aber, sie damit wieder zu verunsichern.

Plötzlich kam Shakespeare auf uns zugetrabt. Marcus, der alte Witzbold, hatte ihm eine riesige rote Schleife um den Hals gebunden. Meine Begleiterin tat einen Satz nach hinten. Während ich schützend einen Arm um sie legte, bedeutete ich Shakespeare, Sitz zu machen.

»Hast du Angst vor Hunden?«, fragte ich.

»Das ist kein Hund, das ist ein Pferd!«

»Keine Sorge, er ist lammfromm.«

Just in dem Moment stellte sich Shakespeare zum Zeichen seiner Zuneigung auf die Hinterbeine und umarmte mich mit den Vorderpfoten. Rebecca wich noch einen Schritt zurück.

»Shakespeare, runter mit dir!«, befahl ich. »Platz! So ist's gut. Sag Rebecca guten Tag.«

Schwanzwedelnd setzte er sich hin.

»Du kannst ihn ruhig streicheln, er hat noch nie jemanden gebissen.«

»Er ist ein Monstrum«, sagte sie, ehe sie zögernd eine Hand auf seinen Riesenschädel legte. Mehr war nicht nötig: Schon rollte er sich auf den Rücken und entblößte seinen Bauch, damit sie ihn kraulen konnte. Rebecca lachte hell auf. Ihre zarten Finger verschwanden in Shakespeares dichtem rotblonden Fell.

Ich führte Rebecca an einen festlich gedeckten ovalen Tisch. Die Gläser funkelten, und in einer geschliffenen Kristallkaraffe schimmerte der Wein. Miguel, der Koch in weißer Livree mit silbernen Knöpfen, hatte sich selbst übertroffen.

Donna hatte uns eine kleine, mit Samt bezogene Holzbank geliehen, von der aus wir den Sonnenuntergang betrachten konnten. Rebecca zog die Gummistiefel aus und ließ sich mit angewinkelten Beinen auf der Bank nieder. Shakespeare setzte sich ihr gegenüber in der Hoffnung auf ein paar Streicheleinheiten, doch Rebecca lachte nur abwehrend. Sie befahl ihm, Platz zu machen. Überrascht sah ich, wie mein Hund, der, genau wie sein Herrchen, nur wenigen Menschen auf der Welt gehorchte, sich fügsam auf dem Boden ausstreckte und den Kopf auf die überkreuzten Pfoten legte. Miguel reichte uns zwei Gläser Champagner.

Es war ein perfekter Moment. Die Sonne versank langsam hinter den Wolkenkratzern und streifte den Himmel in Gold und Purpur. Marcus klimperte auf dem Piano. Rebecca klopfte sacht den Takt von *Take Five* mit. Unterstützt durch den Champagner, floss unsere Unterhaltung leicht und mühelos dahin. Rebecca erzählte mir von ihrer nächsten Ausstellung und dem Projekt, an dem sie gerade arbeitete: ein gigantisches Triptychon, das sie mir in einem ihrer Hefte skizzierte. Ich verstand nicht mal die Hälfte ihrer Verweise und Erklärungen, doch sie tat meine Unwissenheit mit einem Lachen ab. Dann fragte sie mich, warum ich dieses Gebäude für unser Abendessen ausgewählt hatte. Ich erklärte ihr, dass es mein erstes großes Bauprojekt war, dem viele weitere folgen sollten.

»Hier wird meine Zukunft entschieden«, fügte ich

hinzu und sah ihr direkt in die Augen. »Ich möchte, dass du ein Teil davon bist.«

Die meisten Frauen hätten den Blick gesenkt, Rebecca dagegen fragte, ohne mit der Wimper zu zucken: »Inwiefern ein Teil davon?«

Ihre Offenheit brachte mich aus dem Konzept. Gleichzeitig war ich noch nicht bereit, ihr meine Verliebtheit zu gestehen, und so griff ich nach dem ersten Strohhalm, der sich mir bot:»Ich möchte, dass du Kunstwerke für die beiden Eingangshallen entwirfst. Sie werden das Erste sein, was die Leute beim Hereinkommen sehen, und die Erinnerung, die sie mitnehmen, wenn sie wieder gehen.«

Nun war sie überrascht.

»Du hast doch noch keine einzige meiner Arbeiten gesehen!«

»Ich habe deine Zeichnungen gesehen, und ich habe dir zugehört. Das genügt mir.«

Ich hatte ins Schwarze getroffen. Rebecca war eine verwirrende Mischung aus Arroganz und Unsicherheit. Dank der Bedeutsamkeit ihrer Familie mochte sie sich ihres gesellschaftlichen Rangs gewiss sein, doch ihren persönlichen und künstlerischen Wert musste sie noch unter Beweis stellen.

Mit geröteten Wangen und glänzenden Augen versuchte sie – erfolglos –, ihre Aufregung zu verbergen. Sie nahm mein Angebot an, ohne mir zu danken oder nach ihrer Bezahlung zu fragen.

»Dann komm, ich muss dir was zeigen.«

Ich half ihr aufzustehen, denn mir war jede Ausrede recht, um sie zu berühren. Sie reichte mir kaum bis zur Schulter, doch ihre Ausstrahlung und ihre Präsenz waren weit intensiver, als ihre zierliche Statur vermuten ließ. Neben ihr auf die Ummauerung der Terrasse gelehnt, von wo aus wir die benachbarte Baustelle im Blick hatten, fühlte ich ihre Nähe mit jeder Faser meines Körpers. Um sie nicht sofort zu küssen, erzählte ich drauflos. Davon, wie schwierig sich das Projekt angelassen hatte, wie wir gefürchtet hatten, dass es eventuell nicht weitergehen könnte. Ich sprach auch unser nächstes Projekt an, eine ausgedehnte Parzelle am Hudson, auf die ich ein Auge geworfen hatte und die uns hoffentlich einen entscheidenden Schritt weiterbringen würde. In einem ihrer Hefte skizzierte ich ihr die Grundrisse der dort geplanten Wohnungen. Sie lachte über mein geringes zeichnerisches Talent.

»Na ja, für die Entwürfe bin ich auch nicht zuständig, die hat Frank Howard gemacht.«

»Frank Howard? Den kenne ich, das ist ein guter Bekannter meines Vaters!«, rief sie aus.

Ich fügte hinzu, dass er wiederum der Vater meines besten Freundes sei, mit dem ich in Yale gewesen sei, ohne ihr zu verraten, dass derselbe Freund gerade romantische Balladen auf dem Piano klimperte. Eine weitere Schranke fiel. Dank der Magie eines Namens war ich kein Niemand mehr.

Als wir endlich am Tisch saßen, trug Miguel in einer rauschenden Folge von Verbeugungen Silbertabletts und Schalen seines Festmahls auf. Doch er erntete wenig Anerkennung für seine Mühen, denn Rebecca und ich hatten nur Augen für einander. Wir aßen beide kaum etwas, dafür tranken wir umso mehr Wein. Schließlich servierte Miguel uns eine Erdbeertarte, Tee und Digestifs, ehe er, wie vereinbart, mit Shakespeare im Schlepptau verschwand.

Marcus spielte noch immer auf dem Klavier, und ich bat Rebecca um einen Tanz. Wir drehten uns langsam zur Melodie von *Moon River*, deren Text sie leise mitsang. Ich roch ihr Parfum, ihre Haare streiften mein Kinn, wir schwebten auf den Klängen der Musik, doch ich zögerte noch. Ich wollte die Magie dieses Augenblicks nicht zerstören, aber auch nicht den richtigen Moment verpassen … Ich zog sie sacht an mich, und da sie sich bereitwillig in meine Arme schmiegte, flüsterte ich ihr ins Ohr:

»Wir haben um etwas gewettet.«

»Ich habe mich schon gefragt, wann du deinen Gewinn einforderst.«

»Jetzt«, sagte ich, hob sie hoch und trug sie zu der kleinen Bank. Behutsam nahm ich ihr Gesicht in meine Hände. In ihrem Blick lag ein besorgtes Flackern, das mich erstaunte. Ich hielt inne, mein Gesicht ganz dicht an ihrem. Sie atmete tief meinen Duft ein, ich spürte, wie sie erschauerte, wartete, obwohl alles in mir sich nach ihr verzehrte. Endlich öffnete sie die Augen, und ich sah keine Spur von Furcht mehr darin. Meine Finger an ihrem Hals spürten den Schlag ihres Herzens.

Langsam beugte ich mich zu ihr und küsste sie. Sie erwiderte meine Küsse ohne jede Zurückhaltung. Ich weiß nicht, wie lange wir so dasaßen und die Welt um uns herum vergaßen. Als ich zu stürmisch wurde, biss sie mich sacht und bedeckte dann meine Lippen mit sanften Küssen. Plötzlich löste sie sich von mir, stellte sich vor mich hin und sah mich herausfordernd an. Ihr Gesicht und ihr Blick standen in Flammen.

Deutschland, 1945

Am Ende der Reise hatte Martha sich so an das Baby gewöhnt, dass sie es nur noch hergab, wenn Anke es stillen musste. Sie ließen sich am Stettiner Bahnhof absetzen, wo sie nach langer Wartezeit und vielem Hin und Her endlich einen Platz in einem Zug ergatterten. Diese Fahrt war noch strapaziöser als die vorige. Immer wieder mussten sie anhalten: wegen Personenkontrollen, blockierter Gleise oder auf dem Rückzug befindlichen Militärdivisionen. Vierzig Kilometer vor Peenemünde endete die Reise. Die wenigen Passagiere stiegen am gottverlassenen Bahnhof von Züssow aus und sahen dem Zug hinterher, der wieder in Richtung Berlin davonrollte. Ab hier mussten sie zu Fuß weitergehen.

Die Kälte biss ihnen in Ohren, Nasen und Finger. Die beiden Frauen trugen abwechselnd das Baby, das, von ihren Schritten gewiegt und dick eingemummelt in sein Umschlagtuch und einen wollenen Männerpullover, friedlich schlummerte. Sie liefen stundenlang, bis jeder

Muskel schmerzte. Die wenigen Fahrzeuge, denen sie begegneten, waren alle Richtung Süden unterwegs.

Schließlich ließen sie sich auf die Straßenböschung sinken und blieben dort zum Schutz vor der Kälte eng aneinandergeschmiegt sitzen, während die Dunkelheit langsam heraufzog und ein feiner Nieselregen einsetzte. Sie hatten keine Kraft mehr, nach einer Scheune oder auch nur einem Baum zu suchen, der ihnen etwas mehr Schutz bieten konnte. Es war schon fast Nacht, als ein alter Bauer mit seinem von einem ebenso betagten Klepper gezogenen Karren sie auflas. Als er hörte, wo sie hinwollten, stieß er einen Pfiff aus.

»In Peenemünde sind vielleicht schon die Russen, meine Hübschen. Seid ihr sicher, dass ihr dorthin möchtet?«

»Ganz sicher«, antwortete Martha.

Der Alte brachte sie nach Mölschow, wo es ein Lebensmittelgeschäft gab, das noch einen Wagen für seine Lieferungen hatte. Fenster und Türen waren verbarrikadiert, doch Grete, die den Laden allein führte, seit ihr Mann eingezogen worden war, empfing sie freundlich.

Sie hatte rote Haare und ein Gesicht wie eine Puppe: weiß mit runden, rosigen Wangen. Die geschwungenen, hohen Augenbrauen verliehen ihr einen erstaunten, ja, fast naiven Ausdruck.

Mölschow lag ganz in der Nähe der Militärbasis, zu der Martha sofort aufbrechen wollte. Ihre Gastgeberin sah sie bedauernd an. »Ihr kommt von weit her, stimmt's?«

»Aus Dresden.«

Die drei Frauen schwiegen einen Moment beim Gedanken an die zerstörte Stadt.

»Wisst ihr, dass in Peenemünde niemand mehr ist?«

»Was soll das heißen, niemand mehr?«, stieß Martha hervor.

»In den letzten Tagen haben wir Dutzende Lastwagen und mehrere Materialzüge vorbeifahren sehen. Sie wurden vor den Russen in Sicherheit gebracht, nach Süden. Sie haben alles mitgenommen.«

»Das kann nicht sein!«, rief Martha aus.

»Doch, sie haben uns schutzlos zurückgelassen. Aber ich habe nicht vor, mir alles gefallen zu lassen.« Die Ladenbesitzerin deutete auf zwei Karabiner auf dem Geschirrschrank.

Martha dachte nur, dass die beiden rostigen Schießeisen die Russen nicht lange in Schach halten würden.

Mit einem Stöhnen ließ Anke ihren Kopf auf die Arme sinken, und Werner begann zu weinen. Grete wollte ihn hochnehmen, doch Martha hielt sie barsch davon ab: »Ich kümmere mich um ihn.«

»Ihr müsst erst einmal wieder zu Kräften kommen«, sagte Grete beschwichtigend. »Ihr könnt heute Nacht hier schlafen, und morgen bringe ich euch nach Peenemünde, wenn ihr da immer noch hinwollt. Aber ihr werdet sehen, dort ist keiner mehr.«

»Wo sind sie denn hin?«

»In die Alpen. Niemand darf das wissen, aber jeder weiß es …«

Sie gab ihnen Gerstensuppe mit Kohl und etwas Speck und half ihnen dann, ihre schmerzenden Füße zu versorgen, die sie mit warmem Wasser und Kernseife wuschen, mit Fett bestrichen und bandagierten.

Als sie alle im Bett lagen und das Baby schlief, nahm Martha die vor Angst und Kälte zitternde Anke in ihre Arme. Sie tröstete sie, wie sie Luisa so häufig getröstet hatte.

Als Ankes Atem ruhiger wurde, fand Martha noch lange keinen Schlaf. Sie dachte an ihre Freundin, die vor zwei Tagen gestorben war. Vor kaum ein paar Dutzend Stunden war ihr Körper noch unversehrt, warm, lebendig gewesen. Martha konnte es einfach nicht fassen. Sobald sie zur Ruhe kam, wurde sie von schrecklichen Bildern und schmerzvollen Gedanken heimgesucht. Anke musste es ganz ähnlich gehen. Doch die beiden Frauen sprachen nicht darüber. Solange es ums nackte Überleben ging, war da kein Platz für ihre Trauer. Der kleine Werner erwachte in regelmäßigen Abständen, Anke stillte ihn mit mechanischen Gesten, Martha erneuerte seine behelfsmäßige Windel, und sie schmiegten sich wieder aneinander.

Anke und das Baby schliefen noch, als Martha am nächsten Morgen aufstand. Sie trank eine Tasse Zichorienkaffee, verschlang zwei trockene Scheiben Brot, legte ihrer Begleiterin eine Nachricht hin und verließ mit Grete das Haus. Seit die Soldaten und Wissenschaftler weg waren, öffnete das Geschäft sowieso nicht mehr. Sie stiegen in ihren klapprigen Lieferwagen und machten sich auf in Richtung der ehemaligen Heeresversuchsanstalt.

Nach kurzer Zeit war rechter Hand die Ostsee zu sehen. Dann näherten sie sich der Basis, die einsam dalag. Der Schlagbaum war nicht einmal heruntergelassen, der Standort war offensichtlich aufgegeben worden. Es blieben nur die Spuren eines überstürzten Aufbruchs. Sie sahen Metallfässer voll halb verbrannter Papiere, Fetzen zerrissener Pläne wurden von Windstößen über den Boden getrieben. In den Büros herrschte ein heilloses Durcheinander, die Montagebänder standen still, Werkzeug war wahllos in abgekoppelte Anhänger geworfen worden. Der letzte Materialkonvoi war vor zwei Tagen aufgebrochen, wie ihnen kurze Zeit später ein alter Mann erklärte. Der ehemalige Wärter hatte seine Frau vor wenigen Monaten hier beerdigt und wollte sie nicht zurücklassen. Eher erwartete er die Russen und sein Ende.

Er bot ihnen süße warme Milch an. Er hatte noch ein paar Dosen Konzentrat, die er lieber mit ihnen teilte, als sie den Russen zu überlassen. Während er sich am Herd zu schaffen machte, redete Martha auf Grete ein. Sie mussten so schnell wie möglich nach Süden aufbrechen. Grete protestierte empört: Was hatte sie denn in den Alpen verloren? Was, wenn ihr Mann zurückkäme?

Und was war mit dem Laden, den Vorräten? Hier oben sei sie vor den Russen nicht sicher, versuchte Martha sie zu überzeugen. Es gebe keine andere Möglichkeit, als zu fliehen, bekräftigte auch der alte Mann. Er selbst sei bereit zu sterben, aber sie! Sie war doch jung, kerngesund und hatte das Leben noch vor sich. Außerdem war sie eine Frau, und was die Russen mit denen taten …

Ohne noch länger zu zögern, stieg sie also mit Martha in ihren Lieferwagen. Anders als auf der gemächlichen Hinfahrt, trieb sie das alte Gefährt nun in Windeseile über die Landstraßen. Dabei redete sie ununterbrochen, wie um ihre Sorgen zu verscheuchen, die sich in erster Linie um Proviant und Benzin drehten. Sie hatte noch fünf Kanister synthetischen Kraftstoff im Keller – ein wahrer Schatz in diesen Zeiten des Mangels, doch längst nicht genug, um die Alpen zu erreichen. Sie würden unterwegs noch welchen besorgen müssen, was angesichts der allgemeinen Zerstörung und der Beschlagnahmungen mehr als schwierig werden dürfte. In Mölschow informierten sie Anke über die bevorstehende Abreise. Diese schien vor allem erleichtert zu sein, dass sie nicht zu Fuß gehen mussten.

Es zerriss Grete das Herz, dass sie keine persönlichen Gegenstände mitnehmen konnte, weder ihr Brautkleid oder die Romane ihrer Mutter, an denen sie so hing, noch ihre geliebten Porzellanfiguren. Aber Martha war unerbittlich: »Dafür haben wir weder die Zeit noch das Benzin.«

Sie war sogar dagegen, Lebensmittel einzupacken, die Grete als Tauschmittel benutzen wollte.

»Deine Waren könnten uns auch Scherereien einbringen. Man könnte sie uns stehlen oder Schlimmeres … In diesen Zeiten ist manch einer schon für weniger umgebracht worden.«

In diesem Fall jedoch tat Grete ihre Einwände einfach ab. Sie kannte sich vielleicht mit den Russen und ihren Gräueltaten nicht so gut aus, aber in Sachen Lieferung machte ihr keiner was vor: Der Wagen hatte einen doppelten Boden. Nachdem sie ein paarmal unterwegs überfallen worden war, hatte sie ihren kleinen Bruder, der Automechaniker war, damit beauftragt, ihn einzubauen. Kurz darauf wurde auch er an die Front geschickt.

»Ein halbes Kind …«, seufzte sie und wollte schon die ganze Geschichte erzählen, doch Martha warf ihr einen mahnenden Blick zu und drückte ihr einen Stapel Decken in die Arme. Das war nicht der richtige Augenblick, um sentimental zu werden.

Den Treibstoff und den größten Teil der Lebensmittel verstauten sie in Gretes durch zwei Luken verborgene Versteck. Über die normale Heckklappe kamen Kleidung, Seife, Decken, Schals und Mützen hinzu. Zu guter Letzt bewaffneten sie sich noch mit den beiden Karabinern samt Munition und zwei großen Messern. Martha behielt ihres, das sie noch immer im Strumpfband trug. Endlich legten sie Werner in das Körbchen, das sie für ihn hergerichtet hatten, und brachen auf.

Sie hefteten sich von Braun an die Fersen. In jeder Ortschaft, die sie passierten, hielten sie an, um zu fragen, wohin der Konvoi weitergezogen sei. Ein solcher Tross an Menschen und Material blieb nicht unbemerkt, und die gewünschte Information war stets leicht zu bekommen. Grete und Martha wechselten sich am Steuer ab. Anke, die nicht Auto fahren konnte, kümmerte sich um das Baby. Werner war die ganze Zeit unglaublich friedlich, außer wenn er Hunger hatte und Anke ihn nicht augenblicklich an die Brust legte. Dann erfüllte er den Wagen mit einem für eine so winzige Kreatur verblüffend lautstarken Gebrüll.

Die drei Frauen fuhren so schnell, wie es der alte Motor erlaubte. Sie umgingen zahlreiche Kontrollposten, und wenn dies nicht möglich war, verhandelten sie. Da sie keine Passierscheine hatten, mussten sie die Soldaten erweichen, indem sie ihnen erzählten, sie wären auf der Flucht vor dem Einmarsch der Russen. Das war immer ein angstvoller Moment, doch sobald Grete ihnen »unsere letzte Flasche Bier« hinstreckte, die sie stets zu ihren Füßen bereithielt, winkten die Wachposten sie durch.

Als sie die ersten zweihundert Kilometer hinter sich gebracht hatten, kamen sie besser voran. Langsam ließen auch die Flüchtlingsströme nach.

Ihre Route, vorgegeben durch den Konvoi aus Peenemünde, führte sie nur selten über große Landstraßen, da diese verstärkt angegriffen wurden. In der ersten

Nacht schliefen sie in einer verlassenen Scheune eng aneinandergedrängt auf der Ladefläche ihres Wagens, die Gewehre griffbereit. In der zweiten Nacht versteckten sie sich in einem Wald, in dem Grete kein Auge zutat. Sie lauschte hinaus in die von unheimlichen Geräuschen erfüllte Dunkelheit, voller Angst vor den wilden Tieren, die hinter den Bäumen auf sie lauern könnten. Am nächsten Tag entgingen sie gerade so einer Schießerei. Wie aus dem Nichts und ohne erkennbaren Auslöser schlug eine Kugel in die Karosserie ein und durchbohrte den letzten versteckten Benzinkanister. Sie retteten, was sie konnten, doch nun hatten sie höchstens noch für ein paar Dutzend Kilometer Treibstoff. Man brauchte Benzinkarten, die sie nicht hatten, um an den wenigen berechtigten Tankstellen überhaupt etwas zu bekommen. Sie fragten sich zur nächstgelegenen durch. Ein blutjunger Bursche weigerte sich, den Tank zu füllen, da half kein Bitten und Betteln. Erst als sie ihm den Schinken anboten, den Martha inzwischen aus dem Wagen geholt hatte, ließ er sich erweichen. Ohne ein Wort des Protestes sah er zu, wie die drei Frauen ihre vier noch intakten Kanister sowie den Tank bis zum Anschlag füllten.

Zwei Tage und eine weitere Nacht im Wald später erhoben sich vor ihren staunenden Blicken die schneebedeckten Gipfel der Alpen am Horizont.

Martha, Anke und Grete durchkämmten die ganze Gegend, doch von den Wissenschaftlern fand sich keine

Spur. Nach drei Tagen vergeblicher Suche erfuhren sie schließlich den Grund dafür. Streitigkeiten in der obersten Führungsebene hatten dazu geführt, dass die Peenemünder Forschungsgruppe schließlich ins Zentrum des Landes, in die Nähe von Nordhausen verlegt und in einer Waffenfabrik einquartiert worden war, in der auch V2-Raketen gefertigt wurden, wie es hieß.

Martha war drauf und dran umzukehren, doch Werner hatte sich auf der mühevollen Reise eine Bronchitis zugezogen, und so verwarf sie den Gedanken schnell wieder. Als das Fieber dramatisch anstieg, bekam Martha es mit der Angst zu tun. Sie mussten unbedingt eine Unterkunft finden. Und wieder hatten sie Glück: Im Gasthaus Kaiserhof von Oberjoch bot man ihnen im Tausch gegen ihre Arbeit zwei Zimmer an. Dem Kleinen ging es elend. Martha rieb seine Brust mit Kräutersalbe ein und klopfte ihm auf den Rücken, damit er den Schleim aushustete. Sie wachte über seine Temperatur und seinen Atem. Er brüllte, verschluckte sich, weinte herzzerreißend, um schließlich erschöpft einzuschlafen. Nach fünf bangen Tagen besserte sich sein Zustand endlich. In der darauffolgenden Woche erholte Werner sich schnell und wurde, wieder gut gelaunt und strahlend, zum Liebling des Gasthauses.

Ein Monat verging. Die Nachrichten, die sie erreichten, hatten nichts Beruhigendes, doch die Arbeit lenkte sie von ihren Sorgen ab, und hier auf dem Land mussten sie wenigstens keinen Hunger leiden. Martha hatte den

Plan, Johann zu finden, fürs Erste aufgegeben. Sie betete zu Gott, dass er ihn vor jeglichem Unglück bewahren möge, ebenso wie sie ihn bat, Werner zu beschützen. Und dieses eine Mal schien er sie zu erhören.

Eines Tages nach dem Mittagessen, als die Frauen in einer Ecke des Gastraums Pause machten, sah Martha zu ihrer Verblüffung von Brauns imposante Silhouette durch die Tür treten. Der Ingenieur trug einen braunen Ledermantel lose über den Schultern, sein Arm und der halbe Oberkörper waren eingegipst. Auch er hatte sie entdeckt.

»Martha, endlich!«, rief er aus und eilte zu ihr. »Welche Erleichterung! Seit den entsetzlichen Nachrichten aus Dresden war ich in furchtbarer Sorge um Sie. Doch dann habe ich gehört, dass drei Frauen mit einem Baby überall nach mir und Johann Zilch fragten … Wo ist Luisa?«

Martha schwieg, aber ihr schmerzvoller Gesichtsausdruck war ihm Antwort genug. Einen Moment war er wie erstarrt, dann ließ er sich neben sie auf die Bank sinken.

»In der Bombennacht?«

»Ja.«

»Und das Kind?«

»Das ist hier.« Martha nahm Anke den Säugling aus den Armen. »Er heißt Werner.«

Der Ingenieur betrachtete ihn voller Rührung.

»Luisa wollte, dass ich sein Pate werde.«

Er versuchte, das Baby auf seinen gesunden Arm zu nehmen, doch Martha ignorierte die Geste. Hilflos begnügte er sich damit, seine kleinen Füße zu kneten, was sie ihm, wie sie fand, als zukünftigem Paten nicht verwehren konnte, auch wenn es ihr ebenfalls missfiel.

»Armer Johann, mein armer Freund«, seufzte er mit zerfurchter Stirn.

»Was ist geschehen?«

»Seine Wärter haben ihn so lange geschlagen, bis sie dachten, er sei tot. Zumindest haben wir das vermutet, als wir ihn fanden. Ich habe es in dem Telegramm nicht erwähnt, um Luisa nicht zu ängstigen … Er erholt sich langsam, doch sein Gedächtnis hat Schaden genommen.«

»Wie sehr?«

»Er erinnert sich nicht mehr an große Teile unserer Forschung sowie die Ereignisse der letzten Jahre. Es ist so, als hätte sein Leben vor ein paar Jahren aufgehört.« Da Martha ihn nur sprachlos ansah, fügte er hinzu: »Ich hatte gehofft, dass Luisa seinem Gedächtnis auf die Sprünge helfen würde.« Er seufzte wieder. »So ein glückliches Paar, sie haben sich so sehr geliebt … und nun noch der Kleine … Was für ein Jammer!«

Mit bedrückter Miene bestellte von Braun sich einen Schnaps. Die Frauen lehnten dankend ab, als er ihnen auch einen anbot.

»Und Sie? Wie haben Sie es überhaupt geschafft, hierherzukommen?«, fragte er nach längerem Schweigen.

Martha berichtete in groben Zügen, dann zeigte sie auf seinen Gips.

»Was ist Ihnen passiert?«

»Ein Autounfall, einige Zeit nachdem wir Peenemünde verlassen hatten. Wir waren die ganze Nacht gefahren. Mein Chauffeur ist eingeschlafen … Wir hatten Glück, dass wir mit dem Leben davongekommen sind.«

»Warum sind Sie nicht mehr in Nordhausen?«, wollte Martha wissen. »Wir hatten gehört, sie seien dorthin verlegt worden?«

»Vor drei Tagen musste das gesamte Forschungsteam auf Befehl General Kammlers die Basis verlassen, in der wir stationiert waren.«

Er beugte sich zu Martha hinüber, sah sich kurz um und flüsterte ihr dann ins Ohr: »Ich nehme an, dass Kammler uns und unsere Raketenbaupläne bei der Hand haben will, falls alles den Bach runtergeht. Wir sind seine Lebensversicherung.«

Erschrocken wurde Martha sich bewusst, dass auch von Braun seit Johanns Verhaftung auf der Hut sein musste. Eine falsch ausgelegte Bemerkung konnte selbst ihn teuer zu stehen kommen.

»Martha, ich wollte Ihnen noch sagen, wegen Kasper … Hat auch dieses Telegramm Sie erreicht?«

»Ja, hat es«, gab sie knapp und mit verschlossener Miene zurück.

»Es tut mir leid …«

»Mir nicht«, antwortete sie. »Ich habe ihn gehasst. Er ist schuld daran, dass Johann so lange festgehalten wurde, also auch daran, dass Luisa gestorben ist, ganz zu schweigen von all den Dingen, die er mir angetan hat. Es gibt in diesem Krieg Millionen Menschen zu betrauern, Kasper Zilch gehört nicht dazu, glauben Sie mir.«

Von Braun erschrak über ihre harten Worte. Obwohl er seit Jahren mit Johann befreundet war, hatte er das Ausmaß des Hasses, der die beiden Brüder entzweite, nie gekannt. Er hatte keine Ahnung, wozu Kasper in der Lage war, und konnte sich nicht vorstellen, dass dieser seinem inhaftierten Bruder absichtlich geschadet haben sollte. Betroffen leerte er sein Glas in einem Zug. Dann stand er auf.

»Kommen Sie, ich nehme Sie mit. Es ist nur ein paar Kilometer entfernt.«

Anke und Martha hatten schnell ihre wenigen Sachen zusammengepackt. Grete entschied sich, im Kaiserhof zu bleiben, sie verstand sich gut mit der Wirtin und wollte sie nicht im Stich lassen. Die Frauen umarmten einander mit Tränen in den Augen. Obwohl das Schicksal sie zufällig zusammengewürfelt hatte, waren sie einander ans Herz gewachsen, und alle drei wussten, dass wenn man sich in diesen wirren Zeiten Auf Wiedersehen sagte, schnell ein Lebewohl daraus werden konnte.

Von Brauns Mercedes wartete vor dem Gasthaus. Mit Hilfe seines Chauffeurs legte er den Mantel ab, und da erst bemerkte Martha verwundert, dass er die Galauniform der SS trug. Nicht nur das, auch das Ritterkreuz, das Hitler ihm einige Monate zuvor verliehen hatte, steckte an seinem Revers. Sie verstand dies umso weniger, als von Braun nie einen Hehl aus seiner Abneigung gegen die Schergen Himmlers gemacht hatte. Das Baby auf dem Arm, stieg sie mit ernster Miene zu ihm in den Wagen, während Anke sich neben den Fahrer setzte.

An diesem Aprilabend des Jahres 1945 zogen Martha, Anke und der kleine Werner Zilch im Hotel Haus Ingeburg ein. In dem luxuriösen Etablissement im Herzen der bayerischen Alpen, nahe der ehemaligen österreichischen Grenze, hatten sich die klügsten und begehrtesten Köpfe des Dritten Reiches schnell eingewöhnt. Von Braun brachte die beiden Frauen und das Baby in zwei nebeneinanderliegenden Zimmern unter.

Martha sah dem Treffen zwischen Werner und seinem Vater mit gemischten Gefühlen entgegen. Sicher wäre Luisa glücklich darüber, wenn sie wüsste, dass ihr Mann endlich seinen Sohn in die Arme schließen konnte, doch Martha fürchtete auch, dass Johann ihr das Kind wegnehmen würde. Sie wollte lieber erst einmal sehen, in welchem Zustand ihr Schwager war, ehe sie ihm den Kleinen brachte.

Sie ließ Werner, der mit geballten Fäustchen schlief, bei Anke und folgte von Braun. Das fast ganz aus Holz gebaute Hotel war riesig und verschachtelt. Sie gingen eine Treppe hinunter, folgten dann einem langen Korridor, dessen Wände eine Kuckucksuhren-Sammlung zierte, stiegen wieder ein paar Stufen hinauf, um in einen weiteren Flur zu gelangen. Dort begegneten sie zwei Ingenieuren aus von Brauns Gruppe, die Martha überschwänglich begrüßten. Einer von ihnen, ein schüchterner und unbeholfener junger Mann namens Friedrich, hatte eine Schwäche für sie gehabt, als sie eine Zeitlang bei Luisa und Johann in Peenemünde gewohnt hatte. Luisa hatte Martha ermuntert, ihm eine Chance zu geben, doch Friedrich war ein ebenso untalentierter Verführer wie brillanter Wissenschaftler. Dennoch schien er jetzt sehr glücklich darüber, sie wiederzusehen.

Von Braun führte sie auf die Terrasse des Hotels. Als Martha Johanns Silhouette sah, begann ihr Herz zu rasen. Er stand mit dem Rücken zu ihnen an der Balustrade. Sein linker Knöchel und das Schienbein waren in Gips. Seine Haare waren kürzer als sonst, man hatte sie ihm rasiert, um seine Kopfverletzungen zu versorgen. Zwischen Zeige- und Mittelfinger hielt er lässig eine Zigarette. Von Braun rief nach ihm. Johann drehte sich um und lächelte, als er seinen Freund erkannte. Ihm fehlten zwei Zähne, und er trug einen Verband über dem linken Auge.

Der Ingenieur trat zu ihm.

»Johann, erinnerst du dich an Martha?«

»Natürlich«, gab dieser etwas verwirrt zurück. »Guten

Tag, meine Dame«, begrüßte er sie mit heiserer Stimme und streckte ihr die Hand hin.

»Na hör mal, Johann, du kannst sie ruhig umarmen! Sie ist deine Schwägerin.«

Als Johann sich gehorsam zu ihr hinunterbeugte, schreckte Martha zurück und musterte ihn angespannt. Furcht ergriff sie. Johann lächelte nur weiter ein wenig zerstreut und breitete die Arme aus.

»Das ist phantastisch, er erkennt Sie …«, murmelte von Braun. »Ich war mir sicher, es würde funktionieren. Und dabei hat er den Kleinen noch nicht mal gesehen …«

Von Braun schob Martha in die Arme ihres Schwagers. Sie umfingen sich einen Moment steif, dann klopfte der Wissenschaftler ihnen erleichtert auf die Schultern.

»Los, Martha, gehen Sie Werner holen! Er muss seinen Vater kennenlernen.«

MANHATTAN, 1969

Sie war die Frau meines Lebens. Eine explosive Mischung aus Widersprüchen, die mich faszinierte. Sie war zugleich fordernd und anschmiegsam, zärtlich und leidenschaftlich, sie gab sich spontan und bedingungslos hin. Unser Begehren schien bedingungslos, spontan und allem enthoben.

In der Limousine, die uns zum Hotel Pierre brachte, knöpfte ich ihre Bluse auf. Ich vergrub mein Gesicht in den seidigen Kurven ihres Halses und ihrer Brüste und berauschte mich am würzigen Duft ihrer Haut. Ihr Blick flackerte unter halbgeschlossenen Lidern, während sie sich ganz und gar meinen Liebkosungen überließ. Dann verlangsamte der Wagen seine Fahrt und hielt unter dem Vordach des Hotels. Ich knöpfte ihre Bluse wieder zu, zog die gelöste Krawatte fest und raubte ihr noch einen Kuss.

Als Rebecca mir mit verwuscheltem Haar, glühenden Lippen und strahlendem Blick zum Aufzug folgte, konnte ich mein Glück kaum fassen.

Im Zimmer angelangt, verschwand sie erst einmal im Bad. Sobald sie wieder herauskam, zog ich sie an mich. Sie lachte und sagte:

»Keine Sorge, ich habe meine Meinung nicht geändert.«

»Man kann nie wissen«, murmelte ich.

Ich zog ihr Sakko und Bluse aus und entblößte ihre runden Brüste. Trotz ihrer grazilen Figur strahlte sie eine unbändige Energie aus. Ich streifte ihre Hose ab und ließ mir Zeit, sie zu bewundern. Auf dem Bett kniend, küsste ich ihre Füße, das Erste, was ich von ihr gesehen hatte. Sie wollte sich aufrichten, doch ich drückte sie sanft, aber bestimmt aufs Laken zurück. Langsam glitt ich mit der Hand hinab, um ihr das letzte Kleidungsstück auszuziehen. Ich war fasziniert von ihrem feinen blonden Flaum. Es kam mir wie ein Frevel vor, sie zu berühren. Sie ließ es zu, dass ich sie betrachtete und dann vorsichtig mit dem Finger in sie eindrang.

Es war wie ein Spiel, ein Tanz, Rebecca zeigte sich begierig oder verhalten, je nachdem, wie geschickt ich die Geographie ihrer Lust erkundete. Sie wusste genau, was sie wollte, und bat mich auch darum, was mich zunächst etwas irritierte, doch die Wirkung, die meine Berührungen hatten, wenn ich ihren Wünschen nachkam, vertrieb alle Zweifel. Rebecca hielt sich nicht zurück, sie ließ sich von mir verwöhnen und erregen und zeigte offen ihre Lust.

Ich fühlte mich sicher und frei. Also wagte ich mich weiter vor, erkundete ihren Körper mit Lippen und Händen, verweilte an der Leiste und in der kleinen Mulde am Ansatz des Oberschenkels. Sie vergrub ihre Hände in meinen Haaren, bäumte sich auf und bat mich, sie zu nehmen. Die klaren und direkten Worte, die sie gebrauchte, hallten in der Stille des Zimmers wider. Der Anblick ihres biegsamen Körpers, als sie ausgestreckt vor mir lag, ihr glühender Blick, während ich in sie eindrang, ihre samtene Haut unter meinen Händen überwältigten mich, und wir wurden gemeinsam von einer Woge der Lust fortgerissen, die uns erschöpft und glücklich zurückließ.

Unser gemeinsames Leben begann in eben dieser ersten Nacht. Nachdem wir uns geliebt hatten, schmiegte Rebecca sich an mich. Bei anderen Frauen hatte ich immer sofort das Gefühl, zu ersticken, wenn sie mir nach dem Sex zu nahe kamen. Doch als Rebecca ihre Arme um mich schlang und den Fuß in meine Kniebeuge schob, fand ich es wundervoll. Ihre Haare, die mich am Kinn kitzelten, störten mich nicht. Sie dachte keinen Moment daran, nach Hause zu gehen. Unvorstellbar, dass wir nach diesem Liebesrausch nicht beieinander schlafen sollten.

Ich war verwirrt davon, dass mich ihre Nähe nicht störte. Ihre Natürlichkeit war einfach entwaffnend.

Nachdem sie sich einen Moment lang an mich gekuschelt hatte, rollte sie sich auf die andere Seite, umfing ihr Kopfkissen ebenso zärtlich wie zuvor mich, murmelte Gute Nacht und schlief vertrauensvoll ein.

Ich betrachtete sie, fasziniert davon, dass sie hier war, neben mir, so lebendig und so greifbar. Ich war eifersüchtig auf ihre Träume, die uns voneinander entfernten, doch ich wagte nicht, sie zu berühren. Sie atmete ganz sacht und gleichmäßig, und auf ihrem schlafenden Gesicht lag ein kindlicher, konzentrierter Ausdruck, als wäre sie mit etwas sehr Wichtigem beschäftigt. Ich fand sie unfassbar schön.

Als ich am nächsten Morgen aufstand und duschte, rührte sie sich nicht. Ebenso wenig, als ich meine um das Bett verstreuten Kleidungsstücke aufsammelte. Ich öffnete die Zimmertür, nahm die Zeitung von der Schwelle und entfaltete sie unter lautem Rascheln. Ohne dass Rebecca auch nur ein Lebenszeichen von sich gegeben hätte, las ich sie vollständig durch. Schließlich hockte ich mich neben sie, fuhr ihr mit dem Finger sacht über die Wange und sagte leise ihren Namen. Verärgert öffnete sie die Augen einen Spaltbreit, dann lächelte sie mich an und streckte die Hand nach mir aus.

»Ich muss los …«

Sie war warm, und sie roch gut.

»Los, wohin?«, fragte sie empört und setzte sich auf. »Wir haben doch noch gar nicht gefrühstückt.«

»Bestell dir, was du möchtest.«

»O nein, bleib bei mir!«

»Ganz wie Mademoiselle befiehlt«, bemerkte ich amüsiert.

»Bitte bleib. Frühstücken ist wichtig. Man kann den Tag nicht so abrupt beginnen, ich brauche einen sanften Übergang.«

»Was eine wahre Prinzessin ist …«, sagte ich lächelnd. »Aber man hatte mich gewarnt.«

»Wer, ›man‹?«

»Das Heer der gebrochenen Herzen zu deinen Füßen.«

»Was das angeht, so stehst du mir ja wohl in nichts nach.«

»Hast du dich erkundigt?«

Sie lächelte, nahm die Karte des Zimmerservice und vertiefte sich hinein wie ein Broker in die Börsennachrichten.

Die Prinzessin hatte den Appetit eines Ungeheuers, genau wie ich. Sie bestellte ein komplettes Frühstück mit Gebäck, Brot, Rühreiern, Lachs, Obstsalat, Milchkaffee, frisch gepresstem Orangensaft und Joghurt. Ich nahm dasselbe und dazu eine Portion Bratkartoffeln. Wir verputzten alles restlos. Ich verteilte ein bisschen von jeder Speise auf den Laken, während Rebecca nicht einen Krümel neben den Teller fallen ließ. Müde von dem reichhaltigen Mahl, nickten wir ein, danach hatte ich wieder Lust auf sie und sie auf mich, was uns erneut schläfrig machte. Als wir gegen Mittag aufwachten, hatten wir schon wieder Hunger. Wir gingen etwas essen, was logischerweise eine anschließende Siesta erforderte, doch diesmal folgten wir der Logik nicht. Rebecca musste sich umziehen und arbeiten, ich musste arbeiten und mich umziehen.

Am Abend trafen wir uns wieder im Hotelzimmer. Zwei weitere Tage verbrachten wir so, allein dem Rhythmus unseres Begehrens folgend. Wir waren unersättlich.

Bis schließlich der Moment kam, an dem wir das Zimmer aufgeben mussten. Mit ein paar weiteren Verrenkungen und dank eines Paars verpfändeter Manschettenknöpfe meines Compagnons gelang es mir, die gesalzene Zeche zu zahlen, doch wo sollten wir nun hin? Ich hatte Angst davor, Rebecca zu enttäuschen, wenn ich sie mit zu uns nach Hause nähme. Die Wohnung, die ich mir mit Marcus und Shakespeare teilte und in der obendrein unser Büro untergebracht war, schien mir ihrer nicht würdig zu sein. Ebenso wenig konnte ich bei ihren Eltern aufkreuzen, aber ich wollte mich auch auf gar keinen Fall von ihr trennen. Ich hatte das beunruhigende Gefühl, ein Moment der Unaufmerksamkeit würde genügen, damit ich sie sich an der nächsten Straßenecke wieder verlor. Immerhin hatte ich in den letzten Tagen genug Gelegenheit gehabt, ihre Verführungskünste zu beobachten. Es schien ihr selbst nicht bewusst zu sein, doch sie verzauberte die Leute auf Schritt und Tritt. Sobald sie auftauchte, zog sie alle Blicke auf sich, und ich fürchtete die Begehrlichkeiten, die sie wecken mochte, sobald ich nicht aufpasste. Am liebsten hätte ich sie unter eine Glasglocke gestellt, um sie vor Wind und Wetter zu schützen und ganz für mich zu haben.

Da ich nun aber keine weitere Nacht im Hotel bezahlen konnte, erfand ich ein Arbeitstreffen am nächsten Morgen in aller Frühe. Wir umarmten und küssten uns in einem kleinen Park in der Nähe ihres Elternhauses. Ich hätte sie gern gefragt, wann wir uns wiedersehen würden, und ich glaube, ihr brannte dieselbe Frage auf den Lippen, doch wir waren beide zu stolz, um sie zu stellen. Ich ließ sie gehen. Sie wollte nicht, dass ich sie bis zur Tür brachte.

Bayerische Alpen, 1945

Martha gab vor, das Kind würde schlafen. Am nächsten Tag sagte sie, es sei krank, ebenso am Tag darauf. Schließlich kam von Braun persönlich zu ihr und verlangte, Werner zu sehen. Ohne zu fragen, nahm er ihn auf seinen gesunden Arm, um ihn selbst zu Johann zu bringen. Martha versuchte dazwischenzugehen, doch der Wissenschaftler wurde wütend. Er habe Verständnis dafür, dass Johanns Zustand sie beunruhige und dass sie ihm das Baby noch nicht überlassen wolle, doch Johann war und blieb Werners Vater. Sie dagegen war nur seine angeheiratete Tante, es ging nicht an, dass sie die beiden voneinander fernhielt.

»Aber es ist gefährlich, ihm das Kind jetzt zu zeigen! Er ist in keinem normalen Zustand, und Werner ist noch viel zu klein«, protestierte Martha.

»Mir wollten Sie ihn genauso wenig geben, neulich im Gasthaus! Bin ich etwa auch gefährlich?«

»Sie haben einen gebrochenen Arm. Ich hatte Angst,

dass Sie ihn fallen lassen würden«, gestand sie kleinlaut.

»Dem ist nicht so, wie Sie sehen.«

Tatsächlich wirkte Werner, der auf dem Unterarm des Wissenschaftlers lag wie ein kleiner Löwe auf einem Ast, den Kopf seitlich in dessen große Hand geschmiegt, alles andere als unzufrieden.

»Was Sie angeht, hatte ich unrecht, das gebe ich zu, aber mit … mit Johann ist es etwas anderes«, versuchte Martha es noch einmal.

»Ich verstehe Sie nicht. Was werfen Sie Johann vor? Als Sie sich von Ihrem Mann getrennt haben, waren Sie doch froh, in seinem Haus unterzukommen.«

»Darum geht es nicht.«

»Seine Gefangenschaft hat ihn sehr mitgenommen, da kann ich nicht widersprechen, aber man muss ihm Zeit geben, sich zu erholen, wieder zu Kräften zu kommen. Ich kann nur ahnen, was er durchgemacht hat, und das allein lässt mich erschaudern. Aber nur zu, wenn Sie überzeugt sind, dass mein ganzer Stab Ihnen übelwill, dann steht es Ihnen frei, zu gehen. Ich habe kein Recht, Sie daran zu hindern, werde jedoch keinesfalls zulassen, dass Sie mein Patenkind mitnehmen.«

Martha gab nach. Sie hatte keine andere Wahl. Es kam für sie nicht in Frage, ohne Werner zu gehen, und von Braun hatte den SS-Leuten, die das Hotel bewachten, Anweisung gegeben, sie nicht allein mit dem Kind hinauszulassen. Außerdem hatte er seinem Chauffeur aufgetragen, ihr zu folgen. Sie konnte keine drei Schritte tun, ohne dass er sich an ihre Fersen heftete. Auch Friedrich, ihr treuer Verehrer, wich ihr nicht von der Seite, und da sie die beiden nicht abhängen konnte, hatte sie beschlossen, sie zu ihren Dienern zu machen. Sie trugen ihre Sachen, brachten ihr Tee, einen Pulli, wenn sie fror, oder Anke, wenn es Zeit zum Stillen war. Sie wiegten Werners Körbchen, und sobald das Baby weinte, zwang sie sie, im Kanon zu singen. Martha fehlte es also an nichts, doch sobald sie Werner auf dem Arm hatte, wurde sie zur Gefangenen.

Johann blieb auf Distanz. Von Braun bestand darauf, dass er sich mit seinem Sohn beschäftigte, aber der Kleine begann zu schreien, sobald er sich ihm näherte. Die erduldeten Misshandlungen schienen Johann ausgehöhlt, ihn seiner Persönlichkeit und seiner Gefühle beraubt zu haben. Er tat, was sein Vorgesetzter und Freund von ihm verlangte, er machte höflich Konversation mit den anderen Mitgliedern der Forschungsgruppe, doch er wirkte innerlich unbeteiligt. Der stets optimistische von Braun dachte, die Zeit werde es schon richten. Martha hingegen tat kein Auge mehr zu. Jeden Abend schloss sie die Fensterläden, verriegelte die Tür und schob die Kommode davor. Werners Wiege hatte sie weit weg vom Fenster zwischen Bett und Wand gestellt. Sie schlief nur mit einem Auge, ihr Messer immer griffbereit. Anke war die Erste, die sie dafür kritisierte. In vorwurfsvollem Ton tratschte sie mit den Frauen der Wissenschaftler über »Marthas ungebührliches Verhalten«. Diese hatten sich schnell auf Ankes Seite geschlagen, deren klarer Vorzug es war, verheiratet und angepasst zu sein. Der verwitweten, freien und unberechenbaren Martha dagegen standen sie von Anfang an feindselig gegenüber. Die Frauen hatten sie während ihres mehrmonatigen Aufenthalts bei Luisa und Johann kennengelernt und in keiner guten Erinnerung behalten. Sie sei nicht liebenswürdig gewesen, beteuerten sie, und Luisa hatten sie immer für reichlich naiv gehalten, dass sie die Schwägerin so arglos um ihren Mann herumscharwenzeln ließ. Man kannte sie ja, diese Verführerinnen, die aussahen, als könnten sie kein Wässerchen trüben, und denen man vertraute, bis sie einem die verantwortungsvollsten und anständigsten Familienväter raubten. Anke ließ sich von ihnen einlullen und suchte dann ihrerseits nach Zeichen für Marthas schlechten Charakter. Bei jeder Gelegenheit zog sie die Schuhe aus, um ihre ruinierten Füße vorzuzeigen.

»Da seht ihr, wie sie es mir gedankt hat. Ohne mich hätte der kleine Werner niemals überlebt, und dabei war es so furchtbar hart, ihn zu stillen, gleich nachdem mein eigener Sohn, mein süßer kleiner Thomas, zu den Engelein gerufen wurde.«

Hätte es diese Spannungen und die Bedrohung durch die SS nicht gegeben, wäre es eine Art bizarrer Urlaub gewesen, den die Wissenschaftler hier verbrachten. Während der Niedergang Deutschlands kein Ende nahm, spielten sie den ganzen Tag lang Schach und Karten, hörten Radio oder genossen auf der Hotelterrasse das Alpenpanorama und die Frühlingssonne. Und dennoch war ihnen die ganze Zeit über bewusst, dass irgendwo dort unten das Schicksal der Welt und ihr eigenes entschieden wurde. Sobald sie ungestört waren, drehte sich ihre Unterhaltung um die Frage, wie man die SS-Leute am besten dazu bringen konnte, sich gemeinsam mit ihnen zu ergeben, anstatt sie umzubringen, oder sie stellten Mutmaßungen darüber an, welcher Feind sie wohl als Erstes erreichen würde. Zusammen mit Engländern und Franzosen befanden sich die Amerikaner im Süden und Westen, die Sowjets waren weiter weg im Nordosten. Alle suchten sie.

Zwar wussten die Wissenschaftler nicht, dass ihre Namen ganz oben auf einer vom britischen Geheimdienst verfassten Liste standen, mit deren Hilfe die bedeutendsten Köpfe des Reiches ausfindig gemacht und dem Gegner – sprich den Russen – weggeschnappt werden sollten. Dennoch hatten sie alle schon gehört, dass manche Kollegen von einem Tag auf den anderen verschwunden und nie wieder aufgetaucht waren.

Spät in der Nacht zum ersten Mai 1945 saß das Grüppchen im blauen Salon, trank Jägermeister und lauschte Anton Bruckners Siebter Sinphonie, als der Sender die Musik plötzlich unterbrach und den Tod des Führers verkündete. Die Wissenschaftler und ihre

Frauen sprangen auf und umringten den Radioapparat. Mit zitternder Stimme berichtete der Journalist, Adolf Hitler sei in Berlin beim erbitterten Kampf gegen bolschewistische Horden heldenhaft gefallen.

Es war ein Schock.

Auch wenn sie sich diesen Ausgang seit Wochen insgeheim erhofft hatten, schwindelte ihnen nun angesichts der Ungewissheit, die sich jäh auftat. Manche wagten es, sich unverhohlen zu freuen, wurden jedoch von den überzeugten Anhängern unter ihnen scharf getadelt. Den Tod des Führers zu bejubeln war unpatriotisch.

Anke brach in Tränen aus. Sie fühlte sich verwaist, im Stich gelassen und beklagte den Verlust desjenigen, der sie alle geleitet hatte. Andere Frauen brachen in Tränen aus, entsetzt bei dem Gedanken an das, was sie nun erwarten mochte.

Im Bett hörte Martha Anke durch die Wand hindurch noch lange Zeit weinen, doch diesmal hatte sie nicht das Bedürfnis, sie zu trösten. Die vergangenen Wochen hatten ihr die Augen geöffnet. Man hält schüchterne und zurückhaltende Menschen meist für freundlich, während sie manchmal einfach nur schwach sind. Und sobald sie die Gelegenheit dazu haben, erdrosseln sie dich hinterrücks, um sich für ihre eigene Mittelmäßigkeit an dir zu rächen. Zum Glück kam Werner inzwischen ohne Anke aus, denn sie hatten schon begonnen, ihm Brei und Püree zu füttern.

Martha selber sah ihre Zukunft klar vor Augen. Sie

wollte dieses Land und ihre Vergangenheit so schnell und weit wie möglich hinter sich lassen. Sie wünschte sich nichts sehnlicher, als noch einmal von vorne anzufangen, sich woanders ein besseres Leben aufzubauen. Sie musste nur einen Weg finden, von hier wegzukommen, und diese Frage beschäftigte sie, wie die anderen Gäste des Hotels, einen guten Teil der Nacht.

Eine Etage über ihr suchte von Braun nach dem besten Ausweg für sich, seine Mitarbeiter und seine vom Krieg durchkreuzten Träume einer Weltraumrakete. Auf der Decke ausgestreckt, am Bettrand sitzend oder im Zimmer hin und her gehend, rauchte er drei Päckchen Zigaretten und verwarf dabei doppelt so viele Ideen, ehe er sich zur nächstliegenden Entscheidung durchrang.

Am frühen Morgen des folgenden Tages rief er seine Leute zusammen. Wenn sein Plan aufgehen sollte, kam es darauf an, schnell zu handeln. Hitlers Tod hatte sie von den letzten moralischen Verpflichtungen entbunden und ihre Bewacher verunsichert. Jetzt ging es zu allererst darum, nicht den Sowjets in die Hände zu fallen. Dieselben Wissenschaftler, die noch wenige Wochen zuvor ungerührt zugesehen hatten, wie die Häftlinge des Arbeitslagers Dora in der Waffenfabrik bei Nordhausen vor Hunger und Erschöpfung krepierten, hatten mit Entsetzen vernommen, was die Russen deutschen Gefangenen antaten. Um einem solchen Schicksal zu entgehen, blieb ihnen nichts anderes übrig, als sich den Amerikanern zu ergeben. Nachdem von Braun seinen Plan skizziert hatte, war schnell klar, dass sich ihm fast alle Mitarbeiter anschließen würden.

Martha hatte vor, das allgemeine Durcheinander auszunutzen und mit dem Baby, notfalls zu Fuß, in die Berge zu verschwinden, die bei dem milden Frühlingswetter weniger feindselig erschienen. Doch sie sollte keine Gelegenheit mehr dazu haben.

Denn neben Magnus von Braun, dem jüngeren Bruder des Ingenieurs, war sie die Einzige, die etwas Englisch sprach. Von Braun, der wusste, dass die Amerikaner ganz in der Nähe waren, schickte die beiden als Kundschafter aus. Nachdem es ihnen gelungen war, sich aus dem Hotel zu schleichen, rasten sie mit dem Fahrrad die steile Straße Richtung Österreich hinunter. Bei jeder Biegung fürchteten sie um ihr Leben. Wenn die SS-Leute gesehen hatten, wie sie ohne Erlaubnis das Hotel verließen, und schlimmer noch, wenn sie mitbekämen, dass sie sich feindlichen Soldaten näherten, würden sie keine Sekunde zögern, zu schießen.

Endlich sahen sie im Tal eine amerikanische Panzerabwehreinheit. Magnus setzte alles auf eine Karte, rollte direkt auf die Amerikaner zu und rief dabei in schlechtem Englisch: »Mein Name ist Magnus von Braun, mein Bruder ist der Erfinder der V2-Rakete. Wir wollen uns ergeben.«

Magnus und Martha brauchten nicht lang, um den Amerikanern zu erklären, dass die V2-Entwickler hier ganz in der Nähe in den Bergen waren und darum baten, möglichst rasch mit General Dwight Eisenhower sprechen zu können.

Man brachte sie nach Reutte zum Stabsquartier des amerikanischen Geheimdienstes CIC. Dort traute Oberleutnant Charles Stewart zwar seinen Ohren kaum, wollte sich aber keinesfalls eine der begehrtesten Trophäen dieses Kriegsendes durch die Lappen gehen lassen. Er stellte Magnus und Martha vier Mann und zwei Autos zur Verfügung und bat sie, mit von Braun wiederzukommen.

Im Hotel hatten inzwischen die meisten der SS-Wachen ihre Uniform abgelegt und sich davongemacht. Die, die geblieben waren, ließen von Braun widerstandslos gehen, in der Hoffnung, dadurch ihre Haut zu retten.

Der Handel wurde am nächsten Tag im Büro von Charles Stewart besiegelt, bei einem Frühstück aus Rühreiern mit Schinken, Marmeladentoast und echtem Kaffee, ein Luxus, an dessen Geschmack die Wissenschaftler sich kaum mehr erinnern konnten. An diesem Tag probierten sie zum ersten Mal in ihrem Leben die kleinen Tütchen gerösteter Getreideflocken, die man mit Zucker und Milch vermischte, und fanden sie köstlich. Satt und erleichtert, ergaben sich von Braun und seine Männer offiziell der amerikanischen Heeresführung.

Manhattan, 1969

»Wenn ich dir doch sage, dass es mir egal ist!«, wiederholte Rebecca verzweifelt.

»Mir ist es aber nicht egal«, verteidigte ich mich.

»Ist es denn so furchtbar? Gibt es Kakerlaken? Oder Ratten?«

»Nein, natürlich nicht!«

»Gut, dann nimm mich endlich mit zu dir nach Hause.«

»Nein.«

»Oder lass mich wenigstens das Hotel bezahlen.«

»Kommt nicht in Frage.«

Rebecca, der klargeworden war, dass ich in finanziellen Schwierigkeiten steckte, hatte mich zum Picknick im Central Park eingeladen. Sie hatte von zu Hause einen luxuriösen Fresskorb mitgebracht: weißes Tischtuch, feine Gläser und Geschirr, Champagner, Fischterrine, Scheiben vom Rinderbraten, gegrilltes Gemüse, Brot, Käse und natürlich Bratkartoffeln, die ich kalt verschlang. Zum Nachtisch gab es Schokoladenkuchen.

»Den hab ich selbst gekauft«, sagte sie mit schelmischem Lächeln.

»Kannst du nicht kochen?«

»Überhaupt nicht. Gar nichts. Als Kind bin ich, wenn mir langweilig war, oft in die Küche geschlichen und habe Patricia bei der Arbeit zugesehen, aber ich durfte nie mithelfen.«

Sie lag auf der Wiese, und ihre offenen Haare umgaben ihr Gesicht wie ein Kranz goldener Sonnenstrahlen. Ich war fasziniert, wie viele Gedanken und Wünsche und wie viel Klugheit in diesem zierlichen Kopf steckten. Sie umarmte mich, um hinterrücks eine Handvoll Gras unter mein Hemd zu schieben. Fluchend schüttelte ich die pikenden Halme heraus, setzte mich rittlings auf sie und strafte sie mit kitzeligen Küssen.

»Werner, entscheide dich!«

»Wofür oder wogegen?«

»Entscheide dich, an welchem Ort du meine Lust befriedigen willst! Es ist leichtsinnig, mich scharfzumachen, ohne dir das vorher zu überlegen … Du spielst mit dem Feuer.«

»Und, brennt es?«

»Ja, lichterloh.«

Ich richtete mich seufzend auf.

»Hast du denn kein Atelier?«

»Aber ja, natürlich, dass ich daran nicht gedacht habe!

Es liegt direkt unter dem Büro meines Vaters, ich bin sicher, er wäre entzückt, dich kennenzulernen.«

Rebecca wusste, wie viel Bammel ich davor hatte, ihre Eltern zu treffen. Zwar hatte ich es ihr gegenüber nicht erwähnt, aber sie durchschaute mich mühelos.

Da ich mich weiter weigerte, sie zu mir nach Hause mitzunehmen, fuhr sie härtere Geschütze auf. Ihre Offenheit in erotischen Dingen erstaunte mich umso mehr, als sie äußerst zurückhaltend war, wenn es darum ging, Gefühle zu zeigen. Ich hatte begonnen, ihr zu sagen, wie viel sie mir bedeutete, doch sie wischte meine Liebeserklärungen mit einer spöttischen Bemerkung oder einem Lachen weg. Sie hatte mir gegenüber noch kein zärtliches Wort verloren, auch wenn ihre Blicke, ihre Berührungen, ihre Küsse mir verrieten, was sie für mich empfand.

Schließlich gab ich nach. Es war einfach unmöglich, ihr zu widerstehen. Sie wechselte zwischen zärtlichen Blicken, emotionaler Erpressung und Humor, logischen Überlegungen und schlichter Nötigung. Exakt dieselbe Methode, die ich, Marcus zufolge, bei unseren Kunden, Lieferanten und sämtlichen Personen, die sich mir in den Weg stellten, anwandte. Ich nehme an, in Sachen Sturheit standen wir einander in nichts nach.

Im Taxi nach Downtown wurde ich immer nervöser, je mehr ihre Begeisterung und Vorfreude wuchsen. Sie schien wild entschlossen, auch die allerletzte Absteige charmant zu finden. Sie bezeichnete meine Straße als »hübsch«, das Haus als »sehr nett«, wobei sie großzügig über die Mülleimer des Restaurants im Erdgeschoss hinwegsah, und die schwankende Metalltreppe, die zu unserer Wohnung führte, als »gut für die Kondition«. Shakespeare empfing uns überschwänglich, und nachdem sie ihn ausgiebig gekrault hatte, inspizierte sie, ohne mich zu fragen, die Wohnung.

»Immerhin habt ihr fließendes Wasser!«, spottete sie aus dem Badezimmer.

Marcus' luxuriöses Rasierzeug – ein Dachshaarpinsel mit in Silber gefasstem Ebenholzgriff und das auf die Schale abgestimmte Rasiermesser – stand in scharfem Kontrast zu den flaschengrünen Fliesen. Sie öffnete das Fenster und kommentierte den Blick in einen düsteren Hinterhof und auf die Klimaanlage des Nachbarn im Ton eines Immobilienmaklers: »Typische New Yorker Aussicht. Wirklich pittoresk.«

Mit den Worten »hier wohnt dein Mitbewohner, oder?« betrat sie daraufhin Marcus' perfekt aufgeräumtes Zimmer und anschließend meines, das aussah wie Kraut und Rüben. Sie bestaunte den großen Schreibtisch im Wohnzimmer, auf dem sich Berge von Akten stapelten: »Der Sitz des multinationalen Unternehmens …«, und kam endlich zum letzten Raum, in dem sie ausrief: »O mein Gott! Eine voll ausgestattete Küche. Mit Kühlschrank *und* Gasherd! Mr Zilch, Sie lassen es sich wirklich an nichts fehlen.«

Doch dann spürte sie, dass ich gekränkt war, und schlang ihre Arme um mich.

»Ehrlich, Werner, eure Wohnung ist völlig in Ordnung.«

»Jedenfalls völlig ausreichend für das, was ich darin mit dir vorhabe!«, knurrte ich und schleifte sie in mein Zimmer.

»Bietest du mir denn gar nichts zu trinken an?«

»Nein.«

»Sie sind aber ungezogen, Mr Zilch.«

»O ja!«

Ich legte sie auf mein Bett.

»Und auch nicht besonders ordentlich.« Sie zog einen Gürtel zwischen den Laken hervor, dessen Schnalle sie gedrückt hatte.

»Ich werde mich bemühen, es wiedergutzumachen …«, sagte ich. In den folgenden Stunden gelang mir das drei Mal.

Rebecca mochte es, wenn ich im Bett den Ton angab, und diese Momente stellten das Gleichgewicht zwischen uns wieder her. Wenn sie sich mir hingab, meinen Händen und Befehlen folgte, dann fühlte ich mich so stark wie bei keiner anderen Frau vor ihr. Ich war glücklich, weil ich spürte, wie sehr sie mir vertraute, wenn sie sich ganz und gar fallenließ und mir in diesen intimen Augenblicken eine Seite von sich zeigte, die nur ich kannte.

Gegen sechs Uhr abends kam Marcus nach Hause, zog sich aber diskret in sein Zimmer zurück, nachdem wir gehört hatten, wie er laut klappernd in der Küche seinen rituellen Feierabendtee zubereitete. Er hatte sich diese Gewohnheit während seines Jahres in einem englischen Internat zugelegt, mich aber nie dazu bekehren können. Trotzdem bot ich Rebecca eine Tasse an. »Endlich«, seufzte sie. »Ich dachte schon, du würdest mich verdursten lassen.«

Da Marcus die einzige Teekanne beschlagnahmt hatte, gab ich die Hälfte der Büchse Twinings Earl Grey in eine Glaskaraffe und begoss die Blätter mit lauwarmem Wasser, damit das Glas nicht zersprang. »Widerlich«, urteilte meine Schöne nach einem zaghaften Schluck. Zwischentöne waren nicht ihr Ding. Sie schnappte sich ein T-Shirt und eine Pyjamahose von mir und ging in die Küche, um sich selbst um den Tee zu kümmern. Shakespeare folgte ihr winselnd und schwanzwedelnd, weil er in sie verliebt war, natürlich, aber auch, weil er großen Hunger hatte. Gleich darauf rief sie nach mir, denn es gelang ihr nicht, die Gasflamme anzuzünden. Marcus steckte den Kopf durch die Tür und fragte mit seinem gewinnendsten Lächeln:

»Kann ich Ihnen vielleicht behilflich sein?«

»Sehr gerne.«

»Marcus, halte dich zurück!«, rief ich vom Bett aus.

»Wenn du diese junge Dame sich selbst überlässt …«

Wir tranken zusammen Tee im Wohnzimmer. Marcus hatte Kekse, Milch und Äpfel mitgebracht. Rebecca lag halb auf dem Sofa, die Füße unter meinen Beinen, um sie zu wärmen. Sie und mein Kompagnon verstanden sich auf Anhieb. Sie hatten einige gemeinsame Bekannte, hatten die gleichen Ferienlager und denselben Tennisclub besucht, hatten sogar unter demselben Tanzlehrer gelitten, dessen aufgeblasene Art und weißrussischen Akzent sie abwechselnd nachahmten. Es war verwunderlich, dass sie sich noch nie zuvor begegnet waren.

Schließlich beschlossen wir, gemeinsam essen zu gehen. Da Rebeccas weiße Hose im Central Park Grasflecken bekommen hatte, lieh sie sich von mir einen Pullover, den sie mit Hilfe einer um die Taille gebundenen Krawatte in ein Kleid verwandelte.

Wir fuhren ins Gioccardi, wo Paolo uns mit überschwänglicher Begeisterung empfing. Erfreut darüber, dass ich mein Ziel erreicht hatte, zwinkerte er mir hinter Rebeccas Rücken verschwörerisch zu und spendierte uns zur Feier des Tages eine Flasche Prosecco. Anschließend wollte Becca unbedingt ins The Scene, den angesagtesten Club der Stadt. Jimi Hendrix, der gerade aus London zurückgekehrt war, spielte an diesem Abend dort, und das wollte sie »um nichts in der Welt« verpassen. The Scene war ein Keller, so groß wie ein Schuhkarton, in der 46th Street, zwischen 8th und 9th Avenue. Der Club war unglaublich gefragt, seit Jim Morrison dort sturzbetrunken für einen Skandal gesorgt hatte: Er war zu Jimi Hendrix auf die Bühne geklettert und hatte versucht, ihm in aller Öffentlichkeit an die Wäsche zu gehen. Hendrix hatte ihn weggestoßen, doch Morrison hatte sich an ihn geklammert und Obszönitäten gebrüllt, bis Janis Joplin dem »Lizard King« unter dem Beifall und Gejohle des Publikums eine Flasche über den Kopf gezogen und seine Showeinlage beendet hatte.

In einer Stadt, die immerzu auf der Suche nach Extremen war, sorgte so etwas natürlich sofort für Berühmtheit. In The Scene reinzukommen war daher gar nicht so einfach. Eine Menschentraube drängte sich vor dem Lokal. Um eingelassen zu werden, musste man zuerst Teddy erweichen, einen Eisschrank im Mafiosi-Anzug. Marcus, der immer die richtigen Leute kannte, hatte ihn gleich nach Eröffnung des Ladens um den Finger gewickelt. Bei Steve Paul, dem Geschäftsführer des The Scene war es etwas schwieriger. Er war etwa so alt wie wir und unerträglich arrogant. Für gewöhnlich empfing er seine Gäste mit einer Salve auf sie ganz persönlich zugeschnittener Beschimpfungen. Marcus amüsierte sich darüber, ich nicht. Steve schien das zu spüren, denn bei mir trieb er es meistens nicht so weit. An diesem Abend wurden wir jedoch überhaupt nicht behelligt. Rebecca warf sich erst Teddy an den Hals, was mir einen heftigen Adrenalinschub bescherte, dann Steve, der sie, wie mir schien, eine halbe Ewigkeit lang an sich drückte. Daraufhin wies er uns einen Tisch direkt vor der Bühne zu. Alles hier war winzig: der Saal, die Tische und die Stühle, auf die kaum eine meiner Pobacken passte. Zigaretten, Joints und die Hitze der dichtgedrängten Körper füllten den Raum mit einem benebelnden Dunst.

Becca war völlig aufgekratzt. Sie gestikulierte wild und sprang ständig auf, um Freunde zu begrüßen. Sie umarmte Linda Eastman, eine junge Photographin, von der alle sprachen, seit sie Paul McCartney geheiratet hatte, dann rief sie: »Andy!«, und fiel Warhol um den Hals. Er war gerade mit seinem Gefolge hereingerauscht, von denen einer nach dem anderen Rebecca umarmte und küsste. Schließlich landete sie an Allen Ginsbergs Brust. Ich hatte keines seiner Bücher gelesen, was ich ihm sofort mit mürrischem Gesicht mitteilte. Als Rebecca begann, ein Loblied auf sein Werk zu singen, unterbrach ich sie, nahm sie an der Hand und führte sie zu unserem Tisch zurück. Dort setzte ich sie mir auf den Schoß, um all den Grapschern unmissverständlich zu verstehen zu geben, dass diese Frau vergeben war. Sie lachte, als sie meine verdrießliche Miene sah.

»Sei nicht eifersüchtig …«

»Ich bin nicht eifersüchtig.«

»Sie sind alle schwul.«

»Na und, ist das etwa ein Grund, sie gleich alle abzuknutschen?«

»Wir haben uns nur Guten Tag gesagt, mehr nicht.« Sie schnaubte. »Schon so besitzergreifend, nach nur einer Woche!«

»Ich bin vom ersten Tag an besitzergreifend.«

»Kein Wunder …«

»Wie meinst du das?«

»Wenn man selbst sprunghaft ist, glaubt man gerne mal, dass es den anderen auch so geht.«

»Ich glaube gar nichts. Ich sehe nur, dass du mehr Zeit in den Armen von irgendwelchen Unbekannten verbringst als in meinen.«

Rebecca hatte keine Lust zu streiten und schmiegte sich lachend an mich.

Kurz darauf ging ein Raunen durch den Raum, und Hendrix betrat die Bühne. Plötzlich standen alle unter Strom. Das Publikum wartete, und er ließ es zappeln. Seine Fans stampften mit den Füßen, da, endlich, begann sein Instrument zu heulen wie ein wildes Tier. Er entlockte ihm Töne, wie ich sie nie zuvor gehört hatte. Der Saal tobte. Sinnlich, völlig versunken, verschmolz Rebecca mit der Menge und mit der Musik.

Ich beobachtete das alles mit einer gewissen Distanz. Diese Angewohnheit habe ich, seit ich denken kann: Ich lebe und beobachte mich zugleich dabei, vermutlich, weil ich nicht gern die Kontrolle verliere. Rebecca, so begriff ich schnell, wollte dagegen genau das. Sie wollte ihrem Instinkt folgen, tun, worauf sie gerade Lust hatte, wollte Bewusstseinsgrenzen und gesellschaftliche Fesseln sprengen. Das sei ihre Arbeit als Künstlerin, sagte sie. Damals glaubte man daran. Rebecca hatte eine unbezwingbare Energie, doch ich ahnte, dass es auch bei ihr einen Bruch gab, eine Schwachstelle, die sie nicht ganz verbergen konnte. Sie war morgens Tochter aus gutem Hause, abends eine von der Gitarre eines Musikers besessene Wilde, Uptown konventionell, Downtown Freigeist, sie war alle Frauen.

In dieser Nacht gab sie sich dem Rausch hin. Sie hatte eine Pille genommen und mir auch eine angeboten. Aber ich war nicht bereit, inmitten dieser entfesselten Horde den Löffel abzugeben. Marcus ebenso wenig. Meine Schöne war sehr komisch auf Acid. Sie schwang mystische Reden und schien vollkommen fasziniert von Lichtern, Farben und Klängen, als wäre jeder Zentimeter ihrer Haut mit hochsensiblen Rezeptoren übersät. Sie verblüffte uns mit poetischen Geistesblitzen und virtuosen Argumentationen. Es wurde schon hell, als wir zu dritt nach Hause gingen. Sie sang auf der Straße und zog ihre Schuhe aus. Da ich Angst hatte, dass sie sich verletzen könnte, nahm ich sie auf den Rücken. Sie ließ ihren Kopf auf meine Schulter sinken. Ich spürte die Haut ihrer Schenkel unter meinen Händen, ihren Bauch an meiner Wirbelsäule, ihren Atem an meinem Hals. Ihre Füße schlenkerten bei jedem meiner Schritte, ihr Duft hüllte mich ein. Ich hatte unbändige Lust auf sie.

Manhattan, 1970

Es war die glücklichste Zeit meines Lebens. Rebecca liebte mich, und ich liebte Rebecca. Außerdem hatten Marcus und ich ein Grundstück am Hudson ergattert, das den Erfolg unserer Firma besiegeln würde. An dem Tag, an dem wir den ersten Scheck einlösten, fuhren wir wieder ins Pfandhaus in Queens, jeder mit einer Flasche Champagner unter dem Arm und mit Shakespeare im Schlepptau. Ich befestigte die Patek meines Vaters wieder am Handgelenk, Marcus löste seine Manschettenknöpfe aus. Voller Euphorie verteilten wir Champagner an alle, die kamen, um einen Gegenstand zu versetzen. Wir sagten ihnen: »Ihr macht jetzt eine harte Zeit durch, aber das geht vorbei«, und: »Alles ist möglich.«

Verblüfft oder erfreut, nahmen sie den Becher und stießen mit uns auf die Zukunft an. Nur zwei Männer reagierten weniger wohlwollend. Sie hatten den Artikel über uns in der *Village Press* gelesen. Sie fanden es geschmacklos, dass Z&H ihnen hier ihr großes Glück unter die Nase rieben. Als ich ihnen zu trinken anbot, leerten sie den Inhalt der Pappbecher auf den Boden und schimpften auf die verwöhnten Söhne reicher Eltern, für die sie uns hielten. Shakespeare, der sich bis dahin von einem gutmütigen Pfandleiher den Bauch hatte kraulen lassen, sprang beim ersten lauten Wort auf und knurrte. Es kostete mich übermenschliche Anstrengung, mich zu beherrschen, doch als dem Kräftigeren von ihnen die Argumente ausgingen und er mich als »Vollidiot« betitelte, packte ich ihn am Kragen.

Marcus versuchte mich zurückzuhalten: »Himmelherrgott, Sakrament! Du gehst heute zum Abendessen zu Rebeccas Eltern, da willst du doch nicht mit gebrochener Nase und einem fehlenden Zahn auftauchen!«

»*Mir* wird kein Zahn fehlen, das garantier ich dir!«

Shakespeare bellte wie verrückt, und die meisten Kunden hatten sich ängstlich verzogen. Endlich gelang es Marcus, mich Richtung Ausgang zu bugsieren, während einer der Umstehenden den Provokateur festhielt. Auf der Treppe hörte ich, wie der andere Blödmann mir »dreckiger kleiner Kapitalist« hinterherrief. Ich kehrte mit geballter Faust um, doch Marcus erwischte mich gerade noch am Gürtel und schob mich zur Haustür hinaus.

»Vergiss es, Wern. Lass uns diesen Tag nicht verderben.«

Ich trat kräftig gegen einen Mülleimer und machte mir noch einmal richtig Luft, ehe ich mich ans Steuer unseres verbeulten Chrysler setzte, der alles andere war als ein triumphales Sinnbild des Kapitalismus.

Die Aussicht auf das Dinner bei Rebeccas Eltern war nicht geeignet, mich zu beruhigen. Meine Nerven lagen blank. Nathan Lynch hatte verlangt, mich kennenzulernen. Auf Rebeccas Bitte hin hatte er Marcus und seinen Vater ebenfalls eingeladen, um allen dieses erste Treffen etwas zu erleichtern. Da die Howards »beiden Parteien« nahestanden, sollten sie als »Bindeglied dienen«, wie Marcus sich ausdrückte. Seit einer Woche schärfte er mir ein, was »man machte« und was »man nicht machte«. Mein Kopf war vollgestopft mit diesen Regeln ohne jegliche Logik, die man Umgangsformen nennt. Rebecca schien nicht weniger angespannt zu sein als ich, obwohl sie mir immer wieder sagte, dass ihre Eltern reizende Leute seien und alles gutgehen werde. Außerdem hatte sie beschlossen, nicht zusammen mit mir zu kommen, sondern schon früher bei ihren Eltern zu sein, um das Terrain zu sondieren, woraus ich schloss, dass das »Terrain« mir nicht gewogen war. Das Schlimmste war, dass ich den Eindruck hatte, sie wähle bereits das gegnerische Lager, indem sie ablehnte, mich zu begleiten. Marcus erinnerte mich zwar daran, dass, bis zum Beweis des Gegenteils, die »Lager« nicht als feindlich zu betrachten seien, doch von diesem Moment an beschlich mich eine böse Vorahnung.

Vor der Tür der Nummer 4 East 80th Street, einen

riesigen Blumenstrauß in der Hand, fühlte ich mich alles andere als wohl in meiner Haut. Frank klopfte mir auf die Schulter. Marcus, zu meiner Linken, lächelte gezwungen. Ich hatte das Gefühl, dass es, wenn diese Schwelle erst einmal überschritten war, kein Zurück mehr gab. Doch Rebecca befand sich in der Welt hinter dieser Tür. Und ich wollte zu ihr.

Also klingelte ich.

Ein Butler in blau-gelber Uniform öffnete uns. Er nahm meinen Blumenstrauß, reichte ihn einer jungen Frau und führte uns in die Bibliothek. Nathan Lynch erschien, noch ehe wir uns setzen konnten. Ein Mann um die sechzig mit weißem Haar und rotgeädertem Gesicht. Er hatte kleine graue Augen und einen verkniffenen, im Ausdruck permanenter Ungeduld erstarrten Mund. Er betrachtete mich mit feindseliger Miene. Eine dumpfe Wut ging von diesem Mann aus, der mir gerade mal bis zur Brust reichte. Um mich anzustarren, musste er den Kopf regelrecht in den Nacken legen.

Frank und Marcus gegenüber benahm er sich kaum liebenswürdiger, während er mit fahrigen Handbewegungen auf die Sessel wies, in denen wir Platz nehmen sollten. Er bot uns Scotch an und hob verärgert eine Augenbraue, als ich akzeptierte. Wir musterten einander einen Moment lang. Ich konnte nicht fassen, dass dieser Mensch ein so zauberhaftes Geschöpf wie Rebecca hervorgebracht haben sollte. Ihm wiederum war offensichtlich der Gedanke unerträglich, dass seine einzige Tochter einen wie auch immer gearteten Kontakt zu einem absoluten Niemand wie mir haben könnte. Während ich mich fragte, wo besagte Tochter eigentlich blieb, begann Marcus mit unserem Gastgeber ein Gespräch über Bücher, von dem ich kein Wort verstand. Bücher reizten mich generell kaum, Romane noch weniger. Da das Leben doch genug zu bieten hatte, sah ich keinen Sinn darin, meine Zeit in einer Parallelwelt zu vergeuden. Mein Kunstgeschmack war noch nicht entwickelt, und ich hatte, zugegebenermaßen, von den meisten Dingen, die meinen potentiellen Schwiegervater interessierten, nicht die geringste Ahnung.

Als Wohltäter und anspruchsvoller Mäzen gestand Nathan Lynch Personen, die ihm vorgestellt wurden, stets nur eine sehr kurze Spanne seiner Aufmerksamkeit zu. In wenigen Sekunden bildete er sich eine Meinung, um dann nicht mehr davon abzurücken. Eine unglückliche Bemerkung, eine Einstellung, die er für »nicht sauber« befand, genügten, um das Schicksal einer Person oder eines Projektes zu besiegeln.

Von vielen um Hilfe ersucht, widmete er sich ausschließlich »effektiven und fähigen« Leuten. Er hasste es, zu warten, hasste es, wenn man ihm widersprach, hasste es, enttäuscht zu werden. Allein die Tatsache, dass ich auf dem Weg über seine Tochter zu ihm gekommen war, machte mich ihm schon suspekt. Meine unklare Herkunft, meine Anfänge in der Baubranche, meine Statur, alles an mir musste ihm zuwider sein. Er hätte sich sicher einen großen Intellektuellen gewünscht, einen reichen Erben akzeptiert, sich mit einem älteren und bereits anerkannten Banker abgefunden, doch er weigerte sich, in mir irgendwelche Vorzüge zu erkennen. Er stellte mir keine einzige Frage und wandte sich ausschließlich an Marcus und dessen Vater.

Trotzdem versuchte ich, freundlich zu sein, und erkundigte mich nach einem an der Wand hängenden Ölgemälde, auf dem ein Zwerg abgebildet war, der einen sehr großen Hund am Halsband hielt. Er schien schockiert.

»Sehen Sie denn nicht, dass das ein Velázquez ist?«

»Ich kann die Signatur von hier aus nicht lesen«, verteidigte ich mich.

»Es dürfte nicht nötig sein, die Signatur zu lesen. Das erkennt man doch auf den ersten Blick!«, kanzelte er mich ab und wandte mir den Rücken zu.

Doch ich gab mich nicht geschlagen. Als wenige Minuten später ein kurzes Schweigen eintrat, unternahm ich einen erneuten Versuch: »Rebecca hat mir erzählt, Sie würden für Ihre Kunstsammlung ein Museum bauen lassen. Ich begeistere mich für Architektur, dank Marcus und Frank«, erklärte ich mit einem Lächeln in Richtung meiner Verbündeten, »und habe mich gefragt, an was für eine Art Gebäude Sie dabei denken …«

»Rebecca erzählt Ihnen zu viel. Das Projekt ist vertraulich«, erwiderte er knapp. »Was den Bau angeht, so danke ich Ihnen, dass Sie Ihre Dienste anbieten, aber wir haben bereits unsere Arbeiter.«

»Ich hatte nicht vor, meine Dienste anzubieten, ich verfolge meine eigenen Projekte«, gab ich nun doch gereizt zurück. »Und ich wusste nicht, dass Ihr Vorhaben, zu dem Sie der *New York Times* ein Interview gewährt haben, vertraulich ist.«

Für einen Moment schien Nathan Lynch sprachlos darüber, dass ich ihm Widerworte gab, dann warf er mir mit einer Chuzpe, die seiner Tochter würdig war, hin:

»Wenn Sie auch noch glauben, was die Journalisten schreiben!«

Ich drückte mich in meinen Sessel und versank in mürrischem Schweigen. Mehrmals versuchten Frank und Marcus, mich in das Gespräch miteinzubeziehen. Doch Nathan Lynch unterbrach sie systematisch. Er hatte die Angewohnheit, jeden, der etwas zu sagen versuchte, einfach zu übertönen. Ich wusste schon jetzt, dass ich ihn nicht ausstehen konnte.

Der Butler bot mir noch ein Glas Whisky an, das ich wieder akzeptierte.

»So wie Sie Ihre Gläser leeren, behalten Sie doch gleich die Karaffe«, blaffte Nathan Lynch.

»Hervorragende Idee«, stimmte ich zu, griff nach dem Gefäß auf dem Tablett des Butlers und stellte es auf das kleine Tischchen neben mir. Der Diener zuckte zusammen und beeilte sich, einen roten Filzuntersetzer zwischen die Karaffe und das intarsierte Holz zu legen.

Marcus warf mir diskret einen mitfühlenden Blick zu. Ich senkte den Kopf und konzentrierte mich auf das Muster des Teppichs. Während der zwanzig Minuten, die noch verstrichen, ehe Rebecca die Treppe herunterkam, gab ich nicht einen Ton von mir. Dass sie mich so allein ließ nahm ich ihr furchtbar übel. Ich hatte das Gefühl, wie durch eine dicke Schicht Einsamkeit von der Welt getrennt zu sein. Nur das Klirren der Eiswürfel im Glas erinnerte mich daran, dass ich tatsächlich existierte. Ich war kurz davor, aufzustehen und den Raum zu verlassen, als Rebecca endlich hereinkam. Sie war blass und sichtbar nervös.

Zur Begrüßung umarmte sie mich nur flüchtig, woraufhin ich ihr einen finsteren Blick zuwarf, den sie stirnrunzelnd erwiderte, als wollte sie sagen: »Ich werde dich wohl kaum hier vor meinem Vater küssen.« Dann setzte sie sich weit weg von mir aufs Sofa und begann sich zu unterhalten als wäre nichts. Im Gegensatz zu ihrem Vater bezog sie mich zwar in das Gespräch mit ein, aber in einem distanzierten Plauderton, der mich noch mehr verletzte.

Ich verschanzte mich wieder hinter düsterem Schweigen. Marcus lächelte mir aufmunternd zu, aber ich war wie gelähmt von meinem Widerwillen gegen diese Heuchelei und der Unfähigkeit, mich zu verstellen.

Dann erschien Rebeccas Mutter, um den Alptraum perfekt zu machen. In der Tür hielt sie für einen kurzen Moment inne und sah mich auf verstörende Weise an, ehe sie den Raum betrat. Judith Lynch musste eine umwerfend schöne Frau gewesen sein. Ihre extreme Magerkeit und die Strenge ihrer Züge hatten nichts Sinnliches, doch ihre hohe Gestalt – sie war größer als ihr Mann –, die anmutige Haltung in dem schlichten schwarzen Abendkleid, ihre spektakulären blauen Augen und die zu einem üppigen Knoten hochgesteckten rötlich blonden Haare waren noch immer beeindruckend. Sie trug zu viel Schmuck, so als wolle sie sich dahinter verbergen. Ihr Dekolleté war bedeckt von einem schweren Collier im Stil ägyptischer Königinnen, und ihre Unterarme steckten beinahe vollständig in goldenen Manschetten. Nathan, Frank und Marcus erhoben sich gleichzeitig, um ihr, einer nach dem anderen, einen eleganten Handkuss zu geben. Ich wollte es ihnen gleichtun und rief mir ins Gedächtnis, was mein Freund mir eingeschärft hatte: die Hand nicht anheben, sondern sich zu ihr hinunterbeugen, aber auch nicht zu weit, die Haut auf keinen Fall mit den Lippen berühren. Doch als sie sich mir zuwandte, erstarrte Judith Lynch. Sie wurde schneeweiß und begann zu zittern. Ihre Reaktion war alles, was zu meiner Vernichtung noch gefehlt hatte. Marcus, der neben ihr stand, fasste sie am Arm und half ihr, sich zu setzen. Ich trat einen Schritt auf sie zu, doch sie machte eine abwehrende Geste und sagte hastig: »Verzeihen Sie, ich fühle mich nicht gut. Sicher dieses neue Medikament, das der Arzt mir verschrieben hat.«

»Was hat er dir schon wieder gegeben!«, regte ihr Mann sich auf. »Du solltest nicht so viele von diesen Tabletten nehmen.«

»Aber ich muss schlafen, Nathan. Schlafen! Verstehst du das nicht?«, gab Judith mit dumpfer Stimme zurück.

Hilflos saßen wir daneben und wussten nicht, was wir sagen sollten. Marcus' Vater räusperte sich und suchte nach einem unverfänglichen Thema, um von der Situation abzulenken.

Ich kochte innerlich. Nicht genug, dass Rebeccas Vater sich mir gegenüber unerträglich abweisend benahm, nun fiel seine Frau bei meinem bloßen Anblick auch noch fast in Ohnmacht. Aus den Augenwinkeln schaute ich zu Rebecca. Sie wirkte vollkommen aufgelöst. Nathan Lynch fragte seine Frau, ob sie auf ihr Zimmer gehen wolle, doch Judith schien sich langsam wieder zu erholen. Um von dem unangenehmen Zwischenfall abzulenken, kürzten sie den Aperitif ab, und wir gingen zu Tisch.

Das Abendessen war eine Qual. Die Hausherrin sagte so gut wie nichts, und ich gab mir nicht mehr Mühe als sie. Den Blick auf meinen Teller geheftet, vertilgte ich einen Gang nach dem anderen, während ich spürte, wie Rebeccas Mutter mich immerzu anstarrte. Frank und Marcus versuchten der eisigen Stimmung mit historischen oder literarischen Zitaten, amüsanten Anekdoten und gezwungenem Lachen beizukommen. Rebecca ihrerseits redete zu viel, trank zu viel, lachte zu viel. Beim

Nachtisch entspannte sich die Atmosphäre etwas, dank Frank Howard, der sich, betroffen von Nathan Lynchs Grobheit mir gegenüber, den Rest der Mahlzeit mit mir unterhielt.

Als wir uns erhoben, um in den Salon zu gehen, geschah etwas Seltsames. Während die anderen schon nebenan waren und ich wartete, um Judith Lynch den Vortritt zu lassen, wie Marcus es mir eingetrichtert hatte, blieb sie plötzlich stehen, schloss die Tür, die die beiden Räume voneinander trennte, verriegelte sie und starrte mich an. Ich hörte, dass Nathan Lynch mehrmals nach seiner Frau rief, doch sie rührte sich nicht. In ihren Augen sah ich ein beunruhigendes Flackern. Unermesslicher Schmerz oder Wahnsinn: in diesem Blick loderte ein dunkles, verzehrendes Geheimnis. Mrs Lynch kam ganz nah an mich heran, wobei sie ihr Collier ablegte und auf den Boden fallen ließ, den Blick noch immer in meinen gebohrt.

»Mrs Lynch, ich verstehe nicht …«, stammelte ich.

Sie legte einen Finger auf ihre Lippen und zeigte dann auf eine feine weiße Narbe um ihren Hals, direkt über dem Schlüsselbein.

»Mrs Lynch, lassen Sie mich vorbei«, sagte ich, nun mit fester Stimme. Nach dem Abend, der hinter mir lag, war ich nicht in der Stimmung zuzusehen, wie diese Verrückte sich mitten in ihrem Esszimmer vor mir entblätterte.

Doch sie lehnte sich mit dem Rücken an die Tür und

nahm, von Kopf bis Fuß zitternd, eine ihrer goldenen Manschetten ab. Ihr rechter Unterarm war über und über mit weißen Linien bedeckt, die ein gleichmäßiges Gitternetz bildeten. Während sie ihre Narben entblößte, zog eine erschütternde Abfolge widerstreitender Gefühle über ihr Gesicht: Scham, Stolz, Schmerz und vor allem der Ausdruck einer erbitterten, wahnwitzigen Provokation.

»Warum zeigen Sie mir das?«

Jemand rüttelte heftig an der Türklinke. Nathan Lynch rief nach seiner Frau. Rebeccas Mutter antwortete jedoch nicht, ihr Blick hielt meinen noch immer fest. Schließlich löste sie die Manschette von ihrem linken Arm und streckte mir ihr Handgelenk entgegen. Ich sah eine Reihe tätowierter Ziffern und ein kleines Dreieck.

»Sagt Ihnen das noch immer nichts?«, fragte sie.

»Doch, natürlich. Ich weiß, was diese Zahlen bedeuten. Das habe ich an der Highschool gelernt, Mrs Lynch. Es tut mir leid.«

»An der Highschool«, wiederholte sie mit einem heiseren Lachen. »Nur da?«

»Ja, Madam. Ich weiß nicht, was Sie erwartet haben.«

»Nichts«, gab sie zurück. »Ich habe weiter nichts erwartet.«

Sie sammelte ihren Schmuck wieder ein und verließ den Raum langsam, mit schlafwandlerischem Schritt, durch die Dienstbotentür, hinter der Rebecca sie empfing. Meine Geliebte schlang die Arme um ihre Mutter und flüsterte: »Mama, was ist los? Mein Muttchen, sag, was ist passiert?« Und so verschwanden sie ins obere Stockwerk.

Vollkommen konsterniert von dieser Szene, die nur ein paar Sekunden gedauert hatte, entriegelte ich die andere Tür, hinter der Nathan wartete.

»Ich glaube, Ihre Frau fühlt sich nicht gut«, erklärte ich lakonisch.

Er betrachtete mich, als hätte ich Judith angefallen.

Frank Howard schob einen frühen Termin am nächsten Morgen vor, um den Abend abzukürzen. Kaffee und Digestif, die der Butler gerade gebracht hatte, lehnte er dankend ab. Ich bat darum, Rebecca zu sehen. Der Diener ging nach oben, kam gleich darauf wieder zurück und richtete mir aus, Miss Lynch entschuldige sich, aber sie müsse sich um ihre Mutter kümmern. Ich war zutiefst getroffen, dass sie nicht mal kam, um sich von mir zu verabschieden. Als ich aus der Tür trat, wusste ich nicht so recht, was an diesem Abend geschehen war, doch mir war klar, dass sich etwas für immer verändert hatte.

Im Auto versuchte Frank, das Gefühl der Schmach, das in mir brannte, etwas zu lindern: »Nathan war heute Abend einfach unausstehlich, aber du darfst das nicht persönlich nehmen, Werner. Mir gegenüber hat er sich auch schon so benommen.«

»Es ist nett, dass du ihn entschuldigen möchtest, Frank, aber ich nehme es tatsächlich sehr persönlich. Er findet alles an mir unerträglich, ganz besonders meine Herkunft. Außerhalb des Goldfischglases seiner gehobenen Gesellschaft kann er nicht atmen.«

»Er ist einfach ein schwieriger Mensch.«

Marcus war vor allem von Judiths absonderlichem Verhalten verblüfft.

»Bist du Mrs Lynch vorher schon einmal begegnet?«

»Noch nie«, murmelte ich. In Gedanken war ich bei Rebecca. Was war nur in sie gefahren? Ich hatte sie für eine unabhängige junge Frau gehalten, eine Künstlerin, aber heute erschien sie mir genauso angepasst und versnobt wie ihre Eltern. Ich war traurig und enttäuscht. Sie hatte mich fallenlassen.

»Ich weiß nicht, an wen du sie erinnerst, aber Mrs Lynch schien ein Gespenst gesehen zu haben!«, fuhr Marcus fort.

»Vermutlich ähnelst du irgendeinem jungen Mann, den sie einmal sehr geliebt hat«, überlegte Frank, um mich aufzuheitern.

»Der muss sie aber wirklich schlecht behandelt haben, denn Liebe war nicht gerade das, was sie heute Abend ausstrahlte.«

»Was hat sie dir gesagt, als ihr allein wart? Dass du dich Rebecca gegenüber anständig benehmen sollst?«, wollte Marcus wissen.

»Von wegen: Sie hat sich vor mir halb ausgezogen.«

»Wie bitte? Ausgezogen?«, wiederholten Vater und Sohn.

»Jedenfalls hat sie ihre Schmuckstücke eins nach dem anderen abgelegt und mir ihre Narben gezeigt. Sie war im Lager.«

»Im Lager? Welchem Lager?«, fragte Marcus.

»In einem Vernichtungslager der Nazis.«

»Davon hatte ich keine Ahnung!«, rief Frank Howard entsetzt aus. »Ich kenne sie seit vielen Jahren, und sie hat mir nie etwas davon erzählt. Woher weißt du das? Hat sie es dir gesagt?«

»Sie hat eine Tätowierung am linken Unterarm. Diese Ziffern sind eindeutig. Und sie ist mit Narben übersät.«

»Deswegen trägt sie immer so viel Schmuck …«

In Gedanken fügte Marcus' Vater alles, was er über Judith Lynch wusste, zu einem neuen Bild zusammen.

Im Wagen breitete sich Stille aus, die ich schließlich durchbrach:

»Was ich nicht verstehe«, sagte ich nachdenklich, »ist, wieso sie mir ihre Verletzungen gezeigt hat und wieso sie sie nur mir gezeigt hat.«

Bayerische Alpen, August 1945

Wernher von Braun war äußerst angespannt. Er rauchte zwei Packungen Zigaretten am Tag und trank ebenso viele Flaschen Schnaps, ohne dass es ihn beruhigt hätte. Er fürchtete nicht nur Vergeltungsakte unbekehrbarer Nationalsozialisten oder eine Entführung durch die Sowjets, sondern auch ein Ultimatum der Engländer, die die Erfinder der V2-Raketen für die Verwüstung Londons zur Verantwortung ziehen wollten, eine internationale Beschwerde der Kriegsopfer oder öffentliche Proteste in den USA, die ihre Einreise verhindern könnten. Denn offiziell ließ Washington niemanden, der an nationalsozialistischen Organisationen beteiligt gewesen war, auf amerikanisches Territorium. Er war also, ebenso wie der Großteil seiner Mitarbeiter, nicht besonders willkommen im Land der Freiheit.

Von Braun hätte Deutschland am liebsten sofort verlassen, doch die Amerikaner schienen es damit weniger eilig zu haben, denn sie ließen ihn zappeln. Auch hätte er gern gewusst, was aus seinen Eltern werden würde. Er hatte darum gebeten, sie mitnehmen zu dürfen, hatte jedoch noch keine Antwort erhalten, und obendrein war es ihm untersagt, sie zu besuchen, was ihn krank machte vor Sorge.

Im Zuge der Kapitulationsverhandlungen hatte er seinen neuen Verbündeten verraten, wo mehr als ein Dutzend Fässer voller Pläne und Zeichnungen aus der Entwicklungsphase der V2 versteckt waren. Im letzten Moment war es den GIs gelungen, diese wertvollen Dokumente aus einem stillgelegten Tunnel an sich zu bringen.

Stolz darauf, dass sie den Russen den Rang abgelaufen hatten, wollten die Amerikaner ihre Übereinkunft mit von Braun überall bekannt machen. Journalisten aus aller Welt fanden sich auf dem Platz des kleinen bayerischen Dorfes ein, die Korrespondenten filmten von Braun, der unablässig lächelte und rauchte, den noch immer eingegipsten Arm in einer unfreiwillig ironischen Geste zum permanenten Hitlergruß erhoben. Neben ihm standen Johann Zilch und eine junge dunkelhaarige Frau mit abweisendem Blick und einem pausbäckigen Baby auf dem Arm.

Einige seiner Mitarbeiter litten unter der Niederlage des Reiches, nicht so von Braun. Er benahm sich wie eine freundliche Berühmtheit. Man hätte meinen können, er wäre Rita Hayworth beim Truppenbesuch an der Front. Er schüttelte Hände, ließ sich fotografieren, war zu allen liebenswürdig. Begeistert sprach er von der Bedeutsamkeit seiner Erfindungen und redete bereits davon, auf den Mond zu fliegen. Manch einer hatte Mühe zu glauben, dass dieser junge Preuße, der nach Wochen erzwungener Untätigkeit aussah wie ein etwas zu gut genährter Hollywoodstar, eine der gefürchtetsten Waffen dieses Krieges erschaffen haben sollte.

Die britischen Soldaten bissen die Zähne zusammen. Alle erinnerten sich nur zu gut an den Beschuss Londons mit V2-Raketen vor wenigen Monaten, bei dem viele von ihnen Angehörige verloren hatten. Es schien fast, als spüre von Braun ihre Feindseligkeit und versuche mit allen Mitteln, diese Männer, von denen seine eigene Zukunft und die vieler seiner Getreuen abhing, für sich einzunehmen. Doch es gelang ihm nicht.

Auch das Verhältnis zwischen von Brauns Leuten und der amerikanischen Obrigkeit hatte sich nach ihrer Kapitulation verhärtet. Drei Monate lang wurden die Forscher von einem Komitee alliierter Experten in die Mangel genommen. Eilig nach Bayern entsandte Militäringenieure bereiteten den Technologietransfer zur texanischen Raketenbasis vor, zu der die Wissenschaftler gebracht werden sollten. Die Armeeführung versuchte unterdessen zu beurteilen, wie tief ihre nationalsozialistische Überzeugung war, welcher Kriegsverbrechen sie sich schuldig gemacht hatten und ob sie überhaupt fähig wären, sich an die amerikanische Gesellschaft anzupassen. Die Frauen wurden ebenfalls in Anwesenheit ihrer Männer befragt. Man wollte schließlich nicht irgendwelchen Fanatikern ermöglichen, auf dem Kontinent der Freiheit potentielle kleine Führer großzuziehen, und erst recht nicht Gefahr laufen, dass »die Roten« Onkel Sam infiltrierten. Viele waren berufen, aber wenige wurden auserwählt. Jeder einzelne Fall war Gegenstand zäher Verhandlungen.

Von Braun wollte Martha mitnehmen, die für ihn dolmetschen sollte. Er vertraute ihr und schätzte ihre direkte Art. Beides konnte ihm in seinem neuen Leben nützlich sein. Außerdem hatte er Skrupel, den kleinen Werner von seiner Tante zu trennen, denn auch in den letzten Wochen hatte sein Vater ihm gegenüber noch immer wenig Zuneigung und Interesse gezeigt. Nach reiflicher Überlegung entschied er, sich das administrative Chaos der Nachkriegszeit zunutze zu machen und Martha als Johanns Frau auszugeben. Keiner der Alliierten ahnte, dass Luisa in Dresden gestorben war, und er konnte sich sicher sein, dass seine Leute ihn nicht verraten würden – aus Loyalität ihm gegenüber, aber auch, weil sie Martha respektierten, seit sie mit Magnus losgeradelt war, um Kontakt zu den Amerikanern aufzunehmen. Die Frauen der Gruppe waren ihr zwar weniger freundlich gesonnen, aber von Braun hatte sie unmissverständlich zur Ordnung gerufen. Martha hieß von nun an Luisa, und wer sich dem nicht fügte, würde es mit ihm zu tun bekommen.

Von Braun beantragte offiziell, dass Martha alias Luisa in die erste Gruppe aufgenommen würde, die in die Vereinigten Staaten reisen sollte. Johann und sie wurden gemeinsam vorgeladen. Martha erklärte mit glänzenden Augen, sie habe schon immer davon geträumt, in Amerika zu leben, und seit ihrer Jugend liebe sie Jazz-Musik: Billie Holiday, Louis Armstrong, Duke Ellington … Sie verriet, wie verzweifelt sie gewesen sei, als Goebbels diese Musik verboten hatte. Martha schwärmte von Coca-Cola, Hoover-Staubsaugern und Ford-Automobilen. Sie sagte, sie hoffe sehnlichst, ihrem Sohn bald im Kino Walt Disneys *Schneewittchen* zeigen zu können. Liebevoll blickte sie auf Werner herunter, der Captain Fling strahlend und ohne Furcht anlächelte, als wäre dieser strenge Mann in Uniform der größte Spaßvogel der Welt. Mit bewegter Stimme erklärte sie, das Allerwichtigste für sie sei, ihm eine glückliche Zukunft zu bieten, weit weg von der Gewalt und dem Hass, die den alten Kontinent zerrissen. Er solle in einem Land aufwachsen, in dem Ehrgeiz erlaubt war und Einsatz belohnt wurde. Einem toleranten Land, das allen Menschen, egal welcher Herkunft, dieselben Chancen einräumte.

Bei diesen Worten verschluckte sich der lateinamerikanische Soldat, der das Gespräch protokollierte. Er, der immer die unbeliebtesten Aufgaben aufgebrummt bekam und den seine Kameraden in Anspielung auf den Widersacher Zorros »Sergeant Garcia« nannten, hätte sicherlich noch etwas hinzuzufügen gehabt, aber sein Hustenanfall konnte Marthas Redefluss nicht bremsen.

Auch die anderen Wissenschaftler der Gruppe zeigten sich von ihrer besten Seite. Aber ihr guter Wille allein reichte nicht aus, um ihnen als ehemaligen Nationalsozialisten den Weg nach Amerika zu ebnen. Präsident Roosevelt oder der Senat hätten ihre Einreise, wenn sie über die Pläne unterrichtet worden wären, niemals genehmigt. Die amerikanischen Geheimdienste waren jedoch nicht bereit, eine so attraktive Beute den Russen zu überlassen. Also sorgten sie dafür, dass die Lebensläufe der Wissenschaftler reingewaschen wurden. Nach ein paar Wochen hatten diese sich nichts mehr vorzuwerfen. Der Abreise stand nichts im Wege.

Von Braun, Johann und eine kleine Entourage gehörten zu der ersten Gruppe, die die Alte Welt verließ. Unter strengster Geheimhaltung bestiegen um die hundert Wissenschaftler und ihre nächsten Angehörigen erst das Flugzeug, dann ein Schiff mit Kurs auf den amerikanischen Kontinent. Hatte General Eisenhower die Kapitulation der Erfinder noch publik gemacht, so wurden die Journalisten diesmal sorgfältig ferngehalten. Ohne Visum, meist sogar ohne Pass und mit einem nicht näher bestimmten Arbeitsvertrag für ein Jahr als einziger Garantie, traten die Erfinder der V2-Raketen die Überfahrt nach Texas an. Martha und Werner reisten mit ihnen.

Manhattan, 1970

Das Einzige, was mir noch übrigblieb, um sie aus der Reserve zu locken, war, mit einer ihrer Cousinen zu schlafen, dann mit einem Mädchen, das mir überhaupt nicht gefiel, nur weil es mit ihr zur Schule gegangen war, und schließlich mit Joan, einer wahnsinnig erfolgreichen lateinamerikanischen Folksängerin. Ich wollte, dass Rebecca bei jedem Familientreffen an mich dachte, bei jedem Ausflug ins Nachtleben fürchten musste, mir mit einer anderen im Arm über den Weg zu laufen, und dass jede Zeitschrift für sie zum Minenfeld wurde. Schließlich hatte mein Kuss mit Joan sämtliche New Yorker Titelseiten geziert. Das Foto war nach einem ihrer Konzerte geschossen worden, und wir sahen darauf sehr verliebt aus. Meine Mutter war im siebten Himmel. Sie sammelte jedes Fitzelchen Papier, auf dem ich erwähnt wurde, und ihre Freundinnen in Hawthorne brachten ihr eifrig alles, was sie womöglich übersehen haben könnte. Mein Vater war ebenso stolz, wenn auch diskreter. Sogar meine Schwester hatte mich aus ihrer Hippie-Kommune in Kalifornien angerufen. Sie hatte mich zufällig in einer der Zeitungen entdeckt, mit der sie die Karotten einwickelte, die sie und ihre langhaarigen Kumpel auf dem Markt verkauften, und obwohl sie mein Leben für zu materialistisch befand, hatte sie den Wunsch verspürt, mich anzurufen.

Nur für Rebecca blieb ich unsichtbar. Keine meiner Provokationen entlockte ihr eine Reaktion. In qualvollen elf Monaten lief ich ihr nicht ein einziges Mal über den Weg. Niemand wusste, wo sie war. Die Liebe meines Lebens hatte sich in Luft aufgelöst. Wenn ich nicht gerade versuchte, sie zu vergessen, arbeitete ich Tag und Nacht, getrieben von dem erbitterten Drang, etwas zu schaffen, das sie daran erinnerte, was sie verloren hatte.

Von außen betrachtet, schien es mir gutzugehen, doch die Ängste, die ich tagsüber verscheuchen konnte, suchten mich nachts heim. Ich hatte wieder einen Traum, der mich als Kind jahrelang gequält hatte und der mich immer todtraurig zurückließ. Er bestand aus zwei scheinbar unzusammenhängenden Teilen. Zuerst sehe ich eine sehr schöne blonde Frau. Sie rennt. Dann stürzt sie, als würde sie von einer unsichtbaren Kraft zu Boden geworfen. Ich nähere mich ihr, und sie beginnt zu sprechen. Ich habe das Gefühl, in ihren großen, fast unnatürlich blauen Augen zu versinken. Sie sieht mich voller Zärtlichkeit an und sagt Dinge, die ich im Traum verstehe, nach dem Aufwachen aber nicht mehr in Worte fassen kann. Danach ändert sich die Szenerie vollkommen. Ich löse mich von der Welt, um ihrem Untergang beizuwohnen. Ich habe keinerlei körperliche Empfindungen. Ich sehe Feuer, spüre aber keine Hitze. Ich sehe Menschen rufen, höre aber ihre Schreie nicht. Gebäude stürzen in sich zusammen, doch ihr Staub füllt meinen Mund nicht. Mauerbrocken fliegen in alle Richtungen, ohne mich zu treffen. Ich hätte nicht sagen können, wie alt ich in dem Traum war, ob ich saß, stand oder lag, und noch weniger, ob ich lebte oder schon tot war. Nach einer Weile höre ich ein dröhnendes Geräusch. Mir wird bewusst, dass der Lärm der Apokalypse um mich herum nicht zu mir durchdringen kann, weil er von diesem regelmäßigen Hämmern übertönt wird. Ein donnerndes, vertrautes Geräusch. Ab und zu wird es schneller, rasend, betäubt mich ganz und gar. Doch ich habe keine Angst, bin ganz bei mir. Ich befinde mich in einer roten Masse. Ich sehe oranges Licht, Schleier, die zerreißen, dann eine riesige Kuppel, längliche weiße und purpurrote Flecken. Der regelmäßige Klang entfernt sich, und ich bedauere es. Schreie bohren sich in mein Ohr, etwas verbrennt meine Lunge wie Säure oder giftiger Rauch. Ich höre Explosionen. Die Erde birst. Die Menschheit verschwindet in einem Schlund. Sobald alles Leben aufgehört hat zu pulsieren, alle Vögel, Flüsse, Tiere, der Wind und die Herzen der Menschen verstummt sind, werde ich mir meiner grenzenlosen Einsamkeit bewusst. Genau in diesem Moment erwache ich schreiend.

In den Nächten, die wir zusammen verbrachten, tröstete Joan mich, so gut sie konnte. Sie half mir, meine Gefühle zu verstehen. Verlassen worden zu sein, machte mich rasend vor Schmerz. Sie hörte mir stundenlang zu, wie ich über Rebecca sprach, und sorgte sich um mich wie eine gute Freundin, als wäre meine Besessenheit von einer anderen Frau nur ein Thema unter vielen, das sie nicht persönlich betraf. Doch obwohl sie es nie zeigte, wusste ich, dass sie unter dieser unsichtbaren Konkurrentin litt, gegen die sie machtlos war. Sie hatte recht. Alles, was ich tat, richtete sich an oder gegen Rebecca. Joan war eine tolle Frau. Intelligent, sexy, zärtlich, humorvoll … Ich hätte verrückt nach ihr sein müssen, doch für mich gab es nur Rebecca. Alle anderen verblassten neben ihr.

Ich hatte versucht, mich ein Wochenende zu meinen Eltern zu flüchten. Ich hoffte, im Haus meiner Kindheit irgendeine Art von Ruhe und Trost zu finden, doch ich fühlte mich dort noch elender als im Trubel Manhattans. So sehr ich Armande und Andrew liebte, ich verstand sie einfach nicht. Sie schienen sich andauernd dafür zu entschuldigen, dass sie lebten. In einem unserer Immobilienprojekte hatte ich ihnen eine wunderschöne Stadtwohnung zugedacht, aber sie weigerten sich, dort einzuziehen, und hatten sie stattdessen vermietet.

In Hawthorne hätten sie ihre Freunde und ihren Garten, sagten sie. Seitdem wir gut verdienten, überwies ich meinen Eltern eine monatliche Summe, die meine Mutter streng rationierte. Mein Vater hatte sich zwar ein schönes Auto geleistet, gönnte sich vielleicht etwas größere Einsätze beim Rommé und ein paar schicke Anzüge, aber Armande hielt ihn weiterhin relativ kurz. Sie weigerte sich auch, eine Putzfrau zu nehmen, weil die Hausarbeit sie in Form halte. Meinen Vorschlag, stattdessen einen Gymnastikkurs zu belegen, tat sie mit den Worten ab, sie fände es lächerlich, in ihrem Alter zu Jugendmusik herumzuzappeln. Ich wünschte mir, sie würden das Leben ein bisschen mehr genießen, würden in meine Nähe ziehen und ihre alten Gewohnheiten abschütteln. Joan sagte, was ich für Großzügigkeit hielt, sei in Wahrheit Egoismus. Meine Eltern liebten ihren Alltag, ihr Haus, für das sie jahrzehntelang geschuftet hatten, ihren Garten, in dem Lauren und ich aufgewachsen waren. »Du möchtest ihnen eine Freude machen, doch damit setzt du herab, was sie sich aufgebaut haben. Du versuchst die Arbeit eines ganzen Lebens mit einem Scheck fortzuwischen.«

Sie hatte natürlich recht, und ich hatte auch ein schlechtes Gewissen, mich von jenen zu entfernen, die mir gegenüber stets so großzügig und liebevoll gewesen waren. Doch zugleich war ich wütend auf sie. Ich war sicher, dass Rebecca mich verlassen hatte, weil ich ihrer nicht würdig war, weil ich nicht aus dem richtigen Stall kam, nicht ebenso gebildet war wie sie, nicht die Codes kannte, die ihr Milieu so gut beschützten. Das nahm ich ihr übel, ich nahm es mir übel, und, wie sehr ich mir meiner Ungerechtigkeit auch bewusst war, ich nahm es meinen Eltern übel, die mich nicht dazu erzogen hatten, mich mit Leuten wie Rebecca auf Augenhöhe zu fühlen. Mir schien, das sei irgendwie ihre Schuld. Daher reagierte ich so gereizt auf ihre Weigerung, all die Gewohnheiten abzulegen, die sie fest in eben jener Mittelschicht verankerten, aus der ich mich gerade verzweifelt zu befreien suchte.

Leider hatte ich mir ein paar bissige Bemerkungen dazu nicht verkneifen können, obwohl ich es sofort bereute. Als Wiedergutmachung spendierte ich ihnen eine Reise zu meiner Schwester nach Kalifornien. Während ihrer Abwesenheit nahm ich mir außerdem ihr Haus vor. Wenn sie schon hier bleiben wollten, sollten sie es wenigstens schön haben. Ich ließ ein elektrisches Garten- und Garagentor anbringen, damit mein Vater nicht mehr aussteigen und sich mit seinem schmerzenden Rücken bücken musste. Bad und Küche wurden renoviert, das Wohn- und Esszimmer neu gestrichen. Schließlich funktionierte ich noch den angrenzenden Schuppen zum Haushaltsraum um, von dem meine Mutter seit langem träumte. Nachdem der Verschlag in ein richtiges Zimmer mit zwei Fenstern umgebaut worden war, stattete ich es mit einer nagelneuen Waschmaschine und einem Wäschetrockner aus. Außerdem richtete ich –

unterstützt von Donna – ein kleines Schneideratelier darin ein mit der neusten Singer-Nähmaschine, Garnrollen in allen Farben des Regenbogens, dazu passenden Stoffen sowie, ordentlich sortiert in den unterteilten Schubladen des Nähtisches, Borten, Gummis, Knöpfe, Spitze und was eine Schneiderin noch so alles brauchte.

Voller Vorfreude auf ihre Reaktion holte ich sie vom Flughafen ab, was sie ziemlich überraschte. Als mein Vater das neue Gartentor sah, dachte er einen Moment, ich hätte mich in der Adresse geirrt. Dann war er begeistert von der Neuerung und noch begeisterter, als er das Rolltor an der Garage entdeckte. Meine Mutter hingegen regte sich erst einmal furchtbar auf: »Bist du verrückt geworden, so viel Geld auszugeben! Was für ein bodenloser Leichtsinn!« Sie beschwerte sich während der ganzen Besichtigung: Den neuen Herd verstehe sie nicht, der Kühlschrank sei doch wirklich viel zu groß für zwei, und wo solle man nun das Holz für den Winter lagern, da sie keinen Schuppen mehr hatten? Ihre Kommentare versetzten mich in miserable Stimmung. Ich wollte, dass sie mir vor Freude um den Hals fiel, doch das war einfach nicht ihre Art.

Egal wie oft ich beteuerte, dass ich mir diese Dinge problemlos leisten konnte – sie glaubte mir nicht oder konnte es sich vielleicht schlichtweg nicht vorstellen. Nur mein Vater zeigte mir seine Anerkennung: »Danke, mein Sohn, es ist sehr lieb, wie du dich um uns kümmerst«, sagte er, fügte dann jedoch hinzu: »Aber du hast so viel zu tun. Für uns brauchst du dich nicht dermaßen abzuplagen, weißt du, wir haben alles, was wir brauchen.«

Seine Bescheidenheit tat mir weh. Ich wollte all das nicht umsonst aufbauen, für niemanden außer mir, für nichts.

Ich schleppte meine Wut und meine Enttäuschung mit mir herum. Nichts machte mir mehr Freude, seit Rebecca fort war. Die Art, wie sie mich hatte fallenlassen, verletzte mich zutiefst. Ein Jahr der perfekten Liebe, ein Jahr zärtlicher Worte und gemeinsamer Pläne hatten sich an einem einzigen Abend in Luft aufgelöst. Gleich am nächsten Tag hatte ich bei ihren Eltern angerufen. Die Haushälterin war rangegangen. Ich bombardierte sie täglich mit hundert Anrufen. Immer antwortete dieselbe Frau. Ich schrie sie an, wie ich es sonst nur mit den Bauleitern tat, doch ihr Pflichtbewusstsein gebot ihr, immer wieder abzuheben. Sie versicherte mir, die Lynchs seien nicht in New York. Sie wisse nicht, wohin Fräulein Rebecca gefahren sei. Sie flehte mich an, sie in Ruhe zu lassen. Nach zwei Wochen warf sie ihre Prinzipien über Bord und stöpselte das Telefon aus.

Also fuhr ich zum Haus in der 80th Street und klingelte Sturm. Der Butler, der mich vom Fenster aus gesehen hatte, hütete sich, mir zu öffnen. Wütend ruinierte ich meine Fäuste und meine Schuhe an der massiven Holztür. Als ich anfing, die Buchsbaumsträucher im

Vorgarten zu verwüsten, rief er die Polizei. Ich weigerte mich mitzukommen, bis mich schließlich vier Ordnungshüter fortschleiften. Beamtenbeleidigung, Widerstand gegen die Staatsgewalt, Hausfriedensbruch … Genug, um mich ein paar Tage hinter Schloss und Riegel zu behalten, wäre Marcus nicht gewesen. Einer Eingebung folgend, beschloss dieser, dem diensthabenden Officer von meinem Liebeskummer zu erzählen. Der war selbst ein paar Wochen zuvor von seiner Frau verlassen worden, und ehe er sich's versah, schüttete er Marcus bei einer Flasche Redbreast Whiskey sein Herz aus. Ja, er wusste, wie sich echter Liebesschmerz anfühlte, und heimlich bewunderte er mich wohl dafür, dass ich gewagt hatte, was er sich selbst verbot. Marcus schilderte ihm, wie ich als vielversprechender und rasend verliebter junger Mann von einer einflussreichen Familie verächtlich zurückgewiesen worden war. Die Sympathie war ganz klar auf meiner Seite. Am Ende der Flasche und seiner Erzählung willigte Officer O'Leary mit schwerer Zunge und glasigem Blick ein, mich gehen zu lassen, sofern Marcus dafür sorgte, dass ich mich dem Haus der Lynchs nie wieder näherte. Marcus bat darum, mich sehen zu dürfen. Mit strenger Miene hielt er mir einen Vortrag, der eher für den Beamten als für mich bestimmt war. Ich versprach, Rebeccas Zuhause fernzubleiben, wenn sein Vater dafür bei den Lynchs anrief, um deren Aufenthaltsort herauszufinden. Zum Abschied klopfte O'Leary mir gerührt auf den Rücken und brummte: »Na dann, Kopf hoch, mein Junge. Und keine Dummheiten mehr, verstanden!«

Ich hielt mich daran, während Marcus' Vater wie versprochen Nachforschungen zum Verschwinden Rebeccas und ihrer Eltern anstellte. Doch er stieß auf dasselbe Schweigen wie ich. Die Familie hatte die Stadt verlassen, ohne dass irgendjemand wusste, warum oder wohin. New York füllte sich mit Kälte und Einsamkeit.

Manchmal fragte ich mich verzweifelt, ob Rebecca überhaupt noch am Leben war. Wochen nach ihrem Verschwinden war ich zur Factory gegangen. Im vergangenen Jahr war sie oft dort gewesen, um zu malen, zu sehen, woran Andy Warhol gerade arbeitete, ihm ihre Bilder zu zeigen, sich die der anderen Künstler anzusehen und über Kunst zu diskutieren. Ich hatte mich immer geweigert mitzukommen. Dort hingen lauter absonderliche Gestalten herum, die ich ein bisschen lächerlich fand und auf die ich zugleich eifersüchtig war, da ich Rebecca am liebsten ganz für mich allein gehabt hätte. Warhols Studio war ein seltsamer, fast verstörender Ort. Es gab nur einen Lastenaufzug, dessen rostiges Gitter und mit buntbesprayten Brettern ausgebesserter Metallboden mir wenig Vertrauen einflößten. Shakespeare und ich zogen es vor, die Treppe zu nehmen.

Gedehnte Trompetentöne und die schrillen Klänge eines Pianos purzelten die Stockwerke hinunter. Ich erreichte die fünfte Etage, die ganz von einem einzigen

Raum eingenommen wurde. Die Backsteinmauern waren silbern angemalt, die dicken Rohre und gusseisernen Säulen mit Aluminiumfolie verkleidet. Der Boden bestand aus nacktem grauen Beton. Eine blonde Dragqueen in Hotpants empfing mich. Als Shakespeare sie zur Begrüßung neugierig beschnüffelte, kraulte sie ihn und fragte mit rauchiger Stimme:

»Na, mein Süßer, willst du mit mir anbandeln?«

Ich wurde so rot wie das Samtsofa, das in der Mitte des Ateliers thronte, stammelte eine Entschuldigung und zog Shakespeare von ihr weg. Die Dragqueen warf mir unter ihren grellgeschminkten Lidern einen schmachtenden Blick zu.

»Ist schon gut. Ich mag es, wenn man mich zart beschnuppert …«

Ich murmelte nur: »Ich suche Rebecca.«

»Die schöne Rebecca! Sie ist nicht hier, Herzchen, aber wenn du dich mit einer anderen Blondine trösten möchtest …«

Ich gab keine Antwort, doch meine Gesichtsfarbe wechselte von Karmesin- zu Purpurrot.

»Ich seh schon, du bist ein ganz Schüchterner. Möchtest du vielleicht etwas trinken? Es gibt Kaffee oder Tequila.«

Ich nahm den Kaffee an, den sie in einer Ecke des Raumes zubereitete, während ich mich staunend umsah. Das chromfarbene Unterteil einer Schaufensterpuppe lehnte an Fabrikregalen, die als Schränke dienten.

Hocker voller Farbtöpfe reihten sich an einem langen Holztisch auf, der halb unter Zeichnungen, Leinwandstücken, Pappen und zerbrochenem Spielzeug begraben war. Vor dem Sofa fungierte eine mit Spiegelmosaiksteinchen besetzte Leuchte in Form einer riesigen Melone als Tisch. Stühle aus Metall und Resopal sowie ramponierte Sessel komplettierten die Einrichtung.

Die Dragqueen reichte mir meinen Kaffee in einem alten Senfglas und zeigte mir die Ecke, in der Rebecca gearbeitet hatte. Ihre Pinsel waren in einem Rest Terpentin eingetrocknet, ihre bekleckste Latzhose hing an einem mit tausend Farbspritzern übersäten Stuhl. Dutzende Gemälde lehnten an der Wand, während ein unvollendetes noch auf der Staffelei stand. Mein Herz setzte einen Schlag aus, als ich mich selbst darauf erkannte, von hinten am Fenster stehend, mit Blick auf Manhattan, und bereit, die aufgehende Sonne zu umarmen. Über diese Pose hatte sie sich oft lustig gemacht. Morgens nach der Dusche, bevor ich mich anzog, riss ich immer die Vorhänge auf und begrüßte die Stadt mit einem energischen: »Guten Morgen, Welt!«, das sie zum Lachen brachte.

Es berührte mich, zu sehen, dass sie genau das gemalt hatte. Im selben Moment war mir klar, dass ich diesen Ort nicht ohne Rebeccas Bilder verlassen würde. Warhol war zwar gerade unterwegs durch Europa, um dort jeden zu porträtieren, der bereit war, einen dicken Scheck zu unterschreiben, doch die Dragqueen, die in seiner Abwesenheit »das Haus hütete«, hatte nichts dagegen, sie mir zu verkaufen. Unbekümmert verhökerte sie die Kunstwerke, die ihr gar nicht gehörten, und steckte, ohne es zu zählen, das Bündel Banknoten ein, das ich ihr dafür gab – hochzufrieden, dass sie sich davon, sobald ich verschwunden wäre, ein paar Trips in eine andere Dimension kaufen konnte.

Mit etwa zwanzig Gemälden und zwei prall gefüllten Zeichenmappen, die ich fürs Erste in meinem Zimmer abstellte, kam ich nach Hause. Marcus fand, das sei taktlos Joan gegenüber. Ich erwiderte, dass sie davon nichts erfahren würde. Joan war so gut wie nie bei uns, denn ich vermied es, sie an Orten zu treffen, an denen ich mit Rebecca zusammen gewesen war. Dennoch hatte ich ihr gegenüber Schuldgefühle. Da ich nun selbst zum ersten Mal in meinem Leben wirklich Liebeskummer hatte, begriff ich, was ich Joan antat. Auch wenn sie mir so gut wie nie Vorwürfe machte, ahnte sie natürlich, dass mein Herz immer noch Rebecca gehörte, und ich schämte mich für meine Unfähigkeit, sie so zu lieben, wie sie es verdient hätte. Außerdem hasste ich mich selbst dafür, dass ich es nicht schaffte, Rebecca zu vergessen, nach allem, was sie mir angetan hatte. Am liebsten hätte ich meine Gefühle für sie einfach ausradiert, doch sie schienen unzerstörbar zu sein. Selbst die Stadt war mir zum Feind geworden. Jeden Augenblick konnte ein Ort, ein Lied, ein Bild mir das Herz durchbohren, und dann stand ich da, rang nach Luft und wartete, bis der Schmerz nachließ und ich meinen Weg fortsetzen konnte. Meine Ohnmacht erschreckte mich. Ich hatte wirklich alles versucht, um diese Frau von meiner persönlichen Landkarte zu tilgen, doch sie hatte sich unauslöschlich darin eingeschrieben.

Nur wenn ich mich in die Arbeit stürzte, konnte ich sie vergessen. Und die Energie, die ich in unsere Projekte hineinsteckte, zahlte sich stärker aus als erhofft. Die ersten Häuser am Hudson wurden fertig. Z&H hatte inzwischen ein kleines Vermögen gemacht, und es wurde immer mehr, da wir jeden Gewinn sofort reinvestierten. Frank Howard hatte einmal gesagt, um richtig reich zu werden, müsse man die erste Million stehlen. Genau das taten wir gerade, ganz legal, mit Hilfe der Stadtverwaltung. In diesem boomenden Markt erlaubten uns die Garantien der öffentlichen Hand, unsere waghalsigen Immobilienunternehmungen risikofrei und fast ohne Kreditkosten zu finanzieren. Sicher, New York war völlig marode, und unsere Bautätigkeit half dabei, den Verfall aufzuhalten, Viertel zu sanieren und die Wohnungsnot zu lindern, doch wir strichen dabei sagenhafte Profite ein. Wir beschränkten uns hauptsächlich auf Manhattan und die sichereren angrenzenden Viertel, während wir die Gebiete der Mafia sorgfältig mieden. Dafür schmierten wir eine ganze Menge Beamte. Nur einem gönnte ich das nicht: dem Bezirksbürgermeister von Brooklyn. Er hatte bei der Einweihung des

Gebäudes, auf dessen Dach ich Rebecca zum ersten Mal geküsst hatte, große Reden geschwungen, hatte das rote Band durchgeschnitten, meinen Champagner getrunken, immer unter Berufung auf weitere Gefälligkeiten. Der Idiot. Er hätte wissen müssen, dass wir nicht gut auf ihn zu sprechen waren. Als er ein paar Tage später seine ergaunerte Wohnung in Besitz nehmen wollte, bereitete es mir nicht wenig Vergnügen, ihm sein Eigentum persönlich zu übergeben. Ich fuhr mit ihm in die oberste Etage und reichte ihm vor der Metalltür den Schlüssel an einem Band. Sein gieriges Grinsen gefror ihm auf den Lippen, als er aufschloss und … auf dem nackten Dach stand! Er begriff erst, was los war, als ich ihm den Vertrag unter die Nase hielt. Sein Strohmann war Eigentümer einer *zu bauenden* Einheit im obersten Stockwerk des Hauses. Marcus hatte die Klausel über die Fertigstellung der Wohnung geschickt weggelassen, und ich hatte das Gebäude einfach eine Etage niedriger gehalten. Sicher, laut Vertrag war eine Aufstockung möglich, doch dafür bedurfte es einer Mehrheit bei der nächsten Eigentümerversammlung. Als der Bezirksbürgermeister begriff, dass er sich hatte reinlegen lassen, bekam er einen cholerischen Anfall, der mich zutiefst befriedigte.

Zwar bedeutete dies, dass Z&H sich in Zukunft keine Hoffnung mehr auf öffentliche Ausschreibungen in Brooklyn zu machen brauchte, doch das hatten wir auch nicht mehr nötig. Mittlerweile hielten wir ein gutes Dutzend Baustellen am Laufen. Wir hatten uns neue Büroräume auf dem Broadway gemietet, nicht weit von unserer Wohnung entfernt, und Donna leitete einen kleinen Mitarbeiterstab. Frank Howard half uns noch immer bei den prestigeträchtigsten Gebäuden, aber wir hatten uns schon einen Namen gemacht und waren weitgehend unabhängig. Trotz allem weigerte ich mich umzuziehen. Ich klammerte mich noch immer an die Hoffnung, dass Rebecca eines Tages nach mir suchen würde.

»Sie braucht doch nur im Büro anzurufen! Der Name Z&H hängt an all unseren Baugerüsten. Eine Plakatkampagne mit dem Slogan ›Rebecca, ruf mich an!‹ könnte nicht wirkungsvoller sein«, zog Marcus mich auf.

»Die Gerüstbanner sind wichtig für die Firma«, verteidigte ich mich.

»Dagegen sage ich ja gar nichts, aber ich kenne dich, Wern. Ich weiß genau, warum du so darauf gedrängt hast, diese Planen mit unserer Adresse und Telefonnummer drucken zu lassen.«

Marcus hatte recht. Ich erwartete immer noch, dass Rebecca plötzlich aufkreuzen würde. Mit einer verdammt guten Erklärung, die mir erlaubte, ihren Verrat zu verzeihen und unsere Geschichte an exakt der Stelle wiederaufzunehmen, an der wir sie unterbrochen hatten. Ich wäre vermutlich besser damit klargekommen, wenn sie sich ausdrücklich von mir getrennt hätte. Dann hätte ich sie einfach hassen können. Doch ihr Verschwinden ließ Raum für Zweifel und für diese elende Hoffnung, die einen an die Vergangenheit fesselt und den Blick in die Zukunft versperrt.

Nach Monaten, in denen ich nichts von ihr gehört hatte, spielte ich meine letzte Karte aus. Wir beschlossen, den Abschluss unseres wichtigsten Bauprojektes zu feiern. Alles, was in New York Rang und Namen hatte, war zur Einweihung eingeladen. Joan sollte auf dem Fest ein exklusives Konzert geben, doch im Grunde war der ganze Abend eine Hommage an Rebecca. Für die Einladungskarte hatte ich eine ihrer Arbeiten verwendet: das Triptychon, das sie für die Lobby unserer ersten Gebäude in Brooklyn entworfen hatte, eine abstrakte, in poetischen Nebel getauchte Stadtansicht der Bucht von Manhattan. Dieses Bild rief mir jedes Mal schmerzhaft unser erstes Abendessen in Erinnerung. Im Innern der Karte gaben Marcus Howard und Werner Zilch sich »die Ehre, Mr und Mrs X zur Einweihung des Z&H-Centers sowie zur Vernissage der Werke von Rebecca Lynch einzuladen. Dem Gala-Konzert folgt eine blaue Soirée. Wir bitten um entsprechende Garderobe«. Rebeccas Augenfarbe hatte mir das Motto der Feier eingegeben. Und zum ersten Mal seit ihrem Verschwinden wurden die zwanzig Gemälde sowie die Zeichnungen, die ich in der Factory erworben hatte, öffentlich ausgestellt.

Die Wochen vor der Veranstaltung waren kaum zu

ertragen. Jeden Morgen hoffte ich, einen Anruf von ihr zu bekommen, und sei es nur, um mich beschimpfen zu lassen, was mir einfiele, ihre Bilder ohne ihre Einwilligung auszustellen. Im Geist hatte ich alle möglichen Reaktionen von ihr durchgespielt: wütend, aber gerührt; wütend und in Schweigen gehüllt; glücklich und bereit, es zu zeigen; glücklich, aber zu stolz, um mich anzurufen; immer noch irgendwo im Ausland und nicht informiert; mit Gedächtnisverlust; verheiratet und schwanger; auf einem spirituellen Trip in irgendeinem Aschram; von Mädchenhändlern entführt – und hundert weitere Hypothesen mitsamt ihren barocken Ausschmückungen, die Marcus' und Donnas Geduld auf eine harte Probe stellten. Mein Freund erkannte mich nicht wieder. Er hatte sich bestens mit Rebecca verstanden und war ebenfalls zunächst besorgt um sie gewesen. Mittlerweile betraf seine Sorge jedoch eher mich und meine unheilbare Besessenheit von ihr. Schließlich rief er Lauren zu Hilfe.

Meine Schwester hatte ein paar Jahre zuvor ein Studium in Berkeley begonnen, das sie dann hinschmiss, um in einer Kommune zu leben. Mit einer Gruppe von zwanzig Freunden hatte sie nicht weit von San Francisco eine Ranch gekauft. Sie hielten Hühner, Ziegen und Schafe. Machten Yoga und meditierten. Kochten und schliefen miteinander. Sie bestellten ihren Gemüsegarten, wuschen ihre Wäsche im Fluss, und den Rest der

Zeit rauchten sie das Cannabis, das sie selbst anbauten. Ein Mitglied der Gemeinschaft hatte die ersten beiden Pflanzen aus Mexiko mitgebracht, versteckt in einem Sack Schmutzwäsche, die so stank, dass kein Zollbeamter sie genauer inspizieren mochte. Diese beiden Setzlinge hatten üppige Ernten und eine große Kinderschar hervorgebracht. Doch damit nicht genug. Ein Gruppenangehöriger hatte Chemie in Berkeley studiert und kurz in der Pharmaindustrie gearbeitet, ehe es ihn drängte – nachdem man ihn wegen eines zu laxen Umgangs mit den firmeneigenen Molekülen gefeuert hatte –, ein sinnerfülltes Leben im Einklang mit der Natur zu führen. Dank seines Erfindungsreichtums testeten die Kommunarden immer neue Derivate, die er mit Hilfe verschiedener Destillierkolben erschuf. Diese »Wege der Erleuchtung« sollten sie zu mehr Weisheit und Verständnis führen. Waren die Substanzen erst einmal von der Gemeinschaft abgesegnet, wurden sie in San Francisco verkauft, um sie so weit wie möglich zu verbreiten und über eine allgemeine Bewusstseinserweiterung die Revolution der Liebe einzuleiten. Doch nach anfänglichem Erfolg und erfreulichen Einnahmen für die Kommune ging bei der dritten Generation der erleuchtenden Substanzen etwas schief. Ihre unbestreitbar beeindruckende Wirkung brachte als Nebeneffekt Wahnvorstellungen und Aggressivitätsschübe mit sich. Die Gruppe befand, jeder müsse sich, im Namen der Revolution der Liebe, von seiner latenten Gewalttätigkeit befreien. Der Konsum wurde also erhöht, um eine schwierige und heilsame Etappe möglichst schnell zu überwinden. Als daraufhin der Chemiker im Delirium meiner Schwester an die Gurgel ging, öffnete ihr diese Nahtoderfahrung die Augen. Sie fühlte sich nicht mehr in der Lage, ein Soldat der Liebe zu sein. Bei der wöchentlichen Versammlung unter der Sequoia gestand sie der Gemeinschaft beschämt ihr Versagen. Aus Sorge, dass Laurens Mangel an Vertrauen und Überzeugung sie alle anstecken könnte, beschlossen die Mitglieder der Gruppe einstimmig, sie auszuschließen.

Zutiefst deprimiert, war Lauren kurz davor, meine Eltern anzurufen und fürs Erste nach Hawthorne zurückzukehren. Mich kontaktierte sie nicht. Ich hatte sie damals dabei unterstützt, ihren Teil der Ranch zu finanzieren – zu einer Zeit, zu der ich selbst fast nichts hatte –, und nun wagte sie nicht, mir zu gestehen, dass ihr Experiment fehlgeschlagen war. Als Marcus sie anrief und ihr meinen alarmierenden Zustand skizzierte, verflogen ihre Bedenken. Meine großherzige Schwester liebte nichts mehr, als anderen zu helfen, und mir ganz besonders. Da sie vollkommen abgebrannt war, schickte ihr mein Partner eine Postanweisung, die ihr die Reise quer über den Kontinent ermöglichte.

Als es dann eines Morgens um sechs Uhr klingelte, sprang ich, von einer irren Hoffnung getrieben, aus meinem Bett und war in vier Sätzen an der Tür, bereit, Rebecca in meine Arme zu schließen. Vor mir stand jedoch meine Schwester im Batikkleid, mit besticktem Stirnband und verdreckten Sandalen. Meine Enttäuschung war wohl unübersehbar, denn sie fragte: »Hast du jemand anderen erwartet?«

Ich murmelte: »Überhaupt nicht«, und umarmte sie, um sofort entsetzt zurückzuweichen.

»Lauren, du stinkst wie ein alter Bock!«

Shakespeare begrüßte sie dagegen freudig und beschnüffelte begeistert erst ihre Füße, dann ihr Gepäck.

»Parfums sind voll schädlicher chemischer Substanzen«, verteidigte meine Schwester sich.

»Ein bisschen Wasser und Seife würden mir schon reichen.«

Bevor Marcus, der schlaftrunken aus seinem Zimmer gekommen war, sie umarmen konnte, hielt ich ihn zurück – »Warte lieber, bis sie geduscht hat!« – und schob sie ins Bad. Sie gehorchte und leistete auch keinen Widerstand, als ich sie aufforderte, mir all ihre Sachen zu geben, damit ich sie direkt zu unserer Wäscherei um die Ecke bringen konnte. Als ich mit warmen Zimtbrioches und Blaubeermuffins wiederkam, hatte Marcus den Frühstückstisch bereits gedeckt.

»Jetzt kann ich dich begrüßen!«, sagte er, als Lauren, in ein Handtuch gewickelt, aus der Dusche kam, und umarmte sie lang.

»Genug jetzt, ihr zwei.« Ich hielt meiner Schwester ein Hemd hin, Marcus gab ihr eine lange Skiunterhose dazu, die er beim Wintersport in Aspen trug.

Während des ausgiebigen Frühstücks erzählte Lauren uns, wie ihre Kommune sie fallengelassen hatte. Ich war stinksauer und hätte es diesen Saftsäcken gerne gezeigt, doch sie hielt mich davon ab. Bis sie wüsste, wie es weiterging, zog sie auf Marcus' Einladung hin erst einmal in unser altes Büro und unser neues Leben ein.

Meine Schwester hatte eine klare Meinung zu so ziemlich allem. Als ich ihr abends von meinem Liebeskummer erzählte und sie mich so niedergeschlagen sah, obwohl ich doch »alles hatte, um zufrieden zu sein«, beschloss sie, sich um mich zu kümmern. Mein Glück und mein seelisches Gleichgewicht wurden zu ihrer Mission und ihrem Rettungsanker. Innerhalb von drei Wochen krempelte sie unseren Alltag vollständig um. Mit dem Speiseplan fing sie an. Wenn wir nicht gerade ins Restaurant gingen, ernährten wir uns nur von Nudeln, Pizza, Hamburgern, Pommes frites und salzigen oder süßen Bagels. Lauren war entsetzt, und ich war begeistert, als sie anfing zu kochen. Meine Begeisterung legte sich jedoch schnell, als sie versuchte, uns zum Vegetarismus zu bekehren, und das Fleisch durch eine geschmacklose Masse namens Tofu ersetzte. Selbst Shakespeare blieb davon nicht verschont, wehrte sich jedoch, indem er in Hungerstreik trat.

Lauren gestaltete auch unsere Wohnung um. Sie kaufte täglich Blumen und zündete Räucherstäbchen an, von denen mir übel wurde. Sie bedeckte Sofas und

Sessel mit indischen Tüchern, verwandelte unser Wohnzimmer in einen buddhistischen Tempel und die Küche in ein Gewächshaus sonderbarer Pflanzen nebst einem Lager für Samen und Gewürze aus aller Welt. Wenn wir heimkamen, empfing uns ein Geruch nach Curry, und ich hatte das Gefühl, selbst meine Haut röche danach, weil ich es immerzu aß. Nur Joan gefielen die Neuerungen, und sie diskutierte mit Lauren unablässig über Politik und Essen.

Da meine Schwester fand, wir seien angespannt und »mit unseren Gefühlen im Unreinen«, verordnete sie uns Yoga- und Entspannungsübungen. Einmal täglich legte sie dazu die Platte eines Mönchs auf, der stundenlang die einzige Saite seines Instruments malträtierte. Marcus schien etwas empfänglicher zu sein für diese inneren Abenteuer, und überhaupt war er meiner Schwester gegenüber allzu nachsichtig, fand ich. Ich dagegen war besonders unzugänglich für die abschließende Meditation. Wenn Lauren uns mit schleppender, monotoner Stimme aufforderte, tief ein- und auszuatmen, unser Gesicht, die Zunge, die Arme, die Beine und den ganzen Körper zu entspannen, so löste das bei mir regelmäßig Lachkrämpfe aus. Lauren ließ sich dadurch nicht störten. Ihr zufolge war das Lachen selbst eine Therapie und meine Art, mich von innerer Anspannung zu befreien.

Zum Schluss schlug sie immer eine tibetanische Bronzeschale an, die sie dann auf unsere Bäuche stellte. Kaum war der letzte Ton verklungen, sprang ich zum

Telefon, um unseren Bauarbeitern Dampf zu machen, die mir nie schnell genug vorankamen. Meine Schwester kümmerte es nicht, dass ihre Methoden bei mir so wenig Wirkung zeigten, sie tröstete sich mit Marcus' Fortschritten. Der hatte sich alle Abhandlungen über Spiritualität zugelegt, die sie ihm empfohlen hatte, und kannte sich nun schon ziemlich gut aus.

Wenn mich die Meditation auch kaltließ, so hatte ich mich doch an die Massagen meiner Schwester gewöhnt. Lauren hatte offenbar eine Gabe. Sie fand die schmerzenden Stellen und löste jede Verspannung wie von Zauberhand. Besonders an den Füßen, die, wie sie sagte, den ganzen Körper widerspiegelten, vollbrachte sie wahre Wunder. Ich verstand nicht viel von den Prinzipien der chinesischen Medizin, die sie mir zu erklären versuchte, genoss jedoch ihre Effekte umso mehr.

Auch wenn es, außer meinen Eltern, niemanden auf der Welt gab, der weniger mit mir gemein hatte als sie, liebte ich meine Schwester. Trotzdem genoss ich die kleinen Verschnaufpausen, wenn Lauren ab und zu verschwand. Sie musizierte dann im Central Park und übernachtete in besetzten Häusern. Marcus war immer sehr beunruhigt über ihre Abwesenheit, die Shakespeare und ich dagegen erfreut nutzten, um mal wieder so richtig zu schlemmen.

New York steckte in jenem Sommer mitten in der Flower-Power-Bewegung. Junge Menschen aus allen Teilen des Landes kamen hierher, um der von ihren Eltern aufgebauten Gesellschaft den Kampf anzusagen. In Bausch und Bogen lehnten sie den Kapitalismus, den Individualismus und die schändliche Ausbeutung unserer Erde ab. Lauren war eine aufsässige Idealistin, kurz, sie passte perfekt in ihre Zeit, während Marcus und ich uns sehr gut mit diesem System abfinden konnten, das uns in Rekordzeit einen Logenplatz eingeräumt hatte.

Zur Einweihungs-Soirée kam alles, was in New York schick, sexy und einflussreich war. Ungeachtet ihrer andauernden Kritik an meinem »hoffnungslosen Materialismus« und den »furchtbaren Menschen« – Marcus und Joan ausgenommen –, mit denen ich verkehrte, amüsierte meine Schwester sich köstlich auf unserem Fest. Mit ihrem blauen Sari, ihrem braunen Haarknoten und den stark geschminkten Augen sah sie aus wie eine waschechte Inderin. Überhaupt war die ganz in alle erdenklichen Blautöne gekleidete Menge ein atemberaubender Anblick. Die Auslöser der Kameras ratterten wie Maschinengewehre. Marcus, Shakespeare und ich hatten oben an der Rolltreppe Aufstellung genommen. Mein Hund war zum ersten Mal in einem Hundesalon frisiert worden, er trug einen malvenfarbenen Ledergürtel von Lauren um den Hals und begrüßte die Ankommenden liebenswürdig und schwanzwedelnd, als wäre er der Gastgeber.

»Ich habe den mondänsten Hund der Welt«, bemerkte ich stolz.

»Das wiegt dein ungehobeltes Benehmen ein wenig auf«, gab Marcus zurück.

Das Konzert von Joan war ein voller Erfolg. Da ich ihr sanftes und zurückhaltendes Wesen kannte, war ich jedes Mal erstaunt, wie sie sich auf der Bühne verwandelte. Sie zog sofort alle Blicke auf sich und strahlte eine Freude und fast mystische Energie aus, mit der sie die Menge in ihren Bann schlug. Sobald sie dagegen ohne Musiker sang und sich nur selbst auf der Gitarre begleitete, schuf sie eine Intimität, als spiele sie für eine Handvoll Freunde, mit denen sie ihre innersten Gefühle teilte. Sie beendete ihren Auftritt mit einer endlos langen Note, der ein kurzer Moment vollkommener Stille folgte, ehe tosender Applaus losbrach. Ich war unglaublich stolz auf sie und fühlte mich beinahe verliebt, doch sobald Joan von der Bühne herunterkam, wurde sie wieder zu einer normalen, unverstellten Frau, und meine Bewunderung erlosch mit dem Scheinwerferlicht.

Lauren gratulierte ihr begeistert. Sie hätten Schwestern sein können, mit ihren ovalen Gesichtern, den großen braunen Augen, dem dunklen Teint – und vor allem derselben Weltanschauung.

Ein Bekannter wollte mir einige von Rebeccas Bildern abkaufen, doch ich lehnte ab. Die Kunstwerke wirkten etwas verloren in der riesigen Lobby. Bis auf ein paar wenige Kunstliebhaber schenkte ihnen kaum jemand Beachtung. Ich war nervös. Ich hatte Marcus versprochen, dass ich Rebecca, wenn sie nicht käme, endgültig aus meinem Gedächtnis streichen würde. In diesem Fall würde ich mir eine neue Wohnung suchen, und ich überlegte, Joan zu fragen, ob sie mit mir zusammenziehen wollte. Ich bewunderte und respektierte sie. Meine Liebe zu Rebecca hatte mir mehr Schmerz als Glück gebracht, und so dachte ich, die sinnliche Freundschaft, die mich mit Joan verband, sei vielleicht das bessere Konzept für ein zufriedenes Leben. Ich war gern mit ihr zusammen. Ich redete mir ein, dass ich mit der Zeit selbst daran glauben würde, dass ich sie liebte.

Während unseres Festes schien mir die Zeit quälend langsam zu vergehen. Jede blonde Frau, die ich von hinten sah, ließ mein Herz einen Schlag aussetzen. Doch nie war es Rebecca. Ein paar Minuten vor Mitternacht, als die Gäste gerade zu tanzen begannen, gab ich auf. Joan wollte nicht ohne mich dableiben, und so verließ ich mit ihr und Shakespeare klammheimlich die Party. Joan setzte ich zu Hause ab. Es tat mir weh, zu sehen, wie sie sich bemühte, ihre Enttäuschung zu verbergen, doch ich konnte nicht bei ihr bleiben. Ich war an diesem Abend nicht mehr in der Lage, mich zu verstellen.

Allein mit Shakespeare fuhr ich heim, ganz und gar erfüllt von meinem Schmerz. Ich kannte sie nur zu gut, diese alte Verletzung, die ich seit meiner Jugend nicht mehr gespürt hatte, als ich nächtelang wach lag und mich fragte, warum meine »wahren Eltern« mich verlassen hatten. Ich fühlte mich hoffnungslos einsam und verloren.

Hawthorne, New Jersey, 1948

Der kleine Werner stand da mit trotzig gesenktem Kopf und beachtete sie nicht. Armande, die diesem Augenblick seit Monaten entgegengefiebert hatte, war den Tränen nahe. Andrew drückte seine Frau an sich. Ihm war auch nicht viel wohler zumute. Die Mitarbeiterin der Adoptionsagentur, eine dürre Ziege mit graubraunen Haaren, hatte das Kind abgeliefert wie ein Paket.

»Ich wünsche Ihnen viel Glück. Er gehorcht nicht und ist auch sonst unausstehlich.«

Der kleine Kerl zeigte keinerlei Bedauern, als sich die Dame verabschiedete, doch als Andrew ihn auf den Arm nehmen wollte, begann er so energisch zu schreien, dass dieser erschrocken zurückwich.

»Versuch du es lieber. Zu einer Frau hat er sicher mehr Vertrauen«, entschied er.

Doch Armande erging es keinen Deut besser. Der Junge ließ niemanden an sich heran und verlangte unter kläglichem Schluchzen nur nach seiner »Mutti«. Diese abgrundtiefe kindliche Verzweiflung zerriss Armande das Herz. Sie war umso ratloser, als die Dame von der Adoptionsagentur sich aus dem Staub gemacht hatte, ohne ihnen irgendetwas über Werner zu erzählen. Sie wussten nichts über sein bisheriges Leben, nichts über seine Vorlieben und Gewohnheiten. Um ihn nicht noch mehr zu verängstigen, setzten sich die frischgebackenen Eltern mit gebührendem Abstand zu ihm auf den Rasen vor dem weißverputzten Holzhaus, das sie gleich nach ihrer Hochzeit gekauft hatten. Sie sprachen ruhig miteinander, während Werner mit müdem roten Gesichtchen, die kleine Brust immer wieder von Schluchzern geschüttelt, mechanisch mit seinen Füßen spielte und sie aus seinen hellen Augen scheu und ängstlich beobachtete. So saßen sie eine Stunde lang da, ohne dass der Junge, dem die Lider langsam schwer wurden, seinen Widerstand aufgegeben hätte.

»Er muss Hunger und Durst haben«, überlegte Armande und stand auf, um kurz darauf mit einem Tablett wiederzukommen, das sie zwischen sich und das Kind stellte. Als sie ihm ein Fläschchen mit Saft reichte, begann Werner wieder zu schreien.

»Hab keine Angst, mein Schätzchen, ich lass dich schon in Ruhe.«

Die junge Frau setzte sich wieder neben ihren Mann.

»Was sollen wir nur tun?«, fragte sie verzagt.

»Mach dir keine Sorgen, er sieht robust aus.«

So hatte er sich seinen Sohn nicht vorgestellt. Dieses

hellblonde Kind, das ihn aus seinen fast farblosen Augen anstarrte. Man hatte sie gewarnt, dass der Anfang schwierig werden würde, doch was das hieß, wurde Andrew erst jetzt so richtig bewusst. Er beobachtete den Jungen. Werner war kräftig. Er hatte einen unglaublich intensiven Blick, als ob in diesem kleinen Körper, der sich gerade erst entwickelte, schon ein viel größerer, starker Charakter steckte. Zu sehen, wie das Kerlchen sie beide mit seinen Blicken in Schach hielt, beeindruckte und rührte ihn. Der Junge gefiel ihm. Andrew warf einen Blick auf Armande und beschloss, dass alles gutgehen würde.

»Lass uns doch mal deinen Kuchen probieren, vielleicht möchte er dann auch etwas davon haben«, schlug er vor.

Armande schnitt ein paar Scheiben von dem Sandkuchen ab, die sie mit demonstrativer Begeisterung verzehrten. Werner sah ihnen mit großen Augen dabei zu, ohne dass sie hätten sagen können, ob er über ihre Grimassen staunte oder tatsächlich Hunger hatte. Schließlich näherte Armande sich ihm auf allen vieren und stellte einen Teller Kuchen und die Nuckelflasche mit dem Saft vor ihm ab, doch das Kind konzentrierte sich schon wieder mit störrisch gesenktem Kopf auf seine Zehen. Eine Zeitlang geschah nichts, dann hatte Andrew eine Eingebung.

»Dreh dich um. Wenn wir ihm nicht zusehen, ist er vielleicht weniger schüchtern.«

Andrew setzte sich andersherum hin und zog seine Frau mit sich. Als sie ein leises Geräusch hörten, wollte Armande sich umsehen, doch Andrew hielt sie zurück.

»Warte, mein Schatz, sei ganz ruhig. Alles wird gutgehen. Wir müssen ihm nur etwas Zeit lassen, Vertrauen zu uns zu fassen.«

Auf der Patek, die er 1943, kurz vor seinem Aufbruch nach Europa, gekauft hatte, zeigte er ihr, wann sie einen ersten Blick wagen dürfte. Sie legte den Kopf an seine Schulter und fasste sich in Geduld, wobei ihr nach all den Monaten des Wartens jede Minute, die verstrich, wie eine weitere Stunde vorkam.

Die Schatten im Garten wurden länger und verschmolzen miteinander, bis die letzten Sonnenflecken vom Rasen verschwunden waren. Nichts war mehr zu hören. Die Patek an Andrews Handgelenk zeigte Viertel vor sieben an, als sie sich endlich umdrehten. Werner lag auf der Seite und schlief, das leere Fläschchen noch in der Hand, den Nuckel zwischen den Lippen. Der Kuchen war verschwunden.

»Armer Kleiner. Er konnte nicht mehr«, murmelte Armande.

»Lass ihn uns in sein Zimmer bringen«, antwortete Andrew sanft.

Werner wachte weder auf, als sie ihn hochtrugen, noch, als sie ihn auszogen. Erschrocken sahen sie, wie schmutzig seine Kleider waren und wie ungepflegt er selbst. Offenbar hatte sich die Mitarbeiterin der Adoptionsagentur keine allzu große Mühe mit ihm gegeben. Armande säuberte ihn dafür umso hingebungsvoller. Sie hatte mit den Kindern der Nachbarinnen geübt, alle Bücher zum Thema gelesen und dazu einen ganzen Arzneischrank nur für die Bedürfnisse des Kleinen bestückt – vom Baby-Shampoo, das nicht in den Augen zwickte, über Kinderseife bis zum Mandelöl und Puder mit dem Bärchen drauf.

Außerdem hatte sie eine Kommode voller Badehandtücher, bestickter Decken und Laken, eine weiche Haarbürste und eine Nagelschere mit blauem Plastikschutz. In dem weißen Gitterbettchen mit Holzmobile, das sie selbst gebastelt hatte, saßen bereits fünf Stofftiere: Ein Teddy, ein Hase, eine Schildkröte, eine Katze und ein Pony. Während der vergangenen Wochen hätte sie gerne noch mehr davon angeschafft, um die unerträgliche Leere des Bettchens zu füllen, doch Andrew hatte sie gebremst: »Das sieht ja aus wie die Arche Noah! Lass ihm auch noch etwas Platz. Er wird schon kommen, keine Sorge, diesmal werden wir nicht enttäuscht werden.«

Von ihren Freundinnen, deren Kinder bereits älter waren, hatte Armande ganze Koffer voller Kleidungsstücke geerbt. Sie wollte ihm auch selbst Kleidung nähen, war aber froh, dass sie nicht vor seiner Ankunft damit begonnen hatte, denn er erschien ihr sehr groß für sein Alter. Andrew hatte sein Zimmer gelb gestrichen, und Armande hatte zwei Rattansessel hineingestellt. Darin saß sie nun und hätte ihrem Sohn stundenlang beim Schlafen zusehen können. *Ihr* Sohn, hatte sie spontan gedacht. Ja, das war *ihr* Kind. Sie hatte es so sehnsüchtig erwartet!

Sie hätte seine blonden Haare, die ein Eigenleben zu führen schienen, streicheln, ihm Küsschen auf Wangen, Ärmchen und die drallen Waden geben mögen. Sie wollte ihn kitzeln und sein Lachen hören, ihn beschnuppern, um sich seinen kindlichen Duft einzuprägen. Armande hatte ihm so viel Liebe zu geben, dass sie schier daran erstickte. Sie fürchtete nur, Werner könnte sie zurückweisen. Sicher, sie musste zunächst sein Zutrauen gewinnen, sich den ersten Blick, das erste Wort, den ersten Kuss verdienen. Sie würde sich also zurückhalten.

»Wie schön er ist«, flüsterte sie.

»Wunderschön«, bestätigte ihr Mann.

Schließlich musste Andrew seine Frau beinahe zwingen, zum Essen zu kommen. Doch zwischen Vorspeise und Huhn, zwischen Huhn und dem Rest des Sandkuchens, zwischen Tee und Abwasch schlich sie immer wieder nach oben, um sich zu versichern, dass »alles in Ordnung« sei. Bis Andrew sie sanft am Arm festhielt, als sie gerade wieder auf dem Weg zur Treppe war.

»Lass ihn schlafen! Alles ist gut.«

Armande lachte und schmiegte sich in seine Arme.

»Ich kann es einfach nicht glauben. Er ist perfekt.«

»Ja, ein strammes Bürschchen.«

»Ich kann es kaum erwarten, ihn den Spencers und den Parsons vorzustellen!«

»Gib's zu, du willst ihn vor allem dieser Ziege Joan zeigen«, neckte ihr Mann sie.

»Da hast du nicht ganz unrecht … Die wird Augen machen, wenn sie ihn sieht!«

»Sie wird stinksauer sein. Unser Sohn ist tausendmal schöner als ihre«, legte Andrew nach.

Sie fühlten sich nun schon etwas sicherer. Er würde Vater sein und sie Mutter. Man würde ihnen keine mitleidigen Blicke mehr zuwerfen, nie mehr diese schmerzhaften Fragen stellen: »Na, wann fangt ihr an?«, »Und, gibt es gute Neuigkeiten?«, »Bist du nun schwanger oder nicht?« Armande würde die monatliche Enttäuschung erspart bleiben, Andrew die zotigen Sprüche seiner Freunde, wenn sie sich zum Rommé trafen: »Er muss erst noch zielen lernen!«, »Du stellst dich aber wirklich dämlich an.«, »Dabei heißt es doch, die kleinen Französinnen verstünden was davon …« Endlich würde das Getuschel aufhören, und dieses Wort würde sie nicht mehr verfolgen, das sie so sehr fürchteten, das über die Lippen ihrer Bekannten huschte und ihr Leben vergiftete: »Unfruchtbar. Die Goodmans sind unfruchtbar, wisst ihr … Sicher liegt es an ihr! Er hätte niemals eine Fremde heiraten dürfen. Keiner kannte sie, wer weiß, was sie vor dem Krieg gemacht hat … Ich habe mir gleich gedacht, dass mit dem Mädchen was nicht stimmt.«

An diesem Abend setzten Andrew und Armande sich ins Wohnzimmer. Der Fernseher blieb ausgeschaltet, stattdessen tranken sie Portwein und malten sich Werners Zukunft aus. Er würde höflich und intelligent werden. Sportlich und selbstsicher. Er würde Großes vollbringen … Sie legten Schallplatten auf und hörten *Memories of You* von Benny Goodman und *Une Charade* von Danielle Darrieux, das Lied, zu dem sie sich in Lisieux das erste Mal geküsst hatten. Sie tanzten langsam, eng umschlungen. Ehe sie sich schlafen legten, öffneten sie noch einmal unendlich behutsam die Tür des gelben Zimmers und betrachteten mit klopfenden Herzen ihr schlafendes Kind. An diesem Abend waren die Goodmans das glücklichste Paar der Welt.

Manhattan, 1971

Gegen vier Uhr morgens kamen Marcus und Lauren Arm in Arm und sturzbetrunken nach Hause. Weil sie ihren Schlüssel nicht fanden, klingelten sie Sturm. Dieses Mal hatte ich die Hoffnung, dass es Rebecca sein könnte, wirklich begraben und blieb liegen. Erst als Shakespeare wie verrückt bellte und die Nachbarn zu zetern begannen, schälte ich mich aus dem Bett und öffnete mit grimmiger Miene die Tür. Die beiden lachten nur über meinen Zorn.

Sie waren vollkommen drüber. Kaum hatte ich mich wieder hingelegt, da machten sie sich einen Spaß draus, erneut zu klingeln, um mich auf die Palme zu bringen. Stinksauer stürmte ich aus meinem Zimmer, stolperte unterwegs über einen Stuhl, der umfiel und Shakespeare nur knapp verfehlte, und riss die Tür so heftig auf, dass sie gegen die Wand knallte. Doch meine Verwünschungen blieben mir im Hals stecken. Ich brauchte ein paar Sekunden, um zu begreifen, dass diese blasse

Gestalt mit den malvenfarbenen kurzen Haaren niemand anders war als Rebecca.

»Komm rein«, murmelte ich schließlich, wie unter Schock.

Sie hauchte nur »Danke« und schlüpfte an mir vorbei.

Lauren und Marcus, die kichernd die Köpfe in den Flur gesteckt hatten, verstummten.

»Rebecca …«, stammelte Marcus, als er seine Sprache endlich wiedergefunden hatte.

Sie lächelte, antwortete aber nicht. Shakespeare umkreiste sie winselnd und schwanzwedelnd, ehe er sich zu ihren Füßen niederließ. Sie streichelte seinen Kopf. Ihre Finger erschienen mir durchsichtig. Lauren umarmte sie stürmisch und erklärte ihr verschwörerisch, sie habe schon viel von ihr gehört. Rebecca lächelte wieder. Neben Lauren mit ihrer dunklen Mähne und den üppigen Brüsten wirkte sie noch zarter und blasser. Ich bot ihr etwas zu essen und zu trinken an, doch sie lehnte dankend ab.

»Ich würde gerne schlafen«, bat sie.

Ohne lang zu überlegen, brachte ich sie in mein Zimmer.

»Möchtest du dir von Lauren ein Nachthemd leihen?«

»Nicht nötig.«

Sie zog nur ihre Mokassins aus und rollte sich mit dem Gesicht zur Wand auf dem Bett zusammen. Ich legte mich daneben, wagte jedoch nicht, sie zu berühren.

»Kannst du mich bitte in den Arm nehmen?«, fragte sie.

Vorsichtig zog ich sie an mich. Sie fühlte sich unendlich zerbrechlich an und hatte nichts mehr von der unbändigen Wilden, die ich kennengelernt hatte. Ich spürte ihre Wärme, atmete ihren betörenden Amberduft ein – wenigstens der hatte sich nicht verändert. Behutsam versuchte ich, sie wiederzuerkennen, sie wiederzuentdecken. Ich wollte ihr Fragen stellen, Erklärungen verlangen, aber sie hielt mich davon ab:

»Bitte, ich möchte lieber nicht reden.«

Ich spürte einen kurzen Unwillen, doch sie wirkte zu mitgenommen, als dass ich auch nur ein hartes Wort über die Lippen gebracht hätte.

»Ich tue alles, was du willst«, sagte ich daher mit rauer Stimme.

»Dann halt mich ganz fest und bleib bei mir.«

»Versprochen.«

Rebecca rührte sich die ganze Nacht lang nicht. Sie war so still, dass ich mehrmals prüfte, ob sie noch atmete. Meine Arme waren taub, mein Nacken steif, doch ich änderte meine Position nicht. Als der Tag heraufzog, konnte ich sie besser betrachten. Sie sah abgemagert und erschöpft aus. Tiefe Schatten lagen unter ihren Augen. Als ich sie vorsichtig hochhob, um aufzustehen, erschien sie mir beängstigend leicht. Meine morgendliche

Geschäftigkeit weckte sie nicht auf. Bevor ich zur Arbeit ging, legte ich mich noch einmal kurz neben sie, um mich zu verabschieden, küsste sie auf die Stirn und streichelte ihr Haar, doch sie reagierte nicht. Als ich das Zimmer verließ, rollte sie sich auf die noch warme Stelle, an der ich gelegen hatte, und umschlang zärtlich mein Kopfkissen.

Nach der Eröffnungs-Soirée hatten Marcus und ich den ganzen Tag Termine und Interviews. Lauren war vor uns aufgestanden und stand bereits in der Küche, presste Orangen aus und schmierte Toasts. Ungeachtet der Mengen, die sie am Vorabend getrunken hatte, sah sie blendend aus. Im Vergleich zu den Nachwirkungen der Cannabis-Experimente in ihrer ehemaligen Kommune erschien ihr der Morgen nach einer durchzechten Nacht vollkommen harmlos. Marcus dagegen schlürfte seinen dritten Kaffee mit bleicher Leidensmiene und versuchte verzweifelt, wieder Herr seiner Sinne zu werden.

»Ich habe Schmerzen bis in die Haarwurzeln«, beklagte er sich. »Ich dachte immer, das sei nur so eine Redensart, aber es stimmt wirklich …«

»Lass mich mal ran«, erbot sich Lauren und begann ihm langsam die Schläfen und den Kopf zu massieren.

»Und was ist mit mir?«, fragte ich, nachdem ich ihnen eine Weile zugesehen hatte.

Lauren beendete die Massage und wollte sich mir zuwenden, doch Marcus hielt sie am Gürtel fest.

»Mehr, bitte. Ich habe es nötiger als er.«

Dabei ging es mir auch nicht viel besser als ihm, nachdem ich die halbe Nacht wach geblieben war, aus Angst, Rebecca könnte genauso plötzlich wieder verschwinden, wie sie aufgetaucht war. Lauren bombardierte mich mit Fragen, doch da mein Dornröschen seit seiner Ankunft kaum zwei Dutzend Worte gesagt hatte, konnte ich ihre Neugier nicht befriedigen. Voller Panik, dass Rebecca sich erneut ohne ein Wort der Erklärung in Luft auflösen würde, bat ich Lauren, sie keinen Moment allein zu lassen.

»Wirklich. Geh nicht ohne sie aus dem Haus, nicht mal für fünf Minuten, oder wenn doch, dann schließ sie ein …«

»Wern! Du kannst Rebecca doch nicht gefangen halten!«, fuhr Marcus mich empört an.

»Aber sie hat mich doch gebeten, sie nicht allein zu lassen!«, gab ich zurück, entschlossen, die kommenden zwanzig Jahre Freiheitsberaubung mit diesem einen unglücklichen Satz zu rechtfertigen, der ihr in einem schwachen Moment des Wiedersehens entschlüpft war.

»Keine Bange«, beruhigte mich Lauren. »Kostet ihr nur euren Erfolg und eure schändlichen Millionen aus. Ich kümmere mich schon um sie.«

Beleidigt erwiderte ich, wir hätten uns unsere Millionen wenigstens verdient und würden unsere Zeit nicht Gitarre spielend mit einer Blume im Mundwinkel vertrödeln. Marcus war ganz meiner Meinung, doch Lauren lachte nur:

»Jungs, ihr versteht echt keinen Spaß!«

Dann wurde sie wieder ernst: »Was soll ich Joan sagen, wenn sie anruft?«

»Sag ihr nichts! Gar nichts!«, rief ich, und Marcus echote in einem alten Anwaltsreflex: »Streite alles ab!«

»Was soll ich abstreiten?«

»Dass Rebecca wiedergekommen ist. Sie darf es nicht wissen. Ich rufe sie selbst an.«

»Arme Joan«, seufzte Lauren. »Das ist einfach zu traurig, ich mag sie so!«

Ich tat, als hätte ich es nicht gehört.

»Ja, die Arme, sie tut mir wirklich leid«, stimmte ihr Marcus zu.

»Das reicht jetzt, ihr beiden! Ich habe sie weder geschlagen noch beleidigt.«

Sie sagten nichts mehr, aber ihr Schweigen tat ebenso weh wie ihre Vorwürfe.

Unwillig verließen wir die Wohnung, Marcus, weil ihn jede Bewegung schmerzte, ich aus Furcht, Rebecca bei meiner Rückkehr nicht mehr vorzufinden. Doch von den ersten Presseterminen mit der *Village Press* und der *New York Times* an waren wir wieder auf dem Posten. Der Tag verging wie im Rausch. Interviews und Meetings folgten aufeinander und nahmen all meine Aufmerksamkeit in Anspruch. Die notwendige Konzentration wirkte wie ein Panzer, der alle Gefühle abschirmte.

Um die Mittagszeit herum rief ich Joan an und sagte ihr, dass ich sie heute leider nicht sehen könne. Ich hätte im Büro und infolge der Veranstaltung jede Menge zu tun. Bald würde es sich beruhigen, versicherte ich ihr, morgen, spätestens übermorgen würde ich bei ihr vorbeikommen. Ich spürte ihre Angst durchs Telefon. Es gab mir einen Stich ins Herz, als sie mich fragte, ob ich sie nun im Rahmen ihrer Europatournee nach Frankreich begleiten würde. Sie wollte gemeinsam mit mir das Heimatland meiner Mutter entdecken. Wir hatten schon ein paar Mal darüber gesprochen, doch nun war mir die Lust auf diese Reise vergangen. Hilflos druckste ich herum.

»Sie haben doch etwas auf dem Kerbholz«, bemerkte Donna, nachdem ich aufgelegt hatte.

Als ich ihr erzählte, dass Rebecca zurückgekommen sei, machte sie ein betrübtes Gesicht.

»Arme Joan, seit Monaten fürchtet sie diesen Moment …«

Am Nachmittag nahm ich Donna mit zu Tiffany's, damit sie mir dabei half, ein Geschenk auszusuchen. Ich entschied mich für einen diamantenbesetzten Anhänger aus Weißgold in Form eines Violinschlüssels. »Arme Joan«, seufzte Donna noch einmal stirnrunzelnd, während ich auf dem Scheck die letzten Nullen eintrug. Ich verließ Tiffany's ebenso beschämt, wie ich es betreten hatte.

Die Wirkung meiner Geste bei der »armen Joan«, wie alle Welt sie heute nannte, war auch nicht viel glücklicher.

»Es ist nicht das erste Mal, dass du mir ein Geschenk machst, aber dieses scheint mir eher nach Vergangenheit zu schmecken als nach Zukunft …«, gestand sie mir in halb scherzhaftem Ton, als sie mich anrief, um sich zu bedanken.

Joan hatte recht. Meine Vergangenheit, Rebecca, hatte schon wieder ganz von mir Besitz ergriffen. Ich hätte es ihr rundheraus sagen müssen, aber ich brachte es einfach nicht übers Herz und verschob die schmerzhafte Konfrontation auf später.

Als wir am Abend nach Hause kamen, war Rebecca nirgends zu sehen, und ich erstarrte.

Lauren beruhigte mich sofort: »Sie ist in deinem Zimmer und schläft.«

»Immer noch?«, rief ich erstaunt aus.

»Sie war nur eine knappe Stunde auf. Sie hat gegessen, geduscht und ist dann wieder ins Bett gegangen.«

Ich öffnete die Schlafzimmertür einen Spaltbreit und sah Rebecca in exakt derselben Position, in der ich sie zwölf Stunden zuvor verlassen hatte. Nur dass sie ihr T-Shirt und die Hose gegen eines von Laurens weißen Hippie-Nachthemden eingetauscht hatte. Am liebsten hätte ich sie sofort aufgeweckt, aber Lauren hielt mich mit strenger Miene und einem stummen Kopfschütteln davon ab.

Widerstrebend zog ich mich zurück und wählte die Nummer der Lynchs. Da ich sie seit vielen Monaten nicht mehr belästigt hatte, nahm die Haushälterin ab.

Sie leierte ihren üblichen Spruch herunter. Die Lynchs hätten New York verlassen, sie wisse nicht, wo sie oder Rebecca sich befänden. Ich gab trocken zurück, dass ich meinesteils sehr wohl wisse, wo Rebecca sich befand. »Und wenn es ihre Eltern interessiert, können sie mich gern jederzeit anrufen«, fügte ich hinzu, ehe ich aufhängte.

Marcus und Lauren besänftigten mich mit einer Flasche Wein, Sonnenblumenkernen und gegrillter Paprika als Aperitif zur Gemüse-Cashew-Pfanne in Kokosmilch-Curry. Ich litt unter schlimmem Fleisch- und Kartoffelentzug, aber ich hatte den Kampf aufgegeben. Wir aßen und tranken auf unseren Erfolg und unsere Freundschaft. Außerdem beschlossen wir, so schnell wie möglich umzuziehen.

»Endlich! Auf unser schönes Leben!«, rief Marcus aus, sprang auf, schnappte sich vor lauter Übermut meine Schwester und wirbelte sie herum.

Lauren wehrte sich lachend. Offenbar hatte er seine morgendlichen Qualen bereits vergessen, denn er wollte die Neuigkeit gleich mit einer zweiten Flasche begießen. Da ich jedoch keine Lust auf weitere Gelage hatte, verließen Lauren und er ebenso fröhlich wie am Vorabend die Wohnung, um sich ins Nachtleben zu stürzen.

Ich ging in mein Zimmer und zog mich um, wobei ich sehr viel mehr Krach machte als nötig. Becca schien mich überhaupt nicht wahrzunehmen, doch sobald ich neben ihr lag, schmiegte sie sich mit dem ganzen Körper an mich. Sie wirkte so voller Vertrauen, dass ich es wieder nicht übers Herz brachte, sie aufzuwecken. Ich lauschte ihrem kaum hörbaren Atem und schnüffelte behutsam an ihr. Ihre frisch gewaschenen Haare dufteten nach Hafer und Blumen. Ich nahm jeden Zentimeter Haut, den sie berührte, mit schmerzhafter Intensität wahr.

Ein paar Stunden später lag ich noch immer mit weit geöffneten Augen auf dem Rücken. Ich hatte Rebecca auf meinen Brustkorb gehoben, um meinen verkrampften Arm zu befreien. Ich spürte ihre Scham genau über meinen Lenden. Mein Körper brannte vor Begehren.

Hawthorne, New Jersey, 1950

Sie liebten ihn nicht, sie vergötterten ihn, und Werner nutzte es weidlich aus. Unter der Zuneigung, Aufmerksamkeit und Ermunterung, mit denen die Goodmans ihn unermüdlich überschütteten, gedieh er wie eine üppige Pflanze. Er nahm Haus und Garten in Besitz, durchmaß sein Königreich von einem Ende zum anderen. Man konnte ihm nichts abschlagen, nichts blieb ihm verwehrt. Er öffnete Schränke, Türen, Gitter, stieg hinauf zum Dachboden oder hinunter in den Keller, übertrat alle Grenzen, die Andrew und Armande ihm zu setzen versuchten. Er war wie eine Naturgewalt.

Seine erste Heldentat beging er mit vier Jahren, indem er dem Hund der Nachbarn die Stirn bot. Eines Tages, als Werner sein Spielgebiet ausdehnen wollte und angrenzendes Territorium erkundete, schnappte die alte, stinkende und unberechenbare Dogge nach ihm. Es war kein echter Biss, doch er hinterließ auf dem Unterarm des Kindes einen deutlich sichtbaren roten Halbkreis.

Anstatt in Tränen auszubrechen oder nach seiner Mama zu rufen, betrachtete Werner Zilch erstaunt seinen Arm und stürzte sich dann auf die Dogge.

»Was für ein kleiner Pfundskerl«, erzählte der Nachbar, der alles fassungslos mit angesehen hatte, später. »Wie er auf meinen Roxy losgegangen ist! So einen Jungen habe ich meine Lebtage noch nicht gesehen. Die Mutter ist allerdings auch nicht ohne …«

Als sie den Arm ihres geliebten Kindes sah, stieß Armande einen ebenso furchterregenden Schrei aus wie ihr Sohn kurz zuvor. Sie belegte den Besitzer der Dogge mit sämtlichen Schmähungen, die die französische Sprache zu bieten hatte, und drohte, seinen Köter mit ihren eigenen Händen zu erdrosseln. Dann raste sie wie eine Wahnsinnige mit ihrem Sohn zum Arzt, der sie vergeblich zu beruhigen versuchte. Er gab dem Kind eine Spritze gegen Tollwut, säuberte die Wunde noch einmal sorgfältig und schickte die beiden wieder nach Hause. Einen ganzen Monat lang beobachtete Armande ihren Sohn wie ein Bakterium unter dem Mikroskop. Doch Werner ging es blendend. Alles andere als kleinlaut, setzte er mit dem Segen des Nachbarn seine geographischen Erkundungen fort. Die Dogge ihrerseits zog jedes Mal den Schwanz ein und duckte sich, sobald sie den Jungen kommen sah.

Manchmal konnte Werner furchtbar cholerisch sein. Wenn seine Eltern oder die Realität sich seinen Wünschen nicht fügten, bekam er Wutanfälle, die Armande sprachlos werden ließen. Andrew maßregelte ihn streng, freute sich aber insgeheim über das Temperament seines Sohnes. Wenn sie alleine waren, nahm er Werner manchmal unter den Achseln, hob ihn über seinen Kopf, sah ihm tief in die Augen und wiederholte: »Sei wild, mein Sohn! Sei wild und gefährlich!«

Werner wurde oft bestraft, doch er war nicht nachtragend. Nachdem er eine halbe oder eine Stunde mit Stubenarrest in seinem Zimmer verbracht hatte, spielte er weiter, als wäre nichts gewesen. Zwar bat er nicht um Entschuldigung, dafür zeigte er seine Reue mit kleinen Gesten: Er pflückte Blumen für seine Mutter, fand eine blauschwarz glänzende Rabenfeder oder einen besonders hübschen Kieselstein im Garten für seinen Vater. Werner war zu allem Möglichen bereit, solange sein Stolz nicht verletzt wurde. Viele Eltern hätten versucht, ihn zum Gehorsam zu zwingen, doch die Goodmans verstanden sofort, dass nur bedingungslose Liebe ihren Sohn aufblühen lassen würde, und allein dass er bei ihnen war, hatte ihnen schon so viel Glück geschenkt, dass sie ihm gern so manches durchgehen ließen.

Wie grenzenlos ihre Liebe war, zeigte sich auch daran, dass nicht er ihren Namen annahm, sondern sie seinen. Am Tag nach seiner Ankunft bemerkte Armande auf jedem der wenigen Kleidungsstücke, die die Agentur ihnen mitgegeben hatte, folgenden eingestickten Satz: »Dieses Kind heißt Werner Zilch. Ändern Sie seinen Namen nicht, er ist der Letzte von uns.« Armande und

Andrew stellten hundert Vermutungen an, was sich hinter diesem mysteriösen Satz verbergen könnte, und versuchten von der Agentur Auskunft zu bekommen, doch vergebens. Aus Ehrfurcht vor dem Geschenk, das das Leben ihnen mit dem Jungen gemacht hatte, ließen sie seinen Vornamen unverändert. Schwieriger war es mit dem Nachnamen. Armande verwünschte sich selbst, als sie bemerkte, dass sie beim Waschen der Kleidungsstücke einen im Futter der Jacke verborgenen Brief übersehen hatte. Von diesem blieb nichts als ein Papierbrei mit verschwommenen Spuren blauer Tinte. Als Andrew noch einmal bei der Agentur anrief, um mehr zu erfahren, wurde ihm schnell klar, dass die Vorgeschichte ihres Sohnes ein für allemal verloren war. Also ließen sie ihn im Melderegister unter dem Namen Zilch-Goodman eintragen und nannten sich ebenso, da sie nicht anders heißen wollten als ihr Adoptivsohn.

Die Verwandlung, die das Paar durchmachte, war frappierend. Armande wuselte den ganzen Tag strahlend und heiter durchs Haus, kochte, putzte, bügelte, wusch, kämmte, schimpfte, hätschelte und erzählte Geschichten. Andrew seinerseits hielt sich aufrechter, seit Werner bei ihnen war, und seine Fäuste steckten nicht mehr, in Erwartung einer Beleidigung, geballt in den Hosentaschen. Seine Stimme war weicher, seine Gesten sicherer geworden. Ihre nächtlichen Umarmungen, die unter den andauernden Frustrationen gelitten hatten, wurden wieder gelöst und freudvoll.

So kam es, dass sich ein Jahr nach der Ankunft des kleinen Jungen Armandes Formen rundeten. Werner entging die Veränderung seiner Mutter nicht. Immer wieder hob er ihre Bluse und inspizierte ihren unablässig wachsenden Bauch. Man erklärte ihm, dass er bald einen kleinen Bruder oder eine kleine Schwester bekommen würde. Einen Bruder? Nein, davon wollte er nichts wissen, sondern entschied von Anfang an, dass das Baby ein Mädchen werden würde.

Kurz vor Werners fünftem Geburtstag kam Lauren zur Welt. Andrew und Armande waren sehr erleichtert, dass das Schicksal die Anweisung ihres Sohnes befolgt hatte. Um Werner nicht zu verunsichern, verdoppelte Armande ihre Aufmerksamkeit ihm gegenüber noch. Doch der Kleine schien nicht eifersüchtig zu sein. Er liebte das Baby, küsste es, hielt ihm lange Vorträge und schenkte ihm seine Spielsachen. Er wollte es immerzu tragen, was Armande etwas beunruhigte. Außerdem wurde er Laurens offizieller Dolmetscher. Wenn die Eltern den Schreien der Kleinen ratlos gegenüberstanden, erklärte er ihnen mit seinen kindlichen Worten, was sie brauchte oder wie sie sie beruhigen konnten. Lauren war *seins*. Ein neues Wesen, als dessen Besitzer und zugleich Beschützer er sich fühlte. Körperlich war Lauren das genaue Gegenteil ihres Bruders. Brünett und mit dunklem Teint, betrachtete sie die Welt schüchtern aus weit aufgerissenen Augen. Werner war ihr großer Held. Sobald sie ihn sah, strahlte sie übers ganze Gesicht, in ihrem Kinn bildete sich ein hinreißendes Grübchen, und ihr Lachen begann zu plätschern. Blindlings folgte sie ihm überallhin, so dass sie ein paar Jahre später beinahe von einem Baum, in dem Werner sich eine Hütte baute, gestürzt und bei der Jungfernfahrt eines schlecht zusammengefügten Floßes fast ertrunken wäre. Doch zum Glück überlebte sie alle verrückten Unternehmungen und Wutanfälle ihres Bruders.

Manhattan, 1971

Wir machten uns alle Sorgen. Innerhalb von drei Tagen war Rebecca nur ein paar Stunden wach gewesen, immer während meiner Abwesenheit. Nur Lauren hatte ein paar Worte mit ihr wechseln können. Selbst wenn sie nicht schlief, schien Rebecca woanders zu sein. Meine Schwester hatte versucht, sich mit ihr zu unterhalten, hatte fröhliche Musik aufgelegt und sie die belebenden ätherischen Öle von Muskatnuss, Zitrone und Kiefer einatmen lassen, doch ohne Erfolg.

Am Abend des vierten Tages rüttelte ich Rebecca sanft. Meine Schöne murmelte nur, dass sie schlafen wolle und man sie in Ruhe lassen solle. Als ich nicht lockerließ, wurde sie wütend, knurrte wie ein wildes Tier und begann um sich zu schlagen. Ich packte sie und versuchte sie aufrecht hinzusetzen, doch da biss sie mich in den Arm.

Überrascht ließ ich sie los und stürmte aus dem Zimmer. Dabei schlug ich die Tür so heftig zu, dass die gesamte Etage wackelte. Lauren und Marcus sahen mich fragend an. Ohne ein weiteres Wort der Erklärung bat ich meine Schwester, die Wunde zu desinfizieren.

»Das ist halb so wild, du bekommst einen Bluterguss, mehr nicht«, wiegelte sie ab.

Beleidigt leerte ich unter Mordsgetöse das Eiswürfelfach des Kühlschranks und riss den gesamten Handtuchstapel herunter, um einen kühlenden Verband zu improvisieren, ehe ich mich theatralisch aufs Sofa fallen ließ. Ich hielt es nicht mehr aus, dass Rebecca keinerlei Notiz von mir nahm. Seit Tagen benutzte sie mich als Wärmflasche, indem sie je nach Bedarf ihre Hände oder Füße unter meinen Bauch oder meinen Hintern schob und mich wieder abwies, sobald sie sich aufgewärmt hatte.

Lauren warf einen Blick ins Schlafzimmer. Rebecca schlummerte schon wieder selig neben Shakespeare, der meinen Platz einnahm, sobald ich nicht hinsah. Ihr war offensichtlich vollkommen egal, ob ich da lag oder mein Hund! Zusammengekauert auf dem viel zu kurzen Sofa, brachte ich eine schreckliche Nacht damit zu, über unsere sonderbare Geschichte nachzugrübeln. Am nächsten Morgen war alles beim Alten.

»Sie ist wie Dornröschen«, kommentierte Marcus, als wir zu dritt um das Bett standen, in dem Rebecca sich ausgebreitet hatte. »Hast du mal versucht, sie wachzuküssen?«

»So wie sie zuschnappt, möchte ich das lieber nicht riskieren«, brummte ich.

Wir gingen arbeiten. Z&H war gerade dabei, ein Kaufangebot für drei neue Baugrundstücke vorzubereiten. Unsere Mitarbeiter brüteten über dem Budget und der Projektentwicklung. Die verschiedenen Architekten, die um den Auftrag konkurrierten, mussten uns ihre Entwürfe vorstellen. Den ganzen Tag verbrachten wir in Sitzungen, und als wir abends nach Hause kamen, war die Situation unverändert.

Doch es sollte noch schlimmer kommen. Eines Nachts beschloss Rebecca, ein Bad zu nehmen. Im letzten Moment verhinderte ich eine Überschwemmung: Sie hatte vergessen, die Wasserhähne wieder zuzudrehen. In der nächsten Nacht, gegen drei Uhr, begann sie zu kochen und verwendete dafür alles, was sie in den Vorratsschränken finden konnte. Nach einer Woche ohne Schlaf war ich so erschöpft zusammengebrochen, dass ich nicht hörte, wie sie aufstand. Am Morgen fanden Lauren und Marcus, hübsch auf dem Küchentisch aneinandergereiht, zwei Backformen Lasagne, eine Portion überbackener Hörnchennudeln, eine Schüssel Taboulé, einen Grieß-Rosinen-Kuchen, eine Unmenge kleiner, mit bizarren geometrischen Mustern verzierte Cheesecakes, einen Tomatensalat, fünf Schüsseln Sardellenpaste, die sie aus Frischkäse und sämtlichen für Shakespeare reservierten Sardinenbüchsen zubereitet hatte. Immerhin wusste ich nun, dass Rebecca, anders als sie bei unserem Picknick im Park behauptet hatte, eine versierte

Köchin war. Zumindest darüber war ich erfreut, was Lauren als hoffnungslosen Machismus abkanzelte.

»Der Platz einer Frau ist nicht zwingend am Herd, stell dir vor!«, warf sie mir hin.

Weit weniger erfreut war ich, als ich ein paar Tage später das Fresko erblickte, das Rebecca an die Küchenwand gemalt hatte. Marcus dagegen gefiel diese Waldansicht, über die sie dieselben geometrischen Muster gelegt hatte, die wir schon von den Cheesecakes kannten.

»Sie ist schwerer zu bändigen als ein Kleinkind!«, schimpfte ich, wann immer ich eine neue Missetat entdeckte.

Sie nähte zum Beispiel all meine Socken zu einem blumenförmigen Pouf zusammen, den Lauren sehr gelungen fand.

Ich war so frustriert und verzweifelt, dass ich fast schon Joan nachtrauerte. Gleichzeitig war ich nicht in der Lage, mit ihr zu sprechen. Zehn Tage lang hatte ich mich auf jede erdenkliche Art und Weise davor gedrückt, ehe ich mich endlich, gedrängt von Lauren, Marcus und Donna, die sie regelmäßig am Telefon hatten, entschloss, sie über Rebeccas Rückkehr zu informieren.

Feige lud ich Joan in das derzeit angesagteste Lokal in der Nähe der Radio City Music Hall ein. Ich dachte, dass mir ein öffentlicher Ort vielleicht eine Szene ersparen würde. Als wir uns gegenübersaßen, begann ich mich über die Politik Nixons auszulassen, beschrieb ihr unser neues Immobilienprojekt, äußerte mich besorgt über Marcus' Sexualleben, der uns seit Ewigkeiten keine Freundin vorgestellt hatte und auch nicht mehr verschwand wie früher, wenn er eine neue Flamme hatte. Ich kommentierte lang und breit die Speisekarte, bestellte mir ein Steak, Pommes frites und eine Bloody Mary, um mir Mut zu machen, und empörte mich dann über die letzten Einsätze in Vietnam. Joan, scharfsinnig wie immer und sehr viel couragierter als ich, unterbrach mich endlich:

»Dann ist sie also zurückgekommen?«

»Ja«, antwortete ich kläglich.

Joan gestand mir, dass sie gehofft habe, mich Rebecca vergessen zu lassen. Aber sie verstand mich und machte mir keine Vorwürfe. Schließlich sei ich immer aufrichtig gewesen. Sie sagte mir voller Zärtlichkeit, dass ich ihr fehlen werde, dass sie jedoch zu traurig und niedergeschlagen sei, um das Essen mit mir zu beenden. Mein Angebot, sie nach Hause zu bringen, lehnte sie ab.

»Abschiede soll man nicht in die Länge ziehen. Das wäre nur schmerzhaft für uns beide.«

Auch ich war unglücklich. Ich bewunderte diese Frau. Sie war eine wichtige Freundin für mich, und ich bedauerte zutiefst, dass das Ungleichgewicht unserer Gefühle eine Freundschaft unmöglich machte.

Ich zahlte die Rechnung. Wir hatten das Essen nicht angerührt. Sie küsste mich rasch auf die Wangen und hielt mich auf Abstand, als ich versuchte, sie an mich zu drücken.

»Lass, du machst es mir nur noch schwerer«, sagte sie fest.

Auf der Straße sah sie mir noch einmal direkt in die Augen. »Sieh zu, dass du glücklich wirst, Wern! Wenn du diese Geschichte mit Rebecca verpatzt, werde ich es dir nicht verzeihen.« Sie gab mir einen Klaps auf die Schulter und ließ mich stehen. Mit wehem Herzen sah ich ihr nach. Sie hatte nicht eine Träne vergossen. Aufrecht und schnell ging sie davon, ohne sich umzudrehen.

Peenemünde, Deutschland, Oktober 1944

Seit fünf Stunden war Johann nun in diesem Verhörzimmer eingesperrt. Die beiden SS-Offiziere waren gerade hinausgegangen. Er hatte Hunger und Durst. Der Gedanke an Luisa zog ihm das Herz zusammen. Nach dem ersten Schreck bei seiner Verhaftung war er schnell zu der Überzeugung gelangt, Opfer eines Einschüchterungsmanövers zu sein. Das Ganze war eine Nachricht der Gestapo an von Braun, dem sie Angst machen wollte. Und ihn hatte es nun mal erwischt. Eine andere Erklärung konnte es nicht geben. Die Anschuldigungen waren lächerlich … Sicher, er hätte sich nicht kritisch über die Fortführung des Krieges äußern sollen. Er bedauerte seinen Leichtsinn, aber an jenem Abend hatte er sich so mutlos gefühlt, und er hatte zu viel getrunken. Man musste schon so paranoid sein wie die SS, um dahinter ein Komplott oder einen geplanten Sabotageakt zu vermuten. Langsam, aber sicher gewann Johann an Boden, die Offiziere waren sich ihrer Sache nicht mehr so sicher.

Was ihn am meisten traf, war, dass er davon ausgehen musste, dass einer seiner Kollegen ihn denunziert hatte. Er hatte die Peenemünder Kollegen immer als eine große Familie wahrgenommen. Wer mochte ihn verraten haben? Es war ihm ein Rätsel. Im Geist ließ Johann all jene, die an dem besagten Abend dabei gewesen waren, Revue passieren. Hermann? Nein, Hermann hatte eine Heidenangst vor der Gestapo. Er hätte niemals gewagt, einen SS-Offizier anzusprechen. Konstantin? Unmöglich. Sie verstanden sich wunderbar, teilten ein Büro und aßen fast jeden Tag zusammen zu Mittag. Seine Frau Christin dagegen kam durchaus in Frage. Eine echte Giftspritze. Außerdem war sie eifersüchtig auf Luisa. Allerdings konnte Johann sich nicht erinnern, ob sie noch da gewesen war, als er diese verdammten Sätze geäußert hatte. Auch Friedrich war anwesend, doch der hätte so etwas nie getan. Er war schüchtern und verliebt in Martha, die bis vor kurzem für einige Zeit bei ihnen in Peenemünde gelebt hatte. Er hätte seiner Familie niemals schaden wollen.

Müde fuhr Johann sich übers Gesicht. Elfriede, nein. Wilhelm auch nicht. Aber wer dann? Wer? Andrei? Auf keinen Fall. Gewiss, sie waren nicht immer einer Meinung, doch ihn deswegen der Gestapo auszuliefern … Johann war entschlossen, diese Sache ans Licht zu bringen, sobald er zum Stützpunkt zurückkäme. Von Braun würde ihm helfen, da konnte er sich sicher sein, und der Zwischenfall wäre bald geklärt. Der Führer selbst hatte der V2-Entwicklung absolute Priorität eingeräumt, die SS würde sich fügen müssen. Johann stand auf, ging zweimal um den Tisch herum, als das Geräusch des Riegels ihn aufhorchen ließ. Er erstarrte, als er einen Mann in SS-Uniform eintreten sah.

»Was machst du hier?«, fragte er ihn eisig.

Kasper ließ sich Zeit. Schweigend und mit einem spöttischen Lächeln auf den Lippen betrachtete er seinen Bruder, ehe er antwortete: »Guten Tag, Johann. Du scheinst nicht sehr erfreut zu sein, mich zu treffen …«

Es war verwirrend, die beiden Männer nebeneinander zu sehen. Wäre der eine nicht in Zivil, der andere in Uniform gewesen, so hätte man sie kaum auseinanderhalten können.

»Wir hatten doch beschlossen, nicht mehr miteinander zu sprechen«, entgegnete Johann.

»Das war, bevor du mir meine Frau weggenommen hast«, zischte der Ältere.

»Ich habe dir deine Frau nicht weggenommen, Kasper. Martha ist zu uns gekommen, um der Hölle zu entfliehen, die du ihr bereitet hast.«

»Das arme Hascherl! Und du glaubst ihr auch noch?«

»Ich glaube ihr, weil ich dich kenne. Du bist verrückt, Kasper. Verrückt und gefährlich.«

»Überlege dir besser, was du sagst. Schließlich entscheide ich über deine Freilassung.«

Kasper ließ sich auf einen Stuhl nieder und zündete sich eine Zigarette an.

»Was willst du?«, fragte Johann, der neben dem Fenster stehen geblieben war.

»Das habe ich dir bereits gesagt. Denk mal nach, du bist doch so ein schlauer Wissenschaftler. Ich bin gekommen, um meine Frau zu holen. Als ich erfahren habe, dass du verhaftet wurdest, habe ich meinen Kameraden vorgeschlagen, dich ins Gebet zu nehmen. Sie dachten, du würdest mir vertrauen …«

»Du bist wirklich der letzte Mensch auf der Welt, dem ich vertraue. Du verschwendest hier nur deine Zeit.«

Dass Martha nicht mehr bei ihnen war, verschwieg er Kasper wohlweislich. Er wollte sich lieber nicht ausmalen, was geschehen konnte, wenn er sie in Dresden aufspürte.

»Ich habe es nicht eilig. Und ich möchte dir doch bloß helfen.«

»Ich brauche deine Hilfe nicht, in ein paar Stunden bin ich sowieso wieder draußen.«

»Da träumst du wohl von, mein Armer! Sie sind überzeugt, dass du ein Geheimagent bist, und ich habe ihnen nicht widersprochen … Schließlich hattest du immer schon zwielichtige Freunde.«

Kasper hatte sich auf dem Stuhl nach hinten gelehnt und wippte leicht damit. Die Tressen an seiner Uniform zeigten an, dass er im Rang aufgestiegen war.

»Du weißt ganz genau, dass ich mein Vaterland niemals verraten würde«, antwortete Johann.

»Oh, ich für meinen Teil weiß gar nichts. Oder ja,

doch. Ich habe gehört, dass deine Hündin einen Braten in der Röhre hat.«

»Welche Hündin?«

»Ist Luisa nicht trächtig?«

»Ich verbiete dir, so über meine Frau zu sprechen!«

Kasper drückte seinen Zigarettenstummel in der Zinnschüssel aus, die als Aschenbecher diente. Er näherte sich Johann mit glänzenden Augen.

»Ich weiß sehr wohl, wovon ich spreche. Ich hatte sie schließlich vor dir, und es hat ihr gut gefallen.«

»Halt den Mund!«, rief Johann aus. »Du erträgst es nur nicht, dass sie mich dir vorgezogen hat.«

»Wenn du dir so sicher bist, warum bist du dann nach dem Tod unserer Eltern mit ihr abgehauen wie ein Dieb?«

»Ich bin gegangen, weil du all diese schrecklichen Gerüchte über sie verbreitet hast. Ich hatte keine andere Wahl.«

»Dein Problem ist, dass du immer haben willst, was mir gehört: erst Luisa und jetzt Martha.«

»Luisa gehörte dir nicht.«

»Wir waren verlobt«, empörte sich Kasper mit einem schmerzvollen Glimmen in den Augen.

»Unsinn, Luisa ist nur ein paarmal mit dir ausgegangen, weiter nichts«, gab Johann zurück.

»Sie hätte mich geheiratet, wenn du ihr nicht allerhand Blödsinn über mich erzählt und ihr damit Angst gemacht hättest. Und die Eltern haben sich auf deine

Seite geschlagen. Ihr habt euch alle verschworen, um sie mir wegzunehmen.«

»Du bist ja vollkommen wahnsinnig! Luisa hat aus freien Stücken entschieden.«

»Ich habe Luisa geliebt. Du hattest nicht das Recht, das zu tun!«

Johann lockerte seinen Hemdkragen. Er hatte das Gefühl zu ersticken.

Kasper warf ihm einen bösartigen Blick zu und zündete sich eine weitere Zigarette an.

»Ich habe nie verstanden, was sie an dir fand. Du bist so lebensunfähig mit deinem Mathematikergesudel und deiner debilen Zerstreutheit.«

»Was sie an mir fand? Sie weiß, dass ich sie mehr als alles auf der Welt liebe.«

»Es wundert mich dennoch, dass du dich mit meinen Resten zufriedengibst.«

»Fang nicht wieder damit an«, erwiderte Johann aufgebracht.

»Wenn du wüsstest, was ich mit ihr angestellt habe, würde dir der Appetit vergehen …«

»Hör auf!«, schrie sein Bruder und schlug mit der Faust auf den Tisch.

»Und, wer weiß, vielleicht habe ich sie ja hinter deinem Rücken weiter getroffen? Wer sagt dir, dass wir uns nicht mehr gesehen haben?«

Johanns Faust schnellte vor und traf auf Kaspers Nase, die krachend brach wie ein Stück Holz. Johann hätte weiter zugeschlagen, wenn Kasper nicht, anstatt seinen Angriff zu erwidern, um Hilfe gerufen und den Stuhl gegen die Fensterscheibe geschmissen hätte, die daraufhin zerbarst.

Von dem Lärm alarmiert, kamen zwei SS-Offiziere in den Raum gestürmt.

Kasper hielt sich die Nase, sein Gesicht war blutüberströmt.

»Als ich ihn zur Rede gestellt habe, hat er mich angegriffen und dann versucht, durchs Fenster zu fliehen!«

Die beiden Männer packten Johann, der sich zu verteidigen suchte: »Hören Sie nicht auf ihn! Er war es, der den Stuhl gegen die Scheibe geworfen hat …«

Die Offiziere ignorierten seine Einwände und schleiften ihn zu den Zellen, ohne das triumphierende Lächeln auf Kaspers Gesicht und seinen spöttischen Abschiedsgruß zu bemerken.

Manhattan, 1971

Donna erkundigte sich täglich nach Rebecca, deren endloser Schlaf uns alle sehr beunruhigte. Schließlich rief sie ihren Hausarzt an. Seit Doktor Bonnet ihre Tochter von einer schweren Infektion geheilt hatte, setzte sie grenzenloses Vertrauen in ihn. Der schmächtige, dunkelhaarige Mann stand noch am selben Abend vor unserer Tür. Er hatte die ersten Jahre in Afrika praktiziert und hinkte leicht, nachdem man ihm dort als Lohn für seine Behandlung ein Buschmesser über die Wade gezogen hatte. Dank eines Absuds der Medizinfrau aus dem Nachbardorf war die Verletzung verheilt, und diesen erstaunlich wirksamen Balsam versuchte er seitdem mit den Kräutern, die die Alte ihm gezeigt hatte, nachzubrauen. Wieder in Amerika, hatte er in einem Bostoner Forschungslabor gearbeitet, ehe er in seine Geburtsstadt New York zurückgekehrt war, um sich der Alternativmedizin, insbesondere der Akupunktur, zuzuwenden, was wiederum meine Schwester schwer beeindruckte. Ich musste den Arzt erst aus ihren Fängen befreien, ehe ich ihn zu Rebecca bringen konnte.

Die allerneueste, schlafwandlerische Phase ihrer Krankheit machte sie sehr gefügig. Ich brauchte sie nur dreimal anzusprechen, und schon setzte sie sich im Bett auf. Lauren berichtete mir, dass sie nach wie vor jeden Tag kurz erwachte, sich für eine halbe Stunde im Bad einschloss, um frisch gewaschen in einem der Pyjamas, die ich ihr gekauft hatte, wieder herauszukommen.

Doktor Bonnet betrachtete sie eingehend, ehe er sie bat, sich auszuziehen, was sie auch sogleich tat. Ich war schockiert vom Anblick ihres Körpers, der mit Blutergüssen und blauen Flecken übersät war. Wer konnte ihr das nur angetan haben, fragte ich mich rasend vor Wut. Ich forderte Rebecca auf, sich wieder anzuziehen, und sie gehorchte. Doktor Bonnet drehte sich zu mir um.

»Ist sie Ihre Frau?«

»Noch nicht«, gab ich mit tonloser Stimme zurück.

»Nimmt sie Drogen?«

»Ich weiß es nicht«, musste ich gestehen. Ich erinnerte mich nur, dass sie vor ihrem Verschwinden oft Marihuana geraucht und das eine Mal im The Scene Acid probiert hatte. »Jedenfalls nicht in den letzten Tagen.«

»Wissen Sie, ob sich diese junge Frau in letzter Zeit in einem tropischen Land aufgehalten hat?«

»Nein, ich habe keine Ahnung, wo sie war, ehe sie hierhergekommen ist.«

Mir war klar, dass ich dem Doktor eine etwas ausführlichere Erklärung liefern musste. Die Male an Rebeccas Körper waren alles andere als harmlos, und er sollte nicht denken, ich wäre dafür verantwortlich. Also schilderte ich ihm kurz meine Begegnung mit Rebecca, unsere glücklichen gemeinsamen Monate, das Abendessen bei ihren Eltern, ihr spurloses Verschwinden und wie sie nach fast einem Jahr plötzlich wiederaufgetaucht war. Meine Offenheit schien den Arzt zu beruhigen. Er notierte sorgfältig jedes Detail in ein kleines Büchlein und diagnostizierte eine mögliche Narkolepsie, sprich eine Störung des Schlaf-wach-Rhythmus, unbekannter Ursache.

Nachdem er ihr Blut abgenommen und die Röhrchen sorgfältig in seinem ledernen Arztkoffer verstaut hatte, äußerte er eine weitere Vermutung: »Ich werde die Proben analysieren lassen. Sie könnte von einer Tsetsefliege gestochen worden sein und sich mit der Afrikanischen Trypanosomiasis oder Schlafkrankheit infiziert haben. Andererseits kann ich keine entzündete Einstichstelle entdecken, und sie hat kein Fieber … Gehen wir trotzdem auf Nummer sicher. Diese Krankheit ist wirklich heimtückisch.«

»Ist sie tödlich?«, fragte ich starr vor Schreck.

»Am Ende schon, leider. Redet sie wirr?«

»Noch schlimmer, sie redet gar nicht. Seit sie da ist, hat sie kaum fünfzig Worte zu mir gesagt, und zu meiner Schwester Lauren, die den ganzen Tag über bei ihr ist, auch nicht viel mehr.«

»Hat sie Halluzinationen, Angstattacken?«

»Nein, sie ist ganz ruhig. Und sie kocht nachts.«

»Sie kocht?«, wiederholte der Doktor verblüfft.

»Als wolle sie ein Bankett vorbereiten. Wir mussten alle Schränke leer räumen, sonst hätte sie das ganze Viertel versorgt. Sie malt auch. Und sie näht …«

Doktor Bonnet schien fasziniert zu sein.

Ich zeigte ihm den Socken-Pouf und das Fresko, das er mit der ihm eigenen Konzentration betrachtete, ehe er sich ein paar Gedanken in sein Büchlein notierte, die er nicht mit mir teilte. Dann gingen wir zu Rebecca zurück, und ich fragte ihn, ob die tropische Krankheit auch durch Bisse übertragen werden könne.

»Ist sie gewalttätig?«

»Nur wenn man versucht, sie zu wecken. Sonst ist sie eher anschmiegsam.«

Ich zeigte ihm meinen Arm. Er versicherte mir, »das ist nichts«, was mich kränkte. Noch einmal untersuchte er gründlich Rebeccas Augen.

»Ich kann keine beunruhigenden klinischen Symptome feststellen, sie ist nur etwas anämisch. Ich tippe eher auf eine posttraumatische Störung. In manchen Fällen extremer Gewalt oder seelischer Erschütterung können Menschen sich durch Schlaf heilen.«

»Dann ist es eigentlich etwas Gutes?«

»Es ist etwas Gutes, außer wenn sich diese Genesungsphase in einen endgültigen Rückzug verwandelt. Manche Patienten nehmen ihr normales Leben nach und nach wieder auf, andere finden nicht mehr aus dem schützenden Kokon ihrer Träume heraus.«

»Wann wissen wir, ob dies bei ihr der Fall ist?«

Dazu konnte Doktor Bonnet nichts sagen. Man musste viel Geduld haben, die Patienten brauchten Zeit. Wer wusste schon, angesichts der Misshandlungen, die Rebecca offenbar erlitten hatte, was ihr Unterbewusstsein zu verarbeiten suchte. Er stellte mir ein Rezept aus für alle möglichen stärkenden Mittel, das er noch ergänzen würde, sobald er die Ergebnisse der Blutuntersuchung hätte. Dann verabschiedete er sich mit der Bitte, ihn regelmäßig über Rebeccas Verhalten zu unterrichten. Mein Dornröschen hatte sich während unseres Gespräches wieder zusammengerollt und schlief tief, mit geschlossenen Fäusten.

Ihr Rückzug nahm kein Ende. Ich verzehrte mich vor Sorge und Begehren nach ihr, sie dagegen bemerkte mich überhaupt nicht. Und dennoch verblassten alle anderen neben ihr.

In meiner Verzweiflung hatte ich drei meiner ehemaligen Liebhaberinnen wieder getroffen, ohne jedoch die geringste Lust zu empfinden. Kaum legte ich mich abends neben die schlafende Rebecca, spürte ich, wie sehr ich sie und nur sie begehrte.

Marcus, dem ich mich anvertraute, musste sich ein Grinsen verkneifen. »Es ist schon irgendwie lustig, dass ausgerechnet du, der Don Juan Manhattans, plötzlich monogam wirst.«

Ich war am Anschlag und so unausstehlich, dass Lauren eines Morgens verzweifelt ausrief:

»Dann ruf eben Joan an! Mit der hattest du wenigstens Sex!«

»Da warst du definitiv entspannter …«, schob mein Partner noch hinterher.

Als sie sahen, wie die Farbe aus meinem Gesicht wich, zogen sie es vor, das Gespräch schnell auf unser zukünftiges Domizil zu lenken. Am Ende der Woche sollten wir umziehen, und ich hoffte, dass diese Veränderung eine positive Wirkung auf Rebecca haben würde. Marcus hatte binnen weniger Tage ein zauberhaftes, frisch renoviertes Backsteinhaus in einer ruhigen Straße im Village aufgetan. Das Souterrain wurde von weiten Lichtschächten im Hof erhellt, hier befanden sich eine Küche, ein Haushaltsraum und eine kleine Einliegerwohnung. Im Parterre gab es ein großes Wohn- und ein Esszimmer, im ersten Stock noch einen Salon. Die vier Schlafzimmer waren auf die zweite und dritte Etage verteilt. Das Dach bestand aus einer Terrasse und einem einzigen großzügigen Raum. Es war ein echter Glücksgriff gewesen, das Village war dabei, sich zu verwandeln, und ich war mir sicher, dass die Immobilie an Wert gewinnen würde. Marcus hatte mir angeboten, sich am Kauf zu beteiligen, aber die eigenen vier Wände waren ein alter Traum von mir, auch wenn außer Frage stand, dass wir alle gemeinsam dort leben würden.

Donna kümmerte sich, effizient wie immer, um den

Umzug. Am vorgesehenen Tag erschienen fünf muskelbepackte Helfer in unserer Wohnung und begannen, sie leer zu räumen. Marcus und ich saßen unterdessen inmitten der Kartons an unseren Telefonen und ließen wegen eines neuen Geschäftsvorhabens die Drähte heiß laufen. Wir hatten uns an einer Ausschreibung für ein Grundstück in der Nähe der Central Station beteiligt und gerade erfahren, dass die Sache nicht ganz sauber ablief. Uns blieben nur wenige Stunden, um das abgekartete Spiel zu durchkreuzen. Die Verhandlung war zäh und hart. Während wir mit allen Mitteln versuchten, ans Ziel zu kommen, luden die Möbelpacker, angeleitet von Donna und Lauren, alles außer dem Bett, in dem Rebecca schlief, auf ihren Lastwagen. Das Durcheinander schien meine Liebste nicht im mindesten zu kümmern.

Nachdem die Wohnung ausgeräumt war und solange die Umzugshelfer Pause machten, nahm ich Rebecca auf den Arm und trug sie zu unserem guten alten Chrysler. Im Licht der Julisonne erschrak ich über ihre Blässe. Sie war seit Ewigkeiten nicht mehr draußen gewesen, und ihre Haut wirkte wie durchscheinend. Dafür hatte sich die scheußliche lila Färbung ausgewaschen, ihre Haare waren fast wieder so blond wie zuvor und ein gutes Stück nachgewachsen. Kurze blonde Locken umspielten schmeichelnd ihr Gesicht. Sie ähnelte nun wieder mehr der jungen Frau, die ich kennengelernt hatte.

Ich setzte Rebecca auf der Rückbank zwischen Lauren und Shakespeare ab, den sie sogleich als Kopfkissen gebrauchte, was er sich nur zu gern gefallen ließ. Marcus und ich stiegen vorne ein, und so fuhren wir mit tiefhängendem Heck zu unserem neuen Zuhause. Die Möbelpacker hatten schon ein Bett in eins der Zimmer im Erdgeschoss gestellt, wohinein ich Rebecca legte, die selig weiterschlummerte. Kaum waren die Helfer abgezogen, stöpselte ich das mitgebrachte Telefon wieder ein – die geniale Donna hatte sich bereits um den Anschluss gekümmert – und machte dort weiter, wo ich aufgehört hatte. Zwei Stunden später nahm ich mir einen Augenblick Zeit, um meine Eltern anzurufen. Ich wünschte mir so sehr, dass sie bald herkommen und mein erstes eigenes Haus in Augenschein nehmen würden. Ich war mir sicher, sie würden stolz auf mich sein.

Am Abend lag eine stickige, gewittrige Hitze über der Stadt. Ich brachte Rebecca ins Zimmer neben meinem, zusammen mit Shakespeare, dem Verräter, der ihr folgte wie ein Schatten und mich fast ganz vergessen hatte. Hinter ihnen verschloss ich die Tür.

Nachts war es im Haus, ganz anders als in unserer alten Wohnung, vollkommen still. Wegen der Hitze schlief ich nackt. Gegen ein Uhr hörte ich ein Tier in mein Bett huschen. Erschrocken schrie ich auf und sprang aus dem Bett. Dann sah ich sie: Rebecca. Sie schaute mich vorwurfsvoll an.

»Du hast versprochen, dass du mich nicht allein lässt.«

»Ach, sprichst du jetzt auf einmal mit mir?«, knurrte ich.

»Ich habe immer mit dir gesprochen.«

»Höchstens zehn Mal in einem ganzen Monat.«

»Ich hatte eben nichts zu sagen«, verteidigte sie sich achselzuckend.

Ich wollte gerade etwas erwidern, da drängte sich mir siedend heiß eine Frage auf:

»Wie bist du überhaupt aus dem Zimmer gekommen? Ich hatte dich doch eingeschlossen.«

»Ich weiß. Tu das bitte nicht mehr. Ich mag es nicht, eingesperrt zu sein.«

»Wie hast du die Tür geöffnet?«

Rebecca nickte in Richtung Fenster.

»Sag nicht, du bist über die Fassade geklettert!«

»Ich bin nur von einem Balkon auf den anderen gestiegen.«

»Du bist verrückt! Diese Frau ist verrückt!«

»Ich bin nicht verrückt.«

»Das war gefährlich. Du bist gefährlich.«

Rebeccas Gesicht verdüsterte sich.

»Nicht genug. Ich dachte, ich wäre gefährlich, aber ich bin es leider nicht.«

»Ich bin nicht in Stimmung für Ratespielchen, Rebecca. Sag mir bitte, was das alles soll: Du platzt in mein Leben, verschwindest monatelang, tauchst dann plötzlich wieder auf, ohne ein Wort der Erklärung, schläfst dreiundzwanzig Stunden am Tag, kochst mitten in der Nacht, kletterst an Fassaden herum, bist voller blauer Flecken …«

»Wie bitte?«, sagte sie überrascht.

»Weißt du etwa nicht, dass du überall blaue Flecken hast?« Ich setzte mich aufs Bett und zog ihre Pyjamahose herunter. »Und was ist das hier?«, fragte ich anklagend.

Ich betrachtete die braunen und bläulichen Muster auf ihrer Haut, die mit der Zeit langsam verblassten. Rebecca blickte stumm auf ihre Beine, dann hob sie verwirrt den Kopf.

»Sieh hin!«, beharrte ich, wobei ich mit der Hand über ihre Schenkel strich.

Die feinen Härchen auf ihrer Haut richteten sich auf. Darauf war ich nach Wochen erzwungener Abstinenz nicht vorbereitet. Sie sah mich verwirrt und konzentriert an. In ihren Augen sah ich das Feuer aufblitzen, das vor unserer Trennung darin gelodert hatte. Ich zog meine Hand zurück. Ich hatte ihr weder ihr Verschwinden noch ihr Schweigen, noch ihren schmerzhaften Biss verziehen.

»Wo warst du die ganze Zeit?«

»Bist du sicher, dass du reden möchtest?«, fragte sie zurück und setzte sich auf meinen Schoß.

»Ja, ich möchte reden!«

Sie legte mir die Arme um den Hals und wollte sich an mich drücken, aber ich hielt sie von mir weg.

»Lass das, Liebling«, flüsterte sie und küsste mich sanft auf die Lippen. »Siehst du, du hast gar keine Lust zum Reden …«

Die Hände an ihren Hüften, drückte ich sie fester auf meine Lenden, während sie ihr Becken langsam vor- und zurückbewegte.

»Zieh dein T-Shirt aus«, bat ich.

Sie streifte es elegant ab. Angezogen wirkte sie mager, doch wenn sie sich auszog, sah man ihre perfekten Rundungen. Ich betrachtete ihre festen Brüste, den langen Hals, die straffen Schultern. Im Fenster sah ich unser Spiegelbild und bewunderte den anmutigen Bogen ihres Rückens, als sie sich leicht nach hinten beugte. Sie war von atemberaubender Schönheit.

»Wenn du glaubst, dass du mich mit so einem billigen Trick rumkriegst …« Ich zwang sie stillzuhalten.

»Ich dachte, du wolltest mich rumkriegen.«

»Auf einmal wirkst du ziemlich wach«, sagte ich und legte sacht meinen Finger auf ihre Scham.

Rebecca schloss die Augen, versunken, fast gewissenhaft in ihrer Lust. Zu sehen, wie ich sie erregte, verdoppelte noch mein Begehren. Sie erschien mir absolut unbefangen. Genau wie damals. Als sie die Augen wieder öffnete, traf mich ihr ernster Blick.

»Es bringt nichts, zu reden.«

»Ich glaube dir kein Wort, Rebecca.«

Ich drehte sie um und drückte sie mit meinem Körper aufs Bett. Sie versuchte ein bisschen, sich aus meinem Griff zu befreien, doch die Bewegungen ihrer Hüfte schoben mich nur weiter zwischen ihre Schenkel.

»Kein Wort …«, murmelte ich und küsste sie, ehe ich in sie eindrang.

Ihr Protest verwandelte sich unversehens in lustvolle Seufzer. Ich ließ ihre Handgelenke los und vergrub mein Gesicht an ihrem Hals. Unsere Körper entdeckten sich wieder mit unbeholfener Gier. Mein Drängen fachte ihr Verlangen nur noch mehr an. Ich hatte vergessen, wie biegsam sie war, wie samtweich ihre Haut. Rebecca liebte es, mich tief in sich zu spüren, sie liebte meine Stärke, die Festigkeit meines Körpers, der sich ihren eigenen geschmeidigen Rundungen anpasste. Als wir uns so vereinten, verstand ich, was es heißt, »füreinander geschaffen zu sein«.

Am nächsten Morgen stand sie zusammen mit mir in aller Frühe auf. Ich mochte es, wach zu sein, wenn die Stadt noch ruhte, und schlief selten mehr als fünf Stunden. Kaum war Rebecca angezogen, stellte sie sich mit ausgestreckter Hand vor mich hin.

»Kannst du mir bitte Geld geben?«

»Ich muss Material kaufen gehen«, erklärte sie, als sie mein fragendes Gesicht sah.

»Material?«

»Zum Arbeiten, zum Malen! Ich habe nichts mehr.«

Zum ersten Mal seit Wochen war da wieder die Rebecca »von früher«, spöttisch, unabhängig, zielstrebig.

Ich holte ein Bündel Banknoten aus meiner Geldbörse und reichte ihr ein paar Scheine. Sie steckte das Geld ebenso ungeniert ein, wie sie sich mir in der Nacht zuvor hingegeben hatte.

»Keine Sorge, ich geb's dir zurück.«

»Ich mache mir überhaupt keine Sorgen, und du brauchst mir nichts zurückzugeben«, erwiderte ich, amüsiert von der Unverfrorenheit und Entschlossenheit dieses seltsamen Wesens, das mir noch schnell einen zerstreuten Kuss auf die Lippen drückte, den Blick schon weit weg, auf imaginäre Welten gerichtet, ehe es, mir nichts, dir nichts und ohne Frühstück, wer weiß wohin entschwand.

Manhattan, 1971

Rebecca und Lauren teilten sich das große, helle Zimmer unter dem Dach als Atelier und Yogaraum. Als Marcus und ich nach Hause kamen, fanden wir die eine im Kopfstand vor, während die andere farbbekleckst, mit vier Pinseln in der Hand und einem im Mund, auf einem Schemel hockte. Sie vollendete gerade die letzten Schattierungen einer Komposition, die sich, bei näherer Betrachtung, als riesiger erigierter Penis erwies.

»Ist das deiner?«, erkundigte sich Marcus amüsiert.

»Ganz sicher nicht!«

»Chlar icht dach deiner«, korrigierte mich Rebecca, immer noch mit einem Pinsel im Mund.

»Wenn das keine eindeutige und aufrechte Liebeserklärung ist«, prustete Marcus los. »Ich wusste gar nicht, dass du so gut bestückt bist.«

Lauren, die immer noch auf dem Kopf stand, bekräftigte: »O ja, er hat ein Riesending. Maman war immer ganz fasziniert, als er noch klein war.«

»Jetzt reicht's aber, lasst mich in Ruhe!«

»Das kannst du vergessen!«, lachte Rebecca, die inzwischen den Pinsel aus dem Mund genommen hatte und von ihrem Schemel gestiegen war, um mir einen Kuss zu geben.

»Keine ÖLB!«, rief Lauren. Sie stand nun wieder auf den Füßen, aber ihr Kopf war ebenso rot wie meiner, wenn auch rein aus Gründen der Schwerkraft.

»ÖLB?«, fragte Marcus.

»Öffentliche Liebesbekundungen.«

An diesem Abend aßen wir auf der Terrasse Olivenbrot mit Käse und Tomaten, das wir reichlich mit ein paar Flaschen Rotwein begossen. Zum Dessert servierte uns Lauren Erdbeeren mit frischer Schlagsahne. Ich schmachtete noch immer nach Rindersteak und Pommes frites, aber meine Schwester behielt ihren »rein vegetarischen« Kurs unerbittlich bei. Beim Nachtisch verkündete sie uns, dass sie ihr Studium wiederaufnehmen und sich in Psychologie und Hypnose fortbilden wolle. Doktor Bonnet hatte ihr außerdem empfohlen, sich mit Akupunktur zu beschäftigen, und bot an, sie, soweit er konnte, darin zu unterrichten. Langfristig plane sie, ein Wellness-Institut zu eröffnen. Nachdem ich sie gefragt hatte, ob ihre Massagen bei Männern auch den Intimbereich einschlössen, was sie provokant bejahte, erklärte ich mich bereit, in ihre zukünftige Einrichtung zu investieren. Wir brachten eine Weile damit zu, uns die unsäglichsten Namen auszudenken. Auf der Suche nach etwas, das sowohl persönliche, als auch sexuelle Erfüllung versprach, einigten wir uns schließlich auf »Eden«. Ich fragte, ob man Mitglied werden oder pro Behandlung bezahlen müsse, woraufhin Lauren uns erklärte, dass sie »den Leuten Gutes tun, und nicht Geld scheffeln« wolle. Ich biss mir auf die Zunge, um nicht zu erwidern, dass es vielleicht für sie auch mal an der Zeit wäre, ihren Beitrag zu leisten. Meine Eltern hatten ihr ein abgebrochenes Studium finanziert, ich hatte ihren Teil der Ranch bezahlt, den sie bei ihrem Ausschluss aus der Gemeinschaft nicht zurückgefordert hatte, und fütterte sie außerdem seit ein paar Monaten mit durch. Ich liebte Lauren, was ich jedoch weniger schätzte, waren die Moralpredigten zum Thema Kapitalismus, Materialismus und Profitgier, die sie uns immer öfter hielt.

Marcus und ich arbeiteten derzeit an unserem ambitioniertesten Projekt: einem Turm auf der 5th Avenue, mitten in Manhattan. Das würde kein Spaziergang werden. Nicht nur war das Grundstück heiß begehrt, sondern die Stadtverwaltung hatte außerdem gewechselt. Die öffentlichen Beihilfen standen in Frage, und ohne diesen Steuervorteil wäre das Vorhaben sehr viel weniger rentabel. Ein weiterer kritischer Punkt war die geringe Grundfläche. Um dem Wind und eventuellen seismischen Stößen standhalten zu können, hätte ein so hoher Turm auf einer sehr viel breiteren Basis stehen müssen. Zumindest forderte das Bauamt dies zur Erteilung einer Genehmigung. Frank Howard hatte dieses statische Problem zwar gelöst, aber wenn wir wegen irgendwelcher Flächennutzungsfragen gezwungen wären, ihn ein paar Etagen niedriger zu bauen, wäre das Projekt nicht mehr lukrativ. Wir setzten alle Hebel in Bewegung, um unser Ziel zu erreichen, und diese Art Lobbyarbeit lehnte Lauren ab. Ich konnte ihr noch so oft erklären, dass unsere Mitbewerber nicht so zartfühlend waren wie sie und ohne die leisesten Skrupel sehr viel weiter gingen als Marcus und ich – sie fand, ich sollte mich gar nicht erst »auf deren Niveau herablassen«. Marcus als Spezialist für Friedensverträge hatte uns das Thema schließlich untersagt, aber Geschwister merken auch ohne Worte, was der andere denkt und nur mit Mühe zurückhält.

Am nächsten Tag standen wir alle im Morgengrauen auf. Als Marcus und ich am Abend erschöpft und in der Hoffnung, uns an einen gedeckten Tisch zu setzen, nach Hause kamen, fanden wir stattdessen Rebecca in ihre Malerei und Lauren in ein Handbuch über Hypnose vertieft vor. Shakespeare seinerseits patrouillierte auf einer genau ausgezirkelten geheimnisvollen Bahn zwischen Terrasse und Zimmer, beschnüffelte die Ecken, stellte sich am Geländer auf die Hinterbeine und bellte die Tauben an wie ein General seine Truppen. Also gingen wir ins Chez Marcel, ein französisches Bistro ein paar Straßen weiter, und verbrachten dort einen so unbeschwerten Abend wie schon seit langem nicht mehr.

Marcus erzählte äußerst komisch von den Wochen, in denen ich ihm und Donna mit meinem ewigen Gerede über Rebecca den letzten Nerv geraubt hatte. Ich musste lachen und schämte mich zugleich. Da wir schon von der Vergangenheit sprachen, fragte ich Rebecca wieder, wo sie das letzte Jahr verbracht hatte. Sie wich mir aus und erinnerte stattdessen an die zerknautschten Karosserien unserer ersten Begegnungen. Lauren kannte die Geschichte noch nicht und fand sie hinreißend. Dann gab sie ein paar skurrile Anekdoten über Warhol und die Factory zum Besten.

»Hast du keine Lust, diese Leute wiederzusehen?«, fragte Marcus sie.

»Später. Im Moment will ich vorankommen. Ich habe zu lange nicht gemalt …«

Ich beobachtete Rebecca aus dem Augenwinkel. Sie wirkte vollkommen normal. Als wäre sie in einer einzigen Liebesnacht wieder auferstanden: genau die selbstbewusste, scharfzüngige, vor Charme sprühende junge Frau, die ich kennengelernt hatte. An diesem Abend waren wir glücklich. Vielleicht hätte ich mich damit zufriedengeben sollen, doch die Fragen brannten mir auf den Lippen. Ich musste verstehen. Ich hielt es nicht aus, immer mit dem Gedanken zu leben, dass Rebecca jederzeit wegen irgendeiner Kleinigkeit wieder verschwinden könnte. Sie musste sich mir anvertrauen, damit ich ihr vertrauen konnte.

Beschwingt gingen wir durch die laue Luft nach

Hause. Marcus und Lauren verschwanden in ihren Zimmern und ließen uns auf der Terrasse zurück. Rebecca lehnte sich an die Brüstung und blickte über die Dächer des schlafenden Village. Sie trug ein luftiges Kleid und nichts darunter. Ich schmiegte mich an ihren Rücken, streichelte sie und nahm sie langsam, im Schein des Mondes und der Straßenlaternen. Wir hatten mit verwirrender Leichtigkeit wieder zueinandergefunden.

Rebeccas Narkolepsie schien sich umzukehren. Sie stand jeden Morgen um fünf auf und arbeitete wie verrückt. Lauren zufolge, die ich immer wieder befragte, gönnte Rebecca sich jeweils nur ein paar Minuten Pause, gegen halb zwölf und gegen drei Uhr nachmittags. Mit verlorenem Blick und verstrubbelten Haaren saß sie vor ihrer Staffelei, aß auf die Schnelle eine Banane oder ein paar Cracker mit Frischkäse, die sie mit einem Kaffee oder einem Bier hinunterspülte, um anschließend weiterzumalen, bis wir nach Hause kamen. Dann zog sie vor unseren Augen ihre blaue Arbeitsschürze und das alte karierte Hemd, das sie mir stibitzt hatte, aus – wenn ich mich über diese Schamlosigkeit beschwerte, bezeichnete sie mich als Spießer –, schlüpfte in ihr T-Shirt und ging duschen. Für den Abend lieh sie sich immer irgendwelche Kleider von Lauren. Sie versicherte mir, sie werde sich bald eigene kaufen, aber sie habe einfach keine Zeit dafür.

Mein Herz brannte vor Eifersucht. Trotz der Beteuerungen meiner Schwester konnte ich einfach nicht glauben, dass allein ihr künstlerischer Schaffensdrang sie so beschäftigte.

Wir aßen alle vier zusammen zu Abend, und danach liebten wir beide uns. Manchmal stand Rebecca mitten in der Nacht auf. Ich fand sie dann immer auf dem Dach des Ateliers. Sie liebte es, dort zu sitzen, die Stadt zu betrachten und ihre Gedanken schweifen zu lassen. Sie forderte mich auf, zu ihr zu kommen, doch ich wollte nicht. Sie ließ sich ein wenig bitten, dann kam sie herunter, legte sich wieder zu mir ins Bett und rollte sich, dicht an mich geschmiegt, zusammen. Rebecca war eine Katze.

Manhattan, 1971

Rebecca war einfach hinreißend. Mit ihrer Energie, ihrer ansteckenden Begeisterungsfähigkeit und ihrem überschäumenden Temperament verzauberte sie uns alle. Sie verstand es, jeden Augenblick in ein Fest zu verwandeln, Alltägliches in ein Abenteuer und die simpelsten Dinge in ein Vergnügen. Nachdem wir tagsüber jeder für sich gearbeitet hatten, verbrachten wir die Abende meist zusammen. Rebecca erhob unseren Aperitif – von ihr »Schnick« genannt, wie auch immer sie darauf kam – zum Ritual. Aus dieser Bezeichnung wurde bald ein Verb, das unsere Freunde wie selbstverständlich übernahmen: »Schnicken wir heute bei euch?« Oft saßen wir zu zehnt bei Rot- oder Weißwein mit Käse, Oliven und Rebeccas geliebten Cashewnüssen zusammen, in unserem Wohnzimmer oder auf der Dachterrasse. Außerdem führte sie den *paseo* ein, den abendlichen Bummel durch das Village. Nach dem Essen gingen wir raus, um in das pulsierende Leben auf den Straßen einzutauchen, Gesprächsfetzen aufzuschnappen, Lachen, Streit oder eine intime Szene. Wir erhaschten einen Blick in erleuchtete Zimmer und malten uns den Alltag ihrer Bewohner aus. Am Washington Square stellten wir uns zu den steinernen Schachtischen, an denen die Alten aus dem Viertel spielten, oder setzten uns ins Gras, um den Musikern zuzuhören. Jeden Tag zeigten neue Bands ihr Können, in der Hoffnung, entdeckt zu werden, oder angehende Schauspieler improvisierten kleine Sketche. An anderen Abenden gingen wir dem Getümmel lieber aus dem Weg und stromerten auf gut Glück durch die Straßen, geführt von Shakespeares Nase und seinem grenzenlosen Erkundungsdrang, und erfanden dabei die Welt neu. Oft landeten wir dann wieder auf der Terrasse irgendeines Lokals, um einen Mitternachtsimbiss zu nehmen oder ein letztes Glas Wein zu trinken. Marcus war immer der Erste, der an solchen Abenden schlappmachte. Lauren, die Ausdauerndste von uns, protestierte, und Rebecca und ich folgten dem, der sich durchsetzte.

Selbst wenn wir spät nach Hause kamen, waren wir nie zu müde, um unsere Zweisamkeit auszukosten. Ich hatte ein unstillbares Bedürfnis, Rebecca einfach nur anzuschauen, ihre Haut zu berühren, ihren Körper immer wieder neu zu entdecken. Wenn ich sie streichelte, so war dies niemals eine zerstreute Geste. Ich legte all meine Aufmerksamkeit hinein, und meine Finger waren beseelt und wie magnetisiert. Ich biss ihr zärtlich in den Nacken, so dass sie erschauerte, oder fuhr ihr sacht über den Ansatz der Pobacken. Bei dieser Berührung hielt sie ganz still, atmete kaum und schmolz vor Wonne dahin. Ich war besessen von ihrem Duft, den ich begierig einsog. So schlief ich an manchen Abenden ein, den Kopf in ihrem Schoß, eine Hand auf ihrem Bauch, während sie die Finger in meiner strubbeligen Mähne vergrub.

Rebecca liebte es, zu tanzen. Die Musik drehte sie dabei voll auf. Manchmal, wenn Marcus und ich nach Hause kamen, hüpften die beiden Frauen im Wohnzimmer oder auf der Terrasse mit roten Gesichtern und zerzausten Haaren herum und sangen dabei aus voller Kehle. Sie forderten uns auf, uns ihnen anzuschließen. Wir waren müde und wollten nichts davon wissen, doch die beiden strahlten uns so begeistert aus glänzenden Augen an, dass wir uns schließlich mitreißen ließen.

Wir wurden Stammgäste im Electric Circus, einem angesagten Club im alten Polish National Home im East Village. Nachdem Andy Warhol den riesigen Saal eine Weile genutzt hatte, überließ er ihn einem Investor, der ihn von Grund auf renovieren und mit Stroboskoplicht, Leinwänden sowie Bühnen mit riesigen Boxen ausstatten ließ. Die Prominenz des Viertels traf sich dort: Tom Wolfe, Truman Capote oder Warren Beatty, den ich hasste, da er Rebecca gefiel. Noch mehr machte mir ein gewisser Dane zu schaffen. Meine Liebste hatte ihn mir als ihren »besten Freund« vorgestellt. Er bezeichnete sich als Künstlermanager. Ich glaubte ihm kein Wort. Mittelgroß, dünn und bleich, mit Augen, die ebenso stumpf und schwarz waren wie seine Haare, hatte er immer eine zynische Bemerkung auf den Lippen, wenn er nicht gerade bohrende Fragen stellte. Er sah mich an, als wäre ich ein Mörder, und nutzte jede Gelegenheit, um Rebecca beiseitezunehmen und ihr wer weiß was ins Ohr zu flüstern. Er war ganz offensichtlich in sie verliebt, und die Arglosigkeit, mit der sie meine Vorwürfe zurückwies, machte mich rasend.

»Freundschaft zwischen Mann und Frau ist durchaus möglich, Dane und ich sind das beste Beispiel dafür!«, sagte sie.

»Das glaubst du doch wohl selber nicht. Freundschaft ist das, womit man sich zufriedengibt, wenn man sich nicht mehr erhoffen kann. Es sei denn, man hat die Sache mit dem Sex schon abgehakt«, entgegnete ich empört. Meine Gedanken wanderten zu Joan. Ich wünschte wirklich, wir könnten einfach nur miteinander befreundet sein, ab und zu einmal telefonieren oder uns treffen, aber ich respektierte, dass sie das nicht wollte.

Im Electric Circus gab es einfach alles. Man sah Blumenkleidchen neben Abendroben, Pomadisierte waren mit Tätowierten ins Gespräch vertieft, und ein Typ mit Tunika und Riemchensandalen konnte ein Mannequin im paillettenbesetzten Minirock anbaggern. Es gab Improvisationstheater, Bands wie The Velvet Underground, Grateful Dead oder Cat Mother & The All

Night Newsboys traten auf. Zwischen den Sets brachten Feuerspucker und Trapezkünstler ihre Showeinlage. Sämtliche Kunstformen begegneten sich in einem perfekten Durcheinander. Ein paar Wochen später würde Rebecca hier ihre Serie *Phallus* ausstellen, die bei Presse und Publikum viel Aufsehen erregte.

Donnerstags gingen wir immer ins Bitter End auf der Bleecker Street. Der Manager, Paul Colby, hatte früher für Frank Sinatra und Duke Ellington gearbeitet, ehe er eine Möbellinie lancierte. Außerdem malte er, aber vor allem hatte er einen Riecher für neue Talente. Die Besten von ihnen fanden sich auf der roten Backsteinbühne des Bitter End ein, die legendär werden sollte. Wir hörten dort Frank Zappa, Nina Simone und Bob Dylan oder lachten Tränen über die Shows von Woody Allen und Bill Cosby.

An den Wochenenden, wenn die Vorortbewohner Lower Manhattan überschwemmten, blieben wir lieber daheim und lasen, arbeiteten oder vertrödelten gemeinsam den Tag. Manchmal bissen wir in den sauren Apfel und räumten auf. Im Haus herrschte ein unbeschreibliches Durcheinander. Auf dem Küchentisch standen benutzte Kaffeetassen und leere Marmeladengläser inmitten von Krümeln und zerfledderten Zeitungen. Schmutzige Teller stapelten sich im Spülbecken, die Betten waren – bis auf das von Marcus, natürlich – nie gemacht, in den Bädern lagen zerknüllte Handtücher und Berge von Wäsche für die Reinigung. Eines

Abends, als ich hungrig nach Hause kam und nicht mal mehr ein Fitzelchen Schinken oder einen Rest Käse fand, beschwerte ich mich. Die Frauen antworteten, ich brauche ja nur einkaufen zu gehen. Seit Lauren, an deren vegetarische Küche wir uns inzwischen gewöhnt hatten, wieder studierte, hatte sie überhaupt keine Zeit mehr, und Rebecca erklärte rundheraus:

»Ich bin als Hausfrau eine absolute Null. Ich kann nicht mal ein Ei kochen.«

»Du willst mich wohl auf den Arm nehmen!«, gab ich sauer zurück. »Ich musste in unserer alten Wohnung sämtliche Küchenschränke abschließen, damit du nicht jede Nacht für zwanzig Leute kochst. Wenn du im Schlaf Lasagne und Cheesecakes zustande bringst, wirst du ja wohl wach ein Ei kochen können!«

»Tja, tatsächlich kann ich es nicht nur nicht, ich habe auch nicht die geringste Lust, es zu lernen, wenn du mich so anblaffst.«

Beleidigt verließ sie das Zimmer. Nachdem wir eine ganze Weile darauf gewartet hatten, dass sie zurückkam, damit wir essen gehen konnten, sah ich nach und fand sie zusammengerollt und tief schlafend in unserem Bett. Vorsichtig schüttelte ich sie, doch sie nahm keinerlei Notiz davon.

»Verdammt, ich fasse es nicht!«, rief ich aus und schickte noch ein paar Flüche hinterher, die Marcus und Lauren in die obere Etage lockten.

»Wirklich, das ist nicht zum Aushalten! Ich kann ihr

nichts sagen … Wenn sie bei der leisesten Kritik ins Koma fällt, dann gebe ich auf!«

»Sie hat heute viel gearbeitet, vielleicht ist sie müde …«, mutmaßte Lauren ohne große Überzeugung.

Sie hielt ihr Fläschchen mit Aromaölen unter die Nase, Marcus sang mit seiner schönen Baritonstimme eine Arie aus *La Betulia liberata*, doch Rebecca zuckte mit keiner Wimper.

»Das ist Missbrauch! Erpressung!«, polterte ich. »Sobald sie aufwacht, mache ich Schluss, das sage ich euch!«

»Was man so alles erfährt, wenn man mal ein Mittagsschläfchen hält …«, ertönte es plötzlich aus dem Bett.

Wir erstarrten.

Rebecca dagegen sprang quicklebendig unter der Decke hervor, schon fix und fertig angezogen fürs Abendessen. Mit ebenso triumphierendem wie amüsiertem Gesicht verbeugte sie sich, und Lauren und Marcus brachen in Gelächter aus.

»Also verlässt du mich einfach so?«, fragte sie, was die Heiterkeit der beiden noch verstärkte.

»Ganz genau, ich verlasse dich! Du existierst nicht mehr für mich«, gab ich wütend zurück.

»Komm schon, sei kein schlechter Verlierer, mein Hase.«

»Hase, ist das dein Kosename?«, wunderte sich Marcus und zog eine Augenbraue hoch.

»Jetzt fang du nicht auch noch an!« Erbost stürmte ich aus dem Zimmer.

Sie folgten mir kichernd zu Chez Marcel. Eine halbe Flasche Bordeaux später war mein Ärger verraucht, und ich beschloss, endlich, unser Haushaltsproblem zu lösen.

Am nächsten Morgen rief ich Miguel an. Der kubanische Koch befand sich gerade in ziemlichen Schwierigkeiten, wie er mir erzählte. Er hatte in den Hamptons das Essen für zwei riesige Abendgesellschaften zubereitet, doch der Auftraggeber, ein Hochstapler, hatte sich aus dem Staub gemacht, ohne Miguel zu entlohnen. Also konnte der seine Lieferanten nicht bezahlen, von denen er daraufhin keine Zutaten mehr bekam, ohne die er wiederum keine weiteren Aufträge annehmen konnte, um seine Schulden zu begleichen. Eigentlich hatte ich Miguel nur um eine Empfehlung bitten wollen und war überrascht, als er sich selbst für den Job anbot. Wir wurden uns schnell einig. Miguel würde uns den Haushalt führen, wir mussten ihm allerdings dabei freie Hand lassen. Er liebte gutgefüllte Speisekammern und hatte eine Leidenschaft für selbst eingelegtes Gemüse, handbeschriftete Marmeladengläser, Hauben über den Tellern, Serviettenringe, Kristallgläser und feines Silberbesteck. Sein Handwerk hatte er von der Pike auf in Luxushotels gelernt, ehe er in den Dienst einer Familie der New Yorker High Society getreten war. Unglücklicherweise hatte sich deren ältester Spross Hals über Kopf in Miguel verliebt. Die leidenschaftliche Beziehung der beiden hatte schließlich zu seinem Rauswurf geführt – ein dunkles und schmerzhaftes Kapitel in Miguels Leben.

Lauren war zunächst schockiert, als ich abends triumphierend von meinem Arrangement erzählte. Sie fand es unmoralisch, einen Menschen anzustellen, damit er sich um unsere niederen Bedürfnisse kümmerte.

»Der Kapitalismus ist die Syphilis der Gesellschaft«, wetterte sie. »Ich weigere mich, in diesem Haus zu bleiben, wenn ihr darin ein Dienstmädchen unterjochen wollt.«

»Wenn dir der Kapitalismus Geld leiht, damit du dein Wellness-Institut eröffnen kannst, kommst du allerdings ganz gut damit klar.«

»Das ist ja wohl das mindeste, was du tun kannst! Indem du mir hilfst, die Menschen zu behandeln, gibst du der Gesellschaft wenigstens ein bisschen von dem zurück, was du ihr schuldest!«

»Was würdest du also vorschlagen, da weder du noch Rebecca, noch Marcus oder ich Zeit haben, uns um den Haushalt zu kümmern?«, fragte ich, um einen ruhigen Ton bemüht.

»Wenn wir die Aufgaben unter uns aufteilen, können wir vier das wunderbar hinbekommen.«

»Man kann nicht behaupten, dass es besonders gut funktioniert hätte, als du dir die Aufgaben mit deiner Horde verpeilter Hippiefreunde geteilt hast … Also sei so nett, lass mich das regeln«, knurrte ich.

»Na hör mal, wie redest du denn mit mir! Nur weil

du einen Schwanz hast, kannst du nicht einfach machen, was du willst!«

»In diesem Fall ist wohl eher das Scheckheft als der Schwanz entscheidend.«

»Natürlich, das Geld! Der Gott! Das letzte Wort!«, rief Lauren verzweifelt aus. »Gibt es denn wirklich nichts anderes?«

»In der Tat, und ich weiß nicht, was daran das Problem sein soll.«

»Du bist so ein hoffnungsloser Materialist!« Rebecca verdrehte seufzend die Augen, was nun endlich auch Marcus auf die Palme brachte.

»Bisher hat euch unser Materialismus ganz gut gepasst!«

»Wenn man mit einem silbernen Löffel im Mund zur Welt gekommen und angeblich nicht mal in der Lage ist, alleine ein Ei zu kochen, sollte man sich mit der Kritik am Materialismus der anderen vielleicht etwas zurückhalten«, legte ich, an Rebecca gewandt, nach.

In diesem Moment klingelte es an der Tür. Es war Miguel, der sich das Haus und seine Wohnung im Souterrain ansehen wollte. Er grüßte liebenswürdig, doch die Spannung zwischen uns entging ihm nicht. Als wir allein waren, berichtete ich ihm von der Diskussion mit meiner Schwester. Um Laurens Zweifel zu zerstreuen, bat er sie um ein Gespräch in der »Bibliothek«, wie er den Salon in der ersten Etage bereits nannte, obwohl die Regale darin bis auf die Encyclopædia Britannica, ein paar Zeitschriftenstapel, schmutzige Gläser und den Gipsentwurf einer Statue von Rebecca leer waren. Ich weiß nicht, was er ihr dort sagte, aber als sie wieder herauskam, schien sie vollkommen besänftigt.

Miguel lebte sich schnell ein. Mit seinem rollenden und zischelnden lateinamerikanischen Akzent nannte er uns förmlich Mr Werner, Miss Rebecca, Mr Marcus und Miss Lauren. Wir konnten ihm noch so oft sagen, dass das nicht nötig war, er ließ sich nicht davon abbringen. Für ihn waren gute Umgangsformen kein Zwang, sondern eine Lebenskunst, die er, da er sie nicht teilen konnte – den meisten Menschen ging sie auf erschütternde Weise ab –, seiner Umwelt gerne aufoktroyierte. Bereits am ersten Tag stellte er eine unbarmherzige Diagnose unseres Haushalts. Tatsächlich campierten wir eher, als dass wir wohnten. Unsere alten, abgenutzten Möbel wirkten verloren in den großzügigen Räumen. Selbst Marcus war durch die Verhandlungen zu unserem Turmprojekt dermaßen mit Beschlag belegt, dass er sein Zimmer noch nicht wirklich eingerichtet hatte. Also gaben wir Miguel freie Hand bei der Inneneinrichtung, und so machte er sich mit dem allergrößten Vergnügen daran, Vorhänge auszusuchen, billige Vasen in Lampen zu verwandeln oder beim Trödler alte Sessel zu kaufen, die er dann eigenhändig neu bezog. Wir staunten über die Metamorphose unseres Heims. Rebecca, angesteckt durch Miguels Tatendrang, überzog eine alte Kabelrolle, die sie auf einer unserer Baustellen entdeckt hatte, mit gehämmertem Metall und funktionierte sie zu einem Tisch um. Aus lackierten Holzpaletten zauberte sie ein Sofa für die Terrasse. Über den steinernen Kamin hängte sie eins ihrer Bilder enormer Phalli, das Miguel voller Ehrfurcht bestaunte und als »ab-so-lut großartiges Kunstwerk« bezeichnete. Marcus ließ aus dem Haus seines Vaters seine Bücher und Möbel und vor allem seinen Flügel kommen, die in unserer alten Wohnung keinen Platz gefunden hatten. Lauren brachte ihre indischen Wandbehänge und mexikanischen Teppiche mit ein. Diese hatten ihr die Kommunarden endlich geschickt, zusammen mit einem Scheck über Laurens ausgelösten Anteil an der Ranch, nachdem ich ihnen einen lokalen Anwalt auf den Hals gehetzt hatte. Und so verwandelte sich unser Haus langsam in einen Palast, in dem sich Miguels klassischer Geschmack aufs Schönste mit Rebeccas Erfindungsreichtum und dem Ethno-Fimmel meiner Schwester verband.

Während unser Zuhause zunehmend behaglicher wurde, gerieten Rebecca und ich immer öfter und immer heftiger aneinander. Ihre Geheimniskrämerei legte meine Nerven blank. Ich konnte mich nicht damit abfinden, dass sie mir einfach nicht sagen wollte, was in den Monaten ihrer Abwesenheit geschehen war. Unsere Beziehung wurde zu einem andauernden Wechselbad aus wüsten Streitereien und leidenschaftlichen Versöhnungen. Wir hielten es weder mit- noch ohneeinander aus.

Eines Abends kam ich allein nach Hause, da Marcus zu Besuch bei seinem Vater war. Auf dem Sofa, dicht neben Rebecca, saß Dane, ihr angeblicher Künstlermanager und bester Freund. Sie steckten über einem Dokument die Köpfe zusammen wie enge Vertraute. Ohne einen Ton zu sagen, stürmte ich auf ihn zu, packte ihn am Kragen und zog ihn von der Couch. Überrascht versuchte er, sich zu wehren, aber ich hatte ihn schon vor die Tür gesetzt. Rebecca war außer sich vor Empörung, sie beschimpfte mich als Geisteskranken, mit dem sie nicht eine Minute länger verbringen wolle. Dann stürmte sie aus dem Zimmer. Ich verfolgte sie die Treppe hinauf. Auf das Gepolter hin kamen Lauren aus dem Atelier und Miguel aus der Küche angerannt und betrachteten entsetzt die Szene. Rebecca war unterdessen durch das Fenster verschwunden und kletterte gerade die Fassade hinunter. Sie so in Gefahr zu sehen, ließ mir das Blut in den Adern gefrieren. Ich hastete die Treppe hinunter, riss die Tür auf und brüllte ihr hinterher:

»Na los, geh zu ihm, geh! Aber komm bloß nicht wieder zurück! Mich kannst du ein für alle Mal abhaken!«

Sie erdolchte mich aus sicherer Entfernung mit ihrem Blick und tippte sich dreimal an die Schläfe, ehe sie barfuß um die Ecke verschwand.

Lauren versuchte den ganzen Abend, mich zur Vernunft zu bringen. Ich müsse wirklich lernen, meine Wut und meine Eifersucht zu kontrollieren. Seinen Partner besitzen zu wollen sei illusorisch und übergriffig, versicherte sie mir. Ich hingegen war kein Anhänger jener modernen Theorie, nach der man loyal sein konnte, ohne treu zu sein. Mich brachte allein der Gedanke, ein anderer Mann könnte Rebecca angaffen, um den Verstand. Es war, als hätte sie eine chemische Wirkung auf meinen Organismus. Sie hatte mich vergiftet.

Lauren gab es schließlich auf, mit Worten irgendetwas bewirken zu wollen, und verdonnerte mich zu einer Meditationssitzung, während Miguel mir einen Beruhigungstee brachte.

Rebecca hatte sich zu einer Freundin geflüchtet und von dort Frank Howard angerufen, um mit Marcus zu sprechen. Sie hatte ihm von meiner Eifersuchtsszene erzählt und ihn um Rat gefragt. Unsere ewigen Auseinandersetzungen laugten sie aus, sie wusste nicht mehr, was sie tun sollte. Marcus öffnete ihr endlich die Augen mit dem Grund meiner Reizbarkeit:

»Versetz dich doch mal in seine Lage. Fast ein Jahr lang schwebt ihr auf Wolke sieben. Dann seid ihr bei deinen Eltern eingeladen. Der Abend läuft schief, und du löst dich in Luft auf. Monatelang sucht er dich verzweifelt, und glaub mir, er war vollkommen am Boden zerstört, dann stehst du plötzlich wieder vor der Tür, ohne ein Wort der Erklärung. Jetzt hat er natürlich Angst, dass du bei der kleinsten Gelegenheit wieder verschwindest. Und, ganz ehrlich, er muss dich wirklich über alle Maßen lieben, um diese Situation zu ertragen.«

»Wenn er sie denn erträgt …«

»Warum redest du denn nicht mit ihm?«

An diesem Abend war Rebecca aufgewühlt genug, um Marcus' Frage nicht mit einer ironischen Bemerkung abzutun.

»Ich würde so gern mit ihm reden, aber ich habe Angst, dass das alles nur noch schlimmer macht.«

»Was hast du ihm denn so Furchtbares zu beichten?«

»Etwas so Schreckliches, das kannst du dir gar nicht vorstellen.«

»Dann erzähl es uns. Wir sind deine Freunde, und wir sind da, um dir zu helfen.«

Frank Howards Chauffeur setzte die beiden zu Hause ab. Mit ernsten Gesichtern betraten sie den nur von Kerzenlicht erleuchteten Salon, in dem Lauren und ich die Entspannungsposition Savasana eingenommen hatten. Rebecca schaltete das Licht an und verkündete mit belegter Stimme:

»Gut, da ich keine Wahl habe, werde ich euch alles erzählen. Eins müsst ihr jedoch vorher wissen: Wenn ich es bisher nicht getan habe, dann nur zu deinem Schutz, Werner.«

Manhattan, 1971

Wir gingen hoch ins Atelier. Rebecca setzte sich im Schneidersitz auf den Boden, zögerte noch einen Moment, leichenblass wie am Rande eines Abgrunds, dann stürzte sie sich in die Erzählung.

»Ich war ungefähr fünfzehn, als ich begann zu verstehen, woher meine Mutter kam, und zu ahnen, was sie erlebt hatte. Sie hat lange versucht, mich davor zu beschützen. Außerdem ist sie ein sehr zurückhaltender Mensch, der sich so gut wie nie jemandem anvertraut.«

»Der Apfel fällt nicht weit vom Stamm«, bemerkte Lauren lächelnd.

Ich brachte sie mit einem finsteren Blick zum Schweigen.

»Ich habe meine Mutter niemals glücklich gesehen. Sie hat immer Medikamente genommen, zu viele Dinge gekauft, ist oft urplötzlich verreist, war häufig in Kliniken, hat meinen Vater ständig verlassen, auch wenn sie jedes Mal wieder zu ihm zurückgekommen ist. Ich kann die Gelegenheiten, bei denen ich sie habe lachen hören, an einer Hand abzählen. Immer klang es gezwungen oder übertrieben, wie eine gesprungene Glocke. Als müsse sie es zur Schau stellen oder sich dahinter verstecken. Ich habe sie niemals einfach nur heiter und unbeschwert erlebt. Manchmal ist sie ruhig. Den Rest der Zeit hadert sie mit ihren Dämonen. Sie fühlt sich unwohl in ihrem Zimmer, unwohl im Salon, unwohl allein, unwohl unter Leuten.

Nach und nach habe ich die Puzzleteile zusammengesetzt. Hier ein Hinweis, den sie eines Abends gab, wenn sie zu viel getrunken hatte, da eine Andeutung meines Vaters, der auch lieber nicht mehr darüber wissen wollte. Geständnisse, die ihr Körper machte, auch wenn ihre Lippen versiegelt blieben. Und es gab natürlich ihr Tagebuch. Zu der Zeit selbst hat sie so gut wie nichts darüber geschrieben, das hätte sie ihr Leben gekostet. Aber bis heute kommt sie immer wieder darauf zurück. Die Vergangenheit dringt in ihre Gegenwart ein und zerstört das, was sie sich aufzubauen bemüht. Ein Geruch, ein Bild oder ein Wort genügt, damit sie erstarrt, den Blick ins Leere gerichtet, und ich weiß, dass sie wieder etwas durchlebt, das ihr nie hätte widerfahren dürfen. Genauso ist es mit ihrem Tagebuch. Sie beschreibt eine Soirée, ein Abendessen unter Freunden, und plötzlich bricht der harmlose Bericht ab und irgendeine merkwürdige Assoziation führt sie direkt zurück in ihre Hölle. Ich habe die Hefte heimlich an mich genommen, oder vielleicht hat sie sie mich absichtlich sehen lassen, das kann ich nicht sagen. Manchmal denke ich, sie wollte gern, dass ich es weiß. In Momentaufnahmen und Auslassungen erzählen diese Notizen das Unvorstellbare.

Schließlich – ich versuchte seit ein paar Monaten verzweifelt, etwas über die Vergangenheit meiner Mutter zu erfahren – begegneten wir beim Einkaufsbummel auf der 5th Avenue einer Frau. Ich kaufe nicht gerne Kleider, wie ihr ja schon bemerkt habt«, fügte sie mit einem kleinen Lächeln hinzu, »aber für meine Mutter ist es wie ein Beruhigungsmittel und ihre Art, mir zu zeigen, dass sie mich liebt. Wir kamen also gerade aus dem Saks, da sah meine Mutter sie. Es war, als würde die Menge sich teilen. Sie standen da wie Salzsäulen, dann fielen sie sich plötzlich um den Hals. Sie weinten und hielten einander fest umklammert, streichelten sich gegenseitig über Gesicht und Haar und wiederholten immerzu: ›Du lebst! Du lebst!‹ Die Frau nannte meine Mutter ›Lina‹, meine Mutter nannte sie ›Hedwig‹.

Nach einer gefühlten Ewigkeit stellte meine Mutter mich vor: ›Das ist meine Tochter, Rebecca.‹ Daraufhin weinte Hedwig noch heftiger. ›Was für ein Glück du hast, Lina. Was für ein Glück, so eine schöne und perfekte Tochter! Ich konnte nicht …‹

Ich fragte, ob Hedwig mit uns zum Essen kommen würde. Die beiden erstarrten. Sie sahen einander an und hatten wohl denselben Gedanken. Hedwig war bescheiden angezogen. Sie arbeitete als Verkäuferin in einem der Läden auf der 5th Avenue. Meine Mutter nahm ihre Diamantohrringe ab, ihre Armreifen und den goldenen Halsschmuck, von dem sie sich nie trennte, nicht mal zum Schlafen, da er ihre Narben verbarg. Hedwig protestierte, als sie ihr die Ohrringe anklippte, die Armreifen in die Tasche schob und ihre Hände nahm, um den Halsschmuck hineinzulegen. ›Das ist gar nichts‹, sagte sie entschieden. ›Du hilfst mir, wenn du es annimmst. Bitte …‹

Sie haben sich noch einmal umarmt, und meine Mutter hat gesagt: ›Wenn du irgendetwas brauchst, komm zu mir. Ich wohne westlich vom Park, in der Achtzigsten Straße.‹

Sie hat eine Seite aus ihrem Kalender gerissen und die Adresse darauf notiert. Dann haben sie sich sehr schnell verabschiedet. Mama hat die ganze Fahrt nach Hause über geweint. ›Mach dir keine Sorgen, Schatz, ich weine nur vor Freude‹, hat sie gesagt, aber es war unübersehbar, dass da sehr viel mehr Kummer als Freude mitschwang. Die Erinnerungen, die sie zu verdrängen suchte, waren einmal mehr über sie hereingebrochen, diesmal lebendiger denn je. Ich setzte Himmel und Hölle in Bewegung und klapperte sämtliche Geschäfte der 5th Avenue ab, um die Frau, deren Anblick meine Mutter so erschüttert hatte, zu finden. Noch länger brauchte ich, bis ich sie überredet hatte, mir ihre Geschichte zu erzählen. Sie wollte ihre Freundin nicht verraten.«

Rebecca machte eine kurze Pause, als müsse sie sich überwinden weiterzusprechen. »Ich werde euch das Leid meiner Mutter nicht schildern. Es ist ebenso unbeschreiblich wie alles, was dort geschehen ist. Ich versuche nur, euch die Fakten zu berichten.«

Marcus, Lauren und ich schwiegen betroffen. Rebecca vermochte nicht, uns anzusehen. Ihr Blick verlor sich in der Dunkelheit hinter uns. Als sie ihre Erzählung fortsetzte, liefen Tränen über ihre Wangen, ohne dass sich der monotone, sachliche Klang ihrer Stimme änderte. Es war, bemerkte sie es nicht, als würde jemand anderes an ihrer Stelle weinen.

»Meine Mutter wurde 1929 in Budapest geboren. Sie wurde im März 1944 zusammen mit ihrem Vater verhaftet, kurz nach dem Einmarsch der Nationalsozialisten in Ungarn. Nach viertägiger Fahrt ohne Essen und Trinken kam sie in Auschwitz-Birkenau an. Ein Mann half ihr dort aus dem Zug – der Viehwaggon hatte keine Trittbretter – und flüsterte ihr ins Ohr: ›Steig auf keinen Fall in den Lastwagen.‹ Sie dachte nicht nach. Sie gehorchte nur. Sie wollte ihren Vater mitnehmen, doch der war vollkommen geschwächt. Die SS-Leute schoben ihn bereits in den überfüllten Lkw. Sie konnte ihn nicht mal mehr umarmen und hat ihn nie wiedergesehen. In den Lastwagen steckte man die Schwachen, Erschöpften, die zu Jungen oder zu Alten, die Kranken. Ich habe keinen Zweifel darüber, was mit ihm geschehen ist.

Meine Mutter ist einige Kilometer zum Lager gelaufen, auf einer eisigen, von Stacheldraht gesäumten Schlammpiste. Alle Farben schienen aus dieser verdreckten Schneelandschaft gewichen zu sein, durch die eine hoffnungslose Schar gespenstischer Schemen langsam voranschritt. Die Welt war schwarz-weiß. Meine Mutter sah mit ihren fünfzehn Jahren aus wie siebzehn, und sie war sehr schön. Im Lager befahl man ihr, die Kleider abzulegen. Seit ihr die Kinderfrau nicht mehr beim Waschen half, hatte sie sich vor niemandem mehr ausgezogen. Nun stand sie nackt im polnischen Winter, nackt vor zahllosen anderen Frauen und unter den Blicken der Männer. Gekrümmt vor Kälte und Scham, hatte sie nicht genug Hände, um sich zu bedecken. Vor ihr begann man, ihre Leidensgenossinnen von Kopf bis Fuß zu scheren, andere standen schon in der Schlange für die Tätowierung. Etwa dreißig Mal stach man meiner Mutter mit einer schmutzigen Nadel in die Haut. Die Tinte verlief über den Zahlen und dem Dreieck, das den halben Davidsstern symbolisierte. Man hatte ihr gesagt, sie solle sich die Nummer gut merken, doch sie war unlesbar. Als sie mit der Rasur an der Reihe war, schaltete sich ein SS-Mann ein. Sie verstand nicht, was er sagte. Er packte ihre Haare, riss ihren Kopf nach hinten und inspizierte ihre Zähne wie bei einem Pferd. Dann befahl er: ›Block 24.‹

Ein anderes junges Mädchen, eine polnische Jüdin, der ich viele Jahre später auf der 5th Avenue begegnen sollte, hatte dasselbe Glück. Wenn man es denn als Glück bezeichnen kann.

Ein Wachmann gab meiner Mutter einen Fetzen braunen Filz, damit sie sich notdürftig bedecken konnte, und führte sie zu einer Baracke. Sie wurde ein erstes Mal gewaschen, dann desinfiziert und noch einmal mit einer Rosshaarbürste abgeschrubbt. Man führte sie in einen gesonderten Raum, in dem eine Ärztin sie gynäkologisch untersuchte. Diese stellte ihre Jungfräulichkeit fest und informierte den Wachmann, der sie hergebracht hatte, darüber. Man schleifte sie in ein kleines Gebäude aus rotem Backstein am Eingang des Lagers, in dem noch gut zwanzig andere junge Frauen untergebracht waren. Man nannte es den ›Sonderbau‹.

Eine SS-Aufseherin taufte meine Mutter und ihre Begleiterin: ›Du heißt von nun an Lina. Und du bist Hedwig.‹

Meine Mutter sprach mit den anderen Frauen, um zu erfahren, was sie erwartete. Die brachten es zwar nicht übers Herz, ihr die ganze Wahrheit zu sagen, doch sie war alt genug, um sie sich selbst zusammenzureimen. Als sie verzweifelt zu schluchzen begann, versuchten die anderen, sie zu trösten: ›Du solltest lieber froh sein, Kindchen, hier bekommst du wenigstens genug zu essen und etwas Vernünftiges anzuziehen.‹ Eine bemerkte das Dreieck auf Linas Arm, das die Behandlung mit der Rosshaarbürste unter der verlaufenen Tinte freigelegt hatte, und warnte sie: Ihr Leben hinge nun von dem Vergnügen ab, das sie den SS-Männern bereitete, denen es jedoch durch die Rassengesetze verboten war, Umgang mit einer Jüdin zu haben. Sie empfahl ihr, es täglich mit Tinte auszumalen, und gab ihr ein kleines Glas davon mit einem schräg angeschnittenen Stöckchen, die eine andere Frau zurückgelassen hatte. Meine Mutter fragte, was mit dieser geschehen sei.

›Sie begann zu husten, also haben sie sie wieder zu den anderen Häftlingen verlegt. Vergiss bloß nie, das Dreieck zu schwärzen!‹

Das ausgefüllte schwarze Dreieck war das Zeichen für Asoziale, sprich deutsche Prostituierte oder gewöhnliche Kriminelle. Sie hatten keine Hinrichtung zu befürchten wie die anderen Häftlinge. Die Nachfrage nach Sex-Zwangsarbeiterinnen war groß. Seit dem Frühjahr 1944 begannen die SS-Leute, sie je nach ihren ästhetischen oder sexuellen Vorlieben auszuwählen, ohne sich länger um die von Himmler ausgegebene Direktive zu scheren, der zufolge ›nur Frauen, von denen das deutsche Volk nichts mehr zu erwarten hat‹ zugelassen waren. Es wurde behauptet, die Arbeit sei freiwillig, selbst die Gefangenen dachten das. Doch meine Mutter begriff schnell, was sie erwartete.

Im Frühjahr und Herbst fielen beinahe täglich große Flocken schmutzigen Schnees auf das Lager. Ein saurer grauer Schnee, der die Sonne verdunkelte. Ein menschlicher Ascheregen. Denjenigen, die im Block 24 den Dienst verweigerten, drohte man mit dem ›Ofen‹, jene, die sich weiter widersetzten, brachte man ohne viel Federlesens dorthin.

Das Bordell war ursprünglich privilegierten und besonders verdienten, sprich gefügigen ›arischen‹ Häftlingen vorbehalten, doch 1944 waren zwei Abteilungen für SS-Leute eingerichtet worden. Die Regularien erlaubten den Sexualakt allein aus Gründen der körperlich-geistigen Hygiene und nur in einer einzigen Position: der Missionarsstellung. Wachen kontrollierten durch ein Loch in der Tür die Einhaltung der Vorschriften, doch es war einfach, diese zu schmieren, damit sie ein Auge zudrückten. Wenn der Mann die Frau von hinten nehmen wollte, musste er nur einen kleinen Aufpreis zahlen. Wollte er sie schlagen, kostete es noch etwas mehr. Nach jedem Besucher mussten die Frauen sich mit einer Bakterien und Spermien abtötenden Lotion waschen, blaue Flecken überschminken, Blut und Tränen wegwischen, ehe sie den Dienst fortsetzten. Und sie mussten schweigen. Wenn eine versuchte, ihren Peiniger anzuschwärzen, drohte ihr die sofortige Erschießung.

Alle waren der Meinung, die Frauen von Block 24 könnten sich besonders glücklich schätzen. Sie hatten Seife im Überfluss, Schminke und feine Dessous. Vor allem aber bekamen sie genug zu essen, da die SS-Leute es nicht mochten, wenn sie zu mager waren. Wenn sie nicht gerade krank oder schwanger wurden, überlebten sie ein paar Monate länger als die anderen Insassen.

Manche Männer hatten ihre Favoritin, die sie für sich reservieren konnten, wenn kein Höherstehender ein Auge auf sie warf. Meine Mutter hatte das Pech, einem der ranghöchsten Offiziere zu gefallen, der sich auch als einer der gewalttätigsten herausstellte. Er war riesig und stark wie ein Bär. Er hatte dunkelblondes Haar und eisblaue Augen. Seine Schönheit machte seine Grausamkeit noch unerträglicher. Meine Mutter, die sich noch nie einem Mann auch nur genähert hatte, wurde wenige Stunden nach ihrer Ankunft von ihm brutal entjungfert. Vom ersten Tag an diente sie außerdem noch fünf anderen Männern – ihr ›Meister‹, wie er sich von ihr nennen ließ, brüstete sich damit, nicht eifersüchtig zu sein. Dafür hatte er eine perverse Vorliebe für Narben. Meine Mutter hatte die makellose Haut eines jungen Mädchens. Sie zu verunstalten, bereitete ihm grenzenlose Lust. Er benutzte verschiedene Skalpelle, die er in einem kleinen roten Ledertäschchen bei sich trug. Reinheit schien er als Beleidigung, Unversehrtheit als Fluch zu empfinden. Er musste die Unschuld herabzerren in den Staub seiner Verkommenheit. An Hedwig hatte er sich nur einmal vergangen, doch sie schilderte ihn als den Teufel in Person. Er hatte lange Chemie studiert und hätte in diesem Bereich Karriere machen können, aber er fand in der SS seine absolute Erfüllung.

Wie durch ein Wunder wurde meine Mutter weder krank noch schwanger. Strapazen, Verzweiflung und Scham hatten ihre Regel versiegen lassen. Hedwig beneidete sie darum. Sie hatte sich einer mit primitiven Mitteln durchgeführten Zwangsabtreibung unterziehen müssen, die sie unfruchtbar gemacht hatte.

Hedwig hatte mich von unserem ersten Treffen an gemocht; vielleicht erinnerte ich sie an meine Mutter? Jedenfalls erzählte sie mir schließlich alles, obwohl sie damit den stillschweigenden Pakt der beiden Frauen brach.« Rebecca verlor sich einige Augenblicke in ihren Gedanken, ehe sie fortfuhr:

»Mama kam in einem der schlimmsten Momente der Geschichte des Lagers nach Auschwitz-Birkenau. Die SS eliminierte sämtliche Sinti und Roma. In ihrem Tagebuch habe ich gelesen, dass die SS-Leute den Häftlingen befahlen, eine tiefe Grube auszuheben. Als sie damit fertig waren, mussten sie sich an den Rand dieses von ihnen selbst geschaffenen Abgrunds stellen, ehe die Soldaten sie erschossen. Dann kamen die Nächsten an die Reihe. Schüsse krachten, die Opfer fielen und bedeckten die Körper derer, die ihnen vorausgegangen waren. So ergoss sich ein menschlicher Strom in dieses Massengrab, bis es voll war und wieder zugeschaufelt wurde.

Durch Hedwig erfuhr ich von jenem einen, flimmernden Sommertag, an dem kein Schnee fiel. Die Deutschen hatten ein jüdisches Orchester versammelt. Unter den Gefangenen waren einige der besten Musiker der Welt. Eine Stunde lang spielten sie wundervolle Melodien. Es wurde auch gesungen. Diese Schönheit erschütterte meine Mutter mehr als alle Misshandlungen. Sie durchbrach ihren Schutzpanzer und berührte ihre Seele, die sich an irgendeinen unauffindbaren Ort in ihrem Innern verkrochen hatte. Von diesem Moment an war sie nicht mehr dieselbe. Sie aß kaum noch etwas und sprach mit niemandem mehr. Und dann, an einem Abend im August, als die SS-Leute ganz von den Leichenbergen einer neuen Erschießungswelle in Anspruch genommen waren, ist meine Mutter geflohen. Hedwig wusste nicht zu sagen, wie sie es angestellt hat, noch mit wessen Hilfe, doch ich konnte es dank ihres Tagebuches in etwa rekonstruieren: Einer ihrer Wachen, ein sogenannter Funktionsgefangener, hatte sich in sie verliebt. Er war es, der den Peiniger meiner Mutter niederschlug, während er sich an ihr verging, sich dann dessen Uniform anzog und mit ihr gemeinsam floh. Ich werde vermutlich nie erfahren, wie es ihnen gelang, die Umzäunung des Lagers zu überwinden. Selbst ein hochrangiger SS-Mann konnte nicht einfach so mit einer Gefangenen aus dem Lager spazieren. Dieser Aufseher hat es aber geschafft …«

Rebecca unterbrach sich wieder. Sie wirkte vollkommen erschöpft. Doch als wir begannen, sie mit Fragen zu bestürmen, hob sie abwehrend die Hand und fuhr fort:

»An jenem Abend, Werner, als du bei meinen Eltern zum Essen eingeladen warst, dem einzigen Abend, an dem meine Mutter sich mir jemals anvertraut hat, konnte sie mir die Details ihrer Flucht nicht erzählen. Die Angst schnürte ihr die Kehle zu. Meine Mutter ist sehr sprachbegabt. Hedwig hatte ihr während der gemeinsamen Gefangenschaft genug Polnisch beigebracht, dass sie sich damit verständigen konnte. In den ersten Tagen ihrer Flucht mit dem Aufseher konnte sie so die Einheimischen um Hilfe bitten. Die Bauern versteckten sie, gaben ihnen zu essen und brachten sie in Kontakt mit dem Krakauer Widerstand. Als sie die Grenze zur Slowakei überschritten hatten, entwischte meine Mutter dem verliebten Wachmann. Mit falschen Papieren entfernte sie sich so schnell wie möglich und so weit wie möglich vom Ort des Schreckens. Sie hat nie versucht zu erfahren, was aus ihrem Vater geworden ist, oder Nachforschungen nach irgendwelchen anderen Familienmitgliedern angestellt. Sie brachte Hunderte von Kilometern hinter sich, bis sie eine Möglichkeit fand, in die USA einzureisen.«

Rebecca weinte leise, während wir anderen völlig niedergeschmettert und wie erstarrt dasaßen. Endlich stand ich auf, um sie in meine Arme zu schließen, doch sie hielt mich davon ab.

»Warte! Bitte, warte.«

Rebecca zitterte jetzt. Den Rücken gekrümmt, schien sie all ihre Kraft zusammenzunehmen.

»Ich habe euch noch nicht alles gesagt. Das Wichtigste habe ich euch noch nicht gesagt.«

Wir hingen an ihren Lippen.

»Der Peiniger meiner Mutter hatte einen Namen …«

Zum ersten Mal, seit sie begonnen hatte, ihre Geschichte zu erzählen, hob Rebecca den Kopf und sah mir direkt in die Augen. Ihre waren gerötet und tränenverschleiert. Ich wollte sie wieder umarmen, sie irgendwie trösten, doch sie hielt mich wie zuvor davon ab und verkündete mit tonloser Stimme:

»Er hieß Zilch. SS-Hauptmann Zilch.«

Ihre Worte breiteten sich im Raum aus wie Gift. Wir schwiegen völlig benommen. Diese Enthüllung war so ungeheuerlich, dass wir nicht in der Lage waren, sie in ihrer ganzen Tragweite zu erfassen. Sie überwältigte mich und lähmte meinen Körper ebenso wie meine Gedanken.

»Er hieß Zilch«, wiederholte sie noch einmal, »und ich habe Beweise dafür, dass er dein Vater war.«

Zuerst habe ich sie angeschrien. Ich habe ihr gesagt, sie sei verrückt und ich hätte nichts mit alldem zu tun. Sie sehe überall Gespenster. Das dürfe sie nicht, das sei doch der Wahnsinn, sich auf diese Weise an mir rächen zu wollen. Was sie vorhabe? Mich zu vernichten? Mich mit in ihren Abgrund zu reißen? Ich hatte ihr nichts getan, was rechtfertigte, dass sie mich so behandelte. Wie sei sie nur auf eine solch abstruse Geschichte gekommen? Sie wusste doch, wie sehr ich darunter litt, meine leiblichen Eltern nicht zu kennen, aber dass sie meine Ängste und Schwächen nun ausnutzte und mich an genau diesem Punkt zu treffen versuchte, war einfach der Gipfel der Gemeinheit. Bodenlose Grausamkeit. Mir fehlten die Worte, um es zu benennen. Oder nein, ich hatte ein Wort dafür: Pervers. Es war pervers.

Marcus und Lauren schienen sich in Salzsäulen verwandelt zu haben, während ich gestikulierend im Atelier auf und ab marschierte. Ihr Schweigen ließ mein Geschrei nur umso lauter dröhnen.

Endlich erwachte Lauren aus ihrer Erstarrung und versuchte, mich zu besänftigen, doch ich schüttelte sie ab. Ich konnte ihre Berührung nicht ertragen. Sie begann zu weinen. Ich habe geredet und geredet. Ich habe alles gesagt, was ich auf dem Herzen hatte, dann bin ich verstummt. Ich habe Rebecca angesehen. Sie hat die Augen niedergeschlagen, und da wusste ich, dass sie die Wahrheit gesagt hatte. Mit einem Schlag war mein Zorn verraucht. Ich war vollkommen verstört, leer.

Wissen. Wie sehr hatte ich immer wissen wollen! Aber das … Von einem solchen Ungeheuer abzustammen! Ich fühlte mich besudelt, gebrandmarkt. Der abscheulichsten Verbrechen schuldig, die ein Mann begehen konnte. Ertappt. Abstoßend. Die anderen saßen immer noch schweigend da. Bang ruhten ihre Blicke auf mir. Das Zimmer begann sich zu drehen, meine Ohren dröhnten. Alles, was ich jahrelang sorgsam unter Verschluss gehalten hatte, drängte mit einem Mal machtvoll an die Oberfläche, wie ein Vulkanausbruch.

Ich habe meinen Kopf gegen die Wand geschlagen, bis Rebecca mich davon abhielt. Ich habe sie weggestoßen, es sofort bereut, dann packte die Wut mich wieder. Ich sagte ihr, sie solle mir beweisen, was sie da behauptet hatte. Ich könne ihr nicht glauben. Das sei unmöglich. »Hörst du? Es ist einfach unmöglich, dass unter den vier

Milliarden Menschen auf diesem Planeten ausgerechnet wir zwei uns begegnen, wir, die durch diese Gräueltaten auf ewig aneinandergekettet und für immer voneinander getrennt sind!«

Sie solle mir das alles mal genau erklären, und zwar jetzt gleich. Wie hatte sie all die Zeit an meiner Seite verbringen können, ohne ein Sterbenswörtchen darüber zu verlieren? Warum war sie überhaupt zurückgekommen, wenn ich wirklich von dem Mann abstammte, den sie beschrieben hatte? Wie konnte sie sich mir da nähern, mich küssen, mich gar lieben wollen?

Rebecca hat meinen Kopf in ihre Hände genommen. Ich weinte und wollte mich abwenden, doch sie zwang mich, sie anzusehen.

»Ich bin zurückgekommen, Werner, weil ich es ohne dich nicht aushalte. Du bist meine große Liebe, mein Mann, mein Leben. Ich weiß nicht, was aus uns werden soll, aber ich weiß, dass ich mit niemand anderem außer dir zusammen sein kann. Ich habe auch nicht immer alles im Griff, und manchmal zieht es mir den Boden unter den Füßen weg. Wenn ich dir nichts erzählt habe, dann nur, weil ich wusste, wie sehr es dich treffen würde. Ich wäre selbst beinahe daran zugrunde gegangen. Monatelang war ich innerlich wie tot. Aber als ich mich wieder aufgerichtet habe, bin ich zu dir zurückgekommen, so schnell es ging. Ich wollte diese Dinge einfach beiseiteschieben. Ich dachte, wir könnten einfach so weitermachen wie vorher, als ich noch nichts von all dem ahnte, was uns so grausam verbindet. Doch es ist da, es steht zwischen uns. Egal wie sehr ich mich bemühte, es zu verbergen, du hast gespürt, wie es in mir rumorte. Ich habe wieder und wieder versucht, mich herauszuwinden. Und dann, heute Abend, habe ich begriffen, dass dieser Schmerz Teil unserer Liebe ist. Wenn wir es schaffen, ihn zu überwinden, wird es kein glücklicheres Paar geben als uns. Eben darum haben sich unsere Wege gekreuzt, Werner, weil wir, du und ich, dieses Unrecht, das geschehen ist, wiedergutmachen müssen.«

Manhattan, 1971

Am Ende lagen wir uns alle in den Armen, wir waren aufgewühlt, erschüttert, zerbrechlich. Ich hatte das Gefühl, ein Lufthauch könnte mich umwehen.

Behutsam näherten Rebecca und ich uns einander wieder an. Mit jeder Geste, mit jedem Wort versuchten wir, den Abgrund, der sich zwischen uns aufgetan hatte, zu überwinden. Ich merkte, dass ich, wenn ich meine Gedanken und Gefühle ordnen wollte, alles ganz genau wissen musste. Rebecca musste mir alles erzählen. Nach kurzem Zögern stimmte sie zu und versprach, nichts auszulassen.

Marcus ging hinunter, um eine Flasche Wodka zu holen. Ich fühlte mich elend. Mein alter, kindlicher Schmerz erwachte, und die damit verknüpften Bilder tauchten eines nach dem anderen vor meinem geistigen Auge wieder auf. Ich drängte Rebecca zu beginnen, ich konnte die Ungewissheit nicht länger ertragen.

»Als ich ungefähr fünfzehn war, entwickelte ich ein

zwanghaftes Interesse für die Geschichte meiner Mutter. Ihre Gespenster verfolgten auch mich.

Ich war besessen von dem, was ihr zugestoßen sein mochte, und gleichzeitig unendlich hilflos. Ich magerte ab. Meine Schlafstörungen haben zu dieser Zeit begonnen. Ich konnte eine Woche lang fast ununterbrochen schlafen und die nächste dafür durchgehend wach sein. Ihr kennt das ja … Der Arzt konnte keine physiologischen Ursachen dafür finden. Mein Vater schickte mich zu Doktor Nars, dem Analytiker, bei dem auch meine Mutter in Behandlung war. Ich verabscheute ihn, ohne ihn zu kennen. Ich warf ihm vor, unsere Familie zerstört zu haben, indem er uns meine Mutter ganze Monate lang wegnahm. Bei der geringsten Kleinigkeit wies er sie in seine Klinik ein, stopfte sie mit Beruhigungsmitteln voll und verbat mir, ihrer Tochter, sie zu sehen, weil sie das angeblich zu sehr anstrengte. Jeder Analytiker mit einem Minimum an Berufsethos hätte mich zu einem Kollegen geschickt, er jedoch versicherte, so bekäme er einen noch besseren Einblick. In Wahrheit bekam er so noch größeren Einfluss auf eine der reichsten Familien New Yorks.

Unsere erste Sitzung bestätigte meine Vorurteile nur noch. Er hörte mir zehn Minuten zu und redete dann selbst eine halbe Stunde lang, um mir einen Schuldkomplex, einen Hang zur Hysterie und Realitätsverweigerung zu bescheinigen. Diese seelische Störung erkläre auch meine künstlerischen Ambitionen. Meine

Malerei sei im Grunde nur eine Flucht vor mir selbst. Doktor Nars empfahl mir, ganz damit aufzuhören, um mein inneres Gleichgewicht wiederherzustellen. Die Arroganz und Selbstgewissheit, mit der er seine These vorbrachte, nahm ihm in meinen Augen den letzten Rest Glaubwürdigkeit. Wieso sollte es ein Verbrechen sein, der Realität zu entfliehen? So abscheulich, wie sie ist? Niemand wusste das besser als meine Mutter, und jeder, der in diesem Jahrhundert geboren wurde, kennt ihr wahres Gesicht. Für mich ist sie nichts als eine Beschränkung, eine Demütigung. Unablässig werden ihr Träume und Visionen geopfert.

Doch vor allem: Wie hätte ich einem Arzt vertrauen können, der die Kunst als Neurose betrachtete? Und mich als Hysterikerin bezeichnete, nur weil ich eine Frau war und er seine primitiven Schemata auf mich anwandte? Ich sprengte seine Schablonen, ragte an allen Seiten über deren Rand hinaus. Nach zehn Sitzungen sagte ich ihm die Meinung: Er habe nur deshalb Psychologie studieren müssen, weil ihm jegliche natürliche Fähigkeit abginge, zu lieben und sich auf andere Menschen einzulassen – angefangen beim Zuhören und der Empathie. Dass er der Kunst gegenüber so misstrauisch sei, offenbare nur seine Ohnmacht, sein beschränktes Vorstellungsvermögen und seine panische Angst, unnormal zu erscheinen, während er doch mehr als jeder andere alles ›Unnormale‹ annehmen und dafür eintreten müsste.

Ungerührt von den Szenen, die mein Vater mir daraufhin machte, setzte ich keinen Fuß mehr in seine Praxis. Ich malte mehr denn je und floh von zu Hause zu Freunden und schließlich zu Andy. Mit achtzehn Jahren hatte ich meine erste Ausstellung, der weitere folgten … Papa flehte mich schließlich an, nach Hause zurückzukommen. Meiner Mutter zuliebe gab ich nach. Was deren Vergangenheit angeht, so beschloss ich, mich ihr auf meine Weise zu nähern. Ich fuhr fort, Informationen zu sammeln, indem ich andere Opfer nach dem fragte, was meine Mutter mir nicht erzählen konnte. Sie schämte sich, wisst ihr. Die Frauen von Block 24 hatten kein Mitleid zu erwarten, wenn sie sich jemandem anvertrauten. Sie waren nicht von der Aura der Märtyrerinnen umgeben. Alle betrachteten sie als ›Freiwillige‹. Freiwillig Vergewaltigte …

Bei einem Treffen ehemaliger Deportierter habe ich dann Dane kennengelernt. Er ist ungefähr zehn Jahre älter als ich, seine Eltern waren polnische Juden. Seine Familie wurde beinahe vollständig ausgelöscht. Er hat nur noch eine Tante, bei der er in Brooklyn lebt. Wir begriffen sofort, dass wir dieselbe Last mit uns herumschleppten. Ebenso wie ich, ertrug Dane unsere Ohnmacht nicht. Wie konnte es sein, dass derartige bestialische Verbrechen ungesühnt blieben? Alles in ihm schrie nach Vergeltung.

Er pflanzte mir die Idee ein, den Peiniger meiner Mutter aufzuspüren und zu bestrafen. Ich war überzeugt, dass das ihr Leid lindern würde.

Dane ist Teil eines Netzwerkes von Holocaustüberlebenden und deren Angehörigen, das Informationen aus der ganzen Welt zusammenführt. Jede Woche gehen Hunderte Briefe ein – von Opfern, aber auch von Nazis, die ihre ehemaligen Kumpane verraten. Ein paar Monate bevor wir uns kennenlernten, war Dane und seinen Mitstreitern ein sehr kostbares Dokument in die Hände gefallen: das offizielle Mitgliederverzeichnis der SS. Sie hatten es in Österreich einem hochverschuldeten ehemaligen Gestapo-Mann abgekauft. Man fertigte mehrere Kopien der Liste an, versah sie mit Anmerkungen und reichte sie an andere Organisationen weiter. Ohne jegliche offizielle Unterstützung und während die ganze Welt bemüht war zu vergessen, was nach den Nürnberger Prozessen als abgeschlossen galt, mussten die Opfer selbst für Gerechtigkeit sorgen.

Dane schlug mir einen Handel vor. Er würde mir seine Kontakte zur Verfügung stellen, damit ich Licht in die Vergangenheit meiner Mutter bringen konnte, und ich würde ihm bei seiner Aufklärungsarbeit behilflich sein, wenn es sich anböte. ›Eine hübsche junge Frau wie du, noch dazu aus einer einflussreichen Familie‹, sagte er, könne sehr nützlich sein bei der Jagd nach Informationen und vielleicht noch ›bei der ein oder anderen Operation‹, ohne dies näher zu erläutern. Doch ich sollte bald erfahren, was damit gemeint war. Den meisten der Täter konnte man nichts anhaben, denn die Staatsanwaltschaft ließ lieber die Finger von diesem heißen

Eisen. Selbst genau dokumentierte Fälle mit mehr als ausreichenden Beweisen wurden nicht verfolgt. Und genau diese Personen nahm Dane ins Visier. Ich nahm an drei solcher sogenannten Operationen teil. Hatten wir die Verbrecher erst einmal aufgespürt, bemühte ich mich, mit ihnen in Kontakt zu kommen. Ich flirtete mit ihnen, sie versuchten, mich zu verführen. Wir gingen essen, dann nahmen sie mich auf ein letztes Glas mit nach Hause oder ins Hotel …«

Das war zu viel für mich. Ich sprang auf.

»Du bist ja wohl von allen guten Geistern verlassen, ein solches Risiko einzu…«

»Es ist nie etwas passiert«, unterbrach Rebecca mich. »Ich gab ein Schlafmittel in ihren Drink, dann öffnete ich Dane die Tür. Damit war mein Part erledigt.«

Marcus erhob sich ebenfalls. Er wollte wissen, was aus den Männern geworden sei.

»Den Ersten haben wir anonym der Polizei übergeben. Er wurde am darauffolgenden Tag wieder freigelassen, ohne dass man ihn überhaupt verhört hatte. Es ist schwierig, diese Monster in den USA zu verfolgen, da sie ihre Verbrechen außerhalb des Landes begangen haben.«

»Und die anderen?«, fragte Marcus.

»Dane hat sie nach Israel geschickt, wo sie vor Gericht gestellt werden können. Wir schmuggelten sie über die mexikanische Grenze, von da aus war es ein Kinderspiel.«

»Aber wer finanziert das alles?«, fragte ich ungläubig.

»Tausende von Opfern sind bereit, sehr viel Geld dafür zu bezahlen, dass diese Schweine zur Rechenschaft gezogen werden«, gab Rebecca trocken zurück.

»Und wenn ihr euch getäuscht hättet?«

»Wir haben uns nie getäuscht.« Ihr Ton war jetzt schneidend. »Wir hatten mehr Beweise als nötig. Wäre unser Land nicht durch und durch korrupt, so wären diese Männer hier schon längst auf dem elektrischen Stuhl gelandet.«

Sie hielt kurz inne, um sich zu beruhigen. Sie trank ein Glas Wodka, dann nahm sie den Faden der Erzählung wieder auf.

»Während meiner Zusammenarbeit mit Dane lernte ich viele Ermittler und Historiker kennen, die Jagd auf Naziverbrecher machen. Nachdem meine Mutter sich mir anvertraut hatte, an jenem furchtbaren Abend, als du bei uns eingeladen warst, habe ich sie wieder kontaktiert. Ich musste mehr über diesen SS-Offizier mit Namen Zilch wissen. Also bin ich nach Deutschland gereist und habe dort mehrere Wochen lang Informationen gesammelt. Ein Berliner Geschichtsprofessor, der uns seit vielen Jahren unterstützt, hat Fotos in einem historischen Archiv gefunden.«

Sie kramte im Durcheinander ihrer Malutensilien und zog schließlich unter einem Stapel Papier eine von einer roten Schnur zusammengehaltene dicke braune Kladde hervor, der sie einige Abzüge entnahm. Einen davon reichte sie mir.

»Dieses Bild wurde aufgenommen, als sich die Entwickler der V2-Raketen den Amerikanern ergeben haben. Die Nachricht hatte damals für ziemlich viel Aufsehen gesorgt. Hier, das ist der Kopf des Forscherteams: Wernher von Braun«, erklärte sie und zeigte auf einen ziemlich gutaussehenden jungen Mann mit breiten Schultern.

»Das ist doch der Disney-Typ!«, rief Marcus aus. »Ich habe seine Filme über den Weltraum geliebt!«

»Das ist vor allem der Typ aus dem Arbeitslager Dora. Er leitete eine Raketenfabrik, in der Tausende von Zwangsarbeitern zugrunde gerichtet wurden. Dieser Mann hat mehr Menschen bei der Herstellung seiner Bomben getötet als durch deren Abwurf.«

»Wir haben seine Filme auch angesehen, weißt du noch, Werner?«, murmelte Lauren betroffen. »*Man in Space* und *Man and the Moon* …«

Ich nickte mit zusammengepressten Lippen.

»Er ist der Held einer ganzen Generation! Seinetwegen haben Millionen kleine Amerikaner vom Mond und vom Weltraum geträumt!« Lauren sah Rebecca erschüttert an.

»Ich weiß. Aber außerdem ist er noch ein ehemaliger SS-Mann.«

»Und in welcher Beziehung stand er zu meinem angeblichen Erzeuger?«

Rebecca zeigte uns ein zweites Foto.

»Das ist etwas älter. Es stammt aus der Zeit nach

Kriegsausbruch. Himmler inspiziert das Raketentestgelände in Peenemünde.«

Ich riss ihr das Bild aus der Hand. Ein Mann stach aus der Gruppe der Wissenschaftler heraus. Er überragte die anderen beinahe um einen ganzen Kopf und sah mir so ähnlich, dass man hätte meinen können, es handele sich um eine Fotomontage. Neben ihm stand eine wunderschöne blonde Frau, bei deren Anblick mein Herz wild zu pochen begann. Am Bildrand hatte jemand notiert: Professor Johann Zilch und seine Frau Luisa.

Ich ließ mich auf eine der Kisten sinken, die im Atelier als Hocker dienten. Eine Flut widersprüchlicher Empfindungen erfasste mich und riss mich mit sich fort. Wieder schien sich alles um mich zu drehen, tief vergrabene Erinnerungen und längst überwunden geglaubter Kummer drängten an die Oberfläche. Armande, Andrew, mein ständiges Gefühl, irgendwie fremd zu sein und so ganz anders als sie. Meine Einsamkeit. Der blinde Fleck meiner frühen Kindheit und die trostlosen Momente, die ich als Jugendlicher durchlebte, wenn ich ebenso verzweifelt wie vergeblich zu verstehen suchte, warum meine wahren Eltern mich verlassen hatten. Wie oft hatte ich versucht, mir ihre Gesichter vorzustellen, mich gefragt, ob ich ihnen ähnlich sah. Sie nun endlich vor mir zu sehen, mich so klar in ihren Zügen wiederzuerkennen, verwirrte und schockierte mich. Es gelang mir nicht, diese beiden jungen Menschen mit den Monstern in Verbindung zu bringen, die Rebecca beschrieben hatte …

Sie reichte mir ein weiteres Foto. Drei Männer in Badeshorts und Johann Zilch mit Hemd und Hose saßen heiter und entspannt am Rand eines Swimmingpools. Wieder hat mich unsere Ähnlichkeit frappiert. Es fühlte sich an, als hätte ich vor meinem jetzigen Leben schon ein anderes gelebt, an das ich mich nur nicht erinnerte.

»Dieses Foto wurde in Fort Bliss aufgenommen, kurz nach dem Krieg und der Ankunft der Wissenschaftler in den USA«, erläuterte Rebecca.

»Was erzählst du denn da! Wie kommst du darauf, dass die Vereinigten Staaten Nazis haben einreisen lassen? Wissenschaftler, ja, aber doch keine Nazis«, rief Marcus aus und griff nach der Aufnahme.

»Leider ist genau das geschehen. Ihre Vergangenheit wurde von den Geheimdiensten mit Hilfe der NASA sorgfältig reingewaschen. Warum sonst, meinst du, sollten die Behörden sich so wenig kooperativ zeigen?«

Marcus schwieg. Er konnte einfach nicht glauben, dass die verantwortlichen Militärs die amerikanische Öffentlichkeit dermaßen an der Nase herumgeführt hatten. Ich nahm ihm das Bild aus der Hand und studierte mit widerstreitenden Gefühlen die Züge des Mannes, der möglicherweise mein leiblicher Vater und außerdem Judiths Peiniger war.

»Jetzt verstehe ich, warum deine Mutter an jenem Abend so reagiert hat …«

»Sie stand unter Schock«, bestätigte Rebecca. »Als

ich nach dem Dinner mit ihr nach oben gegangen bin, brach es regelrecht aus ihr heraus. Sie hat mir an diesem einen Abend mehr enthüllt als in all den Jahren davor … Ich habe ihr verheimlicht, dass ich einen Teil davon schon wusste, das hätte sie zu sehr verletzt. Jedenfalls beschrieb sie mir Hauptmann Zilch und sagte mir, sie habe, als sie die Bibliothek betrat, gemeint, ihn leibhaftig vor sich zu sehen.«

»Aber all das ist nicht meine Schuld! Ich bin Amerikaner, meine Eltern heißen Armande und Andrew Goodman, ich habe nichts zu tun mit diesem Wahnsinnigen …«

Ich unterbrach mich und schaute Rebecca fragend an.

»Weiß deine Mutter, dass du bei mir bist?«

Meine Schöne errötete und verneinte.

»Sie ist im Krankenhaus. Ihr geht es sehr schlecht. Doktor Nars verbietet mir jeden Kontakt mit ihr. Mein Vater macht sich große Sorgen … An manchen Tagen verstehe ich ihn, an anderen überhaupt nicht. Ich an seiner Stelle hätte mein gesamtes Vermögen investiert, um diesen Mann aufzuspüren und ihn seine Verbrechen büßen zu lassen. Stattdessen sitzt er stundenlang am Bett meiner Mutter, liest ihr vor und versucht sie zu beruhigen, wenn sie wieder einen ihrer Anfälle hat. Ich habe keine Lust, mit ihm zu streiten, also habe ich immer gewartet, bis er weg war, und mich dann zu meiner Mutter geschlichen.«

»Wie hast du das denn geschafft?«, fragte Lauren.

»Ich bin hingegangen, wenn ein Baseballspiel übertragen wurde. Der Wachmann der Klinik sitzt dann wie hypnotisiert vor dem Fernseher und bekommt nichts mit. Ich bin über den Zaun gestiegen und dann …«

»… an der Fassade hochgeklettert«, schloss ich mit grimmigem Blick.

»Genau. Das letzte Mal wäre es beinahe schiefgegangen. Die Regenrinne hat plötzlich nachgegeben, und ich hätte mir vermutlich das Genick gebrochen, wenn die Markise des Gemeinschaftsraums im Erdgeschoss meinen Sturz nicht abgebremst hätte.

Für einen Moment habe ich gedacht, es wäre mit mir vorbei. Und plötzlich wusste ich, dass ich dich wiedersehen musste, dass du in mein Leben gehörst …«, schloss Rebecca mit einem traurigen Lächeln. »Du hast dich gefragt, woher meine blauen Flecken kamen, jetzt weißt du es.«

Ich konnte förmlich spüren, wie mir alle Farbe aus dem Gesicht wich, mir schwindelte bei dem Gedanken, dass ich Rebecca beinah verloren hätte.

»Versprich mir, dass du nie wieder auf irgendetwas kletterst, das höher als ein Hocker ist …«

Lauren reichte mir die Bilder, die sie sich genau angesehen hatte. Nun betrachtete ich sie wieder, forschte in ihnen nach einem Sinn, einem Hinweis, der mir erlauben würde, Licht in die Finsternis zu bringen, die mich verschluckt hatte.

»Ich verstehe es einfach nicht … Wie bist du an diese Fotos aus Fort Bliss gekommen?«

»Nach meiner Rückkehr aus Deutschland hat Dane mir geholfen. Wir haben erfahren, dass ein gewisser Johann Zilch Teil der Operation Paperclip war.«

»Operation Paperclip?«

»Das war der Codename einer Mission mit dem Ziel, klammheimlich und jenseits jeder Legalität anderthalbtausend Nazi-Wissenschaftler und -Ingenieure in die Vereinigten Staaten einzuschleusen. Etwas mehr als hundert davon haben einige Jahre im texanischen Fort Bliss verbracht. Ich war mit Dane dort. Die Basis war hermetisch abgeriegelt, aber wir trieben uns so lange in Ella's Diner herum, einem Lokal, das viele Soldaten und Angestellte der Basis besuchen, gaben Drinks aus und stellten Fragen, bis wir einen Kontakt zur Sekretärin des ehemaligen Kommandanten James Hamill herstellen konnten. Dieser war Mitte der vierziger Jahre für die Wissenschaftler zuständig gewesen. Sie arbeitete noch immer in Fort Bliss. Wir gaben ihr zu verstehen, dass wir sie gut bezahlen würden, wenn sie uns bestimmte Informationen verschaffte, und die alleinlebende Frau, die kurz vor der Rente stand, ließ sich darauf ein. Zuallererst fragten wir nach einer Liste der Wissenschaftler und ihrer Begleiter. Sie notierte die falschen Namen, die wir ihr gaben, und die Telefonnummer, unter der sie uns erreichen konnte. Ein paar Wochen später verkaufte sie uns die kostbare Liste. Vor allem aber gab sie mir einen wichtigen Hinweis. Ich hatte sie gefragt, ob sie sich an Johann Zilch erinnern könne. ›Ich mochte diesen Mann nicht‹, antwortete sie rundheraus. Sie hatte sich damals gut mit seiner Frau Luisa verstanden und erinnerte sich genau an das Paar und ihren etwa anderthalbjährigen Sohn, ein ›hinreißendes kleines Pummelchen‹, wie sie sagte, strohblond, blauäugig …«

Ich richtete mich auf und wollte etwas fragen, doch Rebecca kam mir lächelnd zuvor.

»… namens Werner. Ja, Liebster, dieser kleine Junge warst natürlich du. Ich habe es anhand der Liste überprüft. Johann ist im September 1945 mit von Braun gekommen, gemeinsam mit seiner Frau Luisa und seinem Sohn Werner. Sie sind in New York gelandet, blieben kurz auf der Militärbasis in Massachusetts, ehe sie nach Fort Bliss versetzt wurden.«

Ich wurde wieder von einem Strudel aus Fragen und Erinnerungsfetzen und einem Gefühl der Auflehnung erfasst.

»Die Sekretärin hat mir dann eine Geschichte erzählt, die damals für viel Aufsehen sorgte. Johann war ein seltsamer Mann. Er hatte ein schwieriges Verhältnis zu seinen Arbeitskollegen, nur von Braun schien ihn zu protegieren. Er kümmerte sich kaum um seinen Sohn. Soweit die Sekretärin wusste, hatte er sich nie von einem schweren Unfall während des Krieges erholt. Eines Tages hat er seine Frau derart verprügelt, dass er sie beinahe umgebracht hätte. Daraufhin wollte

Luisa mit ihrem Sohn die Militärbasis verlassen, aber die Wissenschaftler und ihre Angehörigen hatten weder eine Aufenthaltserlaubnis noch Papiere. Sie durften sich nicht außerhalb des Geländes bewegen und keine Kontakte zur Bevölkerung haben. Also bat Luisa darum, mit dir, Werner, nach Deutschland zurückgehen zu dürfen, was Hamill jedoch nicht gestattete. Zwei Wochen später ging die Sekretärin in den Urlaub. Bei ihrer Rückkehr waren Luisa, Johann und das Kind verschwunden.«

»Ich begreife überhaupt nichts mehr«, sagte ich und vergrub meinen Kopf in den Händen.

»Ich verstehe auch nicht alles. Eine Sache muss ich euch noch zeigen: Ich habe die Sekretärin von Fort Bliss um ein Foto von Luisa gebeten, damit ich nach ihr suchen kann.«

Rebecca reichte mir das Bild einer jungen Frau mit einem blonden Jungen auf dem Arm. Ich war zutiefst bewegt, mich auf dem Arm meiner Mutter zu sehen, ihr Gesicht zu entdecken, das ich, ebenso wie ihre Stimme, ihren Duft, ihre Liebkosungen, in meinen Erinnerungen so oft vergeblich gesucht hatte. Tränen traten mir in die Augen. Ich betrachtete das Foto mit all der Sehnsucht und dem Schmerz, die ich so viele Jahre lang zurückgehalten hatte. Allein mit meinem Blick wollte ich diese Frau lebendig werden lassen, wollte sie um jeden Preis erkennen, mein Gedächtnis wachrütteln, um darin das Kind aufzunehmen, das ich gewesen war, und aus diesem Bild ein Teil von mir zu machen, einen Grundstein, auf dem ich mich neu errichten konnte. Ich schaute und schaute, doch dann zerplatzte die Illusion des Bildes jäh. Mein Gesicht wurde hart.

»Du hast es bemerkt, nicht wahr?«, fragte Rebecca.

»Ja«, erwiderte ich sofort. »Auf dem Foto aus Deutschland, das du mir gezeigt hast, war Luisa Zilch blond, mit einem schmalen Gesicht und hellen Augen. Die Frau hier, mit mir auf dem Arm, hat ein rundes Gesicht und dunkle Haare und Augen …«

»Ganz genau. Die Frage ist … welche von ihnen ist wirklich Luisa?«

»Und welche ist meine leibliche Mutter?«

Manhattan, 1971

Ich fühlte mich wie nach einem Erdbeben. All die Fragen, die mich als Jugendlicher gequält hatten, bis ich sie im hintersten Winkel meines Bewusstseins begrub, brachen nun wieder daraus hervor, drängender denn je. Ich konnte sie nicht länger ignorieren. So schnell wie möglich wollte ich von Braun treffen. Er war Direktor des neugeschaffenen strategischen Planungsbüros der NASA. Auch Rebecca hatte natürlich schon erwogen, ihm alleine einen Besuch abzustatten, hatte diesen Schritt jedoch bisher nicht gewagt. Von Braun war ein zu wichtiger Zeitzeuge, den sie auf keinen Fall durch einen unbedachten, vorschnellen Zug vergraulen wollte. Er war der Einzige, der das Rätsel meiner Vergangenheit auflösen oder uns zumindest weitere Ansprechpartner nennen konnte.

Nun hofften wir, dass mein Name und meine Züge seiner Erinnerung auf die Sprünge helfen würden. Donna machte sich mit ihrer legendären Effizienz ans Werk.

Tatsächlich bekam ich schon am folgenden Freitagvormittag einen Termin im Sitz der NASA.

Früh am Morgen nahm ich den Flieger nach Washington. Ich hatte nicht gewollt, dass Rebecca mich begleitete. Sie hätte ihre Wut nicht verbergen können, und von Braun anzuklagen, schien mir nicht der geeignete Weg, um ihn zum Reden zu bringen.

Ich war furchtbar nervös. Ich rechnete mit dem Schlimmsten und versuchte, darauf gefasst zu sein. Wenn er mir bestätigte, dass mein leiblicher Vater ein perverser Sadist und grausamer Kriegsverbrecher war, wie sollte ich mich jemals von diesem Gift befreien? Konnte ich der Spross eines bösen Menschen sein, ohne selbst böse zu sein? Marcus und Lauren mochten mir noch so oft versichern, dass Kinder nicht verantwortlich seien für die Verbrechen ihrer Eltern, ich hatte dennoch das Gefühl, irgendwo tief in mir sei eine Bestie verborgen, die jeden Moment hervorspringen könnte. War ich nicht ohnehin schon cholerisch, grob und oft skrupellos darin, meinen Willen durchzusetzen? Hatte man mir meinen Zynismus und meine Härte nicht seit jeher vorgeworfen? An einem einzigen Abend war ich mir selbst zuwider geworden, und das, was von Braun sagen würde, könnte alles noch viel schlimmer machen.

Die NASA residierte in einem imposanten Gebäude aus Stahl und Glas. Im ersten Stock empfing mich von Brauns Sekretärin.

»Der Direktor ist noch in einer Sitzung, aber er wird

jeden Moment hier sein«, erklärte sie und führte mich in einen Raum mit dunkler Holzvertäfelung.

Sie bot mir etwas zu trinken an, brachte mir das gewünschte Wasser und ließ mich dann allein. Ich sah mich um. Ein dicker Teppich schluckte das Geräusch meiner Schritte. Entlang der Wand standen, aufgereiht auf einem Sideboard, Modelle der Saturn-Rakete. Ein riesiger Schreibtisch aus Ulmenkernholz dominierte das Zimmer. Auf dessen polierter Oberfläche konnte ich die Auszeichnungen bewundern, die die namhaftesten amerikanischen Institutionen dem Forscher für seine wissenschaftlichen und gesellschaftlichen Verdienste verliehen hatten. An der Wand gegenüber, neben Regalen voller technischer und historischer Werke, zeugten gerahmte Fotografien von seinen Begegnungen mit den Präsidenten Kennedy, Johnson, Eisenhower und anderen hochrangigen Persönlichkeiten. Ein brauner Vorhang verdeckte einen Teil des Fensters und dämpfte das grelle Licht dieses späten Vormittags.

Ich stand vor seinem Schreibtisch, als von Braun eintrat. Er wirkte sehr viel älter als auf den Bildern, die Rebecca mir gezeigt hatte, und als ich ihn aus den Fernsehsendungen meiner Kindheit in Erinnerung hatte, in denen er den Mond, den Kosmos und unser Sonnensystem erläuterte. Sein dichtes braunes Haar war von grauen Strähnen durchzogen. Er trug einen dunklen Anzug mit feinem Überkaro, ein weißes Hemd und eine blaue Krawatte.

»Guten Tag, junger Mann, ich bin erfreut, Sie kennenzulernen«, rief er aus, reichte mir die Hand und tätschelte mir zugleich väterlich die Schulter. Dann musterte er mich eindringlich. »Es ist unglaublich, wie sehr Sie ihnen ähneln!« Seinen deutschen Akzent hatte er nicht abgelegt. »Darf ich Sie Werner nennen? Sie wissen ja, dass wir denselben Vornamen haben …«

»Ja natürlich, gerne. Ich glaube jedoch, dass ein ›h‹ uns unterscheidet.«

»Das ist richtig. Ihre Mutter zog meinen Namen ohne ›h‹ vor. Wissen Sie eigentlich, dass ich Ihr Pate bin?«

Mein Herz schlug schneller, als er von meiner Mutter sprach. Ich bemühte mich, so ruhig wie möglich zu wirken.

»Nein, das war mir nicht bekannt.«

»Nun ja, Pate … Ihre Mutter fragte mich, ob ich es sein wolle, als Sie mit Ihnen guter Hoffnung war, und sie gab Ihnen meinen Namen … Ich nehme an, Sie sind hier, um darüber mit mir zu sprechen?« Er bat mich, in einem der Sessel in der Ecke seines Büros Platz zu nehmen.

»In der Tat hatte ich gehofft, Sie könnten mir helfen, gewisse Fragen zu beantworten.«

Er nickte mit einem warmherzigen Lächeln. Dann erkundigte er sich:

»Wie geht es Ihrem Vater?«

»Welchen meinen Sie?«, gab ich brüsk zurück.

Er stutzte.

»Johann, Ihren Vater, wie geht es ihm? Ich habe ihn seit über zwanzig Jahren nicht gesehen.«

»Ah, ich verstehe …«, erwiderte ich enttäuscht. Er sah mich fragend an, bis ich ihn endlich aufklärte: »Mein Vater heißt Andrew Goodman. Ich wurde adoptiert.«

Hätte ich den Tisch mit einem Fausthieb entzweigehauen, so hätte er nicht überraschter sein können.

»Wie, adoptiert?«

»Im Alter von zweieinhalb Jahren. Von einem Paar namens Armande und Andrew Goodman, aus New Jersey.«

»Aber was ist mit Johann geschehen?«

»Johann Zilch? Also meinem leiblichen Vater?«

»Ja, genau, Ihrem Vater …«

»Ich habe ihn niemals kennengelernt und hatte bis letzte Woche keine Ahnung, dass es ihn überhaupt gibt. Deswegen bin ich zu Ihnen gekommen.«

»Ich fasse es nicht«, murmelte von Braun, zog ein Taschentuch hervor und wischte sich den Schweiß von der Stirn. »Möchten Sie noch etwas trinken?«

»Nein danke.«

Er bat seine Sekretärin um einen Kaffee mit zwei Stück Zucker, den sie ihm umgehend brachte. Ich bemerkte, dass sie ihm mit großem Respekt, ja Ehrfurcht begegnete.

»Dann sprechen Sie gar kein Deutsch?«, fragte von Braun, als sie wieder gegangen war.

»Nicht ein Wort.«

»Ich begreife nicht, was geschehen ist …«

Er schwieg einen Moment, trommelte dabei mit den Fingern auf die Armlehne seines Sessels, sah dann auf seine Uhr und erhob sich.

»Haben Sie eine Verabredung zum Mittagessen?«

Als ich den Kopf schüttelte, rief er seine Sekretärin an, fragte sie nach seinen nächsten Terminen und bat sie, alle bis um vier Uhr abzusagen. Dann setzte er sich wieder zu mir.

»Sehr gut, nun haben wir ein bisschen mehr Zeit.«

Ich hatte nicht damit gerechnet, einen so freundlichen und aufmerksamen Menschen zu treffen. Nach allem, was Rebecca mir über die Verbrechen dieses Mannes berichtet hatte, brachte die Warmherzigkeit und die Klugheit, die aus seinen Augen blitzte, mich völlig aus dem Konzept. Er beugte sich zu mir vor und meinte:

»Angesichts dessen, was Sie mir eben erzählt haben, bin ich nicht sicher, ob ich Ihnen weiterhelfen kann, aber sagen Sie mir, was genau Sie wissen wollten.«

»Ich möchte so viel wie möglich über meine leiblichen Eltern erfahren. Ich konnte ein paar Dinge über sie herausfinden, aber das meiste liegt noch völlig im Dunkeln.«

Ich nahm meine Tasche, holte die Mappe mit den Fotos heraus, suchte zwei aus und legte sie vor ihn hin.

»Vorhin haben Sie meine Mutter erwähnt und gesagt, Sie seien mein Patenonkel. Dann wissen Sie sicher auch, welche dieser beiden Frauen Luisa Zilch ist.«

Von Braun nahm die Fotos und betrachtete sie mit ernster und nostalgischer Miene. Dann zeigte er auf die blonde Frau.

»Das hier ist Luisa. Mein Gott, wie jung wir aussehen«, seufzte er, »halbe Kinder … Dieses Bild wurde kurz nach Ausbruch des Krieges in Peenemünde aufgenommen.«

»Wissen Sie, was aus Luisa geworden ist?«

Er sah mich zögernd und mitleidig an. Dann legte er mir wieder eine Hand auf die Schulter, ehe er sagte:

»Mein armer Freund, sie ist vor Jahren gestorben … Lange bevor wir in die Vereinigten Staaten gekommen sind.«

Ich war wie vom Donner gerührt. Von Braun holte eine Flasche Whisky aus der Bar unter dem Bücherregal und füllte großzügig zwei Gläser.

»Ich schätze, Sie brauchen jetzt was Stärkeres als Wasser oder Kaffee. Ich übrigens auch.«

»Woran ist sie gestorben?«

Er wählte sorgsam seine Worte:

»Sie wurde bei der Bombardierung von Dresden schwer verletzt.«

Meine Miene verriet ihm, dass ich keine Ahnung hatte, wo und wann das gewesen war.

»Dresden war eine der schönsten Städte Deutschlands. Während des Krieges haben die Engländer und Amerikaner sie dem Erdboden gleichgemacht. Soldaten haben Ihre Mutter aus den Trümmern befreit, doch sie konnte nicht gerettet werden. Sie hat nur gerade so lange überlebt, bis sie Sie zur Welt gebracht hatte …«

Er beschrieb weiter, was er über die Umstände von Luisas Tod und meiner Geburt in der Dresdener Frauenkirche, kurz vor ihrem Einsturz, wusste, als mich eine plötzliche Erkenntnis wie ein Blitz traf. Der Alptraum, der mich seit meiner Kindheit verfolgte, kam mir wieder in den Sinn, und ich begriff, dass dieser Traum nichts anderes als meine allererste Erinnerung war. Ein so schreckliches Ereignis, dass es sich in meinem noch unausgeformten Bewusstsein unauslöschlich eingebrannt hatte.

Zuerst sehe ich eine sehr schöne blonde Frau. Sie rennen. Dann stürzte sie, als würde sie von einer unsichtbaren Kraft zu Boden geworfen. Ich nähere mich ihr, und sie beginnt zu sprechen. Ich habe das Gefühl, in ihren großen, fast unnatürlich blauen Augen zu versinken. Sie sieht mich voller Zärtlichkeit an und sagt Dinge, die ich im Traum verstehe, nach dem Aufwachen aber nicht mehr in Worte fassen kann. Danach ändert sich die Szenerie vollkommen. Ich löse mich von der Welt, um ihrem Untergang beizuwohnen. Ich habe keinerlei körperliche Empfindungen. Ich sehe Feuer, spüre aber keine Hitze. Ich sehe Menschen rufen, höre aber ihre Schreie nicht. Gebäude stürzen in sich zusammen, doch ihr Staub füllt meinen Mund nicht. Mauerbrocken fliegen in alle Richtungen, ohne mich zu treffen. Ich hätte nicht sagen können, wie alt ich in dem Traum war, ob ich saß, stand oder lag, und noch weniger, ob ich lebte oder schon tot war. Nach einer Weile höre ich ein dröhnendes Geräusch. Mir wird bewusst, dass der Lärm der Apokalypse um mich herum nicht zu mir durchdringen kann, weil er von diesem regelmäßigen Hämmern übertönt wird. Ein donnerndes, vertrautes Geräusch. Ab und zu wird es schneller, rasend, betäubt mich ganz und gar. Doch ich habe keine Angst, bin ganz bei mir.

Ich befinde mich in einer roten Masse. Ich sehe oranges Licht, Schleier, die zerreißen, dann eine riesige Kuppel, längliche weiße und purpurrote Flecken. Der regelmäßige Klang entfernt sich, und ich bedauere es. Schreie bohren sich in mein Ohr, etwas verbrennt meine Lunge, wie Säure oder giftiger Rauch. Ich höre Explosionen. Die Erde birst. Die Menschheit verschwindet in einem Schlund. Sobald alles Leben aufgehört hat zu pulsieren, alle Vögel, Flüsse, Tiere, der Wind und die Herzen der Menschen verstummt sind, werde ich mir meiner grenzenlosen Einsamkeit bewusst.

Tausend Einzelteile sortierten sich in meiner Erinnerung neu. Ich musste schon seit einer ganzen Weile vollkommen abwesend ins Leere gestarrt haben, als von Brauns Hand auf meinem Arm mich wieder in die Realität zurückholte.

»Es tut mir so leid, dass ich Ihnen diese traurige Nachricht überbringen musste. Das ist sicher ein furchtbarer Schock für Sie«, sagte er, während er unsere Gläser wieder auffüllte.

Er sprach lange davon, was für eine wundervolle, unwiderstehliche Frau meine Mutter gewesen sei.

»Sie liebte Ihren Vater über alles. Die beiden waren ein glückliches Paar. Sie hatte sehr jung geheiratet und war noch keine fünfundzwanzig, als sie starb. Sie war eine äußerst feinfühlige Person, sehr musikalisch, immer fröhlich. Sie liebte die Natur und kannte sich bestens damit aus. Sie war es, die in Peenemünde unsere Vorgärten zum Blühen brachte.« Er schwieg bekümmert. »Wir dachten, sie sei in Dresden in Sicherheit … Johann hat ihren Tod nie verwunden.«

»Warum hat sie die Militärbasis verlassen?«

»Johann, Ihr Vater, wurde verhaftet. Wir haben monatelang nichts von ihm gehört. Die Gestapo überwachte uns streng …«

»Ich verstehe nicht. War er ein Gegner des Regimes?«

»Er hatte sich gegen die Weiterführung des Krieges geäußert und damit laut ausgesprochen, was viele von uns im Stillen dachten. Ich allen voran. Sie müssen immer bedenken, was in Deutschland zu jener Zeit los war … Die Dinge waren nicht so einfach.« Von Braun sah mir direkt in die Augen, als erwarte er eine Zustimmung, die ich jedoch nicht zu geben bereit war. Er fuhr fort: »Vermeintliche Freunde Ihres Vaters haben ihn bei der Gestapo denunziert. Wenige Stunden später wurde er wegen Sabotage verhaftet.«

»Was genau hatte er gesagt?«

»Dass er Raketen bauen wollte, die zum Mond flogen, und nicht Bomben transportierten. Dass er es nicht mehr ertrug, all dieses Blut an den Händen zu haben.«

Das Porträt, das von Braun entwarf, passte immer weniger zu Rebeccas Darstellung. Ihm zufolge waren Johann und Luisa ein reizendes Paar, mit nichts anderem als Liebe, Gänseblümchen und wissenschaftlichen Forschungen im Sinn. Verteidigte er seine Generation gegen die Anschuldigungen der meinen? Obwohl ich Rebeccas zornige Vorwürfe im Hinterkopf hatte, gelang es mir nicht, ihn zu verurteilen.

»Und wer ist nun diese dunkelhaarige Frau?«, fragte ich und zeigte auf das andere Foto. »Hat mein Vater noch einmal geheiratet?«

»Absolut nicht. Das ist Ihre Tante.«

»Die Schwester meiner Mutter? Sie sehen sich überhaupt nicht ähnlich …«

»Nein, sie ist die Frau des Bruders Ihres Vaters.«

»Mein Vater hatte einen Bruder?«

»Ja, einen älteren Bruder, Kasper Zilch.«

Ich stutzte, während sich in meinem Kopf alle erwogenen Szenarien auflösten und neu zusammenfügten und ein Feuerwerk an Fragen explodierte.

»Aber warum wurde meine Tante in den Listen von Fort Bliss unter dem Namen Luisa Zilch geführt?«

Von Braun rutschte unbehaglich auf seinem Sessel hin und her.

»Sie können mir vertrauen«, versicherte ich ihm.

Er zögerte noch immer und schien meine Absichten durchdringen zu wollen.

»Ich möchte einfach nur wissen, woher ich komme.«

Das überzeugte ihn offenbar.

»Nachdem wir uns den Amerikanern ergeben hatten, gestalteten sich die Dinge etwas komplizierter als erhofft. Wir hatten uns darauf geeinigt, dass man uns außer Landes schaffen würde, doch ohne die Details zu besprechen. Es war ein schmerzhaftes Erwachen. Uns wurde nur ein Arbeitsvertrag über ein Jahr zugestanden, und vor allem sollten unsere Familien uns nicht begleiten dürfen. Schließlich akzeptierten sie die Frauen und Kinder, Schluss aus. Keine Eltern, keine Geschwister. Johann war während seiner Gefangenschaft schwer misshandelt worden. Er war geschwächt und verstört und ganz sicher nicht in der Lage, sich um ein Baby zu kümmern. Martha wollte unbedingt mit in die Vereinigten Staaten kommen und Sie weiter versorgen, wie sie es seit Luisas Tod hingebungsvoll getan hatte. Sie vergötterte Sie. Kurz, die einzige Möglichkeit, Sie alle drei mitzunehmen, war, dass sie sich als Johanns Frau, also als Ihre Mutter, ausgab. Sie musste in Luisas Rolle schlüpfen.«

»Haben Sie ihr falsche Papiere besorgt?«

»Europa versank zu der Zeit in einem solchen Chaos, wissen Sie … Wir hatten keinerlei Schwierigkeiten, die Realität ein wenig zurechtzurücken. Es gab Millionen von Toten, kein einziges Melderegister war mehr auf dem letzten Stand. Niemandem ist der Schwindel aufgefallen.«

Ich dankte ihm für seine Offenheit und versicherte ihm noch einmal, dass ich ihn nicht verraten würde.

»Das könnte mich in der Tat teuer zu stehen kommen«, betonte er. »Selbst nach über zwei Jahrzehnten noch. So etwas nehmen sie hier sehr ernst, und Sie haben keine Ahnung, wie kleinkariert und bürokratisch dieses Land sein kann. Ich verbringe die Hälfte meiner Zeit damit, Genehmigungen und Genehmigungen von Genehmigungen zu beantragen, ich weiß, wovon ich spreche. Wie ich diesen Papierkram hasse …«

Diese Äußerung brachte mich auf die Palme. Vermisste er etwa die Effektivität des Dritten Reiches? Gab es weniger »Papierkram«, als er nach Gutdünken über das Leben anderer Menschen verfügen konnte? Die Bilder der Leichen im Arbeitslager Dora, die Rebecca mir gezeigt hatte, kamen mir wieder in den Sinn. Wie hatte ein anscheinend so umgänglicher, kultivierter und aufmerksamer Mann dieses Grauen mit verantworten können? Wie ertrug er es, mit einer solchen Last zu leben? Da saß er vor mir, in seinem schicken Büro mit dem dicken Teppich, ein neuer amerikanischer Held, der den Kindern freundlich Geschichten über die Sterne erzählte, und ich hatte eine schier unbezwingbare Lust, ihm seine Vergangenheit ins Gesicht zu schleudern. Von Braun, dem die plötzliche Spannung zwischen uns nicht entgangen war, verstummte. Ich riss mich zusammen und sagte:

»Sie haben vom Bruder meines … Vaters gesprochen.«

»Kasper …«

»Kannten Sie ihn?«

»Kaum. Ich bin ihm nur zwei Mal begegnet.«

»Ähnelte er Johann?«

»Wie ein Ei dem anderen! Viele Leute hielten sie für Zwillinge.«

»Doktor von Braun, ich muss Ihnen eine Frage stellen. Ich weiß, dass Johann Ihr Freund war, doch seitdem ist viel Zeit vergangen, und es ist ungeheuer wichtig für mich …«

Der Wissenschaftler verschränkte in einer abwehrenden Geste die Arme vor der Brust.

»Glauben Sie, dass mein leiblicher Vater während des Krieges Menschen misshandelt haben könnte? Gehörte er zu diesen Leuten?«

Die Antwort kam wie aus der Pistole geschossen:

»Auf gar keinen Fall!«

»Aber könnte er nicht während der langen Monate, die er verschwunden war, in Auschwitz gewesen sein?«

Von Braun sah mich sehr überrascht an. Er hatte damit gerechnet, dass ich Dora erwähnte, London oder andere dunkle Flecken seiner Vergangenheit, aber ganz gewiss nicht Auschwitz.

»Ich sehe wirklich nicht, wie er da hingekommen sein

sollte. Abgesehen davon, dass er ein äußerst sanftmütiger Mensch war, wäre er, wenn überhaupt, als Gefangener der Gestapo dort hingeschickt worden und ganz sicher nicht in der Position gewesen, in der er irgendjemandem hätte schaden können.«

»Hätte man ihn zwingen können?«

»Wirklich, das ergibt keinen Sinn, Werner. Als wir ihn fanden, war Johann so brutal zusammengeschlagen worden, dass seine Peiniger ihn für tot hielten. Er hatte sein Gedächtnis zum Teil verloren. Er war gebrochen. Ich kann mir denken, dass es fünfundzwanzig Jahre später schwierig ist, unser Handeln und die Situation, in der wir uns befanden, zu verstehen, aber wir waren Wissenschaftler, Werner, Wissenschaftler, die nur ein Ziel kannten: Den Weltraum zu erkunden, wie die großen Seefahrer des sechzehnten Jahrhunderts die Ozeane erkundet hatten. Durch das Bullauge unserer Raketen wollten wir sehen, wie die Welt zu einer kleinen blauen Kugel zusammenschrumpfte. Wir waren Ingenieure, keine Politiker oder Krieger.«

»Aber Nazis schon.«

Er seufzte. Gewiss hatte er gelernt, mit diesem Vorwurf zu leben, diesem ständigen Verdacht, der seine größten Erfolge trübte und sein Ansehen für alle Zeit überschatten würde.

»Ohne staatliche Unterstützung hätten wir unsere Forschungen niemals betreiben können. Wir waren Patrioten, das ja. Wir wollten uns für unser Land einsetzen.

Die Regierung stellte uns phantastische Mittel zur Verfügung. Im Gegenzug musste man das Spiel mitspielen. Ich war nie aus Überzeugung in der Partei.«

»Und Johann Zilch, war er ein überzeugter Nazi?«

»Nicht im Geringsten. Er war, ganz im Gegenteil, ein Idealist und sehr viel weniger kompromissbereit als ich. Es fiel ihm erheblich schwerer, die Scheuklappen aufzubehalten, sich nur auf unsere Forschung zu konzentrieren.«

»Und Kasper?«

»Das weiß ich nicht. Ich weiß nur, dass die beiden Brüder sich überhaupt nicht verstanden. Johann zufolge war Kasper ein unruhiger Geist und immer eifersüchtig. Johann und Luisa hatten ihre Schwägerin, Martha, bei sich in Peenemünde aufgenommen, als diese sich von ihrem Mann trennte. Die Zilchs hielten sich sehr bedeckt über ihre familiären Angelegenheiten, aber ich begriff doch, dass Marthas Ehe mit Kasper alles andere als leicht gewesen war.«

»Hätte er in Auschwitz sein können? Als Teil der Lagerleitung?«

»Es tut mir leid, ich habe wirklich nicht die leiseste Ahnung«, wiederholte von Braun. Jedes Mal, wenn ich das Wort »Auschwitz« aussprach, zog sich sein Gesicht leicht zusammen.

»Wann hat Johann Fort Bliss verlassen?«

»Knapp zwei Jahre nach unserer Ankunft. Während der ersten Monate hatten wir rein gar nichts zu tun.

Die Amerikaner hatten unsere Dokumente, unsere Pläne, unsere Maschinen und unsere besten Ingenieure beschlagnahmt, machten davon aber keinen Gebrauch. Sie hatten uns eher deshalb so schnell in die Vereinigten Staaten geholt, damit ihr neuer Gegner uns nicht in die Finger bekam, als um uns unsere Forschung vorantreiben zu lassen. Die verschiedenen Armeekorps stritten sich um uns, die Behörden schoben sich gegenseitig die Verantwortung zu, Gelder wurden nicht bewilligt. Zu jener Zeit war das Verteidigungsministerium besessen von der Atombombe. Und um sie zu transportieren, favorisierte man Schiffe oder Flugzeuge. Die fabelhaften Möglichkeiten unserer Rakete waren de facto auf Eis gelegt. Halten Sie mich nicht für einen Befürworter bewaffneter Konflikte«, stellte von Braun klar, »aber keine Regierung investiert Geld, damit man ihr den Mond oder die Sterne vom Himmel holt. Aufrüstung war immer der Antrieb aller technischen Entwicklungen, und ich wusste, dass wir ohne einen Nutzen für das Verteidigungsministerium niemals die Finanzierung bekämen, um meinen Lebenstraum zu verwirklichen.«

»Rechtfertigt dieser Traum denn jedwedes Mittel?«, wollte ich wissen.

Wieder tauschten wir Blicke, in denen all das lag, was auszusprechen wir uns verboten. Schließlich wandte von Braun die Augen ab.

»Das ist eine komplexe Frage, Werner …«, seufzte er. »Wenn ich heute darauf zurückblicke, wie die Dinge gelaufen sind, dann denke ich, man hätte es anders machen sollen. Ich war ganz auf ein Ziel ausgerichtet. Das machte mich blind. Ich übersah, was ich hätte bemerken und bekämpfen müssen. Hätte ich den Mut dazu gehabt? Das vermag ich nicht zu sagen. Das Dritte Reich war eine gefährliche und rücksichtslose Maschinerie. Mich hat sie nicht nur verschont, sondern sie ermöglichte mir sogar, das zu tun, was mir alles bedeutete. Ihre Generation, Werner, kann nicht verstehen, unter welchen Bedingungen wir lebten. Wenn man den Ausgang erst einmal kennt, ist es leicht, zu urteilen. Wir wateten durch den Sumpf unruhiger Zeiten. Die Geschichte wird von den Siegern geschrieben, und aus heutiger Perspektive bereue ich natürlich vieles, aber ich war immer in erster Linie ein Wissenschaftler.«

Angesichts meines anklagenden Schweigens kam von Braun wieder auf seine Erzählung zurück:

»In Fort Bliss waren wir keine Kriegs-, sondern gewissermaßen Friedensgefangene. Wir durften das Gelände nicht ohne Eskorte verlassen. Wir wohnten in beengten und heruntergekommenen Baracken. Das Zinkdach war nicht isoliert, und im Sommer herrschten darunter über fünfundvierzig Grad. In Peenemünde bekamen wir alles, was wir wollten, in den Vereinigten Staaten kratzten wir die Pennys zusammen. Sämtliche Projekte, die wir vorschlugen, wurden abgelehnt. Das ging so weit, dass ich schließlich begann, im Rotary Club oder in Schulen Vorträge über Astronomie zu halten. Ich bemühte mich, mein Englisch zu verbessern, das nicht besonders gut war. Außerdem machte ich große Fortschritte im Schach. Nach und nach bekamen wir unsere Aufenthaltsgenehmigungen. Meine Forschungsgruppe verteilte sich in alle Winde: Wer konnte, ging in die Privatwirtschaft, wo unser Wissen gefragt war und gut bezahlt wurde. Es waren die schlimmsten Jahre meines Lebens.«

Diese Bemerkung empörte mich aufs Neue. Die schlimmsten Jahre im Leben von Brauns, oder zumindest die schlimmsten Monate, hätten die sein sollen, in denen er in seiner unterirdischen Raketenfabrik Tausende Zwangsarbeiter ausgebeutet und zugrunde gerichtet hatte, aber ganz sicher nicht seine verlängerten Ferien in Texas. Wieder trat eine befangene Stille ein, die von Braun wegfegte:

»Die Militärs erfassten sämtliche Informationen über die V2 und eigneten sich unsere Technologie an. Wir starteten ein paar der Raketen in der White Sands Missile Range in New Mexico. Die Amerikaner trommelten Journalisten zusammen und holten uns aus unseren Hütten wie Zirkustiere. Unsere Possen wurden von der internationalen Presse verbreitet, zur Abschreckung der Russen in dem neuen verkappten Krieg, der sich ankündigte. Wir dienten gewissermaßen als Vogelscheuchen. So verloren wir viel Zeit, ehe das Verteidigungsministerium uns gestattete – nur auf dem Papier und ohne jegliche finanziellen Mittel –, die möglichen Verwendungen unserer Rakete zu studieren. Erst da haben wir voll und ganz verstanden, was mit Johann geschehen war: Die Schläge, die sein Kopf abbekommen hatte, hatten sein Ingenieurswissen beinahe vollkommen ausgelöscht. Er, der eines der brillantesten Mitglieder unseres Teams gewesen war, erinnerte sich an nichts mehr.«

»Haben Sie ihn aufgefordert zu gehen?«

»Er war es, der uns verlassen wollte. Er ertrug diese Situation nicht. Unsere Arbeit war sein Lebensinhalt gewesen. Er hatte die Frau verloren, die er liebte, seine Familie, sein Land. Und nun konnte er seinen Beruf nicht mehr ausüben. Das Leben hatte für ihn keinen Sinn mehr. Natürlich waren Sie da, aber ich glaube, er war innerlich zu kaputt, um Ihnen einen Platz in seinem Herzen einzuräumen.«

Betroffen versuchte ich all die Informationen zu verarbeiten. Kaum hatte ich meine leiblichen Eltern gefunden, musste ich mir anhören, welch trauriges Ende sie genommen hatten. Zögernd fragte ich:

»Glauben Sie, er könnte Hand an sich gelegt haben?«

»Er verließ Fort Bliss zusammen mit Martha und Ihnen. Er hatte eine Anstellung in einer Fabrik gefunden, in der Dünger und Pestizide hergestellt wurden. Ich hatte ihnen nichts zu bieten, um sie zum Bleiben zu bewegen ...« Schweigend hing er seinen Gedanken nach.

»Hatten Sie denn danach gar keinen Kontakt mehr?«

»Ich habe mehrmals versucht, ihn bei seiner neuen Arbeitsstelle anzurufen, doch er rief nie zurück. Ich erkundigte mich bei der Telefonistin, die mir versicherte, Mr Zilch gehe es gut. Ich sagte mir, dass er vielleicht zu viele schmerzliche Erinnerungen mit mir verband und sich deswegen nicht meldete.«

Von Braun schlug vor, essen zu gehen. Ich hatte zwar keinen Hunger, aber ich wollte das Gespräch unbedingt fortsetzen. Ich hatte noch tausend Fragen an ihn. Er ging mit mir in die Kantine für die Führungskräfte der NASA. Der großzügige Raum mit einem Dutzend prunkvoll gedeckter Tische wurde von einer großen Fensterfront erhellt. Weit und breit war keine Frau zu sehen, nicht mal beim Personal. Von Braun grüßte einige Kollegen. Alle behandelten ihn mit großem Respekt. Dieser Mann, dachte ich, hatte eine unglaubliche Anpassungsfähigkeit. Erst hatte das Naziregime ihn verehrt, nun die größte freie Weltmacht, und ich konnte nicht umhin, mich ungeachtet aller moralischen Bedenken vor dieser Glanzleistung zu verneigen.

Die Aussicht auf das Mittagessen schien von Brauns Stimmung zu heben. Während wir auf den Kellner warteten, fragte ich:

»Und was können Sie mir von Martha erzählen?«

»Sie war eine willensstarke Frau und sehr direkt. Wenn sie sich etwas in den Kopf gesetzt hatte, war es nicht leicht, sie davon abzubringen.«

»Verstanden Sie sich gut mit ihr?«

»Ja und nein. Sie sorgte sehr gut für Sie, da konnte man nichts sagen. Sie war intelligent, instinktiv, und sie hatte Courage. Als sie sich von ihrem Mann, Kasper, trennte und ein paar Monate bei Johann und Luisa in Peenemünde lebte, machte sie eine Ausbildung zur Krankenschwester, um selbst für ihren Lebensunterhalt sorgen zu können. Andere Frauen hätten sich vielleicht damit begnügt, sich bei ihrem Schwager einzunisten, doch Martha wollte unabhängig sein. Sie wollte Herrin über ihr Schicksal sein. Luisa, Ihre Mutter, liebte sie über alles.«

»Warum kamen Sie dann nicht mit ihr zurecht?«

»Ich schätzte sie, aber die anderen Ehefrauen der Gruppe mochten sie nicht. Es wurde andauernd getratscht. Martha konnte nichts dafür, sie war eine Einzelgängerin, hielt sich abseits. Und sie hatte ein paar Schrullen, reagierte manchmal sonderbar …«

»Was für Schrullen?«

»Ich habe Ihnen noch nicht erzählt, dass Martha Sie nach Ihrer Geburt in Dresden gefunden und sich mit Ihnen unter abenteuerlichen Umständen auf die Suche nach Ihrem Vater gemacht hat – aber das ist eine andere Geschichte und würde jetzt zu weit führen. Jedenfalls hat sie Johann dann, als wir uns nach ihrer Irrfahrt wie durch ein Wunder in Bayern wiedertrafen, vom ersten Moment an abgelehnt. Sie behauptete, er sei eine Gefahr für ein so kleines Kind, und wollte ihn nicht an Sie heranlassen. Man verbietet doch einem Vater nicht, sein Kind auf den Arm zu nehmen! Natürlich war Johann verstört, sein Gedächtnis hatte gelitten, und er verhielt sich eigenartig, aber sie hätte sich verständnisvoller und geduldiger zeigen können. Sie hätte ihm und Ihnen helfen können, eine Beziehung zueinander aufzubauen. Stattdessen tat sie das Gegenteil. Sie versuchte sogar, mit Ihnen zu fliehen. Martha war ja nicht Ihre Mutter, müssen Sie bedenken, und dieser Besitzanspruch hatte etwas Unangemessenes.«

Der Kellner unterbrach ihn, und wir gaben unsere Bestellung auf. Zufrieden nahm von Braun zwei Schlucke Wein und butterte großzügig sein Brot, ehe er mir seine Aufmerksamkeit wieder zuwandte.

»Haben Sie eine Ahnung, was aus Martha geworden sein könnte?«, wollte ich wissen.

Von Braun machte ein bedauerndes Gesicht.

»Leider nein. Ich bin Ihnen wirklich keine große Hilfe, fürchte ich. Das Einzige, was ich Ihnen mit Bestimmtheit sagen kann, ist, dass Martha Sie niemals zur Adoption freigegeben hätte. Unter keinen Umständen! Sie kümmerte sich hingebungsvoll um Sie und ließ fast niemand sonst an Sie heran. Für Ihre Mutter hatte sie eine … wie soll ich sagen, innige, manchmal fast irritierende Zuneigung empfunden, die sie auf Sie übertragen hat. Vielleicht lag darin ja der Grund für die Spannungen zwischen ihr und Ihrem Vater. Solange Luisa lebte, war sie das Bindeglied, nach ihrem Tod war Johann ihr im Grunde genommen nur noch im Weg. Ob sie sich trennten, nachdem sie Fort Bliss verlassen hatten? Aber warum sollten Sie dann ins Waisenhaus gekommen sein? Ob Martha einen Unfall hatte? Ich kann es mir wirklich nicht erklären …«

»Meinen Sie, sie hat den Namen Luisa Zilch behalten?«

»Das ist eine gute Frage. Ich weiß nicht, was dafür nötig wäre, seinen Namen zu ändern. Wie war noch mal ihr Mädchenname, warten Sie … Ah, ja! Sie war eine geborene Engerer, Martha Engerer. Das kann Ihnen vielleicht weiterhelfen.«

Ich löcherte ihn weiter mit Fragen, während wir unser Mittagessen zu uns nahmen. Und auch wenn ich um von Brauns Vergangenheit wusste, auch wenn Rebeccas anklagende Stimme sich zu der meines Gewissens gesellte, ich konnte nicht anders, als ihn sympathisch zu finden. Immer wieder fragte ich mich, wie derart intelligente und kultivierte Männer vor all diesen Gräueltaten die Augen hatten verschließen oder sich aktiv daran beteiligen können.

Nach dem Essen zeigte von Braun mir noch die Entwicklungsbüros voller Pläne und Modelle, über denen ein Heer von Ingenieuren brütete. Dann ließ er mich von seinem Chauffeur zum Flughafen bringen. Er war untröstlich, dass er mir nicht mehr hatte helfen können, und versicherte, er stünde mir jederzeit zur Verfügung, wenn ich weitere Fragen hätte. In jedem Fall solle ich ihn wieder einmal besuchen kommen. Das nächste Mal würden wir bei ihm zu Hause essen, er würde mir seine Frau und seine Kinder vorstellen. Selbstverständlich sei auch meine Verlobte herzlich eingeladen. Ich wagte nicht, ihm zu sagen, dass das keine gute Idee wäre, es sei denn, er läge Wert darauf, sich gefesselt in einem Flugzeug nach Israel wiederzufinden, wo man ihm den Prozess machen würde. Zum Abschied drückte er mich an sich, klopfte mir kräftig auf den Rücken, wie ein echter Amerikaner, und sagte noch einmal: »Ich mochte Ihre Eltern wirklich sehr, wissen Sie.«

Als ich am Ende dieses Tages meinen Sicherheitsgurt anlegte und dabei zerstreut das Lächeln einer hübschen Mitreisenden erwiderte, fühlte ich mich aufgewühlt und unbehaglich. Die Grenzen zwischen Gut und Böse erschienen mir verschwommener denn je. Das Leben entglitt mir, und ich fragte mich, ob ich es jemals wieder in den Griff bekommen würde.

30 Kilometer nördlich von Berlin, Oktober 1944

Johann wurde ins Konzentrationslager Sachsenhausen gebracht, das Übungslager der SS. Man befahl ihm, sich auszuziehen, und gab ihm einen alten Drillichanzug mit breiten weißen Streifen. Darauf musste er selbst das Dreieck nähen, das ihn als Volksverräter auswies. Weil er sein Bett nicht ordentlich gemacht hatte – einen Strohsack, den man unmöglich in eine rechteckige Form bringen konnte –, verbrachte er einen Monat in Isolationshaft, in einer lichtlosen Zelle, die so beengt war, dass er sich nicht einmal setzen, geschweige denn hinlegen konnte. Um seinen Kreislauf einigermaßen in Bewegung zu halten, sah er keine andere Möglichkeit, als in dieser Art Schacht auf der Stelle zu treten. Er bemühte sich, das Zeitgefühl nicht zu verlieren. Der Wächter, so vermutete er, kam dreimal am Tag, und die endlosen Stunden ohne eine Menschenseele mussten die Nacht sein. Am achtundzwanzigsten Tag beging er den Fehler aufzubegehren. Viermal hatte man ihm dieselbe tote Ratte als Mahlzeit gebracht. Beim fünften Mal stopfte er dem Kapo das Vieh in den Mund. Vor den Augen aller Gefangenen band man ihn daraufhin nackt an den »Bock« und verpasste ihm fünfundzwanzig Stockschläge. Ernst, ein kommunistischer Widerständler, half ihm, seine blutigen Wunden mit Margarine zu behandeln, die er sich vom Mund abgespart hatte.

»Du musst einen mächtigen Beschützer haben«, bemerkte er. »Mich hätten sie wegen eines kleineren Vergehens längst an die Wand gestellt. Der Stock ist ihre mildeste Strafe …«

Tatsächlich wurde Johann nach dieser Behandlung nicht wieder in Isolationshaft gesteckt, sondern in eine Werkstatt gebracht, in der er sechzehn Stunden am Tag Kleidung und Schuhe auftrennen musste, um darin nach verborgenen Wertsachen zu suchen. Es war nicht schwer, zu begreifen, dass diese Dinge den Gefangenen bei der Ankunft im Lager oder vielleicht vor ihrer Erschießung abgenommen worden waren, und ihre schiere Anzahl ließ ihn erschaudern. Oft fand er in den Taschen der Mäntel, Jacken oder Hosen Fotos von Frauen und Kindern, die ihn anlächelten. Sein Herz krampfte sich zusammen beim Gedanken an all die zerstörten Leben.

Er dachte an Luisa, an ihr Baby und betete, dass sie gesund und in Sicherheit waren. Versteckt in Sohlen, Säumen oder im Futter, fand er Ringe, Goldketten,

Edelsteine, Geld. Doch vor allem persönliche Dinge wie eine Haarspange oder ein Liebesbrief ließen ihm bewusst werden, welch unsäglicher Gräueltaten sein Land sich schuldig machte, von denen er, vertieft in seine Forschung, nichts geahnt hatte. Ja, er war privilegiert gewesen in ihrer abgeschlossenen kleinen Welt in Peenemünde. Der Krieg war für ihn nur eine abstrakte, ferne Realität gewesen, die Rechtfertigung für seine Erfindungen, aber nicht dieses Monster, das seinen Körper, seine Seele und seinen Geist zerstörte und ihn in ein verwundetes und abgestumpftes Tier verwandelte.

»Du denkst, du hast das Schlimmste schon hinter dir, aber da täuschst du dich, das hier ist erst der Anfang. Mit ihnen geht es immer noch schlimmer«, hatte Ernst ihn gewarnt.

Der Kommunist hatte recht. Das begann Johann nun zu verstehen, und es wurde ihm endgültig bewusst, als die erschöpften Gefangenen einige Wochen später das Lager verlassen mussten. Eines Morgens wurden sie alle auf dem zentralen Platz zwischen den Baracken versammelt. Die Wachen verkündeten ihnen, dass sie verlegt würden. Die Tore wurden geöffnet, der Marsch begann, und bald lagen die Baracken und das Gelände verlassen da. Nicht einmal ihre wenigen Habseligkeiten hatten sie mitnehmen dürfen. Wer das Tempo nicht halten konnte, dem schossen die Wachen eine Kugel ins Genick und ließen seinen Leichnam einfach am Wegrand liegen. So geschah es in Nassenheide und in Sommerfeld, in Herzberg, Altruppin und Neuruppin, wo auf einen Schlag vierundzwanzig Männer exekutiert wurden. Johann versuchte verzweifelt, Ernst zu stützen, aber sein Kamerad hatte die unsäglichen Lebensbedingungen des Lagers schon zu lange ertragen und litt außerdem an der Ruhr. Nach etwa zehn Kilometern bat er Johann, ihn liegen zu lassen. Johann wollte ihn auf den Rücken nehmen, doch der andere ließ einfach los, des Kampfes müde. Kurz darauf verriet ein Pistolenschuss Johann, dass es vorbei war. Blind vor Zorn und Schmerz schleppte er sich weiter voran. Die Scham darüber, dass er seinen Freund nicht hatte retten können, und der Zweifel, vielleicht nicht wirklich alles in seiner Macht Stehende versucht zu haben, nagten an ihm.

Um sich gegenseitig zu helfen, bildeten die Häftlinge menschliche Trauben, in deren Mitte die Schwächsten Schutz fanden, damit sie mit letzter Kraft noch etwas weiter gehen, noch ein wenig leben konnten. Der Durst war schlimmer als die Schläge, der Hunger oder die Kälte, die ihre nassen Lumpen nicht abhalten konnten. Nach vier Tagen erreichten sie ein provisorisches Camp mitten im Nirgendwo, das mit Stacheldraht umzäunt war und von Scharfschützen der SS bewacht wurde. Hunger und Erschöpfung verwandelten die unglücklichen Überlebenden endgültig in Tiere, die verzweifelt um Gräser, Löwenzahn und Brennnesseln rangen und sogar die Rinde von den Bäumen kratzten. Der Fluss, an dem die Gefangenen ihren Durst hätten stillen können, war dermaßen von Exkrementen verseucht, dass diejenigen, die es dennoch versuchten, daran starben.

Am nächsten Morgen ging der Marsch weiter für all jene, die noch in der Lage waren, sich von ihrem Nachtlager zu erheben. Unter Schmerzen schleppten sie sich weiter, sicher, dass der Weg sie entweder in den Tod oder in die Freiheit führen würde. Zwei Tage später geschah das Wunder im Wald von Raben Steinfeld, wo der Konvoi auf sowjetische Truppen stieß. Das Ende ihres Martyriums vollzog sich in vollkommener, gespenstischer Stille: Die Gepeinigten hatten keine Kraft mehr, sich zu freuen, und ihre grenzenlose, stumme Erleichterung war überschattet von den Geistern ihrer unzähligen toten Kameraden. Erst jetzt wagte Johann, sich zu setzen, ohne Angst, im nächsten Moment erschossen zu werden. Im Stillen dankte er Luisa, dass sie ihm geholfen und ihn beschützt hatte. Allein der Wunsch, sie und das Baby wiederzusehen, hatte ihn all dieses Grauen überleben lassen.

Sie blieben eine Woche an Ort und Stelle. Johann erfuhr nie, wie es den Russen gelang, ihn unter all den zerlumpten und ausgemergelten Deportierten zu identifizieren. Sicher hatte ihr Geheimdienst eine Liste mit allen Wissenschaftlern, die in Peenemünde arbeiteten, zusammengestellt. Nachdem die Soldaten der Roten Armee die Gefangenen übernommen hatten, wurden sie mit Namen, Vornamen, Geburtsdatum und Beruf registriert. Johann hatte zwar nur angegeben, er sei Ingenieur, doch das genügte, um die russischen Offiziere auf ihn aufmerksam zu machen, die schon lange aktiv nach den Konstrukteuren der V2-Raketen suchten.

Johann wurde zunächst von mehreren Offizieren verhört, ehe man ihn zu Sergei Koroljow brachte. Dieser geniale Wissenschaftler hatte, genau wie von Braun, als sehr junger Mann die Bedeutung des Flüssigkeitstriebwerks für Weltraumraketen erkannt und war schnell zum Leiter des sowjetischen Raketenforschungszentrums aufgestiegen. Dann jedoch hatten die politischen Säuberungen unter Stalin all seine Arbeit zunichte gemacht, und Koroljow hatte sieben Jahre Gefängnishaft und Straflager im Kolymagebiet, dem schlimmsten Gulag der Sowjetunion, erduldet. Obwohl er offiziell als Staatsfeind galt, hatte man ihn nun im Dienst der Regierung nach Deutschland entsandt. Denn Stalin, der ein ehrgeiziges Raketenentwicklungsprojekt aufgelegt hatte, konnte auf Koroljows Expertise nicht verzichten. Mit ihren V2, die Wissenschaftler und Militärs der gesamten Welt faszinierten, waren die Deutschen den Russen zehn Jahre voraus, und Stalin wollte deren Technologie um jeden Preis in seinen Besitz bringen. Also sollte Koroljow alles, was er dazu finden konnte, nach Russland schaffen. Bisher jedoch hatte er noch keine Erfolge zu verzeichnen, und so konnte er sein Glück kaum fassen, als ihm Johann Zilch, einer der engsten Mitarbeiter von Brauns, in die Hände fiel. Zilch war von Anfang an dabei gewesen, als das deutsche Forscherteam die allerersten Raketen gestartet hatte. Diese Spielzeuge von einem Meter sechzig Länge und zweiundsiebzig Kilo Gewicht, liebevoll Max und Moritz genannt, hatten zwar nur eine Höhe von 3,5 Kilometer erreicht, doch ihnen stand eine große Zukunft bevor. Johann hatte jeden ihrer Entwicklungsschritte begleitet, bis sie ausgereift genug waren, dass man mit ihnen vom Kontinent aus London beschießen konnte. Koroljow, für den dieser KZ-Häftling eine kostbare Beute war, machte ihm ein Angebot, das abzuschlagen ihm nicht freistand. Als sie Johann mitnahmen, kam ihm der Satz seines kommunistischen Kameraden wieder in den Sinn: »Bei ihnen geht es immer noch schlimmer.« Er war sich nicht sicher, ob seine Lage sich nun bessern würde, nur weil seine Kerkermeister gewechselt hatten.

Manhattan, 1971

Um nicht den Verstand zu verlieren, musste ich mir so schnell wie möglich Klarheit verschaffen. Donna kontaktierte die besten Detektivbüros des Landes. Ich entschied mich schließlich für die Agentur von Tom Exley, einem ehemaligen Kriminalbeamten, der sich selbständig gemacht hatte. Außerdem wandte ich mich an Dane. Rebecca hatte mir noch einmal versichert, er und sein Netzwerk hätten die besten Kontakte, wenn es darum ging, etwas über meine Herkunft in Erfahrung zu bringen… Unser Treffen war frostig, aber effektiv. Da mir gleichgültig war, was er von mir hielt, tat ich nichts, um ihm zu gefallen – von dem großzügigen Scheck, den ich seiner Organisation ausstellte, einmal abgesehen. Er nahm das Papier mit spitzen Fingern und angewidertem Blick entgegen und schob es ohne ein Wort des Dankes in seine Tasche. Rebecca sah, dass ich bleich wurde, und beeilte sich, ihn zur Tür zu begleiten, während Marcus mir einen Scotch einschenkte. Er war alles andere als begeistert von Danes Methoden. Zwar schockierten ihn die während des Krieges begangenen Verbrechen ebenso wie deren stillschweigende Vertuschung durch die amerikanischen Behörden, doch wenn ein Einzelner, und sei es ein Angehöriger von Opfern der Shoah, sich anmaßte, die Täter im Alleingang zu verfolgen, empfand er das als gefährliche Untergrabung geltenden Rechts. Ich meinerseits konnte Dane und Rebecca verstehen. Rache war und blieb die verlässlichste Form der Gerechtigkeit. Ich hatte mich bisher nur auf geschäftlicher Ebene dazu hinreißen lassen und noch nie einen Anlass gehabt, über einen bestimmten Punkt hinauszugehen, aber ich könnte für nichts garantieren, wenn jemand Rebecca, Lauren, Marcus oder meinen Eltern etwas antun würde.

»Erst sieht alles so aus, als hättest du den Schock verdaut, und dann kommst du ein paar Tage später an, um das Problem auf deine Weise zu regeln. Da wäre mir ein Tobsuchtsanfall vielleicht doch lieber gewesen«, kommentierte Marcus meine Pläne skeptisch.

Und noch etwas brachte Rebeccas Enthüllung ins Rollen: Zehn Tage nach unserer dramatischen Aussprache wachte ich mitten in der Nacht auf. Plötzlich war mir etwas bewusst geworden, was ich Rebecca unbedingt mitteilen musste. Ich schüttelte sie sanft an der Schulter. Verschlafen richtete sie sich auf, während ich ihr Gesicht mit Küssen bedeckte, damit sie ganz wach wurde. Sie wehrte mich murrend ab und fragte mit belegter Stimme:

»Was ist denn los? Es ist ja noch stockfinster … Ist irgendwas passiert?«

Strahlend verkündete ich ihr:

»Liebling, ich möchte ein Kind von dir.«

Vollkommen baff ließ sie es mich wiederholen.

»Ich möchte ein Kind von dir.«

»Es ist doch viel zu früh, um über solche Dinge zu reden! Und überhaupt bin ich mir nicht sicher, ob das eine gute Idee wäre.«

»Und ob das eine gute Idee ist! Es ist sogar die allerbeste Idee, die wir haben können.«

»Hör mal, Wern, jetzt ist wirklich nicht der richtige Zeitpunkt …«

»Rebecca, bitte, das ist wichtig! Ich rede von einem Kind, von unserem Kind!«

Sie begriff, wie ernst es mir war. Ich war von dem Gedanken zu besessen, als dass ich mich bis zum nächsten Tag hätte gedulden können. Also hörte sie zu, wie ich mir eine ganze Theorie zurechtspann, beginnend bei der Versöhnung der Völker und der Vergebung erlittenen Unrechts über die Verschmelzung zweier Individuen als größtem denkbaren Liebesakt bis hin zum finalen »ich möchte ein Baby von dir mit weichen Speckröllchen und winzig kleinen Händen und Füßen. Ein Mädchen mit deinen Augen und deinem wunderschönen Gesicht …«.

»Wern, du machst mir Angst«, unterbrach Rebecca mich und sah mich prüfend an.

»Mir geht es blendend. Besser denn je. Ich möchte ein Kind von dir.«

»Aber woher kommt dieser Wunsch so plötzlich? Warum willst du jetzt ein Kind haben?«

»Weil ich dich liebe und weil dieses Kind nicht nur sehr schön, sondern auch überaus intelligent sein wird.«

»Meinst du nicht eher, dass es eine willkommene Möglichkeit ist, mich anzubinden?«

»Ganz und gar nicht, ich weiß doch, dass du so oder so nicht in der Lage bist, mich zu verlassen«, warf ich ihr mit meiner üblichen Chuzpe hin. »Aber es wäre die schönste und positivste Art, dieser schrecklichen Situation, in die wir ohne eigene Schuld geraten sind, zu begegnen. Also, was hältst du davon?«, drängte ich sie, bereit, meine Idee sofort in die Tat umzusetzen.

»Ich möchte, nein, ich *muss* malen … Kunst und Kinder haben sich noch nie besonders gut miteinander vertragen. Wenn wir jetzt ein Kind bekommen, dann bedeutet das das Ende meiner Malerei, das Ende meiner Freiheit.«

»Unsinn«, sagte ich, wobei ich sie zärtlich streichelte. »Sieh doch nur deine wundervollen Hüften und deine Brüste, dein Bauch … Du bist dafür geschaffen, Leben zu schenken, und du wirst dich nie ganz und gar als Frau und Künstlerin fühlen, wenn du es nicht tust.«

»Dein vorsintflutliches Machogequatsche ist wirklich unerträglich!«, rief sie empört.

»Und du vergisst über deinen vollkommen wirklichkeitsfremden feministischen Theorien die grundlegenden Wahrheiten des Lebens!«, entgegnete ich, nun auch wütend.

So stritten wir noch eine ganze Weile. Rebecca war stinksauer, ich ebenso. Schließlich zog sie sich mit ihrem Kopfkissen und ihrer Decke ins Atelier zurück. Ich wollte ihr folgen, doch sie schlug mir die Tür vor der Nase zu und drehte den Schlüssel zweimal im Schloss. Ich fand in dieser Nacht keinen Schlaf mehr. Meine fixe Idee ließ mich die ganze Woche nicht los. Fünfzig Mal am Tag sagte ich Rebecca, dass ich ein Kind von ihr wollte. Ohne mir dessen bewusst zu sein, legte ich meine Hand besitzergreifend auf ihren flachen Bauch. Sie stieß mich unbarmherzig weg. Schwangere Frauen schienen mir plötzlich der Inbegriff der Anmut zu sein, und ich betrachtete jede von ihnen mit glänzenden Augen, als wäre sie die heilige Muttergottes persönlich. Das wiederum machte Rebecca eifersüchtig. Marcus hielt sich raus. Lauren wagte auch nicht, Position zu beziehen, wunderte sich jedoch über Rebeccas Widerspenstigkeit. Sie selbst hätte sich einen Mann gewünscht, der sie so sehr liebte, dass er ein Kind von ihr wollte. Doch aus keinem ihrer Flirts wurde je etwas. Meine großzügige Schwester war einfach zu keinerlei Kalkül oder Strategie fähig und wies meine »Kapitalanlagen-Theorie« entsetzt von sich. Um sich einen brauchbaren Kerl zu angeln, so hatte ich ihr erklärt, musste sie fordernder und kapriziöser sein, denn je mehr Zeit und Geld ein Mann in eine Frau investierte, desto mehr hatte er zu verlieren, wenn er sie verließ. Marcus fand meine Sicht ebenso abstoßend wie sie. Ihm zufolge waren einfach alle Männer, die sich meiner Schwester näherten, Versager, die sie nicht verdient hatten, und auch keiner unserer Freunde fand seine Zustimmung, wenn ich überlegte, mit wem wir Lauren verkuppeln könnten.

Die Unfähigkeit meiner Schwester zu jedweder Berechnung oder Diplomatie zeigte sich auch, als Rebecca sie schließlich, auf Unterstützung hoffend, nach ihrer Meinung fragte und Lauren ihr begeistert verkündete: »Ich fände es einfach wunderbar, wenn ihr ein Kind bekommen würdet!« Wie könne Rebecca überhaupt eine Sekunde zögern? Sie, Lauren, würde Patentante werden, Marcus Patenonkel. Und sie würde sich natürlich auch um das Baby kümmern, so dass Rebecca weiterhin malen könnte … Überhaupt wäre es sicher so niedlich, so reizend. Es würde das Haus mit seinem Lachen erfüllen, wir würden es überallhin mitnehmen, es würde mit Shakespeare herumtollen … Angesichts dieses euphorischen Ausbruchs hatte Rebecca erst recht den Eindruck, die ganze Welt hätte sich gegen sie verschworen. Sie fühlte sich unverstanden, flüchtete sich in ihre Arbeit und malte eine Serie von Bildern, die Frauen in den Fängen von Vampiren zeigten. Als Lauren sie fragte, ob Kinder in ihren Augen nichts als kleine Blutsauger wären, verließ Rebecca wutschnaubend das Haus und blieb den ganzen Tag verschwunden. Miguel brachte das Fass dann endgültig zum Überlaufen, als er ihr beim Abendessen ein Tuch überreichte, das er persönlich mit den Buchstaben des Alphabetes bestickt hatte, und sagte: »Mr Werner hat mir die frohe Botschaft verkündet. Herzlichen Glückwunsch, Miss Rebecca!«

Sie erklärte ihm barsch, von einem Kind könne derzeit keine Rede sein, ich hätte nur leider die sehr ärgerliche Neigung, die Realität auf Biegen und Brechen nach meinem Willen formen zu wollen. Darüber hätte ich außer Acht gelassen, dass zwei Leute dazugehörten, ein Baby zu zeugen, dass also auch zwei Leute den Wunsch dazu haben müssten. Dies jedoch sei in der aktuellen Situation absolut nicht der Fall. Sie durchbohrte mich mit einem eisigen Blick, legte ihre Gabel hin, ging hoch in unser Zimmer und fiel für die folgenden zwei Wochen wieder in ihren Dornröschenschlaf. Aus Trotz arbeitete ich umso mehr. Ich verließ das Haus vor dem Frühstück und kam erst nach dem Abendessen zurück. Was mich so tief verletzte, war, dass ich Rebeccas Haltung nicht als Weigerung wertete, überhaupt ein Kind zu bekommen, sondern *mit mir* eines zu bekommen. So als laste auf mir ein schwerer Verdacht, als verberge sich tief in meinem scheinbar gesunden Körper eine unheilbare Krankheit oder eine kriminelle Anlage. In den vergangenen Jahren hatte ich mir eingeredet, ich sei wie ein unbeschriebenes Blatt und die Tatsache, dass ich nichts über meine Herkunft wusste, erlaube mir, eine vollkommen neue, vollkommen unabhängige Geschichte zu beginnen. Doch dann war plötzlich jene Vergangenheit, von der ich gar nichts hatte wissen wollen, aufgetaucht und hatte mein sorgsam errichtetes Konstrukt in wenigen Stunden zum Einsturz gebracht. Ausgerechnet die Frau, die ich liebte, hatte ihm den ersten Schlag versetzt und hörte seitdem nicht auf, das letzte bisschen Selbstvertrauen, das mir blieb, zunichtezumachen.

Manhattan, 1972

Es nahm uns alle ziemlich mit, als Rebecca wieder auszog. Nachdem Judith endlich aus der Klinik entlassen worden war, hatte Nathan Lynch seine Tochter gebeten, wenigstens für ein paar Wochen »nach Hause zu kommen« – allein diese Worte aus ihrem Mund empörten mich –, um die Mutter in ihrer Rekonvaleszenz zu unterstützen. Sie versicherte mir, es sei nur vorübergehend, und versprach mir, mich jeden Abend anzurufen, was sie auch tat. Doch diese erneute Trennung erinnerte mich allzu sehr an ihr Verschwinden vor zwei Jahren und vertiefte noch den Graben zwischen uns, den unsere zunehmenden Auseinandersetzungen in der letzten Zeit aufgerissen hatten. Shakespeare spürte genau wie ich, dass Beccas Entscheidung nicht ganz so harmlos war, wie sie mich glauben machen wollte. Sie hatte zwar all ihre Sachen dagelassen, aber ich wusste, dass dies im Zweifelsfall nicht ausreichen würde, um sie zur Rückkehr zu bewegen. Auch Lauren und Marcus waren beunruhigt.

Unsere Viererbande war zerstört, und egal wie sehr wir uns bemühten, so zu tun, als wäre nichts, die Stimmung im Haus war einfach aus dem Lot. Shakespeare verlor den Appetit. Er jagte die Tauben nicht mehr von der Terrasse und ließ sich nicht mehr von sämtlichen Besuchern den Bauch kraulen. Selbst unsere langen Spaziergänge, die er früher so geliebt hatte, schienen ihm keine Freude mehr zu machen. Wenn Marcus oder Lauren nach Hause kamen, wurden sie nicht mehr begeistert, sondern nur mit einem matten Schwanzzucken begrüßt. Und was mich anging, ich war ganz in Ungnade gefallen. Shakespeare gehorchte höchstens, wenn ich streng wurde, und auch dann nur mit vorwurfsvollem Blick.

Ich versuchte mich zu verteidigen: »Ich habe getan, was ich konnte, mein Junge! Sie will nicht bei uns sein, da ist einfach nichts zu machen. Ich vermisse sie auch, aber ich kann sie ja nicht einsperren. Offensichtlich liebt sie mich einfach nicht genug.«

Doch Shakespeare hatte sich schon wieder hingelegt. Auch Rebecca schenkte mir nicht mehr Gehör als er. Am Telefon war sie immer sehr distanziert. Ich bat sie jeden Abend, nach Hause zu kommen, doch sie hielt Judiths Gesundheitszustand dagegen.

Der alte Alptraum begann meine Nächte wieder heimzusuchen, eindringlicher denn je. Ich sehe die schöne junge Frau, von der ich nun weiß, dass sie meine Mutter ist. Sie rennt, sie fällt. Ich versinke in ihren Augen. Die grenzenlose Liebe, die aus ihnen spricht, tröstet mich und macht mich gleichzeitig todtraurig, da ich spüre, dass ich sie verlieren werde. Wieder ändert sich die Szenerie, da ist diese rote Masse, dieser hämmernde Klang. Der Lärm, die Schreie. Ich bin einer der Soldaten, die versucht haben, sie zu retten. Ich weine. Ich weiß nicht, wie ich ihr helfen soll. Meine Mutter liegt auf einem Tisch, bedeckt von dem Tuch, das mit ihrem Blut getränkt ist. Ihr Gesicht ist abgewandt. Ich nähere mich, um sie ein letztes Mal zu küssen, drehe vorsichtig ihr eisiges Gesicht zu mir und schreie, als ich erkenne, dass es Rebecca ist.

Rebecca lebte bereits seit zwei Wochen wieder bei ihren Eltern, als wir uns trafen, um im Tavern on the Green im Central Park zu Mittag zu essen. Es war ein schöner, milder Tag. Rebecca trug einen langen perlgrauen Mantel, dessen Gürtel ihre schlanke Taille betonte, ein beigefarbenes Kleid und hochhackige rote Stiefel. Ihre blonde Mähne wippte bei jedem Schritt, ihre Katzenaugen hatte sie mit Kajal betont. Sie sah umwerfend aus. Schon lange hatte ich sie nicht mehr so elegant und weiblich gekleidet gesehen. Als wolle sie mich, den sie doch gar nicht verloren hatte, zurückerobern. Sie schmiegte sich an mich, sagte mir, dass sie mich vermisste, und zeigte mir ihre Liebe mit hundert kleinen Gesten. Doch sie weigerte sich noch immer, nach Hause zurückzukommen.

»Ist das neu?«, fragte ich, wobei ich ihren Mantel öffnete und meine Hände zärtlich über ihre Taille und ihre Hüften unter dem feinen Wollkleid gleiten ließ.

»Ja, ich war mit meiner Mutter einkaufen.«

Bei Tisch sprachen wir über Gott und die Welt, vermieden jedoch sorgfältig alle kritischen Themen. Wir wollten uns nicht streiten, sondern einfach ein paar glückliche Stunden miteinander verbringen. Das ging so lange gut, bis Donald, der Sohn eines unserer Konkurrenten im Baugewerbe, in seiner üblichen Dampfwalzenmanier dazwischenplatzte.

»Sieh an, du alter Glückspilz, sitzt hier mit der schönste Frau Manhattans!«, rief er und verschlang Rebecca mit anzüglichen Blicken. Als er uns für die kommende Woche zum Essen einlud, lehnte Rebecca dankend ab. Sie sei für ein paar Tage mit ihrer Mutter auf dem Land. Schlagartig war meine gute Laune dahin.

Donald spürte offensichtlich, dass seine Anwesenheit nicht erwünscht war, und gesellte sich wieder zu der Blondine, die ein paar Tische weiter auf ihn wartete.

»Wie schön, dass ich das auch erfahre, obwohl es auf diese Art und Weise ist. Du verlässt also wieder einmal New York«, sagte ich zu Rebecca, als er endlich außer Hörweite war.

Rebecca verdrehte die Augen. »Ich verlasse New York nicht, ich fahre nur für ein paar Tage aufs Land.«

»Und für wie viele Tage, wenn man fragen darf?«

»Ich weiß nicht … zehn, vielleicht vierzehn, das ist noch nicht entschieden.«

»Und wann entscheidet es sich? Wovon hängt es überhaupt ab?«

»Davon, ob es meiner Mutter bessergeht …«

»Deiner Mutter geht es seit über zwanzig Jahren nicht gut, wieso sollte sich das plötzlich ändern?«, brauste ich auf. »Wieso musst du gerade jetzt so viel Zeit mit ihr verbringen?«

Sie schwieg mit jenem zugleich traurigen und genervten Gesichtsausdruck, der mich immer auf die Palme brachte. Ich hatte das Gefühl, dass sie mich anlog, und sagte es ihr.

»Du bist nicht der einzige Mensch auf dieser Welt, Wern! Meine Familie braucht mich. Das sollte eigentlich kein Problem sein …«

Ich rief ihr ins Gedächtnis, warum es sehr wohl ein Problem für mich war. Hatte sie etwa schon vergessen, wie ihre Familie mich behandelt hatte? Und dass sie daraufhin monatelang spurlos verschwunden war? Und was war mit ihrer Weigerung, ein Kind mit mir zu bekommen?«

»O nein, nicht das schon wieder!«, schnaubte sie entnervt.

Obwohl wir unser Essen noch nicht angerührt hatten, legte ich ein Bündel Geldscheine auf den Tisch, und wir gingen hinaus. Ich hatte keinerlei Lust, mich hier vor allen Leuten mit ihr zu streiten. Draußen warfen wir uns alles Mögliche an den Kopf, ehe wir wütend auseinandergingen. Ich platzte fast vor Zorn, während ich die 5th Avenue hinunterlief. Im Büro mieden mich die Kollegen wohlweislich, ebenso wie Marcus, Lauren und Miguel am Abend bei uns zu Hause.

Später schloss ich mich einer Gruppe von Freunden an, mit denen ich die Nacht durchmachte. Wie beim letzten Mal, als Rebecca mich einfach so sitzengelassen hatte, versuchte ich, mich mit neuen Eroberungen zu trösten. Sehr zum Missfallen von Lauren und Shakespeare, der einer dunkelhaarigen Lektorin gegenüber so aggressiv war, dass ich ihn schließlich einsperren musste. Selbst Marcus, der sich notfalls mit einer Topfpflanze unterhalten hätte, wenn es der Anstand gebot, zeigte sich nicht gerade von seiner besten Seite.

Als ich ihn darauf ansprach, gab er zurück: »Deine verzweifelten Versuche, sie zu vergessen, sind ebenso erbärmlich wie nutzlos. Sei wenigstens so taktvoll, und verschone uns mit deinen Ersatzbefriedigungen. Rebecca ist auch unsere Freundin.«

Ich fand ihre Haltung unvertretbar, schließlich war Rebecca gegangen, nicht ich! Und das schon zum zweiten Mal. Diese Frau war unmöglich zufriedenzustellen … Wenn einer von ihnen eine Gebrauchsanleitung hätte, bitte, nur her damit. Bis dahin suchte ich eine freundliche Begleiterin mit normalen Ansprüchen, wie Essen gehen, Freunde sehen, am Wochenende vielleicht einen Ausflug oder Einkaufsbummel machen. Eine Frau, die Zeit für mich hätte, die nicht erst in Tiefschlaf fallen müsste, um mir mal ein Ei zu kochen, und die vor allem meine Umgebung nicht mit ihrer komplizierten Vergangenheit, ihren vernichtenden Enthüllungen, ihren existentiellen Fragestellungen und ihren Künstlerlaunen traktieren würde.

Da ich auf den Segen meiner Schwester oder meines besten Freundes also nicht hoffen konnte, fand ich mich damit ab, meine Trostfreundinnen außerhalb unseres Hauses zu treffen. Die Tatsache, dass ich auswärts schlief, ohne ihn mitzunehmen, gab Shakespeare den Rest. Vom passiven Widerstand ging er zum Angriff über. Als ich eines Tages im Morgengrauen nach Hause kam, fand ich in meinem Zimmer seine Kriegserklärung: Er hatte nicht nur in mein Bett gepinkelt, sondern auch systematisch all meine Schuhe zerfetzt. Da er selbst unauffindbar war, weckte ich mit meiner wütenden Suche das gesamte Haus auf. Lauren, die einige Stunden später eine wichtige Akupunktur-Prüfung hatte, kam wie eine Furie aus ihrem Zimmer gestürmt, warf mir ein Buch an den Kopf und schrie, dass mein Egoismus ja wohl wirklich keine Grenzen kenne. »Du bist nicht der einzige Mensch auf dieser Welt!«, wiederholte nun auch sie Rebeccas ewige Leier, die mich erst recht auf die Palme brachte. Marcus erschien in einem blau-weiß gestreiften Pyjama und erklärte mit erhobener Braue, dass »dieses andauernde Theater doch wirklich anstrengend« sei. Nur Miguel, unter dessen Bett, den Kopf zwischen den Pfoten, still und entschlossen der Missetäter lag, wagte sich nicht aus seiner Einliegerwohnung.

Dieser Anschlag meines Hundes bestärkte mich noch in meiner Verbohrtheit und Wut. Vielleicht war er ja aus demselben Grund wie ich deprimiert, schließlich hatte auch er keine Partnerin, sagte ich mir.

MANHATTAN, 1972

Rebecca war seit acht endlosen Wochen fort, als Tom Exley, der Detektiv, den ich engagiert hatte, mich anrief, um mir gute Nachrichten zu überbringen. Er und seine Mitarbeiter hatten Martha Engerer gefunden. Meine Tante lebte, und zwar in den USA, genauer gesagt in Louisiana, knapp vierzig Kilometer von New Orleans entfern. Sie arbeitete als Krankenpflegerin und wohnte mit einer Psychologin zusammen. Tom wusste nicht, in welcher Beziehung die beiden älteren Damen zueinander standen, und vermutete, dass sie sich einfach zusammengetan hatten, um weniger allein zu sein.

All die Jahre, in denen ich versucht hatte, meine Eltern aufzuspüren, kamen mir wieder in den Sinn. Damals hatte ich geglaubt, dass der Schlüssel zu meiner Vergangenheit irgendwo in einem unendlich fernen Deutschland läge, dessen Sprache und Gebräuche mir vollkommen fremd waren. Und plötzlich schienen die Antworten auf all meine Fragen so nah …

Tom Exley hatte Marthas Adresse herausgefunden und war dorthin gefahren, um sie mit Sicherheit zu identifizieren. Er hatte sie jedoch nicht kontaktiert und sich nicht zu erkennen gegeben, aus Sorge, sie könnte dann untertauchen. Wir hatten keine Ahnung, welche Rolle sie während des Krieges gespielt hatte. Vielleicht zog sie es vor, die Vergangenheit ein für alle Mal ruhen zu lassen. Ich frühstückte gerade mit Marcus und Lauren, als Toms Anruf mich erreichte. Sie wollten, dass ich sofort Rebecca Bescheid sagte, doch ich lehnte ab. Keinesfalls würde ich bei ihr angekrochen kommen und sie bitten, uns zu begleiten. Sie hatte mir so deutlich zu verstehen gegeben, wie unwichtig ich ihr gerade war, dass es an ihr lag, den ersten Schritt zu tun.

»Das finde ich nicht fair, Wern. Martha wird dir einiges über deinen leiblichen Vater erzählen, aber vielleicht kann sie auch Rebecca helfen, etwas mehr über die Vergangenheit ihrer Mutter zu erfahren. Du kannst sie nicht einfach so ausschließen«, protestierte Lauren.

»Sie hat sich doch selbst ausgeschlossen, falls du das schon vergessen hast«, erwiderte ich.

Ich konnte ihr einfach nicht verzeihen, dass sie mir schon wieder ihre Familie vorzog und mich erneut aus ihrem Leben verbannte. Wieso tat sie mir das an, nach allem, was passiert war? Seit unserem verpatzten Mittagessen hatte ich nichts mehr von ihr gehört, oder zumindest nicht von ihr persönlich. Mit Marcus, Lauren und sogar Miguel dagegen hatte sie mehrmals wegen irgendwelcher praktischer Fragen telefoniert, was meinen Groll noch verstärkte. Meine Schwester und mein bester Freund schienen nichts dabei zu finden, sie hielten trotz allem zu ihr. Dabei hätte ich mir gewünscht, dass sie sich auf meine Seite schlugen und Rebecca abblitzen ließen, dann würde sie vielleicht eher zu mir zurückkommen. Ihre Illoyalität verletzte mich, doch wenn ich mich darüber beklagte, platzte Lauren sofort der Kragen.

»Du kannst nicht von uns verlangen, dass wir aufhören, Rebecca zu mögen, nur weil ihr außerstande seid, euch wie erwachsene Menschen zu benehmen!«

»Lauren hat recht, Wern. Unsere Freundschaft zu Rebecca beeinträchtigt in keiner Weise unsere Gefühle dir gegenüber«, legte Marcus noch einen drauf.

Ganze zwei Tage brauchten sie, um mich davon zu überzeugen, Rebecca mit nach Louisiana zu nehmen. Da ich mich weiterhin weigerte, sie anzurufen, erklärte Lauren sich dazu bereit, während Donna die Reiseorganisation übernahm. Wir würden alle vier gemeinsam mit Tom Exley hinfliegen. Eine Woche vor der geplanten Abfahrt rief er bei Martha Engerer an, gab sich als Vertreter medizinischer Produkte aus und vereinbarte mit ihr einen Besuchstermin, damit wir sicher sein konnten, dass sie auch zu Hause war, wenn wir kamen.

Wir trafen Rebecca am Flughafen. Ich grüßte sie von weitem mit einem Kopfnicken. Dem Blick nach zu urteilen, mit dem sie meinen Gruß erwiderte, war sie sauer, auch wenn ich nicht wusste, was sie mir vorzuwerfen hatte. Verärgert ging ich, um Zeitungen und ein Geschenk für Martha Engerer zu besorgen. Im Flugzeug setzte ich mich neben Marcus und verschanzte mich hinter der *Financial Times*.

Die dreieinhalb Stunden Flug erschienen mir endlos. Laurens und Rebeccas unbeschwertes Geplauder hinter uns versetzte mich in Rage. Ich wollte, dass Rebecca mit mir sprach, mir eine Erklärung lieferte oder mich von mir aus beschimpfte, solange sie nur nicht so tat, als wäre ich überhaupt nicht da. Marcus versuchte mich aufzuheitern, doch ich reagierte auf seine Bemühungen nur mit einem missmutigen Grunzen. Schließlich gab er es auf und vertiefte sich in *Love Story* von Erich Segal. Es wurde wirklich Zeit, dass er eine Freundin fand.

Eine Stewardess brachte das Mittagessen. Da ich Hunger hatte, bat ich um eine zweite Portion. Sie brachte mir das Tablett, beugte sich zu mir herunter und flüsterte mit roten Wangen:

»Ich habe Ihnen ein Extrastück Schokokuchen dazugelegt. Sagen Sie mir unbedingt Bescheid, wenn Sie noch irgendetwas brauchen.«

Das Gespräch der beiden Frauen hinter mir verstummte. Rebeccas Verärgerung war deutlich spürbar. Daraufhin umgarnte ich die Stewardess umso mehr, doch meine Ex nahm das Geplauder mit Lauren rasch wieder auf, und mein Triumphgefühl verflog im Nu.

Feuchte, fast tropische Hitze empfing uns bei der Landung. Vor dem Flughafengebäude wartete ein leuchtend roter Kleinbus. Als wir darauf zusteuerten, lachten Marcus, Lauren und Rebecca hinter mir über irgendetwas, wie eine Gruppe gewöhnlicher Touristen. Ich verstand nicht, wie sie so entspannt sein konnten. Gleich würde ich meine Tante treffen und ihr Fragen stellen, die mich seit meiner Jugend quälten, es ging bei dieser Begegnung um nicht weniger als meine Vergangenheit und meine Zukunft – kurz, mir rutschte das Herz in die Hose, während meine Freunde unbekümmert scherzten.

»Ich frage mich, worüber ihr euch so amüsiert. Ich finde diesen Tag alles andere als komisch«, blaffte ich sie an.

Ihre Heiterkeit erstarb, und die Stimmung wurde eisig. Tom Exley entfernte sich unter dem Vorwand, er müsse den Vertrag für den Mietwagen unterschreiben.

»Wir haben gelacht, weil wir uns freuen, zusammen zu sein, Wern«, erklärte Rebecca.

»Dass wir zwei nicht mehr zusammen sind, ist übrigens allein deine Entscheidung«, gab ich zurück.

»Du weißt genau, dass die Dinge nicht ganz so einfach liegen. Und außerdem hast du dich ja offensichtlich schnell getröstet …«

Unwillkürlich wanderte mein Bick zu Lauren und Marcus, die konzentriert ihre Schuhspitzen musterten.

»Was hast du denn erwartet? Dachtest du etwa, ich warte brav darauf, dass du dich bequemst, mir deine erneute Flucht zu erklären?«, brauste ich auf.

»Du hast in der Woche meiner Abreise begonnen, dich mit anderen Frauen zu treffen! Man kann also nicht gerade behaupten, du hättest dich übertrieben lange geduldet oder um Verständnis bemüht. Marcus und Lauren brauchst du übrigens gar nicht so böse anzusehen. Du wolltest doch, dass ich es erfahre, nun, das ist dir gelungen.«

»Ich bin nicht dein Spielzeug, Rebecca. Du kannst mich nicht nach Belieben benutzen und dann in die Ecke schmeißen.«

Sie wollte etwas erwidern, doch ich schnitt ihr das Wort ab: »Und ich möchte diese Diskussion nicht zum hundertsten Mal mit dir führen, schon gar nicht vor Publikum. Du bist gegangen, dann trage jetzt auch die Konsequenzen.«

Mit grimmigem Gesicht wandte ich mich Marcus und Lauren zu.

»Lasst uns endlich einsteigen und losfahren.«

Ich setzte mich vorne auf den Beifahrersitz neben Tom Exley, die anderen nahmen hinten Platz. Während der gesamten Fahrt herrschte bleiernes Schweigen. Die Luft war zum Schneiden. Ich sah die Straßen von New Orleans vorbeiziehen und kam mir vor wie in einem fremden Land. Die niedrigen Häuser mit ihren Vordächern und umlaufenden Veranden sowie die üppige Vegetation hatten etwas Exotisches. Außerhalb der Stadt tauchte die Straße erst in den Dschungel ein, um dann an einem Sumpfgebiet entlangzuführen, das sicher vor

Reptilien wimmelte. Wir hätten genauso gut irgendwo in Lateinamerika sein können. Nur das Radio erinnerte uns daran, dass wir uns noch in den Vereinigten Staaten befanden. Nach einer halben Stunde erreichten wir das Dorf auf halbem Weg zwischen New Orleans und Baton Rouge, in dem Martha lebte. Auf der Veranda vor der weißen Fassade standen zwei Rattansessel an einem schmiedeeisernen Tischchen. Bunte Blumenampeln hingen vom Vordach, und ein perfekter Rasen vollendete den gepflegten Eindruck.

Noch immer schweigend, saßen wir im Bus vor dem Haus. Ich brauchte einen Moment, um meinen Mut zusammenzunehmen. Schließlich sagte Marcus, der meine Befangenheit spürte:

»Komm, Wern, ich gehe mit dir rein.«

Ich muss ihm einen völlig verlorenen Blick zugeworfen haben, denn er legte eine Hand auf meine Schulter und fügte hinzu:

»Keine Angst … Auf, lass uns gehen!«

Ich gab mir einen Ruck, brachte mit Marcus die paar Meter hinter mich, die mich von meinem Schicksal trennten, und klingelte. Eine weibliche Stimme rief:

»Ich komme!«

Eine etwa sechzigjährige Dame machte uns auf. Sie hatte lange kastanienbraune Locken, die von grauen Strähnen durchzogen waren, und dunkle Augen hinter einer roten Brille. Sie musterten mich verblüfft.

»Wir sind mit Martha Engerer verabredet«, sagte ich.

»Ah, die medizinischen Produkte, richtig? Ich bin Abigail«, stellte sie sich vor und reichte uns die Hand. »Kommen Sie herein, ich sage Martha Bescheid.«

Sie führte uns ins Wohnzimmer und bot uns eine Limonade an, die wir dankend annahmen.

»Martha, deine Verabredung!«, rief sie ins obere Stockwerk, ehe sie in der Küche verschwand.

Ein paar Minuten später kam Martha herein. Ich erkannte sie sofort. Natürlich war sie älter geworden, doch sie war eindeutig die Frau von dem Foto, das ich so eingehend studiert hatte. Marthas Blick fiel zuerst auf Marcus, der genau gegenüber der Tür saß. Dann bemerkte sie mich. Ich sah, wie sie schwankte.

»Mein Gott!«, rief sie aus, hielt sich mit einer Hand am Türrahmen fest und presste die andere auf ihre Brust.

Abigail, die gerade mit einem Tablett voller Gläser zurückkam, eilte zu ihr, um sie zu stützen.

»Liebes, was ist denn?«

»Das ist Werner, Luisas Sohn«, erklärte Martha ihr, ehe sie, an mich gewandt, sagte: »Sie haben ja keine Ahnung, wie sehr Sie ihr ähneln!«

»Wem?«, fragte ich, um sicher zu sein, dass ich richtig gehört hatte.

»Ihrer Mutter.«

Sie näherte sich mit wackligen Schritten und setzte sich so dicht neben mich aufs Sofa, dass unserer Knie sich berührten. Diese Nähe machte mich ebenso verlegen wie der Blick, mit dem sie mich musterte. Sie fuhr mir mit der Hand durchs Haar. Ich wagte nicht, mich zu rühren.

»Ich bin so unendlich froh, dass du lebst. Wie groß du bist, wie schön … Du siehst ihr so unglaublich ähnlich!«

»Den Fotos nach zu urteilen, dachte ich eher, dass ich Johann ähnlich sähe«, erwiderte ich, nachdem ich meine Verblüffung überwunden hatte.

»Ja, das auch … die Statur und die Gesichtsform, die Nase, aber den Blick, den hast du von ihr.«

Sie legte ihre Hände an meine Wangen. Diese Berührung ließ mich erschauern.

»Ich dachte, ich würde dich niemals wiedersehen. Wenn du wüsstest, wie lange ich dich gesucht habe. Monate, Jahre …«

»Sie spricht jeden Tag von Ihnen«, sagte Abigail mit rauer Stimme.

»Ich hatte solche Angst, dass er dich getötet hätte …«

»Wer wollte mich töten?«

»Kasper, dein Onkel …«

»Warum hätte er mich töten sollen?«

»Das ist eine lange Geschichte, mein Schatz«, sagte Martha in jenem vertraulichen Ton, den sie mir gegenüber so selbstverständlich anschlug, der mich jedoch befremdete. »Ich werde dir alles erzählen. Ich nehme an, dass du deswegen hergekommen bist … Was Kasper angeht, glaube mir, dieser Mann ist oder war zu allem fähig.«

Hotel Haus Ingeburg,
Bayerische Alpen, 1945

Von Braun spielte mit ein paar Kollegen Karten im Salon des Hotels. Seit sie sich den Amerikanern ergeben hatten, hatte sich nicht viel verändert, außer dass sie nun nicht mehr von SS-Männern, sondern von GIs bewacht wurden, die es damit jedoch ebenso genau nahmen. Martha war müde und wollte schlafen gehen. Es war bereits Nacht, die Vorhänge in ihrem Zimmer waren zugezogen, und der Raum lag im Dunkeln. Als sie eintrat, spürte sie sofort, dass er da war. Entsetzt wollte sie in den Flur zurückweichen, aber da hatte er sie schon gepackt und aufs Bett geworfen.

»Lass deine Mätzchen, Martha, ich will mit dir reden.«

Der Mann stand da, eine Hand auf Werners Wiege, der friedlich schlief. Zwischen den Fingern drehte er grinsend einen Dietrich, mit dem er die Tür geöffnet haben musste.

Martha setzte sich auf dem Bett auf. Sie bemühte sich, ruhig zu bleiben, doch ein eiskalter Schauer überlief sie. Sie dachte an das Messer, das sie noch immer im Strumpfband trug. Sie müsste sich sicher sein … Wäre sie wirklich dazu in der Lage? Er setzte sich ihr gegenüber in den Sessel. Als er jetzt sprach, hatte er wieder seine wahre Stimme angenommen, diese Stimme, die sie jede Nacht in ihren Alpträumen heimsuchte.

»Sieh mich an, dumme Kuh.«

Martha hob den Blick. Die Verletzungen des vermeintlichen Johann waren verheilt, das Gesicht abgeschwollen, kurzes Haar bedeckte schon wieder die Narben auf seinem Schädel.

»Hör mir gut zu. Ich weiß, dass du es weißt. Wir wollen uns doch nicht belügen, schließlich sind wir Mann und Frau«, sagte er mit vor Ironie triefender Stimme, während er mit einem Fuß Marthas Rock hochschob. Sie zuckte zurück.

»Du bist immer noch dieselbe widerspenstige kleine Hündin.«

Er bedachte sie mit einem Blick, der sie in Panik versetzte.

»Was willst du, Kasper?«

»Hör auf, Verdacht zu erregen, verhalte dich normal. Von Braun sieht mich langsam schon scheel an. Ich will Deutschland so schnell wie möglich verlassen. Die Amerikaner sind mein Fahrschein, und von Braun ist das Reisebüro …«

»Und wenn nicht?«

»Wenn nicht, nehme ich dir Werner weg und du wirst ihn nie mehr wiedersehen. Ich bin immerhin sein Onkel, und du bist niemand für ihn. Selbst von Braun wird das einsehen, wenn es zu einer Konfrontation kommen sollte. Die Familie steht über allem.«

Martha wurde bleich. Kasper hatte sofort begriffen, wie sehr sie an dem Kleinen hing und dass dies der sicherste Weg war, um sie zu manipulieren. So wie die Dinge standen, hatte er sie in der Hand.

»Außerdem, falls du mit deinem Spatzenhirn imstande bist, eins und eins zusammenzuzählen, wirst du einsehen, dass auch du nur davon profitierst. Da ich offiziell als Johann Zilch gelte, brauchst du lediglich weiter die Luisa zu spielen. Du kannst Englisch und hattest seit jeher eine Schwäche für diese degenerierten Halbaffen. Als Krankenschwester wirst du dort leicht eine Arbeit finden, und sonst suchst du dir einen alten Schwachkopf, der dich und das Kind durchbringt. Werner interessiert mich nicht. Wenn du tust, was ich dir sage, dann lasse ich euch in Ruhe, sobald wir es geschafft haben …«

Als Martha nicht antwortete, ballte er die Faust und zischte drohend:

»Hast du verstanden?«

»Ja … ich habe verstanden«, presste sie heraus.

Kasper stand auf und ging um das Bett herum Richtung Tür. Martha bewegte sich synchron zu ihm im Raum, um den größtmöglichen Abstand zwischen ihnen beiden zu wahren. Als er schon die Hand an der Klinke hatte, stellte sie die Frage, die ihr auf den Lippen brannte:

»Alle halten dich für tot …«

»Tot zu sein ist meine beste Überlebenschance.«

Marthas Herz schlug wie wild in ihrer Brust, doch sie fand den Mut, noch etwas zu fragen:

»Was hast du mit Johann gemacht?«

»Ich habe ihn dorthin geschickt, wo er immer hätte bleiben sollen.«

»Was meinst du damit?«

»Du hast mich genau verstanden.«

Kaum war er draußen, stürzte Martha zur Tür und drehte den Schlüssel im Schloss. Erst als sie auch noch die Kommode vor den Eingang geschoben hatte, ließ sie sich kraftlos zu Boden sinken. Sie wusste nicht, wie sie sich Kaspers Bösartigkeit entziehen sollte. Verzweifelt rang sie die aufsteigende Panik nieder. Gerade jetzt musste sie klaren Kopf bewahren und jeden ihrer Schritte sorgsam abwägen, um sich und den Kleinen zu schützen. Den Rest der Nacht saß sie an Werners Bettchen und wachte über seinen Schlaf.

Vom nächsten Morgen an spielte Martha die Versöhnliche. Sie hielt Werner zwar noch immer möglichst fern von seinem angeblichen Vater, zeigte sich diesem gegenüber jedoch freundlich und zugewandt, sobald Dritte anwesend waren. Von Braun war hocherfreut über diese Entwicklung, deren Ursache er nicht hinterfragte.

Zwischen New Orleans und Baton Rouge, 1972

Das Haus war erfüllt vom Zwitschern der Vögel, die den Garten bevölkerten, doch wir lauschten nur stumm und gebannt Marthas Erzählung. Sie berichtete von Luisas Tod und davon, wie ein junger Soldat mich gerettet und sie selbst mich am Fluss, unter Tausenden aus der brennenden Stadt Geflohenen, in den Armen einer Fremden gefunden hatte. Sie erzählte von Anke, meiner Amme, von ihrer Irrfahrt quer durch Deutschland auf der Suche nach meinem Vater, von Peenemünde und der Besitzerin des Lebensmittelgeschäftes, die ihnen geholfen hatte und schließlich mit ihnen nach Süden aufgebrochen war. All das füllte die Lücken, die nach meinem Gespräch mit von Braun bei der NASA noch geblieben waren. Ich hing an ihren Lippen, fügte nach und nach die letzten Puzzleteilchen ein und wartete auf den Todesstoß. Das Vergehen, das meine Familie auf ewig brandmarkte. Rebecca, Marcus und Lauren waren jetzt ebenso nervös wie ich. Abigail versuchte, die Spannung etwas zu lockern, und brachte uns Limonade und Kekse, die wir jedoch nicht anrührten. Immer wieder rückte sie ihre rote Brille zurecht, schüttelte ergriffen die braunen Locken und sah besorgt zu Martha, doch die hatte nur Augen für mich. Sie war gerade bei ihrem Wiedersehen mit von Braun angelangt, da hielt ich es nicht länger aus:

»War Johann in Auschwitz?«

»In Auschwitz?«, wiederholte sie. »Wieso sollte er in Auschwitz gewesen sein?«

»Vielleicht als Teil der Lagerleitung, er könnte sich um die Gefangenen gekümmert haben …«, antwortete ich ausweichend, um nicht Gaskammer, Folter, Vergewaltigung und all die anderen furchtbaren Worte auszusprechen, die mir durch den Kopf gingen.

»Hör mal, mein Schatz, dein Vater konnte keiner Fliege etwas zuleide tun. Er war ein Denker, ein Wissenschaftler. Er war nicht für die harte Realität geschaffen. Und erst recht nicht für den Kampf …«

»Er blieb aber einen guten Teil des Krieges unauffindbar«, mischte Rebecca sich ein.

Martha sah sie an, als würde sie die junge Frau erst jetzt bemerken. Sie musterte sie einen Moment mit undurchdringlichem Gesicht, dann sagte sie:

»Johann wurde von der Gestapo verhaftet, und falls er tatsächlich in Auschwitz war – was mich sehr wundern würde –, dann als Gefangener. Ich kann Ihnen keine

Beweise vorlegen, Miss, aber ich bin fest davon überzeugt. Johann ist tot. Er ist bei Kriegsende nicht wieder zu von Brauns Truppe gestoßen. Der Mann, der mit uns nach Amerika reiste, war niemand anders als Kasper, das weiß ich besser als irgendwer sonst. Es ist ihm gelungen, sich für seinen Bruder auszugeben und Deutschland zu verlassen, ehe die Alliierten ihn zur Rechenschaft ziehen konnten. Was Johann angeht – möge er in Frieden ruhen –, so habe ich nie wieder etwas von ihm gehört.«

Ihren Worten folgte langes, ungläubiges Schweigen. Wieder sortierte ich sämtliche Teile der Geschichte im Geiste neu, bis mir die eine, alles entscheidende Erkenntnis klar vor Augen stand: Mein leiblicher Vater war nicht jenes Monster, das Rebecca mir beschrieben hatte.

Es war sonderbar, nun plötzlich eine so simple Antwort auf die Frage zu bekommen, die mich seit Monaten quälte. Ich fühlte mich mit einem Mal so leicht, als hätte mir jemand eine tonnenschwere Last von den Schultern genommen.

Marcus erwachte als Erster aus seiner Erstarrung. Er stand auf, umarmte mich freudestrahlend und sagte:

»Was für eine wunderbare Nachricht, Wern!«

»Was für eine Erleichterung!«, rief nun auch Lauren aus, fiel mir um den Hals und drückte mich an sich. Martha und Abigail sahen uns verblüfft an. Sie hätten wohl eher erwartet, mich betrübt zu sehen, wenn ich vom Tod meines Vaters erfuhr, und begriffen nicht, warum wir mit einem Mal alle so aus dem Häuschen waren. Ich drehte mich zu Rebecca um, die mir einen unergründlichen Blick zuwarf. Hatte sie noch Zweifel? Ich vermochte ihre Gedanken nicht zu erraten. Sie blieb unerreichbar, rätselhaft, verschlossen. Ich versuchte mir meine Enttäuschung nicht anmerken zu lassen. Wie sehr hatte ich gehofft, dass diese paar Worte genügen würden, um mich zu entlasten, um ein für alle Mal dieses bittere Gemisch aus Schuld und Scham, das sich zwischen uns ausgebreitet hatte, zu vertreiben. Ich begriff, dass die Dinge, wie immer bei ihr, etwas komplizierter waren.

Martha nahm ihre Erzählung wieder auf: »Wir kamen im Januar 1946 in Fort Bliss an. Ich begleitete eine Gruppe von etwa hundert Wissenschaftlern. Nur wenige Familien durften ebenfalls einreisen, und auch diese sollten erst später nachkommen. Ich war Teil des fast ausschließlich aus Männern bestehenden ersten Kontingents, weil von Braun mich als Dolmetscherin brauchte und weil er sich als dein Patenonkel betrachtete und dich auf keinen Fall in Deutschland zurücklassen wollte. Seine Idee war es gewesen, mich als Luisa, als deine Mutter, auszugeben, damit ich mitkommen und mich weiter um dich kümmern konnte, wozu weder dein vermeintlicher Vater noch er in der Lage gewesen wären. Du warst so unglaublich brav während der Überfahrt. Die See war stürmisch, und allen war schlecht, nur du hast mit Appetit gegessen und geschlafen wie ein Engel, selbst wenn die Wellen sich haushoch auftürmten und wir Erwachsenen dachten, unser letztes Stündlein hätte geschlagen. In Texas dann, schien dir die Hitze ebenso wenig auszumachen, du warst wirklich ein erstaunlich widerstandsfähiges Baby. In Fort Bliss wurden wir zunächst in behelfsmäßigen Baracken untergebracht, in denen wir am Ende jedoch dauerhaft blieben. Mit der Begründung, dass sie komfortabler und größer sei, nahm von Braun, der Kasper ja für Johann und uns daher für Schwager und Schwägerin hielt, mich in seiner Baracke auf, die, anders als die anderen, über zwei Zimmer verfügte. Unter dem unisolierten, dünnen Blechdach, das sich in der texanischen Sonne aufheizte wie ein Grill, stieg die Temperatur gerne mal auf fünfundvierzig Grad. Du verbrachtest ganze Tage in einer Badeschüssel unter einem altersschwachen Ventilator. Wir lebten völlig abgeschieden. Für die Behörden existierten wir nicht. Die Männer hatten keine Beschäftigung und fühlten sich nutzlos. Wie in Bayern, als sie auf das Kriegsende warteten, spielten sie Karten und Schach, rauchten oder hörten Musik, um irgendwie die Zeit totzuschlagen.

Nur Kasper war diese Situation recht. Solange die Wissenschaftler nicht arbeiten, sprich sich nicht mit der Raketenentwicklung beschäftigen durften, von der Kasper nichts verstand, blieb seine Tarnung gewahrt. Er hatte es also nicht eilig damit, und tatsächlich bekam er fast ein Jahr Galgenfrist. Auch wenn es ihn nervös machte, dass er das Camp nicht verlassen durfte, war er doch froh, hier in Sicherheit zu sein. Denn in Europa wurden zu dieser Zeit die Nürnberger Prozesse abgehalten, die wir in der amerikanischen Presse verfolgten. Da die meisten der Wissenschaftler nicht gut genug Englisch sprachen, übersetzte ich für alle. Mit versteinerter Miene hörte Kasper zu, als die Zeitungen im Oktober 1946 von der Hinrichtung der Angeklagten berichteten. Ich hatte keine Ahnung, was er während des Krieges getrieben hatte – nach seiner Einberufung kam er so gut wie nicht mehr nach Hause, und noch vor Kriegsende fand ich endlich den Mut, mich von ihm zu trennen –, aber ich kannte seine sadistische Ader nur zu gut und konnte mir denken, dass es ihm nicht viel besser ergangen wäre, wenn man ihn erwischt und ihm den Prozess gemacht hätte.

Während die Männer Däumchen drehten, nutzte ich die Monate erzwungener Untätigkeit, um in der Krankenstation von Fort Bliss das amerikanische Schwesterndiplom zu erwerben, da meines hier nicht ohne weiteres anerkannt wurde.

Zu Beginn des Jahres 1947 gestattete man von Braun, nach Deutschland zu reisen, wo er seine Cousine Maria von Quistorp heiratete. Als er mit seiner Frau und deren Eltern nach Fort Bliss zurückkehrte, musste ich notgedrungen zu Kasper ziehen. Ich fürchtete die Hölle, doch zum Glück hatte Kasper zu große Angst, dass seine Tarnung auffliegen könnte, wenn er in der hellhörigen

Baracke Hand an mich legte, und so beherrschte er sich einigermaßen …« Sie hielt inne und sah einen Moment auf ihre ineinander verkrampften Hände. Wir ahnten, welche Details sie uns ersparte.

Als sie sich wieder gefasst hatte, fuhr sie fort: »Erst als sich abzeichnete, dass die Wissenschaftler ihre Arbeit bald wieder aufnehmen würden, steigerte sich Kaspers Nervosität so sehr, dass er mich eines Tages halb zu Tode prügelte. Daraufhin bat ich darum, das Camp verlassen zu dürfen, doch es wurde mir nicht gestattet. Also wollte ich wieder nach Deutschland zurück – mir war alles recht, solange wir nur vor Kasper in Sicherheit waren –, aber auch das wurde mir verweigert. Ein Hoffnungsschimmer tat sich auf, als Kasper sich darauf verlegte zu behaupten, er habe durch seine Hirntraumata all sein technisches Wissen verloren, und darum bat, die Forschergruppe verlassen zu dürfen. Mit Tränen in den Augen – er war wirklich ein hervorragender Schauspieler – erklärte er von Braun, der Kummer und die Scham darüber, sich all seiner Fähigkeiten beraubt zu sehen und den ehemaligen Kameraden nur noch zur Last zu fallen, seien einfach unerträglich, also wolle er lieber all das hinter sich lassen und woanders neu anfangen. Betroffen half ihm von Braun, Papiere für uns alle zu bekommen, und Kasper fand eine Anstellung bei Sanomoth, einem Düngemittelhersteller.

Da er mir damals in Bayern versprochen hatte, mich in Ruhe zu lassen, wenn wir ›es geschafft‹ hätten, sah auch ich meine Chance gekommen, mit dir ein neues Leben in Freiheit zu beginnen. Endlich würde sich das Schicksal wenden, er würde seiner Wege gehen, ich meiner. Dennoch blieb ich wachsam, und ich weiß nicht, welche Eingebung mich dazu brachte, auf all deine Kleidungsstücke Luisas letzte Worte zu sticken: ›Dieses Kind heißt Werner Zilch, ändern Sie seinen Namen nicht, er ist der Letzte von uns‹. Ich hatte auch deine Geschichte in zweifacher Ausführung aufgeschrieben und in das Innenfutter deiner Jacken genäht. Meinen Namen und den meiner Ausbilderin in Fort Bliss sowie den von Brauns und der Sekretärin des Kommandanten Hamill, mit der ich mich angefreundet hatte, fügte ich ebenfalls hinzu. Über sie hätte man mich kontaktieren können, falls es Kasper doch irgendwie gelingen sollte, uns zu trennen. Dabei war ich zu diesem Zeitpunkt noch sicher, er würde sich nur zu gerne auf Nimmerwiedersehen von uns beiden verabschieden. Sicher, ich musste noch eine Anstellung finden, doch Krankenschwestern wurden in Texas händeringend gesucht. Und was deine Betreuung während meiner Arbeitszeiten anging, so würde es auch dafür eine Lösung geben. Ich sah schon fast euphorisch unserer Zukunft entgegen. Leider kam alles anders, als ich es mir vorgestellt hatte.«

Martha hielt erschöpft inne und trank einen Schluck Limonade. Wir anderen saßen wie gebannt und taten keinen Mucks. Dann meldete sich Rebecca zu Wort:

»Bitte verzeihen Sie, wenn ich Sie das frage, Madam, aber wieso haben Sie ihn nicht einfach angezeigt? Sobald Sie in den USA waren, hätten Sie der Polizei doch melden können, dass Kasper die Identität seines Bruders Johann angenommen hatte.«

Martha überlegte eine Weile, ehe sie antwortete:

»Weil ich Angst hatte. Angst vor Kaspers körperlicher und seelischer Grausamkeit, aber auch Angst vor der Reaktion seiner Kollegen. Wissen Sie, die Zeiten haben sich geändert. Vor zwanzig Jahren war es nicht üblich, dass eine Frau sich einem Mann widersetzte. Mein Wort stand gegen seins, und es wog nicht viel. Außerdem hätte er mir dann sofort Werner weggenommen. Ich liebte dich mehr als alles auf der Welt«, sagte sie, an mich gewandt, und ihre Stimme zitterte zum ersten Mal, seit sie zu erzählen begonnen hatte. »Doch auch wenn Luisa mir vor ihrem Tod gewissermaßen die Verantwortung für dich übertragen hatte, gab es dafür keinerlei rechtliche Grundlage. Kasper konnte uns ganz nach Belieben trennen. Wissen Sie«, Martha sprach nun wieder Rebecca an, »im Nachhinein ist es meist leicht, den richtigen Weg zu erkennen, doch entscheiden muss man mitten im Geschehen.«

»Wann haben Sie Fort Bliss schließlich verlassen?«, wollte ich wissen.

»Im Frühjahr 1948. Von Braun und die anderen dachten, ich würde mit dir und Kasper in die Nähe von Sanomoth ziehen. In Wahrheit sollten sich unsere Wege noch am selben Tag trennen. Ich hatte eine Anstellung in El Paso gefunden, in einem von einer protestantischen Gemeinschaft geführten Krankenhaus. Der Leiter war sehr entgegenkommend und bot mir fürs Erste ein Zimmer dort an, bis ich etwas anderes finden würde. Ich hatte ihm erklärt, ich sei Witwe und lebe allein mit meinem kleinen Sohn. Da ich nicht wollte, dass Kasper wusste, wo wir wohnten, hatte ich ihn gebeten, uns bei einer falschen Adresse im Stadtzentrum, in sicherer Entfernung vom Krankenhaus, abzusetzen.

Ich hatte an alles gedacht, nur an eines nicht: Dass es ihm nicht genügte, seine Interessen zu verfolgen, sondern dass er sogar imstande war, diese aufs Spiel zu setzen, nur um des Vergnügens willen, mir ein Leid anzutun. Ich hatte seinen tiefsitzenden Hass, seinen unbezwingbaren Drang, mich zu vernichten, unterschätzt. Es gibt das Böse, und es gibt Sadisten. Suchen Sie keine Entschuldigungen für ihr Verhalten, es gibt keine. Sie sind einfach so veranlagt. Es bereitet ihnen Lust, anderen weh zu tun. Man muss ihnen aus dem Weg gehen oder, wenn man die Mittel dazu hat, sie zur Strecke bringen, denn sie kennen keine Grenzen. Da ich wusste, dass ich ihm nicht gewachsen war, hatte ich beschlossen, klammheimlich unterzutauchen. Er durfte keinen Verdacht schöpfen, deswegen nahm ich auch seine Einladung zum Essen an. ›Unsere letzte gemeinsame Mahlzeit‹, bat er mit jenem Blick, der mich zu Beginn unserer Bekanntschaft noch erweicht hatte.

Wir gingen ins Riviera, ein mexikanisches Lokal, das gerade eröffnet hatte. Meine Bedenken, das Essen könnte zu scharf sein für einen kleinen Jungen, wischte er mit einer Handbewegung fort. Eine Mariachi-Band sang laut *Aye Paloma, Viva Mexico* und *Cielito Lindo*. Ich erinnere mich, wie die Kellnerin das Essen brachte, während wir erstaunlich locker plauderten. Dann wurde mir heiß und furchtbar übel. Kasper lächelte seltsam und musterte mich mit offenkundiger Befriedigung. Mein Kopf schmerzte so sehr, dass ich dachte, er würde platzen. Alles um mich herum begann sich zu drehen. Ich hatte keine Kontrolle mehr über meinen Körper und sah meiner Hand ungläubig dabei zu, wie sie das Steakmesser vom Nachbartisch nahm. So als würde nicht ich sie steuern, sondern als hätte sie ihren eigenen Willen. Dann nichts mehr. Blackout. Gähnende Leere …«

Martha unterbrach sich erneut. Sie war leichenblass.

»Möchtest du lieber, dass ich weitererzähle?«, fragte ihre Freundin und legte ihr besorgt eine Hand auf den Arm. Die Harmonie, die zwischen diesen beiden Frauen herrschte, ihr liebevoller Umgang miteinander beeindruckten mich sehr. Martha schenkte ihr ein dankbares, zerbrechliches Lächeln.

»Nein, das ist nicht nötig. Ich muss nur ein paar Minuten Luft schnappen … Ich bin gleich wieder da.«

Durchs Wohnzimmerfenster sahen wir, wie sie sich auf die runde schmiedeeiserne Bank setzte, die einen über und über mit fleischigen weißen Blüten bedeckten Baum umgab. Ich wollte zu ihr gehen, doch Abigail hielt mich zurück.

»Lassen Sie ihr einen Moment. Sie wird wiederkommen. Möchten Sie in der Zwischenzeit vielleicht etwas essen?«

Wir nickten. Lauren bot ihre Hilfe an und folgte Abigail. Auch Marcus und Tom wollten sich nützlich machen, doch sie wehrte ab, die Küche sei zu klein für vier Personen. Rebecca rührte keinen Finger. Ohne dass sie es bemerkte, betrachtete ich ihr Spiegelbild in der Scheibe. Sie wirkte nachdenklich. Natürlich fand ich sie noch immer wunderschön. Doch meine ungetrübte Bewunderung für sie konnte all das andere nicht ungeschehen machen. Ich nahm es ihr übel, und ich war nicht sicher, ob es mir gelingen würde, ihr eines Tages zu verzeihen.

Zwischen New Orleans und Baton Rouge, 1972

Martha saß auf der Bank in ihrem Garten und versuchte der widerstreitenden Gefühle Herr zu werden, die wie eine mächtige Woge über ihr zusammenschlugen: der Freude, natürlich, Werner als stattlichen jungen Mann wiederzusehen. Doch auch der Bitterkeit über all das erlittene Unrecht. Wie lang war das alles her! Deutschland, Schlesien, ihre Jugend, der Krieg … Sie dachte an die gemeinsamen Mahlzeiten im Haus der Familie Zilch, wie heiter sie zunächst gewesen waren und wie die Stimmung dann, in der Zeit nach ihrer Hochzeit, gekippt war. Wie die beiden Brüder jedes Mal beinahe handgreiflich wurden, wenn sie über Politik sprachen. Kasper war ein Nazi der ersten Stunde gewesen. Sie erinnerte sich nur zu gut an seine heftigen Tiraden gegen Juden, Schwarze, Frauen, Kleinbürger, Arme, einfach alle außer sich selbst, an seine verächtlichen Vergleiche und von Darwin entlehnten Theorien. Er brüstete sich damit, laut auszusprechen, was alle anderen nur insgeheim dächten, und berauschte sich an seiner unerbittlichen Härte. Je mehr er zerstörte, desto mächtiger fühlte er sich. Nicht mal ein Blatt Papier konnte er in den Händen halten, ohne es in kleine Fitzelchen zu zerreißen. In seinem Gegenüber machte er vom ersten Moment an den verletzlichen Punkt aus oder eine Schwäche, über die man sich lustig machen konnte. Das Leben war für ihn ein unablässiges Kräftemessen. Wenn Johann von Milde sprach, so zitierte Kasper nur verächtlich den einzigen Satz, den er von Nietzsche kannte: »Wo liegen deine größten Gefahren? Im Mitleid.« Bei anderen Gelegenheiten verhunzte er Hegels Dialektik von Herrschaft und Knechtschaft, obwohl er nie einen Satz von diesem Philosophen gelesen hatte.

Johann war zu sehr in seine Forschungen vertieft, um entschiedener gegen die Hetzparolen der Nationalsozialisten zu kämpfen. Von klein auf hatte er sich vor Kasper und der Welt in seinen Traum von einer Weltraumrakete geflüchtet. Die Realität in Gleichungen zu übersetzen gab ihm das Gefühl, sie irgendwie beherrschen zu können. In den Jahren von Hitlers kometenhaftem Aufstieg leistete Johann nur seinem Bruder Widerstand. Luisa hatte nur Augen für ihren Ehemann und kümmerte sich noch weniger als er um politische Fragen. »Davon verstehe ich nichts«, beeilte sie sich immer zu sagen, um das Gespräch schnell auf andere Themen zu lenken, wenn die beiden Brüder sich wieder in die Wolle kriegten.

Nur Martha empörte sich von Anfang an über die Abwege, die Hitlers Politik einschlug. Es war eher eine instinktive Auflehnung, wie sie jedes Wesen empfindet, das man zu unterdrücken sucht und damit erst recht zum Widerstand anstachelt. Aus demselben Instinkt heraus war sie, auch wenn ihr dies erst viel später bewusst wurde, im Grunde eine Feministin. Das erniedrigende Frauenbild der Nationalsozialisten verabscheute sie zutiefst. Doch niemand teilte ihre Ansichten, und ihr einziger Versuch, sich in die Diskussion einzumischen, wurde von Kasper mit einer so brutalen Ohrfeige quittiert, dass es der gesamten Familie Zilch die Sprache verschlug. Martha wunderte sich über deren Empörung. Wussten sie tatsächlich nicht, was sich hinter der verschlossenen Tür ihres Zimmers abspielte? Schirmten die massiven Steinmauern des Herrenhauses wirklich all ihren Schmerz und ihre Verzweiflung ab? Sicher, ihr verbot die Scham, sich irgendjemandem anzuvertrauen, und Kasper achtete sorgfältig darauf, sie nur dort zu treffen, wo ihre Kleidung die Male verbergen würde. Dennoch konnte sie nicht glauben, dass ihre Schwiegereltern nichts von ihrem Martyrium ahnten.

Aus dieser liebevollen und vom Glück begünstigten Familie war noch nie ein so gewalttätiger Mensch wie Kasper hervorgegangen. Auch die Eltern vermochten sich den Unterschied zwischen ihren beiden Söhnen, die sie mit derselben Achtsamkeit erzogen hatten, nicht zu erklären. Beide waren obendrein kerngesund, gut aussehend und überdurchschnittlich intelligent, doch Kasper nutzte all diese Eigenschaften nur zu den übelsten Zwecken und leitete daraus ein Gefühl maßloser und rücksichtsloser Überlegenheit ab. Seine Arroganz paarte sich mit rasender Eifersucht auf alles und jeden, was ihn in den Schatten stellen könnte, angefangen bei seinem kleinen Bruder, der ihn bei seiner Geburt entthront hatte. Ruhig und besonnen, freundlich und fleißiger, war dieser auch bald bei allen beliebter als der ungestüme Ältere. Dass die beiden einander auch noch auf verblüffende Weise glichen wie ein Ei dem anderen, was jeder, der sie sah, unwillkürlich kommentierte, stachelte Kaspers Groll nur noch mehr an. Sie hatten dieselbe Statur, dieselbe geschmeidige Art, sich zu bewegen, blassblaue Augen und eine besondere Anziehungskraft. Kaspers Gesicht war vielleicht einen Hauch voller, seine Haltung etwas nachlässiger, und sein Mund hatte einen lüsternen Zug, was den Menschen, denen sie vertraut waren, erlaubte, sie zu unterscheiden. Hatte der kleine Johann die Unterdrückung durch den Älteren noch über sich ergehen lassen, so begann er sich als Jugendlicher, sobald er ihm körperlich nicht mehr unterlegen war, zur Wehr zu setzen, was wiederum Kasper rotsehen ließ. Und so verwandelte sich das Zilch'sche Anwesen in den Schauplatz des Krieges um einen Thron, der nur in Kaspers Vorstellung existierte.

Nach dem Tod der Eltern geriet der Konflikt endgültig aus dem Ruder. Die Nachbarn begannen sich einzumischen. Alle möglichen Gerüchte kursierten über Luisa. Sie sei vor der Ehe mit Johann Kaspers Geliebte gewesen. Martha, die zu der betreffenden Zeit in Berlin gelebt hatte, wusste von Luisa, dass Kasper ihr damals den Hof gemacht hatte. Doch ehe mehr daraus werden konnte, hatte sie Johann kennenlernt und sich Hals über Kopf in ihn verliebt. Martha war deswegen nie eifersüchtig gewesen. Die Nachbarn dagegen behandelten Luisa wie eine Aussätzige. In dieser Situation kam die Einladung nach Peenemünde für Johann wie gerufen. Er nahm seine junge Frau mit und verließ das elterliche Anwesen. Martha fand sich, allein mit Kasper, der einzigen Menschen beraubt, die sie nach dem Tod der Schwiegereltern davor bewahrt hatten, in diesem kalten, feindseligen Haus in Verzweiflung zu versinken.

Wie schwer diese Erinnerungen zu ertragen waren! All jene Jahre hatten die Wunde nicht heilen können. Eine Magnolienblüte fiel zu ihren Füßen nieder. Gedankenversunken las sie sie auf und barg sie behutsam in der hohlen Hand. Einen Moment blieb sie noch unter dem Baum sitzen, dann ging sie wieder hinein. Werner erwartete sie im Wohnzimmer. Jetzt war nicht der richtige Moment, um schwach zu werden.

Zwischen New Orleans und Baton Rouge, 1972

Martha nahm die Erzählung an exakt dem Punkt wieder auf, an dem sie sie unterbrochen hatte:

»Ich muss in dem mexikanischen Lokal das Bewusstsein verloren haben. Als ich wieder aufwachte, befand ich mich in einem blitzsauberen Zimmer. Einen Moment lang dachte ich, ich sei tot. Ein helles Strahlen schien vom Himmel herabzukommen. Tatsächlich drang Licht durch ein vergittertes Fenster hoch oben unter der Decke. Ich merkte, dass ich ans Bett gefesselt war. Ich konnte mich weder aufsetzen noch umdrehen und bekam Panik. Als ich um Hilfe rief, erschienen zwei Krankenschwestern. Sie befahlen mir trocken, mich zu beruhigen. Ich fragte sie, wo ich sei. Ich verlangte, losgebunden zu werden und dich zu sehen. Wo warst du? Bei wem? Warum war ich eingesperrt? Da sie mir nicht antworteten, regte ich mich furchtbar auf. Sie verabreichten mir eine Spritze, und ich versank wieder im Dämmer. Ich schlief Stunden, Tage oder Wochen, ich vermag es nicht zu sagen. In den wenigen Momenten, in denen ich aus der Umnebelung durch die Medikamente erwachte, fragte ich nach dir. Die Schwestern sagten mir, du seist bei deinem Vater und es gehe dir gut. Ich wusste, dass du nirgendwo in größerer Gefahr warst als bei deinem angeblichen Vater, doch meine Proteste wurden nicht beachtet. Schlimmer noch, sie bestätigten die Diagnose der Ärzte, die mir Wahnvorstellungen bescheinigt hatten. Ich war verloren. Nichts konnte mich trösten. Die Zeit dehnte sich endlos, mein Herz war ausgehöhlt.

Eines Morgens bekam ich zum ersten Mal den behandelnden Arzt, Doktor Change, zu Gesicht. Er war sehr viel freundlicher als sein Personal. Dennoch war ich auf der Hut. Ich hatte begriffen, dass sich jedes meiner Worte gegen mich wenden konnte. Doktor Change erklärte mir endlich, warum man mich eingesperrt hatte. Ich hätte, so sagte er, in einem Anfall geistiger Umnachtung meinen Mann vor den Augen unseres Sohnes mit einem Messer bedroht, ebenso wie die zu Hilfe eilenden Kellner des mexikanischen Lokals, in dem wir gerade aßen. Schließlich habe man mich überwältigt und hierhergebracht. Er zeigte mir die Zeugenaussagen der Kellner und Gäste, die meiner Akte beilagen. Als ich sie las, wurde mir klar, dass Kasper mich unter Drogen gesetzt haben musste. Er hatte Chemie studiert und schon zu Beginn unserer Ehe immer wieder mit verschiedenen Substanzen experimentiert. Doch ich behielt diese Interpretation für mich, sicher, dass sie meine Lage nur verschlimmert hätte, und beschränkte mich darauf, mit wenigen Fragen, die ich in bewusst sachlichem Ton vorbrachte, Zweifel zu säen:

›Ist mein Mann mich schon einmal hier besuchen gekommen, seit ich eingewiesen wurde?‹

›Nein‹, gestand Doktor Change mit betretenem Lächeln.

›Hat er angerufen, um sich nach mir zu erkundigen?‹

›Auch nicht.‹

›Aber er begleicht die Rechnungen für meinen Aufenthalt hier?‹

›Natürlich, da können Sie ganz unbesorgt sein.‹

›Ein wenig besorgt bin ich schon, Professor. Ich wüsste gern, wann ich meinen Sohn wiedersehen darf.‹

Er war ein wohlmeinender Mensch, doch er versuchte Zeit zu gewinnen: Erst müsse er sicher sein, dass mein Zustand stabil sei und ich keine Gefahr mehr für meinen Mann, unseren Sohn oder die Gesellschaft darstelle. Ich setzte eine demütige und zerknirschte Miene auf. Ich sei zu allem bereit, was meine Entlassung ermöglichte. Er sagte, ich müsse eine Therapie machen. Bei einer sehr verständnisvollen und fähigen Psychologin. Er hoffe, wir würden uns gut verstehen. Ich versicherte ihm noch einmal, dass ich mir Mühe geben würde. Hochzufrieden über unser Gespräch, ließ er mich in ein anderes Zimmer verlegen. Ich durfte nun auch an den täglichen Aktivitäten der übrigen Patienten teilnehmen. Am nächsten Morgen lernte ich die Psychologin kennen. Ich wusste es noch nicht, aber sie würde mir das Leben retten.«

Martha warf Abigail einen zärtlichen Blick zu, die erklärte:

»Besagte Psychologin war ich … Ich begriff sofort, dass etwas an Marthas Geschichte faul war. Doch ich brauchte eine ganze Weile, um ihr Vertrauen zu gewinnen. Sie erzählte mir, was jeder Arzt an meiner Stelle hätte hören wollen, nur nicht, was sie wirklich dachte. Ich spürte, dass sie Angst hatte, mir die Wahrheit zu sagen. Nun, am Ende haben wir uns verstanden, und sogar mehr als verstanden … Doch wir mussten vorsichtig sein. Es gelang mir, ihre Entlassung zu erwirken, doch als einige Kollegen wenige Monate später, ich weiß nicht wie, erfuhren, dass wir zusammenlebten, wurde mir fristlos gekündigt. Einer hat sogar versucht, Martha wieder einweisen zu lassen, da sie mich verführt und somit mein ärztliches Urteilsvermögen beeinträchtigt hätte. Also haben wir El Paso über Nacht verlassen und sind hierhergekommen, nach Louisiana. Wir mussten bei null anfangen. Ich habe meine eigene Praxis eröffnet, und Martha hat eine Anstellung bei einem Pflegedienst gefunden. Wir haben dieses Haus gekauft, den Garten angelegt, ein Leben aufgebaut, das uns gefiel. Alles wäre perfekt gewesen, wenn wir gewusst hätten, was aus Ihnen geworden war, Werner …«

»Ich habe dich überall gesucht«, bekräftigte Martha, ehe sie aufstand, ins Nebenzimmer ging und mit einem dicken Ordner wieder herauskam. »Das sind die Annoncen, die ich immer wieder in die Zeitung gesetzt habe, zusammen mit einem Bild von dir, die Briefe, die ich geschrieben, und die Antworten, die ich bekommen habe. Doch ich musste auch vorsichtig sein, konnte dich nicht offiziell als vermisst melden, denn ich durfte weder Kasper noch die Behörden auf mich aufmerksam machen. Immerhin war ich schon einmal als Psychopathin aufgefallen, und für Kasper wäre es ein Leichtes gewesen, mich endgültig einsperren zu lassen. Nichts, was ich versuchte, führte zu irgendeinem Ergebnis. Du warst verschwunden, ebenso wie Kasper. Am Ende war ich überzeugt, er hätte dich getötet und irgendwo vergraben, ehe er sich selbst nach Argentinien oder Chile oder irgendein anderes jener Länder, die Typen wie ihn aufnahmen, abgesetzt hatte. Es war furchtbar für mich, einfach nichts zu wissen. Doch an deinem fünfzehnten Geburtstag gab ich die Suche auf. Abigail hatte mich schon lange dazu ermuntert. Ich musste akzeptieren, dass du verschwunden warst, um nach vorne blicken und mein eigenes Leben leben zu können. Innerlich konnte ich es noch immer nicht annehmen, aber zumindest hörte ich auf, mich ununterbrochen damit zu beschäftigen.«

Abigail, die sah, wie erschöpft Martha war, bat uns zu Tisch. Es gab kalten Braten, Salat aus Tomaten, Gurken und Mais und dazu erfrischendes kaltes Bier.

Nun war ich an der Reihe, Martha und Abigail von meiner Kindheit zu erzählen, meinen Adoptiveltern, Laurens Geburt, meiner Freundschaft mit Marcus und unserer Baufirma. Lauren steuerte einige Anekdoten bei, vor allem über meinen unsäglichen Dickschädel und meine Lausbubenstreiche, die Martha und Abigail zum Lachen brachten. Sie sprach auch davon, wie sehr Andrew und Armande mich immer vergöttert hatten. Ich hielt dagegen, dass meine Mutter mich den lieben langen Tag ausgeschimpft hätte.

»Unsinn«, tat Lauren meinen Einwand ab. »Du weißt genau, dass sie einfach alles für dich tun würde.«

Rebecca saß mit ernster Miene da und beobachtete uns schweigend. Es gelang mir nicht, zu erraten, was in ihrem Kopf vor sich ging. Ihre Gedanken blieben hinter dem undurchdringlichen Blau ihrer Augen verborgen.

Abigail brachte eine Schüssel mit Erdbeeren und eine mit Schlagsahne. Martha rührte nichts davon an. Sie wollte alles über mich, über uns wissen und hörte nicht auf, mir Fragen zu stellen.

»Warum haben deine Adoptiveltern dir nicht ihren Namen gegeben … Haben sie einen meiner Briefe gefunden?«

»Leider nein. Sie hätten einen finden können, aber meine Mutter hat die Jacke, in deren Futter er eingenäht war, gewaschen, ohne ihn zu bemerken …«

»Mit Wasser? Was hat sie sich denn dabei gedacht?«,

entfuhr es Martha, als hätte sich all das gestern zugetragen.

»Als sie den Klumpen gefühlt und die Jacke aufgetrennt hat, war es zu spät. Sie hat sich deswegen immer Vorwürfe gemacht.« Ich hielt kurz inne. »Und ich übrigens auch, in all den Jahren, in denen ich zu verstehen versuchte, warum meine leiblichen Eltern mich weggegeben hatten. Dafür haben Andrew und Armande den Satz bemerkt, den du in meine Kleider gestickt hattest. Warum stand dort eigentlich, ich sei ›der Letzte von uns‹?«

Martha sah mich betrübt an.

»Luisa war – wohl zu Recht – überzeugt, dass man Johann umgebracht hatte, und sie wusste, dass sie selbst deine Geburt nicht überleben würde. Deine Großeltern waren schon lange von uns gegangen. Kasper zählte für sie nicht mehr zur Familie, seit sie wussten, was er mir angetan hatte, und seit er von seinem Recht als Ältester Gebrauch gemacht hatte, um das gemeinsame Erbe zu veräußern. Ich nannte mich nach der Trennung wieder Martha Engerer, also warst du tatsächlich der letzte Zilch …«

Ich hing meinen Gedanken nach. Die Zilchs schienen in ihrer Heimat eine einflussreiche Familie gewesen zu sein. Zwar wusste ich nichts von dem Land, aus dem sie kamen, doch es war mir nicht gleichgültig, dass ich nun irgendwie damit verbunden war. Bisher war mein Name Gegenstand von Spott oder neugierigen Fragen gewesen, auf die ich keine Antwort wusste. Aber er hatte immer ganz allein mir gehört. Ich wollte ihm durch meinen Willen und meine Existenz eine Bedeutung geben und damit meinen Wert unter Beweis stellen und Bewunderung ernten … Jetzt musste ich ihn plötzlich mit anderen teilen. Tatsächlich gefiel es mir nicht besonders, nun zu dieser einst bedeutenden Familie zu gehören, im Grunde wollte ich von niemandem abstammen. Ich mochte nicht meine bisherige Freiheit verlieren, der zu werden, der ich sein wollte.

Rebecca unterbrach meine Grübeleien, indem sie Martha fragte:

»Was würden Sie tun, wenn Sie Kasper finden würden?«

»Jetzt, da du wieder aufgetaucht bist«, antwortete Martha, an mich gewandt, »habe ich keinerlei Interesse mehr, Kasper zu suchen. Und wenn ich nur den kleinsten Hinweis gehabt hätte, so hätte ich ihn schon längst aufgespürt. Gleich zu Beginn meiner Suche habe ich bei Sanomoth Erkundigungen eingezogen, doch er war versetzt worden, und man gab mir keine weitere Auskunft, da ich meinen Mädchennamen wieder angenommen hatte und nun nicht mehr seine Ehefrau Luisa Zilch war. Sie hätten vielleicht mehr Glück als ich, Miss«, wandte sie sich in leicht ironischem Ton wieder an Rebecca.

»Das hoffe ich sehr«, gab diese trocken zurück.

»Warum interessieren Sie sich so für Kasper?«, wollte

Martha wissen. »Um diesen Mann sollte man besser einen möglichst großen Bogen machen.«

»SS-Hauptmann Zilch hat meine Mutter in Auschwitz misshandelt und vergewaltigt. Sie haben den Gedanken auf Rache vielleicht aufgegeben, aber ich werde nicht darauf verzichten, ihn zur Verantwortung zu ziehen. Nach all den Verbrechen, die dieser Sadist begangen hat, kann man ihn nicht unbehelligt lassen. Solange es auch nur die geringste Chance gibt, dass der Mistkerl noch lebt, werde ich nicht aufhören, ihn zu suchen«, verkündete Rebecca mit bebender Stimme.

»Ich wusste nicht, dass er in Auschwitz war«, murmelte Martha betroffen.

»Vorhin haben Sie gesagt, dass er sich sicher einiges hat zuschulden kommen lassen«, erinnerte Marcus sie.

»Natürlich … Ich wage nicht, mir vorzustellen, was eine Frau auszustehen hatte, die ihm ganz und gar ausgeliefert war. Es tut mir furchtbar leid für Ihre Mutter, Miss Rebecca. Wirklich …«

Rebecca antwortete nicht, dankte ihr aber mit einem Blick für ihr aufrichtiges Mitgefühl.

Flughafen JFK, 1972

Wir landeten spät in der Nacht. Auf dem Rückflug hatten wir alle geschlafen, erschöpft von der Hitze, der Reise und der emotionalen Achterbahnfahrt, die hinter uns lagen. Als wir ausstiegen, wurde mir angst: Rebecca und ich hatten den ganzen Tag kaum ein paar Worte gewechselt. Nun würde jeder wieder seiner Wege gehen. Das schien mir unerträglich, sie dagegen lief ungerührt Richtung Ausgang.

Ich hatte immer gehofft, nur meine Herkunft stünde zwischen uns. Aber nun, da wir alles über meinen leiblichen Vater wussten und ich von jedem Verdacht befreit war, benahm sich Rebecca noch immer so, als hätte sich nichts geändert, als wäre ich nach wie vor der potentielle Übeltäter, Sohn eines Übeltäters – mit Brief und Siegel. Dabei hätte sie doch genauso erleichtert sein müssen wie ich. War dieses Gefühl, dass wir füreinander geschaffen waren, nur ein Hirngespinst von mir? Hatte ich mir das alles nur zusammengereimt, während sie unsere Beziehung schon längst ad acta gelegt hatte, ohne dass ich es begriff? Ihr Schweigen machte mich mürbe. Ich begann an mir zu zweifeln. Hatte sie mich nie geliebt? Plötzlich fürchtete ich, dass sie selbst in den Momenten innigster Vertrautheit nie wirklich bei mir gewesen war …

In diese Grübeleien versunken, ging ich, drei Schritte hinter ihr, auf dem Laufband des Flughafens, das uns dem Abschied noch schneller entgegentrug. Unsere Spiegelbilder glitten über die Scheiben. Nicht ein einziges Mal verlangsamte sie ihren Schritt oder kam auf die Idee, sich umzudrehen und mir zu sagen, dass sie mich liebte, dass wir zusammengehörten und uns niemals mehr trennen würden.

»Sollen wir dich nach Hause bringen?«, fragte Lauren, die mal wieder so taktvoll war wie ein Elefant im Porzellanladen.

»Danke, nicht nötig … Ein Wagen wartet auf mich«, antwortete die Exfrau meines Lebens. »Oder möchtest du mit mir mitkommen?«, schlug sie Lauren vor.

Lauren verfluchte sich innerlich dafür, dass sie immer zielsicher alle Fettnäpfchen erwischte.

»Geh ruhig, Lauren«, sagte ich mit säuerlicher Miene.

»Ach was, bleib doch bei ihnen«, wandte sich Rebecca nun wieder an meine Schwester, allerdings mit einem Lächeln, das so viel besagte wie: Wenn du mich im Stich lässt, dann waren wir die längste Zeit befreundet.

Inzwischen waren wir bei den Privattaxis angelangt. Es gab einen Moment allgemeinen Zögerns, das Marcus ungewohnt entschieden und autoritär beendete, indem er einen Arm um Laurens Taille legte und verkündete:

»Lauren, du kommst mit mir. Ihr zwei könnt machen, was ihr wollt. Wir haben die Schnauze voll von euren Zankereien, mit denen ihr uns jetzt schon seit Monaten auf den Wecker geht.«

»Die Schnauze voll? Marcus, seit wann drückst du dich denn so vulgär aus?«, neckte ich ihn, dankbar für seinen Vorstoß, der mir noch etwas Zeit verschaffte.

»Das passt wirklich nicht zu dir«, legte Rebecca nach.

»Wie erfreulich, dass ihr euch wenigstens in diesem Punkt einig seid. Wir jedenfalls möchten nicht mehr in eure Streitereien hineingezogen werden. Uns reicht es! Basta! Und ich kann es, wenn nötig, auch noch in einem halben Dutzend anderer Sprachen sagen. Komm, Lauren, wir gehen.«

Er öffnete meiner Schwester galant die Tür der ersten Limousine, stieg nach ihr hinein und ließ uns ohne Bedauern stehen. Ich hielt Rebecca den Wagenschlag der zweiten Limousine auf, wartete, bis sie eingestiegen war, setzte mich neben sie und bat den Chauffeur, die Trennscheibe zu schließen.

»Das ist nicht nötig, es gibt nichts zu sagen«, bremste Rebecca mich aus.

»Was soll das heißen, es gibt nichts zu sagen?«

»Wir haben doch schon alles durchgekaut, du weißt ganz genau, was los ist.«

»Wie? Ich weiß überhaupt nichts! Jedenfalls habe ich noch nichts durchgekaut. Es kommt nicht in Frage, dass du jetzt einfach so wieder verschwindest und dich hinter deiner Geheimniskrämerei und deinen nebulösen Begründungen verschanzt. Du schuldest mir zumindest eine Erklärung.«

»Aber es ist doch vollkommen klar, warum das mit uns beiden nicht funktionieren kann.«

»Nein, ganz und gar nicht. Nichts ist klar. Ich bin sicher nur ein armer, beschränkter Mann, aber ich sehe wirklich nicht, worauf du hinauswillst. Mein leiblicher Vater hat sich nichts vorzuwerfen. Er hat deiner Mutter kein Haar gekrümmt. Ich verstehe absolut nicht, was unserem gemeinsamen Glück jetzt noch entgegensteht.«

»Deine Heuchelei ist einfach nicht zu fassen!«, brauste Rebecca auf. »Das Problem war niemals dein Vater, dein Onkel oder wer weiß welche Vergangenheit, für die du keine Verantwortung trägst, sondern das, was du selbst getan hast. Dein Charakter, den ich niemals ändern werde. Dein Wesen. Du kannst nichts dafür.«

»Wovon redest du denn, um Himmels willen?«

»Davon, dass du mich betrogen hast. Und noch mal betrogen hast. Und immer wieder betrogen hast.«

»Aber ich habe dich niemals betrogen!«, rief ich vollkommen verblüfft aus.

»Ach ja? Und Joan sagt dir gar nichts? Vanessa Javel,

die Lektorin, auch nicht? Oder die Psychologin Eve Mankevitch? Annabel, meine alte Schulfreundin? Sibyl? Das ist wirklich die Höhe! Die allerdämlichste meiner Cousinen, eine absolute Knalltüte. Du wirst nicht die Frechheit haben, zu behaupten, das sei Zufall gewesen oder du hättest dich gar verliebt. Wer weiß, mit wem du noch alles geschlafen hast! Es ist einfach unerträglich!«

Ich war sprachlos. Rebecca hatte mir nie zu verstehen gegeben, dass sie eifersüchtig war. Ganz im Gegenteil hatte mich ihre Gleichgültigkeit manchmal zur Verzweiflung gebracht.

»Aber warum hast du mir denn nichts gesagt?«

»Also ehrlich, wenn du nicht genug Tank und Einfühlungsvermögen hast, um das selbst zu begreifen …«

»Wie soll ich denn ahnen, was du auf dem Herzen hast, wenn du nicht mit mir darüber sprichst?«

»Ich habe gestern mit dir darüber gesprochen.«

»Du hast seit Wochen, seit du mich ohne eine Erklärung verlassen hast, kein Wort mit mir geredet und das Thema dann gestern ein Mal kurz erwähnt. Wie soll ich da begreifen, was los ist?«, protestierte ich.

»Du wusstest es ganz genau.«

»Ich hatte nicht die leiseste Ahnung. Ich dachte, du wärst wegen Kasper fortgegangen, wegen Johann, wegen dieser ganzen Geschichte, die uns vollkommen verrückt gemacht hat.«

»Ich bin gegangen, weil du mich betrogen hast.«

»Falsch, ich habe dich betrogen, weil du gegangen bist.

Diese Frauen, die du erwähnt hast und die mir scheißegal sind, die habe ich nur getroffen, weil ich allein war, weil du mich verlassen hattest. Selbst von Joan, die wirklich eine tolle Frau ist und die all meine Liebe und meinen Respekt verdient hätte, habe ich mich sofort getrennt, als du zurückgekommen bist. Wirklich, ich hatte keine Ahnung, du wirktest immer so gleichgültig …«

»Was hast du denn erwartet? Dass ich Geschirr kaputtschmeiße und mich vor dir im Staub wälze? Den Gefallen tue ich dir bestimmt nicht.«

Ihre Augen sprühten Funken, und ich sah die Ader an ihrem Hals pochen, die ich so oft geküsst hatte, wenn wir uns liebten. Ein paar Strähnen waren aus ihrer Hochsteckfrisur gerutscht und kringelten sich in ihrem Nacken. Nervös knetete sie den Träger ihrer Tasche. Sie raubte mir den Verstand.

»Selbst wenn du wütend bist, gelingt es mir nicht, dich nicht zu lieben …«, flüsterte ich.

Ich spürte, wie sie schwach wurde. Gerade als sie mir einen Blick zuwarf, der schon nicht mehr ganz so zornig war, ließ der Fahrer die Trennscheibe herunter und fragte:

»Soll ich die Dame bei derselben Adresse absetzen wie den Herrn?«

»Fürs Erste setzen Sie gar niemanden irgendwo ab, sondern fahren einfach weiter!«, befahl ich ihm knapp.

Ich musste Zeit gewinnen … reden, reden, bis sie zu mir zurückkam. Sie mit meinen Worten fesseln, mit meiner Liebe überschütten, mit meinen Zärtlichkeiten zur Strecke bringen. Sie ganz und gar zurückerobern.

»Wohin soll ich fahren?«, wollte der Chauffeur wissen.

»Einfach immer geradeaus. Halten Sie nicht an, schließen Sie die Scheibe wieder und stören Sie uns nicht mehr!«, blaffte ich ihn an, ehe ich die Vorhänge zuzog.

»Fauch den armen Mann doch nicht so an, er kann nichts dafür«, kritisierte Rebecca mich.

Und schon begannen wir wieder zu streiten … Miteinander allein in der Dunkelheit, ließen wir endlich alles raus, was sich in den vergangenen Wochen angestaut hatte. Wir schrien. Wir lachten. Wir weinten. Wir küssten uns. Wir machten uns Vorwürfe und verziehen einander. Wieder saßen wir auf der Rückbank eines Wagens, wie nach unserem ersten Rendezvous auf dem Dach in Brooklyn, und fuhren mit dem einzigen Ziel, nicht stehen zu bleiben. Nur wir zwei, beieinander, miteinander, ineinander verschlungen. Wir vergaßen alles um uns herum, staunend, dass das Wunder geschah. Dass der Zauber, den wir verloren geglaubt hatten, der Zauber, den wir in allen Winkeln unserer verletzten Herzen und dann in den stummen Körpern anderer Liebhaberinnen und vielleicht Liebhaber gesucht hatten, wieder da war, ungemindert.

Und wie jedes Mal, wenn das Glück uns küsste, hatten wir danach einen Bärenhunger. Ich wollte den Fahrer gerade bitten, zu einem Imbiss in der Nähe des Rockefeller Centers zu fahren, der rund um die Uhr geöffnet hatte, als der Motor plötzlich zu stottern begann und mit einem letzten Husten verstummte. Wir warteten eine Weile kichernd, dann, als nichts geschah, schob ich den Vorhang zur Seite. Der Fahrersitz war leer. Ich stieg aus. Wir waren mitten auf dem Land. Die feuchte Luft duftete frisch und intensiv im ersten Schimmer des heraufziehenden Morgens. Der Fahrer rauchte, an einen Baumstamm am Straßenrand gelehnt.

»Wo sind wir?«, fragte ich ihn.

»Auf Long Island.«

»In den Hamptons?«

»Ja«, bestätigte er, als sei es die selbstverständlichste Sache der Welt.

»Und wieso?«

»Sie haben gesagt, ich soll immer geradeaus fahren.«

Rebecca kam zu uns und schmiegte sich an mich.

»Haben wir eine Panne?«

»Nein, Miss, nur kein Benzin mehr.«

Wir sahen uns verblüfft an.

»Warum haben Sie denn unterwegs nicht getankt?«

»Weil Sie mir gesagt haben, ich soll nicht anhalten.«

»Also sind Sie einfach weitergefahren bis zum letzten Tropfen?«

»Ja, Mister.«

»Ich fasse es nicht!«, rief ich aus.

»Warum haben Sie denn nicht Bescheid gesagt, dass wir anhalten müssen?«, fragte Rebecca den Chauffeur.

»Ich sollte sie doch nicht stören …«

Weit und breit waren kein Haus und keine Telefonzelle zu sehen. Ich marschierte die Straße hinunter, gefolgt von Rebecca, die sich ausschüttete vor Lachen, wie immer, wenn ich mich aufregte, und dem vor sich hin schimpfenden Fahrer. Er habe nur getan, was ich ihm aufgetragen habe, es sei nicht seine Schuld, so dürfe man ihn nicht behandeln, er habe die ganze Nacht keine Pause gemacht, nichts gegessen, nicht geschlafen, und das sei nun der Dank dafür … Sein Gemecker brachte mich noch mehr auf die Palme. Ich machte kehrt, drückte ihm einen mehr als großzügigen Betrag in die Hand und riet ihm, in die entgegengesetzte Richtung zu verschwinden und mir nie wieder unter die Augen zu kommen.

»Und was machen wir jetzt?«, fragte Rebecca, noch immer glucksend, als er sich getrollt hatte.

»Wir laufen«, brummte ich.

Genau das taten wir, bis wir den Strand vor uns sahen. Rebecca zog die Schuhe aus, und wir gingen weiter am Meeressaum entlang. Die aufgehende Sonne färbte den Ozean, den Sand und unsere Gesichter ockergelb und rosa. Wir sahen ein Haus, aber es war verschlossen. Doch dann hatten wir Glück und trafen ein Stück weiter auf einen älteren Herrn bei seinem morgendlichen Spaziergang. Ein eleganter Hauch von Melancholie umwehte den kleinen, zierlichen, tadellos gekleideten Mann. Wir erzählten ihm, was uns hierher verschlagen hatte. Er sah uns nachdenklich an, dann blitzten seine grauen Augen, und er lud uns ein, mit zu ihm zu kommen. Hungrig und erschöpft, wie wir waren, ließen wir uns nicht lange bitten. Mr Van der Guilt bewohnte ein phantastisches Anwesen, das er Sandmanor getauft hatte. Wir waren sprachlos, als er uns herumführte. Das in Hufeisenform gebaute und von einem Turm überragte Haupthaus aus hellem Backstein hatte etwas von einem englischen Schloss. Veranden über die gesamte Länge der Seitenflügel unterstrichen noch seine herrschaftliche Wirkung. Das Ganze war umgeben von einer wohldurchdachten Komposition aus Buchsbaumhecken, Rosenranken und Zypressen. Weiter hinten im Park wich die französische Symmetrie der Beete mächtigen Bäumen, deren Strenge von kunterbunten Blumeninseln durchbrochen wurde.

»Meine Frau war eine leidenschaftliche Gärtnerin«, erklärte unser Gastgeber mit traurigem Lächeln.

Schließlich lud er uns zu einem üppigen Frühstück ein, das er selbst jedoch nicht anrührte. Er schien unsere Gesellschaft zu schätzen, denn er bot uns an, uns in seinem Gartenhaus ein wenig auszuruhen. Dieses entpuppte sich als ein sehr hübsches Häuschen neben einem Schwimmbecken von olympischen Ausmaßen. Obwohl er es selbst nicht mehr nutzte, hielt er es aus ästhetischen Gründen, wie er sagte, gefüllt und sauber.

»Ein leeres Schwimmbecken ist einfach trostlos.«

Er freute sich immer, wenn die Kinder des Personals sich darin vergnügten.

Nachdem er uns zur Hütte gebracht und uns eingeladen hatte, später mit ihm zu Mittag zu essen, ließ er uns allein. Statt ein paar Stunden, verbrachten wir am Ende mehrere Tage bei Mr Van der Guilt, unsere Flitterwochen, wie wir nachher scherzhaft sagten. Im nächstliegenden Örtchen Wainscott besorgten wir uns Zahnbürsten und etwas zum Anziehen. Wir brauchten ohnehin so gut wie nichts, da wir die meiste Zeit im Bett verbrachten.

Ich war erstaunt, wie lieblich die Atmosphäre in den Hamptons war. Ich hatte mir immer vorgestellt, dass hier die Reichen hermetisch abgekapselt in ihren sterilen Villen wohnten. Stattdessen entdeckte ich ein einfaches, fast dörfliches Leben. Solange man sich vom Zirkus der Cocktails, Dinners und Wohltätigkeitsgalas fernhielt, konnte man seine Tage barfuß und unbehelligt verbringen, umgeben von Vögeln und dem Rauschen des Ozeans. Glücklich verkrochen wir uns in dieser Zauberwelt. Ich hatte Marcus und Lauren Bescheid gesagt, damit sie sich keine Sorgen machten, und war etwas erstaunt, dass sie uns überhaupt nicht zu vermissen schienen. Marcus hatte mich am Telefon sogar regelrecht abgewimmelt. Als ich es Rebecca erzählte, zog sie mich zu sich auf das Sofa vor dem Haus und meinte nur:

»Sie sind sicher auch froh, mal ein bisschen für sich zu sein.«

»Wieso denn?«, wunderte ich mich.

Rebecca sah mich schief an.

»Jetzt behaupte nicht, dass du es nicht bemerkt hast …«, sagte sie ebenso spöttisch wie verblüfft.

»Dass ich was nicht bemerkt habe?«

Sie sah mich so lange stumm und vielsagend an, bis ich schließlich eine unhaltbare Vermutung äußerte:

»Lauren und Marcus? Das kann unmöglich sein!«

Ich erwartete, dass Rebecca gleich in Lachen ausbrechen würde, doch nichts dergleichen geschah.

»Was? Seit wann denn?«, fragte ich fassungslos.

»Seit ungefähr zwei Monaten. Es wird Zeit, dass du langsam mal aufwachst.«

Das war ja ein regelrechtes Komplott, was da hinter meinem Rücken geschmiedet wurde.

»Der Mistkerl! Macht mit meiner Schwester rum! Ohne mir was zu sagen! Ohne mich um Erlaubnis zu bitten!«, polterte ich los.

Rebecca lachte sich halb kaputt und zog mich den ganzen Tag lang damit auf.

»Sie sind total verliebt ineinander, aber deine Reaktion war so vorhersehbar, dass Marcus dir nichts gesagt hat. Du bist übrigens der Einzige, der es noch nicht geschnallt hat.«

Marcus und Lauren … Ich hatte wirklich nichts geahnt. Man muss dazu sagen, dass Marcus nie viel über sein Liebesleben preisgegeben hatte. Auch führten wir nicht solche Gespräche über unsere Eroberungen, wie sie angeblich zwischen Männern üblich sind. Dennoch hatte ich immer irgendwie mitbekommen, wenn er eine neue Flamme hatte, und mich in der letzten Zeit gewundert, dass sich in dieser Richtung so gar nichts mehr tat.

»Jetzt verstehe ich auch, warum er sich von Anfang an über die Kerle aufgeregt hat, die sich für meine Schwester interessierten …«

»Die arme Lauren, sobald sie einen ihrer Verehrer mit nach Hause brachte, habt ihr jeder aus seinem Grund und auf seine ganz eigene Art alles darangesetzt, sie in die Flucht zu schlagen. Und Marcus wusste nicht, worunter er mehr leiden sollte: dass Lauren die Typen anschleppte oder dass sie dann niedergeschlagen war, wenn sie nicht mehr wiederkamen. Diesmal kannst du jedenfalls nicht sagen, er wäre nicht gut genug für deine Schwester …«

Wir sahen unseren Gastgeber nur zu den Mahlzeiten. Er besaß ein außergewöhnliches Erzähltalent und unterhielt uns mit der Geschichte seines aufregenden Lebens. Mr Van der Guilt war zehn Mal um die Welt gereist. Er kannte die entlegensten Länder und die ursprünglichsten Völker, beherrschte sechs Sprachen und verblüffte uns immer wieder mit seinen scharfen Analysen geopolitischer Zusammenhänge. Als reicher Erbe hatte er nie wirklich gearbeitet. Er war als Diplomat in Paris, Istanbul und Wien gewesen, doch ich vermutete, dass er dort eher andere Aktivitäten verfolgt hatte, über die er nicht sprechen konnte. Vor zwei Jahren hatte er seine Frau Kate verloren, die unter der äußerst seltenen Glasknochenkrankheit gelitten hatte. Sie war seine große Liebe gewesen, und er kam nicht über diesen Verlust hinweg. Er musste in Rebecca und mir eine Art Spiegelbild dessen sehen, was er selbst erlebt hatte, denn am fünften Abend, vor unserer geplanten Rückkehr nach New York, fragte er uns ohne Vorwarnung und ohne große Umschweife:

»Möchten Sie mir nicht Sandmanor abkaufen?«

»Sie möchten dieses zauberhafte Anwesen verkaufen?«, rief Rebecca überrascht aus.

Er schwieg einen Moment, in Gedanken versunken. Die Nacht war kühl, und wir hatten im Fackelschein auf der Terrasse gegessen. Er nippte an seinem Grappa.

»Dieses Haus erinnert mich zu sehr an Kate. Alles hier hat sie ausgesucht. Den Stuhl, auf dem ich sitze, das Glas in meiner Hand, die Teller, diese silbernen Fackeln, die wir aus Indien mitgebracht haben. Sandmanor ist ihr Lebenswerk, dessen Finesse und Schönheit Ihnen nicht entgangen sein wird. Ich habe es nicht übers Herz gebracht, ihre Kleider fortzugeben, alles ist, wie es war, bevor sie gestorben ist. Als wäre sie nur kurz weggegangen und käme jeden Moment zurück … Ich kann hier nicht mehr leben, ich kann nicht zerstören, was sie geschaffen hat, und ich kann es nicht einfach irgendjemandem überlassen. Kate und ich haben uns sehr geliebt, hier haben wir unsere glücklichsten Jahre verbracht, und wenn ich nun gehen muss, so möchte ich, dass Sandmanor ein Ort voller Liebe bleibt, in dem vielleicht einmal die Kinderschar herumtollt, die uns nicht vergönnt war. Sie beide haben es sicher nicht immer leicht miteinander, aber Ihre Gefühle sind stark und aufrichtig, das merkt man sofort.«

Später, als Rebecca bereits ins Bett gegangen war und ich im Begriff war, ihr zu folgen, legte Mr Van der Guilt mir eine Hand auf die Schulter und sagte:

»Ich habe Leute wie Sie immer bewundert. Leute, die kämpfen, die sich aus eigener Kraft hocharbeiten und ihr Leben aufbauen. Ich hätte nie so viel Energie gehabt … Einen Käufer für Sandmanor zu finden ist ganz sicher kein Problem, aber aus den Gründen, die ich Ihnen genannt habe, wäre ich glücklich, wenn Sie es wären. Verstehen Sie es als eine Art Antrag«, scherzte er. »Außerdem würde Ihre Verlobte sich hier wohl fühlen. Eine Frau von ihrem Format könnte in Kates Fußstapfen treten. Sie hat dieselbe Klasse und Großzügigkeit … Genug jetzt, ich werde Sie nicht weiter bedrängen.« Doch ehe er im Haus verschwand, drehte er sich noch einmal um. »Ich zähle auf Sie, Werner! Sie haben das richtige Gespür. Überlegen Sie es sich schnell, und überlegen Sie gut.«

Manhattan, 1972

Rebecca war begeistert. Sie konnte an nichts anderes mehr denken als an Sandmanor. Auch ich war wie besessen davon. Dieses Projekt erlaubte uns, gemeinsam etwas aufzubauen, ohne dass es gleich eine Familie sein musste. Denn Rebecca hatte Angst davor, Mutter zu werden, wie sie mir gestand. Sie fühlte sich noch nicht bereit dafür. Außerdem ließ ich mich nur zu gerne von den letzten quälenden Gedanken ablenken, die Martha Engerers Erzählung mir nicht hatten nehmen können.

Ich hatte sie nach New York und zu meinen Eltern eingeladen. Ich mochte ihre offene, direkte Art und rief sie regelmäßig an, um mit ihr zu plaudern oder wenn Dane eine Frage an sie hatte. Wir hatten die Suche nach Kasper Zilch nicht aufgegeben. Wir mussten wissen, ob er noch lebte oder nicht. Doch wir kamen nicht wirklich weiter. Tagsüber hatte ich das Gefühl, ich hätte diese traumatische Erfahrung hinter mir gelassen, doch nachts geisterten die ungelösten Fragen durch meinen unruhigen Schlaf. Ich träumte von meiner Mutter und meinem Vater, die reihum die Gestalt von Armande, Andrew, Martha, Luisa oder Johann und Kasper Zilch annahmen. Ich träumte, dass ich in einer Blutlache schlief oder dass sich ein fauliger schwarzer Fleck von meinem Nagel über die Hand den Arm hinauf bis in mein Gesicht ausbreitete. Dieser Fleck zerstörte meine Haut, meine Zähne, meine Augen wie ein aggressives Gift, für das es kein Gegenmittel gab. Ich erwachte schreiend und schweißgebadet, ohne Rebecca zu wecken, die wie immer in ihrem ohnmachtsartigen Tiefschlaf versank. Aus Angst, der Alptraum könne sich wiederholen, stand ich auf und arbeitete, bis sich das Haus langsam belebte.

Zugleich kamen die Projekte von Z&H aufgrund einer Steuerprüfung nur schleppend voran. Ich hatte das vage Gefühl, dass uns jemand diese Inspektion absichtlich eingebrockt hatte. Zehn Steuerbeamte rund um die Uhr in unserem Büro zu haben, schaffte jedenfalls eine unbehagliche Atmosphäre, auch wenn ich mir sicher war, dass sie nichts finden würden. Donna führte unsere Bücher tadellos und wachte darüber wie ein Zerberus. Marcus nahm die Angelegenheit weniger gelassen als ich, vor allem weil sie uns genau in dem Moment in die Quere kam, als ich Mittel für Sandmanor lockermachen wollte. Bisher hatten sich meine Investitionen, abgesehen von dem Haus, das wir bewohnten, selbst finanziert. Ich war daher auf dem Papier sehr reich, aber nicht liquide. Da keiner von uns Lust hatte, nach Uptown zu ziehen, versuchten Marcus und ich, die beiden obersten Etagen unseres Turms zu verkaufen, doch Interessenten, die sich eine so luxuriöse Maisonettewohnung gönnen konnten, traf man nicht an jeder Ecke.

Sandmanor war ein Vermögen wert. Um Persönliches und Geschäftliches nicht zu vermischen, schickte Mr Van der Guilt uns seinen Anwalt. Als dieser uns den Kaufpreis nannte, war ich zwar nicht erstaunt, aber ich verfügte nur über ein Drittel der geforderten Summe. Dasselbe galt für Rebecca. Sie hatte mit ihren Ausstellungen und den Verkäufen ihrer Werke Geld verdient und würde einmal eines der größten Vermögen Amerikas erben, doch das Verhältnis zu ihrem Vater war kompliziert. Er gestand ihr großzügige Alimente zu, auf die sie jedoch nur zögernd zurückgriff. Sie wäre im Traum nicht darauf gekommen, ihn um einen Scheck über mehrere Millionen zu bitten. Ich glaube zwar nicht, dass Nathan Lynch seiner Tochter irgendetwas verweigert hätte, aber er hätte sicher eine Gegenleistung dafür gefordert. Mich hielt er nach wie vor für einen Mitgiftjäger, vor dem er seine Tochter beschützen musste, was mir bald auf unschöne Weise bestätigt wurde.

Als Rebecca Ernie um einen Überblick über ihre finanzielle Situation bat, nutzte der die Gelegenheit, um sie auszufragen. Mit einer Arglosigkeit, die mich verblüffte, erzählte sie ihm von unserem Projekt. Ernie seinerseits beeilte sich selbstverständlich, seinen Arbeitgeber von unseren »Machenschaften« zu unterrichten. Zwei Stunden später rief Nathan Lynchs Sekretärin bei Donna an, um mich einzubestellen. Ich bat Donna, ihr zu sagen, ich hätte die nächsten zwei Monate keinen freien Termin. Mir war egal, was er von mir dachte. Ich war mir sicher, dass ich sowieso keine Chance hatte, es ihm recht zu machen. Nathan Lynch, der es nicht gewohnt war, einen Korb zu bekommen, musste außer sich sein vor Wut, denn am nächsten Tag tauchte Ernie höchstpersönlich bei Z&H auf. Ich ließ ihn zwei Stunden warten, ohne ihn zu empfangen. Also versuchte Rebeccas Vater es über Frank Howard, der mit Marcus sprach, welcher mich wiederum ohne große Überzeugung und ohne Erfolg ins Gebet nahm. Ich dachte, ich hätte ihn genug gedemütigt, um ihn ein für alle Male los zu sein, doch da hatte ich seine Bösartigkeit oder die Liebe zu seiner Tochter wohl unterschätzt. Und so tauchte er eines Tages höchstselbst in Begleitung von Ernie auf, als ich mit Michael Wilmatt, einem bekannten Architekten, der an einem unserer neuen Projekte mitarbeitete, im Phoenix zu Mittag aß. Nathan Lynch war in den vergangenen zwei Jahren stark gealtert. Sein Gesicht war nicht mehr rot, wie ich es in Erinnerung hatte, sondern fast pudrig blass. Ich staunte wieder, wie klein er war. Als hätte Nathan meine Gedanken gelesen, reckte er die Schultern, blähte die Brust und stürzte sich auf mich. Ohne mich zu grüßen, forderte er ein Gespräch unter vier Augen. Da ich nun doch neugierig war und vor Michael Wilmatt keine peinliche Szene riskieren wollte, willigte ich ein. Ich entschuldigte mich bei meinem Tischgenossen und folgte den beiden zu einem Séparée. Doch als Ernie mit uns eintreten wollte, sagte ich, an Nathan gewandt: »Ohne ihn oder ohne mich.«

Ernie wollte protestieren, aber Rebeccas Vater gebot ihm mit einer wedelnden Handbewegung, sich zu entfernen. Der Raum war winzig und das Dekor überladen. Nathan Lynch setzte sich in einen blauen Polstersessel, ich mich ihm gegenüber.

»Was haben Sie mit meiner Tochter vor?«, fragte er ohne Präliminarien.

»Nichts, was sie nicht auch möchte.«

»Ihnen ist hoffentlich klar, dass ich Ihnen nicht erlauben werde, sie ohne einen Ehevertrag zu heiraten.«

»Das trifft sich gut, wir wollen nämlich sowieso nicht heiraten.«

»Dann ist sie also nur ein Spielzeug für Sie?«

»Rebecca möchte nicht heiraten. Weder mich noch sonst jemanden. Ich nehme an, Ihre harmonische Ehe mit Mrs Lynch hat sie nicht dazu animiert, Ihrem Beispiel zu folgen.«

»Ich verbitte mir Ihre Frechheiten.«

»Und ich mir Ihre Anmaßung.«

Er schwieg einen Augenblick. Ganz offensichtlich hätte er mich gern mit drei Sätzen zunichtegemacht, war sich aber nicht mehr so sicher, ob ihm das gelingen würde.

»Sie möchten also ein Haus mit ihr zusammen kaufen?«

»Ganz genau.«

»Rechnen Sie nicht damit, dass ich Ihnen einen Blankoscheck ausstelle. Wenn ich meiner Tochter diesen Kauf finanziere, dann werde ich sie schützen. Ich habe gehört, Sie hätten einen unschönen Hang dazu, ihre … Anlagen zu streuen.«

»Ich weiß nicht, auf welchen Gerüchten Ihre Anspielungen fußen, aber ich möchte Ihnen nicht die Details unseres Privatlebens auseinandersetzen. Was Ihre Finanzierung angeht, so kann ich darauf verzichten.«

»Ich habe Erkundigungen eingezogen, über Ihre … Sandburg. Mit ihren kleinen Immobilienschiebereien werden Sie sich ein solches Anwesen nicht leisten können.« Er machte eine Kunstpause. »Dennoch möchte ich nicht, dass meine Tochter auf etwas verzichten muss, das sie sich wünscht, nur weil sie bei dem Mann … an ihrer Seite die falsche Wahl getroffen hat. Ich will ganz offen sein.« Er beugte sich zu mir vor und setzte mit zusammengepressten Kiefern und stahlhartem Blick zu seinem letzten Hieb an: »Sie haben keine Familie, kein Vermögen, keine Erziehung. Sie sehen aus wie jedermann, sind durchschnittlich intelligent und unmoralisch. Ich verstehe beim besten Willen nicht, warum sie ihre Zeit mit Ihnen vertrödelt.«

Ein Riss zog sich durch den dünnen Lack meines Anstands.

»Vermutlich, weil sie richtig Spaß mit mir hat«, sagte ich mit einem breiten Lächeln.

Er zuckte zusammen, als hätte ich ihn geohrfeigt. Dann schnappte er nach Luft und ließ seinem ganzen Hass auf mich freien Lauf. Ich stand auf.

»Jetzt wissen Sie, warum ich keinen Wert drauf gelegt habe, Sie zu treffen. Das Beste für Ihre Tochter, für Sie und für mich dürfte sein, dass wir einander weiter aus dem Weg gehen, so wie wir es bisher getan haben.«

»Sie dreckiges kleines Stück Scheiße! Ich werde Ihnen ganz sicher nicht aus dem Weg gehen, sondern Ihnen ganz im Gegenteil bei jedem Schritt im Weg sein. Ich werde jedes einzelne Ihrer Projekte sabotieren und alles daransetzen, Sie und Ihre Freunde zu ruinieren. Falls Sie gehofft hatten, die Steuerprüfer bald loszuwerden, die derzeit Ihre Bücher durchforsten, vergessen Sie es. Schon morgen früh werden Sie doppelt so viele davon auf der Pelle haben. Ich werde Ihnen die Luft zum Atmen nehmen.«

»Wie schade, dass Sie nicht ebenso viel Energie und Entschlossenheit aufgebracht haben, um Ihre Frau zu rächen, anstatt sie einsperren zu lassen. Sie setzen offenbar die falschen Prioritäten«, erwiderte ich trocken.

Wütend ballte er die Faust. Da ich fürchtete, mich nicht länger beherrschen zu können, verließ ich den Raum. Vor der Tür stieß ich beinahe mit Ernie zusammen, der kreidebleich war. Ich meinte, in seinen Augen einen Funken von Angst oder Bewunderung aufblitzen zu sehen. Er dürfte noch nicht sehr oft erlebt haben, dass jemand Nathan Lynch die Stirn bot. Ich ließ ihn einfach stehen und ging wieder zu Michael Wilmatt, dem ich vorschlug, das Lokal zu wechseln, damit wir nicht noch einmal gestört würden.

Ich war ziemlich stolz darauf, wie ich den Alten abgekanzelt hatte, auch wenn ich die persönlichen Folgen fürchtete, die mein Auftritt möglicherweise nach sich ziehen würden. Rebecca konnte ich den Zwischenfall nicht verheimlichen: Ein Journalist der *New York Gossip*, der gerade im Phoenix zu Mittag aß, hatte mitbekommen, wie ich mit Nathan im Séparée verschwunden war und anschließend recht überstürzt das Lokal verlassen hatte. Indem er bei den Kellnern ein paar Scheine springen ließ, war es für ihn ein Leichtes gewesen, unseren Disput in groben Zügen zu rekonstruieren. Am nächsten Morgen titelte das Blatt: *Nathan Lynch wird gelyncht*.

Die ersten Zeilen sagten schon alles: »›Ich will deine Millionen nicht, ich nehme lieber deine Tochter … und das gefällt ihr‹, knallte Werner Zilch dem Multimilliardär bei einer heftigen Auseinandersetzung im Phoenix vor den Latz.«

Rebecca las diese Zeitung nie, wurde aber von wohlmeinenden Freunden über den Artikel informiert. Ich arbeitete an diesem Tag zu Hause. Sie baute sich vor mir auf und hielt mir ein Exemplar des Klatschblattes unter die Nase.

»Sag mir nicht, dass du diese Worte wirklich ausgesprochen hast!«

Bestürzt las ich die Zeilen, in die sie ihren Zeigefinger gebohrt hatte.

»Nein, das habe ich nicht gesagt«, versicherte ich ihr, ohne mit der Wimper zu zucken.

»Und wann hattest du vor, es mir zu erzählen?«

»Ich wollte dir nicht die Laune verderben …«

»Musstest du ihn unbedingt provozieren?«

»Ich habe ihn überhaupt nicht provoziert! Er verfolgt mich, seit du Ernie angerufen und ihm von unserem Vorhaben erzählt hast. Dein Vater ist im Phoenix auf mich losgegangen wie ein Wilder.«

»Ja, sicher!«

Als ich ihr ausführlich berichtete, was sich in dem Séparée abgespielt hatte – wobei ich meinen Part wirklich nur ein ganz klein wenig beschönigte –, lief sie vor Zorn rot an, schmiss die *New York Gossip* in die Ecke und schnappte sich das Telefon.

»Guten Morgen, Esther, ich möchte mit meinem Vater sprechen … Nein, sofort … Es ist mir egal, ob er beschäftigt ist. Wenn er seine Tochter jemals wiedersehen will, dann muss er sich jetzt aus seinem Meeting herausbequemen … Ganz genau. Ich warte.«

Sie setzte sich auf meinen Schreibtisch und bat mich hinauszugehen. Als ihr das nicht schnell genug ging, durchbohrte sie mich mit einem Blick, der mich zum ersten Mal eine gewisse Ähnlichkeit zwischen ihr und

Nathan erkennen ließ. Ich konnte es mir nicht verkneifen, an der Tür zu lauschen, und genoss ihre handfeste Auseinandersetzung in vollen Zügen. Dann klingelte es auf der anderen Leitung. Es war Mr Van der Guilt, der mich zum Mittagessen einladen wollte.

»Mir scheint, Sie haben Schwierigkeiten mit der Finanzierung von Sandmanor, zu dessen Kauf ich Sie zu zwingen versuche«, sagte er scherzhaft. »Ich habe da vielleicht eine Lösung. Lassen Sie uns darüber reden.«

»Sehr gerne. Wann haben Sie Zeit?«

»Passt Ihnen heute? Ich schlage vor, wie treffen uns im Restaurant des Mayfair Hotel. Aber kommen Sie bitte ohne Rebecca. Ich werde es Ihnen erklären.«

Als ich pünktlich um eins erschien, erwartete er mich bereits. Immer wieder wurden wir von Leuten unterbrochen, die an unseren Tisch kamen, um ihm Guten Tag zu sagen, und die er mir stets mit ein paar freundlichen Worten vorstellte. Offenbar war er trotz seines zurückgezogenen Lebens in den Hamptons noch immer bestens vernetzt in der New Yorker Gesellschaft. Schließlich unterbreitete er mir seinen Vorschlag, der ebenso simpel wie überraschend war. Er bot mir einen Tausch an: Die Summe, die mir zur Verfügung stand plus die beiden Etagen unseres Z&H-Towers, für die wir keinen Käufer fanden.

»Angesichts der Atmosphäre von Sandmanor hätte ich nie gedacht, dass eine so moderne Wohnung Sie interessieren könnte«, erwiderte ich. Nur deshalb hätte ich ihm diese Möglichkeit, die mir ebenfalls in den Sinn gekommen war, nicht selbst angetragen.

»Dabei haben Sie mich darauf gebracht, als Sie Rebecca zu überreden versuchten, dort hinzuziehen, erinnern Sie sich? Sie sagten, Ihnen gefiele die Vorstellung, an einem Ort zu leben, den noch niemand vorher bewohnt hat. Da ist mir klargeworden, dass ich genau das brauchte: einen neuen Ort, der nicht voller Erinnerungen an Kate ist. Ich habe es mir bereits angesehen und bin begeistert. Außerdem ist es gut, wenn man in meinem Alter langsam beginnt, sich dem Himmel zu nähern«, schloss er lächelnd.

Ich musste seinen Vorschlag mit Marcus besprechen, dem über Z&H fünfzig Prozent der Turmwohnung gehörten. Unsere Firma müsste mir einen Privatkredit über die entsprechende Summe geben. Wenn Marcus einwilligte, woran ich keinen Zweifel hatte, wäre der Handel perfekt. Mr Van der Guilt würde außerdem fünf der Bediensteten von Sandmanor ein Jahr lang weiter bezahlen, was uns Zeit ließ, zu überlegen, wer sich danach um das Anwesen kümmern würde. Nur das Ehepaar, das für ihn den Haushalt besorgte, wollte er mitnehmen.

»Die beiden kennen mich besser als irgendwer sonst, und sie waren Kate sehr verbunden. Aber ich bin sicher, Sie werden einen adäquaten Ersatz finden.«

Da konnte ich ihn beruhigen. Miguel würde das Haus unter seine Fittiche nehmen. Nach dem Essen hatte Mr

Van der Guilt eine weitere Überraschung für mich. Er holte eine dicke grüne Aktenmappe aus seinem Diplomatenkoffer und reichte sie mir.

»Ich habe lange gezögert, Ihnen diese Dokumente zu geben. Es ist eigentlich nicht meine Art, mich in anderer Leute Angelegenheiten einzumischen, aber ich habe zufällig einen Artikel gelesen, der von Ihrem schwierigen Verhältnis zu Rebeccas Vater berichtete, und da habe ich mir gesagt, dass diese Unterlagen Ihnen helfen könnten. Mir erschien es auch wichtig, dass Rebecca davon erfährt, allerdings nicht aus meinem Mund.«

Ich wollte sofort einen Blick darauf werfen, doch er hielt mich zurück, indem er eine Hand auf meinen Arm legte.

»Lesen Sie es später ungestört. Und wenn Sie noch Fragen dazu haben, zögern Sie nicht …«

Zurück im Büro, nahm ich mir die Papiere vor. Es waren Kontoauszüge einer Briefkastenfirma auf den Cayman Islands, der Rebecca, ihre Mutter und sogar ihr Vater in mehreren Tranchen riesige Summen überwiesen hatten. Zuerst begriff ich nicht, bis ich auf dem letzten Blatt die Information fand, die alles erklärte. Ich hatte keine Ahnung, wie, doch Mr van der Guilt war es gelungen, herauszufinden, wem sämtliche Anteile dieser Gesellschaft gehörten: Es war Ernie. Ich war nicht wirklich erstaunt, dass er Rebecca und ihre Eltern seit Jahren bestahl. Ich hatte ihm vom ersten Augenblick an misstraut, und als rechte Hand von Nathan Lynch musste er

Vollmachten haben, die ihm erlaubt hatten, Millionen zu veruntreuen.

Ich rief zu Hause an und erfuhr, dass Rebecca in ihrem Atelier arbeitete. Kurz darauf saßen wir auf der Terrasse und beugten uns über die Dokumente, die Mr Van der Guilt mir anvertraut hatte. Rasend vor Wut bestätigte sie mir, dass weder sie noch ihre Mutter diese Überweisungen genehmigt hatten. Sie war sich so gut wie sicher, dass ihr Vater ebenso wenig davon wusste. Auch wenn Rebecca Ernie nicht besonders mochte, traf sie diese Enthüllung doch sehr. Zum einen, weil sie ihre eigene Leichtgläubigkeit bewies, zum anderen, weil sie wusste, dass Ernie sie im Stillen verehrte, und immer gedacht hatte, das müsse ihr seine uneingeschränkte Loyalität sichern. Das Gegenteil war offenbar der Fall.

»Nach allem, was mein Vater für ihn getan hat! Weißt du, dass er ihm sein Jurastudium bezahlt und ihm geholfen hat, seine Kanzlei zu eröffnen? Es ist einfach unglaublich!«

Ich setzte eine indignierte Miene auf.

»Du sagst gar nichts? Bringt dich das denn nicht auf die Palme?«

»Doch, natürlich, aber wir regeln das schon.«

Zum zweiten Mal an diesem Tag ging Rebecca in mein Büro, ignorierte den Sessel, der sich ihr einladend anbot, setzte sich stattdessen mit überkreuzten Beinen auf den Schreibtisch und rief ihren Vater an. Zum zweiten Mal postierte ich mich mit gespitzten Ohren hinter der Tür und befolgte endlich einmal Laurens ständige Ermahnung, den Augenblick voll auszukosten!

Arizona, 1974

»Schönes Wochenende, Herr Professor«, rief der Wärter und öffnete die Schranke.

Professor Zilch grüßte durch die Scheibe seines bronzefarbenen Chevrolet und verließ das Fabrikgelände. Wie jeden Freitagabend würde er ins Paradise gehen, aber zuvor wollte er noch beim Waffenhändler vorbei. Wenn sein neues Gewehr noch nicht eingetroffen war, würde er sich einen weiteren Revolver kaufen. Nicht, dass er nicht genug Waffen zu Hause gehabt hätte, doch je mehr es waren, desto sicherer fühlte er sich. Zweimal pro Woche trainierte er an seinem eigens im Keller eingerichteten Schießstand.

Seit einigen Tagen glaubte er sich beobachtet. Es war nur ein vages Gefühl, und trotzdem hatte er sofort Sicherheitsmaßnahmen ergriffen. Er änderte seine gewohnten Routen und achtete darauf, seinen regelmäßigen Tagesablauf zu durchbrechen. Zilch hatte gelernt, auf seine Instinkte zu hören. Er hatte zu viel zu verlieren. Seit Jahren führte er ein möglichst unauffälliges Leben. Er war so unsichtbar, wie seine markanten Züge und seine Statur es eben erlaubten. Dass er auf seinem Posten bei Sanomoth alle anderthalb Jahre versetzt wurde, kam ihm nur entgegen. Er hatte keine Freunde und suchte sich auch keine. Zu den Nachbarn war er stets höflich, ohne sich je auf ein Gespräch einzulassen. Er aß nicht mit seinen Kollegen zu Mittag und lehnte ihre Einladungen auf einen Drink nach Feierabend mit der Begründung ab, er hätte noch zu viel zu tun. Morgens vor der Arbeit ging er schwimmen, abends sah er fern, hörte Musik oder löste Zahlenrätsel aus der Zeitung. Er hatte sich an diese eiserne Disziplin gewöhnt.

Die Motorhaube eines Pontiac Executive erschien zum dritten Mal in seinem Rückspiegel. Seine Muskeln spannten sich an. Fünf Minuten später folgte ihm der Wagen immer noch. Als die Ampel auf Rot sprang, gab er Gas und bog links ab, obwohl das verboten war. Der Pontiac hielt. Falscher Alarm. Dennoch machte Zilch einen großen Umweg, ehe er einige hundert Meter von Dury's Gun Shop entfernt parkte, die Straße nach dem verdächtigen Wagen absuchte und endlich ausstieg. Sein Automatikgewehr war nicht angekommen. Der Händler entschuldigte sich und gewährte ihm einen großzügigen Nachlass auf den Revolver. Der Professor zahlte bar und bat den Mann, ihn zum Hinterausgang rauszulassen.

Zu Hause stellte er den Wagen am Straßenrand ab,

damit er sofort losfahren konnte, wenn es ein Problem gab. Aus Vorsicht hatte er beschlossen, seinen Besuch im Paradise zu streichen. Sein Kühlschrank war so gut wie leer. Missmutig kaute er auf einem Stück altbackenem Brot mit einem Rest Wurst herum, schenkte sich einen Whisky ein und setzte sich vor den Fernseher. Der Film war eine lahme Komödie, doch die Heldin, eine scharfe kleine Brünette, erinnerte ihn an Barbara. Kurz entschlossen stand er auf, duschte, rasierte sich, zog sich an und stieg in seinen Chevrolet.

Auf dem Parkplatz des Paradise standen die Autos dicht gedrängt. Nur Männer stiegen aus. Über dem Namenszug leuchtete die Silhouette einer nackten Frau in grellen Neonfarben. Er ging zum Eingang für Clubmitglieder und wurde sofort eingelassen. Drinnen empfing ihn dampfige, von Tabakgeruch und Schweiß geschwängerte Luft. Auf der Bühne tanzten junge Frauen in knappen Dessous und High Heels an Messingstangen. Ihre eingeölten Körper glänzten, das schummrige Licht verlieh ihnen eine überirdische Makellosigkeit. Mrs Binson trat auf ihn zu.

»Der übliche Tisch, Mr Zilch?«

Er nickte. Von seinem Platz aus konnte er sehen, ohne gesehen zu werden. Er entdeckte Sandy und bewunderte ihre geschmeidigen Bewegungen und ihre perfekten Kurven. Kopfunter drehte sie sich an der Stange, so dass ihr offenes blondes Haar den Boden berührte. Er suchte Barbara, doch sie schien sich auf ihren Auftritt vorzubereiten. Eine Neue war da, die ihm nicht gefiel. Sie turnte eher, als dass sie tanzte. Er gab seine Bestellung auf, zündete sich eine Zigarre an. Nach dem Essen leerte er seinen Whisky in einem Zug und stand auf. Mrs Binson eilte zu ihm.

»Wen möchten Sie heute treffen? Sandy oder Barbara?«

»Barbara.«

Sandy warf Mrs Binson einen fragenden Blick zu. Als diese den Kopf kaum merklich schüttelte, schien die junge Frau erleichtert zu sein. Barbara, die hübsche Brünette, erwartete den Professor vor einem der Séparées. Bevor sie ihn gehen ließ, legte die Chefin ihm sacht eine Hand auf den Arm.

»Ich darf Sie an die Regeln erinnern, Mr Zilch. Wir haben letztes Mal schon darüber gesprochen.«

Wortlos schob der Professor sie beiseite, schubste Barbara in das Zimmer und schloss die Tür hinter sich.

Es war zwei Uhr, als er das Paradise verließ. Er hatte viel getrunken. Ehe er losfuhr, nahm er eine Flasche mit neunzigprozentigem Alkohol aus dem Handschuhfach und desinfizierte sich damit Hände und Gesicht. Es war eine mondlose Nacht. Dennoch fuhr er schnell, er kannte den Weg. Plötzlich, hinter einer langgestreckten Kurve, gab der Motor einen lauten Knall von sich und erstarb nach einem letzten Röcheln. Im Schein seines Feuerzeugs sah er, dass unter der Motorhaube Rauch hervorquoll. Wütend stieg er aus und trat gegen den

Reifen. Er war etliche Meilen von zu Hause entfernt, und im weiten Umkreis gab es kein Haus und keine Menschenseele. Zu Fuß ging er zurück zum Paradise. Er war noch nicht lang unterwegs, als in der Ferne Autoscheinwerfer aufblitzten. Was für ein Glück, dachte er und stellte sich mitten auf die Straße, um den Wagen anzuhalten, der sich schnell näherte. Er winkte mit beiden Armen, der Fahrer blendete kurz auf – was Professor Zilch als Zeichen wertete, dass man ihn gesehen hatte –, verlangsamte sein Tempo jedoch nicht. Als Professor Zilch den Kühlergrill des Pontiac erkannte, setzte sein Herz einen Schlag aus. Er begann zu rennen wie ein Wahnsinniger, während der Motor des Pontiac aufheulte.

SANDMANOR, 1974

Das Wetter war kühl und sonnig. Shakespeare sprang aus dem Bentley und verschwand sofort im Park. Zum Scherz trug ich Rebecca über die Schwelle unseres neuen Heims. Dummerweise stieß ich dabei ihr Schienbein gegen den Türrahmen.

»Das fängt ja gut an«, schimpfte sie, ehe sie mich lachend umarmte.

In der Eingangshalle erwartete uns ein Blumenstrauß, so groß wie ein Sessel, mit einer Nachricht daran: »Willkommen in Eurem neuen Haus. Marcus und Lauren.«

Rebecca rief kurz ihren Vater an, um sich zu erkundigen, wie der Prozess gegen Ernie lief, der gerade begonnen hatte. Nathan Lynch hatte seine ehemalige rechte Hand entlassen und verklagt. Nachdem Ernie infolgedessen bei allen großen New Yorker Familien Hausverbot bekommen hatte, musste er seine Kanzlei schließen und sein Haus verkaufen. Er verbrachte den Großteil seiner Zeit damit, an der eigenen Verteidigung zu feilen. Mein Mitleid hielt sich in Grenzen. Im Zuge dieser Affäre war die Steuerinspektion bei Z&H auf wundersame Weise eingestellt worden. Ich wertete es als eine Art Entschuldigung von Nathan. Trotzdem hatten wir uns seit unserer Auseinandersetzung im Phoenix nicht mehr gesehen. Rebecca hielt diese beiden Teile ihres Lebens fein säuberlich voneinander getrennt und hatte keinerlei Eile, uns in einem Raum zusammenzubringen. Mir ging es ebenso. Ich wusste, welche dunklen Erinnerungen ich bei Nathan und Judith wachrief. Ich litt darunter, doch es erschien mir unmöglich, dies zu ändern. Wir sprachen auch nicht mehr übers Heiraten oder Kinderkriegen. Das machte mich zwar traurig, aber ich wollte nicht, dass wir wieder anfingen, uns ununterbrochen zu streiten.

Wir blieben eine Woche zu zweit in Sandmanor. Ich hatte dem Personal ein paar Tage freigegeben, damit wir das Haus für uns allein erkunden und uns darin einnisten konnten. Mr Van der Guilt hatte seine persönlichen Sachen und ein paar wenige Dinge, die er behalten wollte, abholen lassen. Der größte Teil der Möbel und Kunstwerke, die seine Frau so sorgfältig ausgewählt hatte, war geblieben. Wir machten lange Spaziergänge mit Shakespeare und hielten anschließend Nickerchen in der ersten Frühlingssonne. Meine Schöne richtete im Gartenhaus, das wir bei unserem allerersten Aufenthalt hier bewohnt hatten, ihr Atelier ein und bereitete ihre erste Ausstellung in London vor. In jener Woche erreichte uns noch eine gute Nachricht: Eines von Rebeccas Werken, eine Skulptur mit dem Titel *Die Stadt*, bestehend aus Hunderten kleinen Figuren in Hunderten kleinen Bronzekästchen, war an einen Franzosen verkauft worden. Der Käufer war beauftragt, ein geplantes Museums für moderne Kunst zu bestücken, das im Herzen von Paris, auf dem Plateau Beaubourg, errichtet werden sollte.

Miguel war der Erste, der zu uns stieß. Sandmanor warf ihn einfach um. Er war so glücklich, dass er während der gesamten Besichtigung dieses wunderschönen, hochherrschaftlichen Hauses, das er von nun an führen würde, Tränen in den Augen hatte. Zunächst beseitigte er umgehend das Chaos, das wir in nur wenigen Tagen verbreitet hatten. Dann stellte er mit gewohnter Akribie eine Inventarliste aller Dinge auf, die sich im Haus befanden: Gemälde, Möbel, Teppiche, Nippes, Bücher, Wäsche, Geschirr, Gläser und Besteck. Das folgende Jahr verbrachte er unter anderem damit, die Herkunft der größeren Stücke dessen, was er pompös »die Sammlung« nannte, zu recherchieren. Ein weiteres Jahr später überraschte er uns mit einer Biographie Kate Van der Guilts, die das Anwesen erst zu einem solchen Schmuckstück gemacht hatte. Ich schickte sie an Mr Van der Guilt, der Miguels Arbeit überaus lobte und sich sehr darüber freute, dass wir in Sandmanor so glücklich waren. Schließlich spickte Miguel seinen Text noch auf so originelle Art mit Anekdoten über die New Yorker High Society, dass ich ihn schließlich an meine Freundin, die Lektorin Vanessa Javel, schickte.

»Deine Exgeliebte, meinst du wohl«, knurrte Rebecca, als ich ihr davon erzählte.

Nachdem ich so oft unter ihrer Abwesenheit und ihrer kühlen Gelassenheit gelitten hatte, genoss ich es, sie auch einmal eifersüchtig zu sehen.

Ich mochte es, wenn sie ein wenig fauchte und ihre Krallen zeigte.

Lauren war unterdessen richtig aufgeblüht. Marcus' Liebe hatte ihr Flügel verliehen, und ihr Gesundheitszentrum machte Furore, seit ein berühmter Fernsehproduzent sich dorthin verirrt hatte, nachdem er wegen eines Herzinfarkts ein paar Wochen zuvor nur knapp dem Tod entronnen war. Lauren nahm den Mann unter ihre Fittiche und ließ ihm ein maßgeschneidertes Programm aus Akupunktur, Hypnose, Yoga und Ernährungsvorschriften angedeihen, das ihn von einem dauergestressten, übergewichtigen, cholerischen Kettenraucher in einen friedvollen Asketen verwandelte. Überzeugt davon, dass sein positives Karma sich nur vermehren konnte, wenn er seine Erleuchtung mit Millionen von Fernsehzuschauern teilte (er behielt trotz allem eine gewinnorientierte Sicht auf sein kosmisches Punktekonto), verkaufte er das Konzept einer Serie an ABC. Bald darauf folgten eine eigene Naturkosmetiklinie sowie ein Sportbekleidungsmarke. Der Sender hatte gerade auf Farbfernsehen umgestellt, und die Bühne der *Lauren-Show* sah aus wie eine Bonbonschachtel. Meine Schwester lebte dort all ihre Marotten aus, die, das musste man ihrem visionären Charakter zu Ehren eingestehen, inzwischen groß in Mode waren. Das Publikum war derart begeistert, dass Lauren bald von einem Lebensmittelhersteller kontaktiert wurde. Gemeinsam mit diesem entwickelte sie die erste US-amerikanische Marke für Reformkost. Natürlich zog ich sie ununterbrochen damit auf, dass sie, die unseren Materialismus und die Welt des Geldes immer kritisiert hatte, nun einer stetig expandierenden hochprofitablen Firma vorstand, und drohte ihr an, mich zur Ruhe zu setzen und mich bis ans Ende meiner Tage von ihr aushalten zu lassen.

Tatsächlich liefen Marcus' und meine Geschäfte nicht mehr ganz so gut. Aufgrund einiger Gesetze, die die Möglichkeiten zur Kreditaufnahme einschränkten und die Profite minderten, war der Immobilienmarkt rückläufig. Nach einigem Hin und Her beschlossen wir, uns Richtung Europa zu orientieren und in Bedarfsgüter wie Milchpulver, Kekse, Babywindeln zu investieren, um uns über Wasser zu halten. Wir setzten auch auf etwas gewagtere Unternehmungen, besonders auf einem völlig neuen und unerschlossenen Gebiet: der Informatik. Ich hatte einen Fonds gegründet, der fünfzig jungen Firmen ein Startkapital garantierte. Diese Burschen waren knapp zehn Jahre jünger als wir und versprachen uns das Blaue vom Himmel. Sie waren überzeugt, dass bald jeder Amerikaner seinen eigenen Computer oder einen persönlichen transportablen Fernsprecher hätte, nicht größer als ein Aktenkoffer, mit dem man von überall aus telefonieren könnte. Sie waren verrückt, aber ihre Visionen begeisterten mich, so dass ich alles dafür tat, um sie zu unterstützen.

Es gelang uns, glücklich zu sein, aber wir wussten, wie fragil dieses Glück war. Auch Judiths Gesundheitszustand erinnerte uns immer wieder daran. Trotz all der Zeit und Mittel, die Nathan, Rebecca und ich für die Suche nach Kasper Zilch aufwandten, hatten wir es nicht geschafft, ihn aufzuspüren. Dane tat ebenfalls, was er konnte, und sein Engagement hatte meine Vorbehalte ihm gegenüber etwas gemindert. Wir hatten Martha und Abigail ein paar Mal nach New York eingeladen. Sie hatten Judith getroffen, die sich endgültig aus Doktor Nars' Fängen befreit und bei Abigail eine Psychoanalyse begonnen hatte. Drei Mal in der Woche telefonierten sie miteinander. Doch auch diese Behandlung konnte Judith nicht ganz von ihren Angstattacken befreien, und ihr schwer zu kontrollierender Tablettenkonsum griff ihre Organe an. Sie wechselte zwischen apathischen Phasen, in denen sie so gut wie nicht sprach, und Phasen von beängstigender Hyperaktivität. Zwei Mal versuchte sie, sich das Leben zu nehmen. Seitdem setzte Rebeccas Herz immer einen Schlag aus, sobald das Telefon zu einer ungewöhnlichen Zeit klingelte. Judith litt, und ihre Tochter und ihr Mann litten mit ihr und unter ihrer eigenen Ohnmacht. Wir alle waren überzeugt, dass allein das Aufspüren von Kasper Zilch sie von ihren Qualen erlösen könnte.

Vereinigte Staaten, an einem geheimen Ort, November 1978

Dichter Morgennebel, den auch der eisige Wind nicht aufzulösen vermochte, umhüllte die Gebäude auf dem leerstehenden Industriegelände. Der dreckige, düstere Fluss war hinter den Anlegestellen nur zu erahnen. Mit einer Hand zog ich meinen Schal fester, mit der anderen hielt ich Rebeccas Hand. Sie warf mir einen ängstlichen Blick zu. Ihre Mutter hatte darauf bestanden, uns zu begleiten, ebenso wie Martha. Der lang erwartete Moment war gekommen, und ich spürte, wie die beiden Frauen von derselben fiebrigen Erregung gepackt wurden, demselben Durst nach Rache. Sie hätten äußerlich nicht verschiedener sein können. Martha hatte kurzes Haar und war vollkommen ungeschminkt. Judith dagegen war immer noch von oben bis unten mit Schmuck behängt, ihre wilde Hochsteckfrisur und der Pelzmantel über einem grünen Rock mit roter Bluse gaben ihr etwas Theatralisches. Sie war furchtbar blass. Trotz seiner Vorbehalte – oder vielleicht gerade ihretwegen ihnen – war Marcus ebenfalls mitgekommen. Lauren hatte ich gebeten, zu Hause zu bleiben. Ich wollte nicht, dass sie in diese Sache hineingezogen würde.

Wir betraten die stillgelegte Fabrik, in der wir mit Dane verabredet waren. Einer seiner Helfer, ein vierschrötiger Rotschopf um die fünfzig, erwartete uns, um uns zu ihm zu bringen. Wir folgten ihm, vorbei an stinkenden Pfützen und über Metallrohre, zwischen Plastikplanen hindurch, die die verlassenen Hallen voneinander abteilten. Unsere Schritte hallten laut auf den Betonfußboden. Der Mann stieg mit uns eine Metalltreppe hinunter. Unten herrschte ein muffiger Geruch nach Rost und Schimmel. Vor einer massiven runden Eisentür, sicher der Eingang zu einem ehemaligen Tresor, blieben wir stehen.

»Sie sind da drin. Ich gehe wieder nach draußen«, sagte Danes Helfer und verschwand.

Hinter der Tür lag ein Raum ganz aus Beton, der von einer nackten Glühbirne erleuchtet wurde. Wasser tropfte von der Decke. Dane erwartete uns neben dem Gefangenen, der an einen Stuhl gefesselt war und uns den Rücken zuwandte. Man hatte ihn geknebelt und ihm die Augen verbunden. Er trug einen bordeauxroten Pullover über einer zerrissenen grauen Hose. Er musste sich gewehrt haben, als Danes Männer ihn überwältigt hatten. Marthe und Judith tauschten einen Blick, dann brach Judith zusammen. Sie schlang sich die Arme um die Brust, ließ den Kopf hängen und krümmte sich wie im Schmerz, ehe sie auf die Knie sank und begann, ihren Oberkörper vor und zurück zu wiegen. Rebecca stürzte erschrocken zu ihr. Wie ein Mantra wiederholte Judith Worte, die ich nicht verstand. Mit Danes Hilfe zog Rebecca ihre Mutter vom Boden hoch.

»Komm, Mama. Du musst das nicht tun, wir machen es für dich. Du solltest diesen Mann besser nicht sehen.«

Rebecca brachte oder, besser, trug ihre Mutter hinaus. Dane wollte sie begleiten, doch Rebecca hielt ihn mit einer entschiedenen Geste davon ab. Ich wagte erst gar nicht, meine Hilfe anzubieten, da ich wusste, was mein Anblick bei Judith auslöste. Stattdessen wandte ich mich zu dem Mann um. Mein Herz hämmerte wild, meine Hände waren feucht.

Zwei wackelige Tische waren, neben dem Stuhl, an den der Gefangene gefesselt war, das einzige Mobiliar. Ich war wie hypnotisiert von seiner Größe und Silhouette. Er war mager, sein Rücken leicht gekrümmt. Sein Haar war ebenso dicht und widerspenstig wie meines, auch wenn es mit den Jahren grau geworden war. Ich wollte sein Gesicht sehen, das meinem und dem meines leiblichen Vaters angeblich so ähneln sollte. Ich wollte ihm in die Augen sehen, wollte seine Stimme hören, damit er mir von meinen Eltern und von dem kleinen Fremden, der ich gewesen war, erzählen konnte …

Doch das durfte nicht sein. Wenn er menschliche

Züge annehmen würde, hätte ich nicht mehr den Mut, die Sache durchzuziehen. Im Eifer des Gefechts könnte ich vielleicht einmal zu weit gehen, aber ob ich wirklich in der Lage wäre, mich kaltblütig an der Exekution eines gefesselten, wehrlosen Mannes zu beteiligen … Ich kannte alle Missetaten dieses Verbrechers, wusste um seine Grausamkeit, und dennoch war er mein Onkel und das letzte Bindeglied zu den beiden Menschen, von denen ich abstammte.

Wir hatten verabredet, dass wir alle gemeinsam handeln würden, außer Marcus, der bei diesem Mord, wie er es nannte, nicht mitmachen wollte. Auf dem Tisch lagen fünf Pistolen, wir würden die Tat gemeinsam begehen, um die Schuld gemeinsam zu tragen. Keiner von uns wäre allein dafür verantwortlich. Keiner unschuldig.

Dane war meinem Blick gefolgt.

»Sie sind geladen«, sagte er.

Als der Gefangene diesen Satz hörte, begann er sich auf seinem Stuhl zu winden und durch den Knebel verzweifelte Laute auszustoßen. Dane schrie ihn an, er solle sich beruhigen. Seine Stimme war vor Hass verzerrt, und seine Brutalität ließ uns erschauern. Zitternd hielt der Mann still. Marcus konnte nicht mehr an sich halten.

»Wer gibt euch das Recht, das zu tun? Für wen haltet ihr euch eigentlich!«, rief er.

»Er selbst hat Judith und mir dieses Recht verliehen, als er uns das erste Mal vergewaltigt hat«, presste Martha zwischen den Zähnen hervor.

Bei diesen Worten erstarrte der Gefangene. Offenbar hatte er Marthas Stimme erkannt. Marcus gab nicht auf. Mit gerötetem Gesicht ging er an mir vorbei und stellte sich zwischen uns und den Gefesselten.

»Sie mögen sich noch so sicher sein, Martha, doch Sie haben keinen Beweis. Er hat ein Recht darauf, sich zu verteidigen. Ein Recht darauf, seinen Richtern in die Augen zu sehen. Zu wissen, warum er stirbt.«

»Und was wollen Sie jetzt tun? Ihm einen Prozess machen?«

»Ganz genau, einen Prozess. Ich möchte sein Geständnis hören. Ich werde nicht zulassen, dass ihr diesen Mann ohne Beweise hinrichtet.«

Martha trat einen Schritt vor.

»Seine Stimme, seine Haut, sein Geruch sind mir Beweis genug. Meine Erinnerung und meine Narben. Seine Angst, die ihn jetzt zittern lässt, weil er weiß, dass dies sein Ende ist. Er wird endlich die Wahrheit erkennen, denn er weiß, dass ihn hier und jetzt keine seiner Lügen mehr retten kann.«

»Haben Sie denn keinen einzigen Zweifel bei all Ihrer Überzeugung, gibt es in dem ganzen Schwarz und Weiß kein Fitzelchen Grau einer Unschuldsvermutung? Wie können Sie so sicher sein? Es ist über dreißig Jahre her, Martha … Sie sprachen gerade von seiner Stimme, doch die haben sie noch gar nicht gehört. Von seinem Geruch. Sie sind ihm nicht nah genug gekommen, um ihn wahrzunehmen.«

»Mir genügt ein Blick auf seine Statur und diese Haare. Ich weiß, dass er es ist.«

»Nun, ich bin Anwalt, und da dieser Mann keinen rechtmäßigen Prozess bekommen soll …«

»Einen rechtmäßigen Prozess!«, spuckte Dane aus. »Findest du es etwa rechtmäßig, dass unsere Regierung diese Schweine aufgenommen und gemästet hat, die eigentlich in Nürnberg hätten hingerichtet werden sollen? Wenn es in unserem Land Gerechtigkeit gäbe, wenn die Gerechtigkeit nicht dieses Flittchen wäre, das sich, hinter dem Schleier der Staatsräson, der Macht ergibt, dann wären wir gar nicht hier, denn dann wäre dieser Mann schon vor Jahren gehenkt worden.«

»Merkst du eigentlich wirklich nicht, dass ihr euch genauso benehmt wie sie?«, erwiderte Marcus. »Sogar schlimmer als sie! Die Nazis befolgten die Gesetze ihres Landes, wie unsäglich diese auch waren. Ihr dagegen haltet euch bei eurem Rachefeldzug an keine einzige Regel, kein einziges Gesetz, außer euren eigenen.«

»Jetzt verteidigt er diese Geisteskranken auch noch!«, rief Dane an Martha und mich gewandt. »Du spinnst doch, Marcus! Deine Prinzipien haben dir das Gehirn erweicht. Du redest wie alle, die niemals irgendetwas erleiden mussten, aber weißt du eigentlich, in was für einer Welt wir leben? Ahnst du auch nur, zu welchen Schweinereien die Menschen in der Lage sind? Und dieser hier mehr noch als alle anderen.« Er versetzte dem Stuhl, auf dem der Gefangene sich nun wieder verzweifelt wand, einen Tritt, ehe er sich Marcus mit drohendem Blick und geballten Fäusten näherte. »Entweder du bist für uns oder gegen uns.«

»Ich bin für euch, Dane. Für Werner, Rebecca, Judith, Martha, aber ich möchte hören, was dieser Mann zu sagen hat.«

Als der unsere Namen hörte, zuckte er zusammen, als hätte man ihm einen Stromstoß versetzt. Ich beobachtete ihn wieder, fasziniert von der Ähnlichkeit unserer Statur. Ich konnte mir noch so oft sagen, dass wir diesen Mann erledigen mussten, ehe uns der Mut dazu verließ, meine Neugier und Marcus' Argumente setzten sich durch.

»Ich will ihn auch anhören«, sagte ich entschieden.

Dane wich einen Schritt zurück, als hätte ich ihn geschlagen.

»Du machst einen Rückzieher? Das wird Rebecca gefallen …«

Ich ließ mich nicht beirren.

»Ich möchte sicher sein.«

Dane hob resigniert die Arme, dann trat er beiseite. Ich ging zu dem Gefesselten, drehte seinen Stuhl zu uns um und nahm ihm den Knebel und die Augenbinde ab. Erschüttert blickte ich in mein Gesicht, das die Jahre gezeichnet hatten. Er blinzelte ein paar Sekunden, geblendet von der ungewohnten Helligkeit, dann sah er mich an, offenbar ebenso verwirrt wie ich.

»Mein Sohn … du bist mein Sohn«, sagte er mit dumpfer Stimme und starkem deutschen Akzent.

»Ich bin nicht Ihr Sohn«, gab ich mit kalter Stimme zurück. »Ich bin der Sohn von Armande und Andrew, den gütigsten Menschen und besten Eltern, die die Welt je gesehen hat.«

»Du bist Werner, ich weiß. Du hast ihre Augen. Du hast so viel von ihr«, fuhr er unbeirrt fort. »Es ist, als würde sie selbst hier vor mir stehen …«

»Versuch nicht, ihn einzuwickeln, du Dreckskerl!«, rief Dane aufgebracht. »Wir wissen alle, dass du Kasper Zilch bist und was du dieser Frau« – er zeigte auf Martha – »und Judith Sokolovsky und zahllosen anderen in den Lagern angetan hast.«

»Sie täuschen sich. Ich bin nicht der, den Sie suchen. Martha, du weißt es. Ich bin Johann. Gerade du musst mich doch erkennen …«

»Johann ist nicht mehr auf dieser Welt. Wir wissen, was du ihm angetan hast.«

Schweiß rann über seine Stirn. Er versuchte sich zu verteidigen:

»Ich habe Jahre gebraucht, um hierherzukommen, aber ich bin sehr wohl am Leben. Sieh mich an, Martha. Hör mich an. Hör meine Stimme. Du kannst uns nicht verwechseln! Du nicht! Ich sage die Wahrheit. Ich bin Johann. Der Mann von Luisa, die du so sehr geliebt hast. Ich bin Werners Vater. Das ist doch alles vollkommen verrückt.«

»Du bist verrückt, wenn du meinst, dass wir auch nur eine deiner Lügen glauben!«, warf Dane ihm verächtlich hin. Doch der Mann beachtete ihn gar nicht. Er blickte zwischen Martha und mir hin und her.

»Martha, ich habe dich bei mir zu Hause aufgenommen, als du in Not warst. Ich habe dich verteidigt, als Kasper dich bedrohte. Ich kann dir Dinge über Luisa sagen, von denen mein Bruder sicher nichts weiß. Frage mich …«

Ich sah, wie Martha schwankte und sich ihr Blick trübte. Auch Marcus spürte ihren Zweifel und trieb sofort einen Keil in diesen Spalt, der sich auftat:

»Los, fragen Sie ihn etwas, Martha. Ich sehe, dass Sie sich nicht mehr ganz so sicher sind … Beweisen Sie mir, dass er lügt oder auch, dass er nicht lügt.«

Martha sah den Gefangenen an, als wolle sie seine Seele ergründen. Sie suchte diesen alten Körper nach Zeichen einer längst vergangenen vertrauten Jugend ab. Sie näherte sich vorsichtig, musterte den Ansatz der Ohren, die Symmetrie der Augen. Er hatte sich zu sehr verändert, sie vermochte es nicht mehr zu sagen. Was seine Stimme anging … Wie sollte sie sich da sicher sein? Kasper konnte seinen Bruder perfekt nachahmen, eine Fähigkeit, die er sich zuerst zugelegt hatte, um ihn zu ärgern, dann, um ihn seine Jugendsünden büßen zu lassen, und schließlich … Dieser Mann sprach mit Johanns Stimme, doch das war kein ausreichender Beweis. Martha dachte an die Narben auf seinem Kopf, aber woher sollte sie wissen, ob es dieselben waren wie bei Kasper? Außerdem waren sie unter seinen dichten Haaren verborgen. Sie zögerte. Ein Teil von ihr drängte: Genug! Du lässt dich schon wieder blenden! Er ist hier, und er ist dir ausgeliefert. Ich habe keinerlei Zweifel. Ich erkenne sein Gesicht und seine Hinterhältigkeit. Sieh doch nur, wie er euch schon wieder manipuliert … Nur Kasper ist zu so etwas fähig. Hör auf zu überlegen, lass dich nicht kirre machen, er ist es! Der andere, mildere Teil sagte sich, dass etwas nicht stimmte. So gewandt Kasper auch war, er hätte sich nicht so ausgedrückt. Und egal wie gut er sich verstellen konnte, er hätte niemals so unschuldig und aufrichtig gewirkt.

»Ich weiß nicht mehr«, gestand Martha.

In diesem Moment wurde die Eisenluke geöffnet, und Rebecca erschien, gefolgt von Judith. Auf deren Gesicht war die Angst einer bebenden Wut gewichen.

»Ist er noch nicht tot?«, rief sie. »Gut, dass ihr auf mich gewartet habt. Man muss die schönen Dinge auskosten … Das hast du mir doch immer gesagt, Kasper, weißt du noch? Jetzt werden wir beide uns mal ein bisschen miteinander vergnügen.«

Mit zwei Schritten war sie bei dem Tisch und nahm sich eine der Pistolen. Marcus wollte sie aufhalten:

»Warten Sie, Judith, wir sind uns nicht mehr sicher, ob es wirklich Kasper ist. Selbst Martha …«

»Er ist es!«, unterbrach Judith ihn, zitternd vor Empörung. »Kasper, Johann, Arnold, mir ist egal, wie er sich nennt, er ist der Mann, der mir das hier angetan hat.« Mit diesen Worten riss sie ihre Bluse auf, so dass alle die

Narben sehen konnten, die sie mir schon einmal gezeigt hatte. »Für wen halten Sie sich, Marcus? Den edlen weißen Ritter, der die armen Unterdrückten verteidigt?«

Rebecca warf ihm einen finsteren Blick zu, trat zu ihrer Mutter und legte ihr den eigenen Schal um. Doch Marcus blieb standhaft.

»Ich möchte Ihnen nur zu gerne glauben, Judith, aber im Moment sehe ich hier einen gefesselten, wehrlosen Mann, der allein fünf freien, bewaffneten Menschen gegenübersteht. Ehe Sie mir nicht beweisen, dass er schuldig ist, werde ich nicht zulassen, dass Sie ihn hinrichten.«

»Wir haben dich nicht nach deiner Meinung gefragt«, stieß Dane drohend hervor. »Außerdem könntest du uns an gar nichts hindern.«

Der Gefangene, der bis eben stumm zugesehen hatte, wandte sich nun direkt an Judith: »Ich bin nicht der, den Sie meinen. Sie verwechseln mich mit meinem Bruder. Mein ganzes Leben lang bin ich mit ihm verwechselt worden. Und was immer er Ihnen angetan hat, es tut mir unendlich leid.«

Judiths Gesicht begann zu glühen. Mit sanfter Stimme sagte sie: »Was du mir angetan hast, weißt du ganz genau. Wieso verteidigst du dich, Kasper? Es ist nutzlos. Du weißt doch, dass ich deine Identität beweisen kann … Aber gut, alles soll seine Ordnung haben. Ich warte seit dreiunddreißig Jahren, da kommt es auf eine Stunde mehr oder weniger nicht an. Sie möchten die

Anklagepunkte hören, Marcus? Bitte sehr. Ich beschuldige den hier anwesenden Kasper Zilch, aktiv an der systematischen Vernichtung Tausender von Menschen im Konzentrationslager Auschwitz beteiligt gewesen zu sein, wo er als Schutzhaftlagerführer Dienst tat. Ich beschuldige diesen Mann des Mordes – eigenhändig oder über Mittelsmänner – an meinem Vater Mendel Sokolovsky. Ich beschuldige diesen Mann, mich im Block 24, dem berühmten Sonderbau des Lagers, monatelang geschlagen, gebrandmarkt und vergewaltigt zu haben.« Sie machte einen Schritt auf ihn zu. »Ich beschuldige diesen Mann, mich zu Dingen gezwungen zu haben, die man von keinem Tier verlangen würde. Ich beschuldige diesen Mann, mich zum Dank für meine treuen Dienste seinen Untergebenen und deren perversen Phantasien überlassen zu haben. Ich beschuldige diesen Mann …« Ihre Stimme brach.

»Hör auf, Mama, du tust dir nur selbst weh«, unterbrach Rebecca sie erschüttert.

»Im Gegenteil, es tut mir gut. Ganz unerwartet. Ich hatte nie gedacht, dass ich ihn wiedersehen würde. Sie haben recht, Marcus, ich möchte nicht nur, dass er zahlt, ich möchte, dass er redet, dass er gesteht, was er mir, Martha und all den anderen Frauen und Männern angetan hat. Hast du gehört, Kasper, ich will, dass du gestehst«, sprach sie, wobei sie mit der Pistole auf seine Stirn zielte.

»Judith, er ist gefesselt. Legen Sie die Waffe weg, ehe

noch etwas passiert«, bat Marcus und streckte die Hand nach der Waffe aus.

»Zurück, Marcus!« Sie hielt den Lauf jetzt auf meinen Freund gerichtet. »Zurück! Ich meine es ernst.«

»Mama, hör auf!«, schrie Rebecca.

»Misch dich nicht ein, meine Tochter. Du solltest gar nicht hier sein … Geh hinaus.«

Rebecca rührte sich nicht.

»Das ist eine Angelegenheit zwischen dir und mir, Kasper. Da Martha nicht mehr so recht weiß, da Werner sowieso gar keine Ahnung hat, werden wir zwei jetzt miteinander abrechnen. Also, sieh mich an.« Sie ging noch näher an ihn heran. »Sicher, die Jahre sind nicht spurlos an mir vorübergegangen, aber du kannst es nicht vergessen haben.«

Ein Schauer überlief mich, als sie sich dem Gefesselten näherte und ihm die Pistole unters Kinn hielt.

»Nun, Kasper, soll ich dich daran erinnern, was du früher mit mir gemacht hast? Du wirst schon sehen, wie angenehm das ist.« Bei diesen Worten zwang sie ihn, den Mund zu öffnen, und schob ihm den Pistolenlauf in den Rachen. Mit heftigem Kopfschütteln versuchte der Gefangene vergeblich, sich davon zu befreien.

»Schön stillhalten, ein Unglück ist schnell geschehen. Das hast du immer zu mir gesagt, weißt du noch? Als du mir das hier verpasst hast«, sie fuhr über die feine weiße Linie an ihrem Hals. »›Schön stillhalten, kleine Hündin‹, hast du gesagt, ›du tust dir nur selbst weh.‹«

Wir waren alle wie erstarrt von dieser Szene, die die von Judith erlittenen Grausamkeiten aus den Tiefen der Vergangenheit heraufbeschwor. Selbst Marcus protestierte nicht mehr. Nur Dane stand ganz ruhig neben dem Tisch. Er hatte seine Hand auf eine der Pistolen gelegt, bereit, einzugreifen. Judith schien uns vergessen zu haben, als Marthas Stimme uns alle wachrüttelte wie ein Kanonenschlag.

»Judith, ich fürchte, das ist nicht Kasper. Es tut mir leid, aber ich glaube wirklich nicht mehr, dass er es ist.«

»Sie fürchten, Sie glauben … Was für ein Spiel spielen Sie, Martha?«, fuhr Judith sie an, zog jedoch die Waffe aus dem Mund des Gefangenen.

»Martha hat recht, Madam«, flüsterte dieser atemlos. »Der Mann, den Sie suchen, ist bereits tot.«

»Nenn mich nicht Madam!«, fauchte Judith ihn an und verpasste ihm einen Hieb mit dem Pistolengriff. »Madam! Als ob du mir Respekt zeigen würdest … Als ob du mir noch nie begegnet wärst!«

»Es ist die Wahrheit, Kasper ist tot«, sagte er noch einmal klar und deutlich. Blut rann ihm aus dem Mundwinkel. »Ich weiß es, weil ich ihn getötet habe.«

Stille trat ein.

»Und bevor Sie dasselbe mit mir tun, überlegen Sie einen Moment. Obwohl mein Bruder der größte Verbrecher war, obwohl er mir alles genommen hat, die Menschen, die mir am meisten bedeuteten, ebenso wie die Jahre, die ich an ihrer Seite hätte verbringen wollen, so hadere ich immer noch damit, dass ich ihn getötet habe. Wenn Sie mich jetzt hinrichten, werden Sie sich dennoch nicht befreit fühlen. Und die erhoffte Erleichterung wird sich umso weniger einstellen, als ich Ihnen nichts getan habe …«

»Nichts getan!«, kreischte Judith.

Sie ergriff mit beiden Händen das Gesicht des Mannes und grub ihm ihre braunrot lackierten Nägel in die Wangen.

»Du hast mir wirklich nichts getan?«

»Nichts«, presste er hervor. »Und nicht nur das, ich habe Sie auch noch nie gesehen«, rief er verzweifelt aus.

»Also schießen Sie mir eine Kugel in den Kopf, hängen Sie mich auf, reißen Sie mich in Stücke, wenn es Sie erleichtert, aber maßen Sie sich nicht an, hier Recht zu sprechen …«

Er befreite sich aus ihrer Umklammerung mit einem heftigen Rucken des Kopfes, das ihn beinahe zu Fall gebracht hätte. Zum ersten Mal beschlichen sie Zweifel. Sie trat einen Schritt zurück und musterte den Mann eingehend. Dann flammte ihr Zorn erneut auf.

»Das reicht jetzt! Ihr Prozess führt zu nichts, Marcus.« Sie drehte sich zu Dane um und befahl: »Lassen Sie ihn aufstehen!«

Dane durchtrennte die Schnur, die ihn am Stuhl festhielt, und zog ihn hoch. Einen Moment lang schien Judith eingeschüchtert von seiner riesigen Statur, die ihr die eigene hilflose Schwäche von einst in Erinnerung rufen musste. Sie fasste sich wieder und herrschte mich an:

»Werner, helfen Sie uns.«

Ich trat hinzu und hielt den Gefangenen unterm Arm. Der warf mir einen zärtlichen und vorwurfsvollen Blick zu, der mich ebenso verwirrte wie die Berührung seines Arms und seiner Schulter. Er war beinahe so groß wie ich. Judith zog ein abgewetztes Lederetui aus ihrer Manteltasche. Langsam öffnete sie den Reißverschluss, und ein Chirurgenbesteck kam zum Vorschein.

»Erkennst du das Geräusch, Kasper? Dieses leise Geräusch, das du mich so gern hören ließest, wenn ich gefesselt war … Das sind deine Gerätschaften, siehst du?«, fragte sie und hielt ihm das geöffnete Mäppchen vor die Augen.

»Diese Dinge gehören mir nicht.«

»Also wirklich … Ich habe sie mitgenommen, als ich geflohen bin. Damals blieb mir keine Zeit, also dachte ich, ich hebe sie auf für den Tag, an dem ich dich wiedersehe. Wer hätte es für möglich gehalten, dass dieser Tag noch einmal kommt …«

»Ich bin nicht der Mann, den Sie suchen«, wiederholte er mit unterdrückter Wut.

Judith ignorierte es und befahl uns:

»Haltet ihn fest.«

Sie zückte eines der Skalpelle.

»Der Moment der Wahrheit ist gekommen, Kasper.«

Ungeschickt öffnete sie den Gürtel des Mannes und knöpfte seine graue Hose auf. Er wand sich, und ich hatte Mühe, ihn ruhig zu halten.

»Was tun Sie da, Judith?«, fragte ich.

Sie wedelte mit dem Skalpell vor meinem Gesicht.

»Es gibt einen sehr einfachen Weg, um festzustellen, ob er es ist … Ich werde vollenden, was ich am Tag meiner Flucht begonnen habe.«

»Legen Sie dieses Messer hin. Ich wollte, dass Sie Ihr Recht bekommen, nicht, dass Sie einen Mann vor meinen Augen kastrieren«, protestierte ich.

Marcus raufte sich die Haare und wiederholte immerzu: »Das ist Wahnsinn, reiner Wahnsinn …«

Rebecca, die sich die ganze Zeit nicht gerührt hatte, ging endlich zu ihrer Mutter und nahm sie sanft in die Arme.

»Gib mir das Skalpell, Mama, und überprüfe, was du überprüfen kannst. Wir müssen es nun wissen.«

Judith sah ihre Tochter eindringlich an, zögerte einen Moment und warf das Skalpell ans andere Ende des Raumes. Dann riss sie die Hosen des Mannes herunter.

Sie schrie auf, schnappte nach Luft und wich zurück, ehe sie sich auf dem Absatz umdrehte und mit wehendem Mantel den Raum verließ. Rebecca und Martha liefen ihr hinterher. Marcus, Dane und ich blieben völlig verblüfft bei unserem Gefangenen, dem ich rasch seine Hosen hochzog, ehe ich ihn sich wieder hinsetzen ließ. Wir wussten nicht, wie wir Judiths Reaktion auslegen sollten. Dane tigerte im Zimmer herum und rauchte eine Zigarette nach der anderen. Ich schloss mich ihm an, meine Nerven lagen blank.

Endlich kam Martha zurück. Tiefbewegt stürzte sie sich auf den Gefangenen und nestelte an den Stricken, mit denen seine Hände gefesselt waren.

»Es ist Johann … Es ist tatsächlich Johann, mein Gott, das ist ein Wunder!«

Unglauben, dann Erleichterung malten sich auf seinem Gesicht, und er begann haltlos zu weinen. Doch Dane ließ nicht so leicht locker. Er hielt Martha zurück und fuhr sie barsch an:

»Wie könnt ihr euch da so sicher sein?«

»Fragen Sie Judith. An dem Tag, als sie aus Auschwitz floh, hat sie … also sie …«

»Sagen Sie es uns, Martha«, drängte ich.

»Der Wärter hatte Kasper niedergeschlagen, als er sich gerade an Judith verging. Sie haben ihn gefesselt. Er war nackt, und sie … nun, sie wollte …«

»Jetzt spucken Sie es schon aus!«, herrschte Dane sie an.

»Sie hat ihn beschnitten. Und da … es kann sich nur um Johann handeln.«

Ich war wie betäubt. Marthas Worte flatterten in meinem Kopf herum. Der Gefangene sah sie an, dann sah er mich an. Er wollte etwas sagen, doch auch er war von seinen Gefühlen überwältigt.

Nur Danes Enttäuschung war nicht zu übersehen. Jahre der Suche lösten sich in nichts auf, wieder waren Tausende von Opfern um ihre Genugtuung betrogen. Er tat mir leid. Mir wurde zum ersten Mal bewusst, wie tief seine Verletzung war und welche Anstrengungen er unternahm, um seine Familie zu rächen. Von ohnmächtiger Wut gepackt, trat er gegen den Tisch, auf dem noch vier Pistolen lagen. Dann drehte er sich unvermittelt um und fragte Johann mit böser Miene:

»Und Sie, wo waren Sie während des Krieges?«

»Ich war auf der Raketenbasis von Peenemünde, dann wurde ich von der Gestapo verhaftet und ins Konzentrationslager Sachsenhausen gebracht.«

Dane wirkte geschockt von diesem Namen, der für mich keinerlei Bedeutung hatte. Er fragte:

»Sind Sie marschiert?«

»Ja.«

Dane schwieg. Ich verstand nicht, was sie einander sagten.

»Und danach?«, wollt Dane wissen.

»Danach wurde ich von den Russen übernommen und nach Moskau verfrachtet, wo man mich zwang, für Sergei Koroljow zu arbeiten.«

»Sergei Koroljow?«, hakte Dane nach, der endlich auch einmal genauso wenig zu verstehen schien wie ich.

»Der Satellit Sputnik, Juri Gagarin, der erste Mann im All, das war das Werk von Sergei Koroljow und seinem Team, zu dem ich gehörte«, erklärte Johann mit einem Funken Stolz in der Stimme. Er warf mir einen kurzen Blick zu. Dann wechselte Dane brüsk das Thema:

»Also haben Sie Ihren Mistkerl von Bruder einfach so umgebracht?«

»Ja, und ich bereue es.«

»Wie kann man es bereuen, die Erde von einem solchen Stück Dreck befreit zu haben?«

»Weil nicht ich es hätte tun sollen. Ich dachte, ich wäre sein einziges Opfer. Jetzt erfahre ich, dass es Tausende gab. Es stand mir nicht zu, ihn zu töten.«

»Wie haben Sie ihn gefunden?«

»Ich dachte, ich würde ihn nie wiedersehen. Ich hatte vom Tod meiner Frau erfahren und wusste nicht, was aus dir, Werner, geworden war. Ich war in Moskau, stand unter ständiger Bewachung. Dann, vor zwölf Jahren, starb Koroljow. Ich hatte ihn und die gemeinsame Arbeit schätzen gelernt. Nach seinem Tod fand ich, dass ich mir nun meine Freiheit zurückholen dürfe. Die Engländer haben mir geholfen. Ich sagte ihnen, ich wäre bereit, in den Westen zu gehen, wenn sie meinen Sohn und meinen Bruder ausfindig machten. Bei Letzterem ist es ihnen gelungen.«

»Wie haben Sie ihn getötet? Wer sagt mir, dass sie ihn nicht nur beschützen wollen?«, unterbrach Dane ihn.

»Ich observierte ihn drei Wochen lang, verfolgte all seine Bewegungen. Er fuhr jeden Tag zu seiner Arbeitsstelle bei Sanomoth und wieder zurück nach Hause. Abends blieb er daheim. Ich nehme an, er hatte Angst, entdeckt zu werden. Nur freitags ging er aus, in einen Striptease-Club irgendwo mitten auf dem Land. Ich beschädigte seinen Tank, damit er genau an der richtigen Stelle liegen blieb, knapp zehn Meilen von dem Club entfernt und vierzig von seinem Haus. Rundherum gab es nur Felder. Er machte sich zu Fuß auf den Weg zurück zum Club. Er sah mich von weitem kommen und dachte, ich würde ihm helfen, doch kurz bevor ich ihn erreicht hatte, gab ich Vollgas.«

»Und wie können Sie sicher sein, dass Sie ihn wirklich erledigt haben?«

»Weil ich ausgestiegen bin und überprüft habe, ob er tot ist. Weil ich ihn in meinen Kofferraum gepackt und vergraben habe.«

»Wo?«

»In der Wüste.«

»Die Wüste ist groß …«, bemerkte Dane sarkastisch. »Was, wenn ich es überprüfen möchte?«

Johann warf ihm einen eisigen Blick zu.

»Dann fahren Sie nach San Luís Potosí in Mexiko, fahren dreißig Kilometer Richtung Westen durch die Chihuahua-Wüste und graben exakt bei 22° 8' nördlicher Breite und 100° 59' westlicher Länge.«

»Genau das werde ich tun, wissen Sie. Und ich hoffe für Sie, dass ich ihn dort finde …«

»Sie werden ihn finden. Was mir hoffentlich erspart, Ihnen jemals wieder zu begegnen.«

Dane gab Martha ein Zeichen, die sich beeilte, Johann nun endlich loszubinden. Die beiden fielen einander in die Arme und ließen sich lange nicht mehr los. Schließlich löste er sich aus Marthas Umarmung und drehte sich zu mir um. Mein Mund war wie ausgetrocknet, mein Kopf vollkommen leer. Was sagt man seinem Vater, wenn man ihm mit dreiunddreißig Jahren zum ersten Mal begegnet? Er zog ein Stofftaschentuch hervor, mit dem er sein Gesicht notdürftig von Schweiß und Blut säuberte. Dann streckte er zuerst Marcus die Hand hin und sagte ernst:

»Danke, junger Mann. Ohne Ihren Sinn für Gerechtigkeit und Ihre Redegewandtheit wäre ich nicht mehr am Leben.«

Marcus erwiderte seinen Händedruck ebenso feierlich und antwortete mit einem warmen Lächeln: »Ich fühle mich geehrt, Ihre Bekanntschaft zu machen.«

Dane schnaubte verächtlich, und ich wollte etwas erwidern, doch Johann hielt mich auf: »Sag nichts, Werner. Verlassen wir lieber diesen finsteren Ort.«

Ich nickte, und Martha ging uns voraus, zurück durch die leeren Hallen. Draußen hatte sich der Nebel aufgelöst, und eine blasse Wintersonne empfing uns. Zwei Elstern zankten sich im wuchernden Unkraut um ein glänzendes Stück Aluminium. Wolkenschatten zogen über den graugrünen Fluss, der träge gegen die Kaimauern schwappte. Judith und Rebecca saßen auf Betonsteinen und warteten auf uns. Die Frau meines Lebens stand auf und schmiegte sich an mich. So hielt ich sie lange fest. Judith, die sehr mitgenommen aussah, hob die Hand wie zum Gruß.

»Es tut mir sehr leid, Judith«, sagte ich. Sie sah mich ermattet und niedergeschlagen an. »Es tut mir so leid, was Sie alles erdulden mussten«, sagte ich noch einmal.

»Danke«, antwortete sie schlicht.

Ich hätte so gerne die richtigen Worte gefunden, um sie etwas aufzumuntern, aber ich fürchtete, dass allein meine Anwesenheit das Gegenteil bewirkte. Ich wollte mich gerade entfernen, da sagte sie:

»Es ist nicht Ihre Schuld, Werner.«

Ich drehte mich erstaunt um.

»Werner hat keine Schuld …«, wiederholte sie, diesmal an ihre Tochter gewandt.

Mir war bewusst, welche Überwindung es sie kostete, diese Worte auszusprechen. Zugleich fühlte ich, wie wohltuend sie für mich und für Rebecca waren. Rebecca ging wieder zu ihr und umarmte sie zärtlich. Ich bedankte mich bei ihr, ebenso wie bei Dane, der auch zu uns herausgekommen war.

Marcus setzte sich ans Steuer. Judith wollte lieber mit Dane zurückfahren, und Martha, die sie nicht allein lassen wollte, schloss sich den beiden an. Es machte mich unglaublich glücklich, dass Rebecca bei mir blieb. Taktvoll setzte sie sich nach vorn, während ich neben Johann im Fond Platz nahm.

Wir ließen den Fluss und das stillgelegte Gelände hinter uns und fuhren eine Weile schweigend. Als wir die schmale Landstraße erreichten, über die wir gekommen waren, brauchte ich eine Stärkung. Ich holte einige kleine Wodkaflaschen aus der Minibar der Limousine, schenkte ein Glas voll und reichte es Johann. Rebecca sagte, sie könne im Moment nichts trinken, auch Marcus lehnte ab, da er fuhr. Ich leerte mein Glas in einem Zug und füllte es erneut. Ich wusste nicht, wie ich das Gespräch beginnen sollte. Johann tat es für mich:

»Ich bin so glücklich, dich kennenzulernen, Werner. Das ist das schönste Geschenk, das mir das Leben seit über dreißig Jahren gemacht hat. Ich weiß, ich werde niemals dein Vater sein können, denn in deinem Alter brauchst du niemanden mehr, der dir die Dinge erklärt und dich beschützt. Aber ich möchte dir wenigstens ein Freund sein. Ein Freund, den du treffen kannst, wann immer du es möchtest. Ein Freund, der dir erzählen wird, woher du kommst, wer wir sind und wer wir waren. Ich werde dir von deiner Mutter erzählen, die ich wahnsinnig geliebt habe und die dich nicht heranwachsen sehen durfte. Ich erzähle dir von deinen Großeltern, die dich verhätschelt hätten, von jenem Land, das deine Heimat war, und von unserem Haus, in dem wir hätten glücklich sein sollen. Und wenn du möchtest, erzähle ich dir auch ein wenig von mir. Was ich getan habe und was ich nicht getan habe, worauf du stolz sein kannst und was du dir nicht aufbürden musst. Wenn unsere Begegnungen dir guttun, wenn du mich magst und es dir Freude macht, mich zu sehen, dann würde ich irgendwann gerne deine Eltern kennenlernen. So, wie du vorhin über sie gesprochen hast, müssen sie sehr gut zu dir gewesen sein. Wenn sie bereit sind, mich zu treffen, würde ich mich gerne bei ihnen bedanken. Dafür, dass sie dich bei sich aufgenommen und großgezogen haben, dass sie dich geliebt und beschützt haben. Ich möchte ihnen dafür danken, dass sie aus meinem Baby, das ich nicht gekannt habe, aus meinem kleinen Jungen, den ich verloren glaubte, den starken und aufrechten Mann gemacht haben, der hier vor mir sitzt.«

Meine Augen brannten. Nach kurzem Schweigen sagte ich mit einer Stimme, die ich selbst nicht kannte: »Ja, das werden wir tun, und vielleicht noch mehr.«

Ich reichte ihm meine Hand, die er nahm und lange

festhielt. Wir tauschten einen langen Blick, mit dem wir uns einander anvertrauten. Irgendetwas, das ich nicht benennen kann, wurde an diesem Tag besiegelt. Eine Verbindung zwischen uns, die mich jedoch nicht von jenen, die ich liebte, entfernte, sondern mir, im Gegenteil, half, sie noch mehr zu lieben. Dieser Mann und ich schlossen einen Pakt, einen bedingungslosen und unauflöslichen Pakt, der mir endlich eine Art Frieden brachte.

Danksagung

Mein Dank geht an Gilone, Renaud und Hadrien de Clermont-Tonnerre, Laure Boulay de la Meurthe, Zachary Parsa, Adrien Goetz, Susanna Lea, Christophe Bataille, Olivier Nora, Ulysse Korolitski, Marieke Liebaert, Sophie Aurenche, Elodie Deglaire, Malene Rydahl, Maurizio Cabona.

Sowie an die Leser, denen zu begegnen ich das Glück hatte und die mich ermutigt haben.

An die Buchhändler, die das Abenteuer von *Fourrure* möglich gemacht haben.

An Alfred Boulay de la Meurthe und Claude Delpech, die mich während des Schreibens in meinen Gedanken begleitet haben. Ich wünschte so sehr, ihr hättet dieses Buch noch lesen können.

An Andrew Parsa, einen strahlenden Menschen, der uns zu früh verlassen hat.

An Jean-Marc Roberts, der mir meine Chance gegeben hat, wie noch nie jemand vor ihm.